HEYNE BÜCHER

SCIENCE FICTION

Herausgegeben
von Wolfgang Jeschke

Von **SHADOWRUN™** erschienen in der Reihe
HEYNE SCIENCE FICTION & FANTASY:

1. Jordan K. Weisman (Hrsg.): *Der Weg in die Schatten* · 06/4844

TRILOGIE GEHEIMNISSE DER MACHT

2. Robert N. Charrette: *Laß ab von Drachen* · 06/4845
3. Robert N. Charrette: *Wähl deine Feinde mit Bedacht* · 06/4846
4. Robert N. Charrette: *Such deine eigene Wahrheit* · 06/4847

5. Nigel Findley: *2 X S* · 06/4983
6. Chris Kubasik: *Der Wechselbalg* · 06/4984
7. Robert N. Charrette: *Trau keinem Elf* · 06/4985
8. Nigel Findley: *Schattenspiele* · 06/5068
9. Carl Sargent: *Blutige Straßen* · 06/5087

TRILOGIE DEUTSCHLAND IN DEN SCHATTEN

10. Hans Joachim Alpers: *Das zerrissene Land* · 06/5104
11. Hans Joachim Alpers: *Die Augen des Riggers* · 06/5105
12. Hans Joachim Alpers: *Die graue Eminenz* · 06/5106

13. Tom Dowd: *Spielball der Nacht* · 06/5186
14. Nyx Smith: *Die Attentäterin* · 06/5294
15. Nigel Findley: *Der Einzelgänger* · 06/5305
16. Nyx Smith: *In die Dunkelheit* · 06/5324
17. Carl Sargent/Marc Gascoigne: *Nosferatu 2055* · 06/5343
18. Tom Dowd: *Nuke City* · 06/5354
19. Nyx Smith: *Jäger und Gejagte* · 06/5384
20. Nigel Findley: *Haus der Sonne* · 06/5411
21. Caroline Spector: *Die endlosen Welten* · 06/5482
22. Robert N. Charrette: *Gerade noch ein Patt* · 06/5483
23. Carl Sargent/Marc Gascoigne: *Schwarze Madonna* · 06/5539
24. Mel Odom: *Auf Beutezug* · 06/5659
25. Jak Koke: *Funkstille* · 06/5667

SHADOWRUN

JAK KOKE

FUNKSTILLE

Fünfundzwanzigster Band
des
SHADOWRUN™-ZYKLUS

Deutsche Erstausgabe

WILHELM HEYNE VERLAG
MÜNCHEN

HEYNE SCIENCE FICTION & FANTASY
Band 06/5667

Titel der Originalausgabe
DEAD AIR
Übersetzung aus dem Amerikanischen von
CHRISTIAN JENTZSCH

Umwelthinweis:
Dieses Buch wurde auf chlor- und
säurefreiem Papier hergestellt.

Redaktion: Ralf Oliver Dürr

Erstausgabe bei ROC, an imprint of Dutton Signet,
a division of Penguin Books US Inc.

Printed in Germany 1997
Umschlagbild: FASA Corporation
Umschlaggestaltung: Atelier Ingrid Schütz, München
Technische Betreuung: M. Spinola
Satz: Schaber Satz- und Datentechnik, Wels
Druck und Bindung: Elsnerdruck, Berlin

ISBN 3-453-12646-7

WESTLICHES NORDAMERIKA

CIRCA 2057

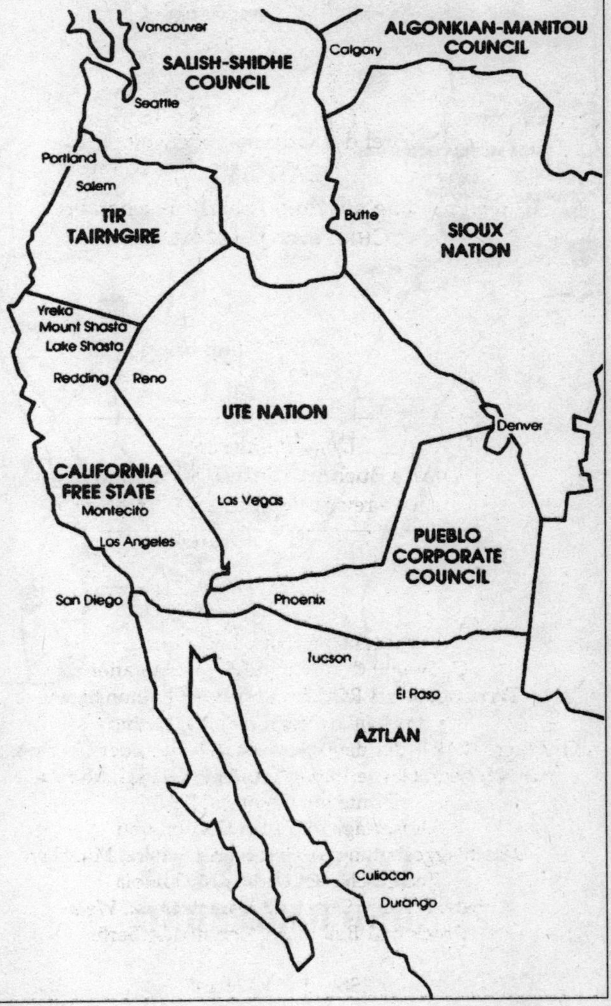

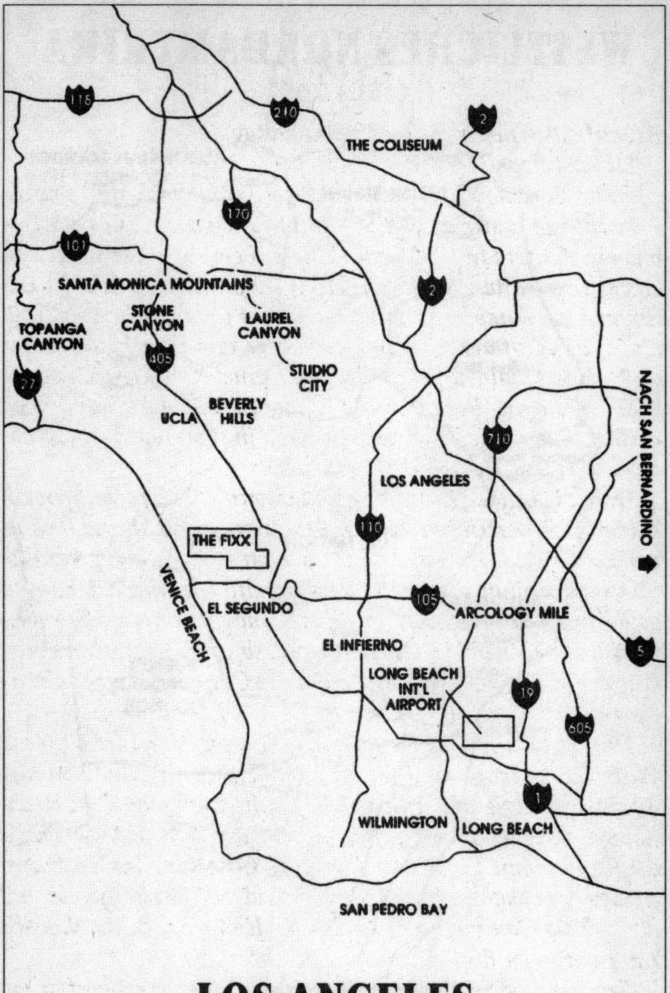

LOS ANGELES
UND UMGEBUNG

Prolog

Anlauf eines neuen Sims. Premierentag.

Du bist dabei.

Es ist Sommer 2057, und du hast darauf gewartet, seit sie Ausschnitte im Trid zeigen – Aufnahmen von dem katastrophalen Motorradunfall, dem riesigen Feuerball, der mitten in einem überfüllten Stadion erblüht. Die Stakkato-Schnittechnik und der knappe Kommentar lassen darauf schließen, daß dieser Sim auf der wahren Geschichte von Jonathon Winger und seiner tödlichen Rivalität mit einem anderen Combatbiker, Dougan Rose, beruht. Das macht alles nur noch verlockender. Jeder will wissen, was in den Tagen vor Jonathon Wingers Tod wirklich geschah.

Die drückende Nachmittagshitze wird von einem Schwall kühler Luft vertrieben, als die Schlange vorrückt und du das Kino betrittst. Der Schweiß in deinem Nacken kühlt sich ab, und es überläuft dich kalt. Verspiegelte Glastüren schließen sich hinter dir und sperren Hitze und Sonne aus. Der Geruch nach kochendem Asphalt und Abgasen liegt noch einen Augenblick in der Luft, bevor ihn die Geruchsdämpfer absorbieren.

Die wirkliche Welt ist rauh, und du bist froh, ihr für eine Weile zu entkommen. Es ist eine Erwachte Welt, in der mächtige Magie und eine rasch voranschreitende Cybertechnologie nebeneinander existieren. In der sich die Menschen die Straßen mit Elfen und Zwergen, Orks und Trollen teilen. In der Megakonzerne mächtiger sind als Regierungen und die globale Computermatrix das Nadelöhr ist, durch das alle Informationen fließen.

Der heutige SimSinn wird dich aus einer Welt entführen, in der Drachen für das Präsidentenamt kandidieren und noch mächtigere Präsidenten Attentate auf diese Drachen unternehmen können. In der die Realität schockierender ist, als es die Phantasie je war. Der Sim wird dich den Wahnsinn des Jahres 2057 vergessen lassen und dir helfen, der täglichen Tretmühle zu entkommen. Wenn auch nur kurz.

Ein uniformiertes Teenager-Mädchen mit platinblonden Haaren läßt dich zwischen einem Elektrodenrig und einem Datenkabel für Datenbuchse wählen. Du schiebst deinen Kredstab in ihren Scanner und greifst dir nach dem Datenkabel. Elektrodenrigs sind was für Jammerlappen. Du kannst kaum glauben, daß es tatsächlich Leute gibt, die sie benutzen.

Der SimSinn in diesem Kino ist eine Uraufführung, brandaktuell und anders als alles, was einem zu Hause oder auf Chip vorgesetzt wird. Er ist Dir-X, eine Direktaufnahme, die nicht durch den Signalverlust beeinträchtigt ist, der mit Komprimierung und Dekomprimierung verbunden ist. Ein Elektrodenrig würde das Erlebnis trüben, als ginge man in einem dicken Gummianzug durchs Leben. Nein, das Datenkabel ist das einzig Wahre.

Du betrittst das eigentliche Kino, und die Welt des Lärms und der Ablenkung weicht dem dicken schwarzen Teppich des Mittelgangs. Wände und Decke des Saals sind mit schwarzem, geräuschdämpfendem Schaum verkleidet, und verborgene Lautsprecher beben im Infraschallrauschen, das jegliche Beeinträchtigung des Sims durch zufällige Vibrationen verhindert. Die letzten Gerüche von draußen verschwinden im Saal. Während des Sims darf es keine äußerlichen Ablenkungen geben.

Bei den Sitzen handelt es sich um selbstregulierende Ruhesessel, die alle in dieselbe Richtung zeigen, aber es gibt keine Bühne oder Leinwand. Der Sessel paßt sich deiner Körperform an, und du entspannst dich in seiner wohligen Umarmung. Ein Ende des Datenkabels wird in die Kontrolltafel neben deiner rechten Hand eingestöpselt, das andere in die Datenbuchse in deiner Schläfe.

Was noch von der wirklichen Welt geblieben ist, löst sich auf, als der Sim beginnt und die RAS des Simdecks einsetzen, um deine eigenen Sinne und Muskelreaktionen zu dämpfen. Der Sessel ist verschwunden, ist einem Kaleidoskop von Farben und einer pulsierenden Unruhe gewichen. Der Saal verblaßt, und die anderen ringsumher verschwinden.

Musik erfüllt dich, und du findest dich im Körper eines Elfenjungen an der Schwelle zum Erwachsenwerden wieder. Er ist schlank und dünn, Haut und Knochen. Hitze brennt auf deinem Gesicht und deinen nackten Armen, als du zusiehst, wie rötliche Flammen ein altes Holzhaus verschlingen. Das Feuer wird zusätzlich durch einen böigen Wind angefacht, und du riechst den schwarzen Rauch brennender Polster und schmorenden Plastiks.

Durch die geschmolzenen Überreste des vorderen Fensters siehst du eine Standuhr, deren poliertes Holz geschwärzt ist und deren metallenes Zifferblatt sich in der Hitze verbogen hat. Nicht weit von der Uhr entfernt steht eine Korbwiege, und einen kurzen Augenblick lang glaubst du, das leise Weinen eines Babys inmitten des Knisterns und Prasselns des Feuers zu hören. Dann ist der Augenblick vorbei, und nur die schneidende Qual eines Gefühls des Verlusts bleibt.

Adrenalin läßt das Herz in deiner Brust hämmern. Feuerwehrleute decken den Brandherd mit Wasser ein, aber es ist ein sinnloses Unterfangen. Das Tosen der Flammen scheint sie auszulachen, als das Wasser zischt und verdampft. Trauer regt sich in dir, und du bist den Tränen nah. Das Haus ist zu weit heruntergebrannt, um noch gerettet werden zu können. Welch eine Verschwendung.

Eine schlanke Hand berührt deine, und plötzlich erkennst du, daß eine Ansammlung von Menschen bei dir steht, die sich anläßlich des Spektakels versammelt haben und das Feuer beobachten. Du nimmst die Hand, und als du dich umdrehst, siehst du ein Elfenmädchen in deinem Alter. Die Trauer tritt ein wenig in den Hintergrund, und eine Woge der Zuneigung erfaßt dich. Sie ist deine beste Freundin, deine ständige Begleiterin. Du bist froh, daß sie bei dir ist.

Ihr langes Haar ist rabenschwarz und hinter den spitzen Ohren zusammengebunden. Ihre Haut hat den dunklen Bronzefarbton des Amerindianers und ist mit Lehm und Erde beschmutzt. Ihre Augen haben die Farbe matten Kup-

fers. Wunderschön. Sie ist ein wenig kleiner als du, aber körperlich weiter entwickelt. An manchen Stellen gerundet. Sie starrt weiterhin ins Feuer.

Du wendest dich ebenfalls wieder den Flammen zu, deren gierig leckende Zungen dem Holz um Tür und Fenster schwarzes Verderben bringen und scharfe Furchen durch die Wände treiben. Das Orange und Rot wird unscharf, glasig und reflektierend. Einen Moment lang kannst du dich in dem Spiegelbild selbst sehen.

Du bist sogar für einen Elf sehr groß, hast aber nicht die entsprechenden Muskeln. Dein Haar ist eine zottelige kastanienfarbene Mähne, glatt wie Stroh, ungekämmt und staubig. Deine Züge sind klassisch. Vortretende Wangenknochen, stolze gerade Nase, mandelförmige, haselnußbraune Augen mit blauen Sprenkeln. Deine Mundwinkel hängen im Moment herab.

Das Spiegelbild deines Gesichts wird immer größer, bis du nichts anderes mehr sehen kannst. Das Prasseln des Feuers wird langsam leiser und weicht anschwellender Orchestermusik. Dein Gesicht verliert die Farbe und wird geisterhaft transparent, und das flackernde Orange der unscharfen Flammen wird zum Hintergrund für den Vorspann. Das Wort FUNKSTILLE erscheint, und gleichzeitig läßt dich ein Adrenalinstoß erbeben.

Zeit zum Fliegen.

ERSTER AKT

Sein Erster Tod

1

Jonathon Winger befand sich im Sitzungssaal im siebenundzwanzigsten Stock der Arcologie von Angelic Entertainment in der Innenstadt von LA und unterdrückte ein Gähnen. In den hochlehnigen Kunstledersesseln ringsherum saßen Männer in grauen und blauen Anzügen mit dezenten Krawatten mit ihren Kleinstcomputern und diskreten Datenbuchsen.

Die meisten Gesichter waren Jonathon mittlerweile vertraut. Execs und VIPs von Angelic Entertainment, dem Besitzer der Los Angeles Sabers, der Combatbikermannschaft, für die Jonathon fuhr. Außerdem waren ein paar Werbefachleute von Saeder-Krupp anwesend, aber Jonathon und Tamara waren die einzigen Linebiker in dem Saal. Jeder wußte, daß Angelic Entertainment nur eine Fassade für den mächtigen Saeder-Krupp-Konzern war, der technisch gesehen im Freistaat Kalifornien geschäftlich nicht tätig sein durfte. Er war für die Brüder in Sacramento zu magisch oder zu metamenschlich – oder vielleicht auch beides.

Coach Kalish war ebenfalls anwesend. Sie war zwar, soweit es Jonathon betraf, als Trainer ein As, aber sie war auch eine alternde Zwergin und nicht unbedingt trideogen. Die Veranstalter waren offensichtlich nicht daran interessiert, sie bei besonderen Werbeaktionen einzusetzen.

Was Jonathon betraf, waren sie hocherfreut, daß er für die Sabers fuhr. Er war groß für einen Elf und infolge seiner verstärkten Muskeln und des systematischen Trainings auch massig, so daß er fast die Statur eines Orks hatte, zudem aber auch noch gut aussah. Den Veranstaltern zufolge hatte er Superstar-Charisma.

Ob sie recht hatten oder nicht, Jonathons kastanienfarbene Mähne, seine intelligenten haselnußbraunen

Augen und sein Zehntausend-Nuyen-Lächeln hatten ebenso zum Abschluß einer für einen Neuling im Combatbikersport beispiellosen Anzahl von Zusatzverträgen beigetragen wie sein Talent in der Arena. Jedenfalls liebte er die Publicity.

Und genau darum ging es in dieser Besprechung – um Publicity. Die Veranstalter, Produzenten und Werbefachleute wollten die Beziehung zwischen ihm und Tamara hochspielen. Wollten durchblicken lassen, daß irgendwas zwischen ihnen vorging. Etwas Intimes.

Sex.

Das konnten sie benutzen, um Millionen SimSinn-Chips und Motorräder und Kleidungsstücke und weiß Gott noch was zu verkaufen, das sie mit Jonathons Namen versehen wollten. Aber es störte ihn, daß es eine Lüge war.

Tamara und er hatten nie etwas miteinander gehabt, obwohl ihre Beziehung tiefer und enger war als alles, was er mit einem anderen Lebewesen für möglich gehalten hatte. Und Sex hatte dabei niemals eine Rolle gespielt.

Jonathon drehte sich zu ihr um und nahm alle Einzelheiten ihres Gesichts und ihrer Haltung mit einem Blick auf, las ihre Gedanken in ihrem rabenschwarzen Haar und der dunklen amerindianischen Hautfarbe, im matten Kupfer ihrer Pupillen und in der feinen, wunderbaren Linie ihres Mundes.

Er war schon so oft über ihre gemeinsame SimSinn-Verbindung in ihren Gedanken gewesen, hatte ihre Emotionen so empfunden, als seien sie seine eigenen. Er wußte, was die Neigung ihres Kopfes bedeutete, was sie fühlte, während sie geistesabwesend über die polierte rotbraune Oberfläche des Tisches vor ihr kratzte. Sie war ebenso gelangweilt wie er.

Sie schaute zu ihm auf und lächelte, um dann verspielt die Augen zu verdrehen. Und in diesem Lächeln las Jonathon ihre Gedanken. *Sie will hier raus.*

Jonathon stand gleichzeitig mit ihr auf. »Entschuldigen Sie uns«, unterbrach er den Pinkel, der sich gerade salbungsvoll ausließ. »Aber wir haben morgen abend ein schweres Spiel in New Orleans und würden uns vorher gern noch etwas ausruhen.«

Der Pinkel starrte ihn nur an, da er nicht wußte, was er darauf antworten sollte.

»Ich glaube nicht, daß Sie uns hier noch brauchen«, sagte Jonathon. »Was Sie auch beschließen, es geht in Ordnung.« Er bot Tamara seinen Arm, und sie verließen den Raum.

Als sie die Tür hinter sich geschlossen hatten, brach Tamara in Gelächter aus. »Danke«, sagte sie. »Ich war da drinnen am ersticken. Wie hast du solche Besprechungen bisher nur ertragen können?«

»Muß an den vielen zusätzlichen Nuyen liegen, die mit den ganzen Verträgen hereinkommen«, sagte Jonathon. »Ich schätze, ich habe eine gewisse Toleranz dafür entwickelt.«

»Zum Teufel mit den Nuyen. Wir verdienen genug, indem wir für die Mannschaft fahren. Was ich will, ist das Rampenlicht. Vielleicht eine Chance, ein SimFeature oder so etwas zu machen. Aber ich hasse diesen Drek von wegen Sitzungen und Besprechungen.«

»Es wird leichter«, sagte Jonathon, als sie den Aufzug erreichten. »Kommst du mit auf ein Bier ins Atrium? Ich treffe mich unten mit Venny.«

Tamara ließ sich den Vorschlag durch den Kopf gehen. »Gut, aber nicht so lange. Ich habe heute noch eine Verabredung.«

»Tatsächlich? Wieder mit diesem Träumer? Grids?«

»Grids wird auch da sein … sozusagen … aber eigentlich bin ich mit diesem Saeder-Krupp-Exec aus Essen verabredet.«

»Michaelson? Ich hätte nicht gedacht, daß du dich noch mit ihm triffst.«

»Heute ist das letzte Mal.«

Jonathon schüttelte nur den Kopf. Tamara hatte irgend etwas vor, das war ihm klar. Aber er fragte nicht danach, wollte es eigentlich gar nicht wissen. Außerdem würde sie es ihm ohnehin erklären, wenn es ihr paßte.

»Ich erzähle es dir morgen«, sagte sie. »In New Orleans.«

»Aber sei vorsichtig. Mit mächtigen Leuten zu spielen, ist nicht ungefährlich.« Jonathon sprach es aus, obwohl er wußte, daß es unnötig war. Tamara wußte immer, was er empfand, und sie würde sich entweder entsprechend verhalten oder nicht.

Wahrscheinlich nicht.

Sie lächelte nur, als er auf den Rufknopf für den Fahrstuhl drückte. Das Lächeln sollte ihm sagen, daß alles Sahne sein würde. Einfach Sahne.

Er wünschte nur, er hätte es glauben können.

2

Hoch oben in der blauen Wand aus Stahl und Glas des Venice Beach Hilton starrte Grids Desmond aus dem Fenster seines Hotelzimmers und beobachtete, wie die riesige orangefarbene Sonne im blaugrünen Meer versank. Ein leuchtend roter Streifen spiegelte sich auf dem Wasser, schimmerte wie ein breites feuriges Band zwischen ihm und der Sonne. Der Smog in Los Angeles hatte wenig an sich, das für ihn sprach, aber er trug dazu bei, aus lediglich wunderschönen Sonnenuntergängen spektakuläre zu machen.

Grids war schlank für einen Menschen, hatte wenig Muskeln auf den Knochen und noch weniger Fett. Vielleicht deshalb, weil er sich in erster Linie von Käsecrackern und Soykaf ernährte. Seine blasse Haut wies keine Spur von Bräune auf, da er sich fast nie ohne die obligatorischen schwarzen Jeans und das Micky-Maus-T-Shirt in die Sonne wagte. Trotzdem sah er auf eine altmodische Weise wie ein Filmstar aus. Schwarzes zerzaustes Haar, weiße Haut. Schmales Gesicht mit zarten, beinahe femininen Zügen. Nur die Augen nicht. Die raubvogelscharfen, dunklen Augen ließen ahnen, was sich hinter ihnen verbarg – ein genialer Intellekt und ein schlagfertiger, wenn auch ein wenig losgelöster Witz.

Grids beobachtete und wartete. Wartete darauf, daß der Schwindel begann.

Die Tagesspektakel am Venice Beach neigten sich dem Ende, und die Abendshows würden bald beginnen. Grids hob das Ares CCD Fernglas und betrachtete den Strand. Eine Gruppe muskulöser Freudenbubis zeigte einer Zuschauermenge akrobatische Kunststückchen. Die Männer waren schönheitschirurgisch behandelt worden, so daß alle wie Klons aussahen –

alle hatten identische Muskeln, Sonnenbräune und lockige blonde Haare.

Grids sah sich die Menge an. Es gab magische Illusionen, Tanzdarbietungen, Basketball, Volleyball und Kampfsport. Leute verkauften alles mögliche in jeder Form und Größe. Venice Beach war ein sicheres Territorium, das im Süden von einer großen Entsalzungsanlage und im Norden von den eingezäunten Konzernstränden Santa Monicas eingegrenzt wurde. Außerdem wurde es von der Mafia beschützt und galt daher bei den einheimischen Gangs, deren Revier der vergiftete Strand südlich der Entsalzungsanlage war, als neutrales Gebiet.

Grids rief die Cyberuhr auf, als er das Fernglas absetzte, und die Zeit wurde auf seiner Netzhaut eingeblendet. 7:18:24 Uhr abends. Es war fast soweit.

Er war früh im Venice Hilton eingetroffen, um sich nicht verdächtig zu machen, und hatte an diesem Nachmittag bis kurz nach eins auf Tamara gewartet. Er hatte scheinbar wahllos Zimmer 2305 bezogen, tatsächlich aber hatte er in seiner Headware-Memory aus einer Liste von Zimmern eines in Reichweite von Tamaras Simlink-Transmitter ausgewählt. Er hatte reichlich Zeit gehabt, den Truman Realink Simrecorder aufzubauen und alles so einzurichten, daß die Signale von und zum Simrig in Tamaras Kopf oberflächlich betrachtet wie die Trägerwellen eines Mobiltelekoms erscheinen würden.

Tams Simrig war wesentlich leichter einzustellen gewesen als andere, mit denen Grids schon gearbeitet hatte, weil es UCAS-Militär-Gerät war, noch aus ihrer Zeit als Testpilotin für die Vereinigten Kanadischen und Amerikanischen Staaten. Sein virtuelles Interface war umständlich, aber als er einmal herausgefunden hatte, was es konnte, hatte er über seine Vielseitigkeit gestaunt.

Zwar waren die meisten Simware-Kontrollen – die Art, die von Schauspielern und Simtech-Teams benutzt wurden – zur Vereinfachung der Handhabung standardisiert, aber Tamaras erforderte eine Feineinstellung. Sogar die elementarsten Funktionen wie Einstellung der Reichweite und der EC/PC-Verhältnisse erforderten eine Programmierung, aber wegen des schieren Umfangs sahnemäßiger Optionen in der Hardware lohnte sich der Aufwand. Das Gerät war so flexibel, daß das Signal auf unzählige Arten verschlüsselt werden konnte. Grids hatte es schwieriger gefunden, den Truman-Recorder entsprechend zu modifizieren.

Doch jetzt stand die Zeit des Handelns kurz bevor. Obwohl er physisch gesehen nicht selbst teilnehmen würde. Aufzuzeichnen, was Tamara fünf Etagen entfernt erlebte, reichte ihm völlig. Er beteiligte sich niemals am Geschehen, wenn es sich vermeiden ließ.

Besser, man erlebte die Realität aus zweiter Hand.

Grids wandte sich vom Fenster ab und setzte sich auf das Bett neben den Simrecorder. Der Truman war eine kleine, tragbare Einheit in einem Plastikgehäuse von der Größe einer Aktentasche. Er legte das kleine graue CCD-Fernglas neben den Truman, trank den letzten Schluck kalten Soykaf aus der Tasse und vergewisserte sich noch einmal, daß es sich bei dem Chip in dem Recorder immer noch um die Zehn-Gigapuls-Speichereinheit handelte, die er zuvor eingelegt hatte. Live-SimSinn-Aufzeichnungen machten sich über den Speicher her wie Ghule über einen Friedhof – sie benötigten mindestens einen Megapuls pro Sekunde. Das bedeutete, daß er knapp drei Stunden aufzeichnen konnte.

Wenn Andreas Michaelson kein sexueller Marathonmann war, waren drei Stunden mehr als genug für das, was Tamara vorhatte.

Weil er nichts Besseres zu tun hatte, stöpselte Grids sich ein und überprüfte noch einmal alle Systeme. Ein paar Minuten später, als er gerade ein Diagnoseprogramm auf den Entschlüsselungsalgorithmus angesetzt hatte, fing die Einheit Tamaras Simlinksignal auf und begann mit der Aufzeichnung.

Ein kalter Schauer der Erregung lief ihm über den Rücken, als er sich gegen den Kissenstapel lehnte und sich in die Aufzeichnung einschaltete. Das Signal war stark und klar, die Entschlüsselung arbeitete perfekt.

Plötzlich saß er in einem Hubschrauber und spürte den vibrierenden Rhythmus der Rotorblätter, als die Maschine auf dem Hoteldach landete. Sein Körper war hochgewachsen und elfisch, schlank und muskulös. Und weiblich, sehr weiblich.

Er sog die Ekstase ihres Geruchs auf – des ursprünglichen Geschlechts seines neuen Körpers, Tamaras Körper. Verdammte Pheromone.

Das Signal, das sie abstrahlte, war Total-X, das gesamte sinnliche und emotionale Spektrum, aber Grids hatte den Truman darauf programmiert, nur die Sinneswahrnehmungen aufzuzeichnen, um Speicher zu sparen. Außerdem hatte Tamara darauf bestanden, daß ihre Emotionen nicht aufgezeichnet wurden, weil sie, wie sie gesagt hatte, für ihre Zwecke irrelevant seien.

Sie war der Boß bei dieser Sache. Er lieferte nur die technische Unterstützung. Irgendwie war es fast wieder so wie in alten Zeiten, als er Shadowrunner gewesen war und für Grayson Alexander gedeckt hatte. Tödliches Ice. Das waren wirklich alte Zeiten. Noch vor seiner Arbeit bei Brilliant Genesis, vor Amalgamated Studios.

Wenigstens mußte er hier nicht gegen ICs antreten. Er haßte es zu decken und war nie wirklich gut genug im Kampf gegen Ice gewesen, um sein Selbstwertgefühl zu fördern. Die Matrix mochte virtuell sein, für ihn war sie nur allzu real. In der konsensuellen Halluzination des Cyberspace wurde das Virtuelle realer als real. Daten wurden zu etwas Greifbarem. Der Drek in der Matrix konnte einen töten.

In einem Sim zu sterben, war schwerer. Nicht unmöglich, aber schwerer. Die Technologie war bei Cyberdecks und Simdecks gleich – Artifizielle Sinnesinduktionssystemtechnologie, ansonsten auch als ASIST bekannt. Aber kommerzielle SimSinn-Chips unterlagen gewissen Beschränkungen, und die meisten Simdecks hatten eingebaute Sicherungen, eine Art Drehzahlbegrenzer. Cyberdecks hatten das nicht.

In dem Sim saß Tamaras grazile Elfengestalt auf der Kante des Kunstledersitzes in dem Hubschrauber. Grids schmeckte Pfefferminz und einen schwachen Anflug von Knoblauch, ein Nachgeschmack von Tamaras Abendessen. Es erstaunte ihn, wie fit sie war, wie gut es sich anfühlte, sich elegant zu bewegen, ohne sich dabei anzustrengen.

Dieses professionelle Sportlertraining lohnt sich wirklich, dachte er.

Tamara war breitschultrig für eine Elfe und stark für ihre Größe, obwohl Grids wußte, daß sie heute abend die Rolle der weiblichen Begleitung spielte.

Kühler Wind wehte ihre langen Haare zurück und zerrte am lockeren Saum ihres schwarzen Abendkleides, als sich die Helikoptertür öffnete. Der Sicherheitsmann, der ihr die Tür aufhielt, war ein Troll von beträchtlicher Größe. Hörner ragten vorn aus seinem Kopf, die sich nach hinten krümmten wie das Geweih eines Widders. Die Enden waren spitz zugefeilt und mit gravierten Silberkappen versehen. Der Troll trug einen schwarzen Smoking und eine verspiegelte Sonnenbrille, und er bedachte Tamara mit einem Lächeln, als sie ausstieg.

Ihr folgte ein Mann, der mindestens ebenso groß wie sie war. Er hatte eine tonnenförmige Brust und einen grau werdenden braunen Bart. Sein Name war Andreas Michaelson, und Grids wußte, daß er ein einigermaßen bedeutender Exec bei Saeder-Krupp war. Er hatte sich öfter mit Tamara getroffen, bevor Grids aufgetaucht war.

Michaelson trug einen perfekt geschnittenen, haifischgrauen Anzug, und in seiner kahl werdenden Stirn glänzte eine schicke, goldene Datenbuchse. Er nahm Tamaras ausgestreckte Hand, wobei sich seine Handfläche rauh gegen ihre preßte, und führte sie durch den Luftzug der Rotoren zu der Doppeltür.

Der Troll bezog Stellung hinter ihnen, als sie den Rand des Hubschrauberlandeplatzes erreichten und von zwei Sicherheitsmännern Saeder-Krupps begleitet durch die Tür gingen. Sie bedachte sie im Vorbeigehen mit einem schüchternen Lächeln, während sie sich an Michaelsons Schulter schmiegte.

Sie machte ihn richtig scharf.

Als das schrille Jaulen des Helikoptermotors so leise geworden war, daß eine Unterhaltung in normaler Lautstärke möglich war, sagte Tamara: »Ich habe dich so vermißt. LA ist kaum zu ertragen, wenn du nicht da bist.« Ihre Stimme klang heiser – ein kehliges, rauhes Beinahe-Flüstern. »Und natürlich kann ich nicht nach Essen kommen.«

Michaelson lachte. »Tja, nun, tut mir leid, daß meine Frau so eine Traditionalistin ist.«

Tamara lächelte ihn an. »Ist sie das?«

Michaelson nickte. »Aber bald, Liebling, werde ich mehr Zeit hier verbringen.« Er zog sie an sich und küßte sie auf den Mund.

Sie reagierte entsprechend, indem sie ihre Brüste gegen ihn preßte und ihre Lippen in der Umarmung öffnete.

Grids zuckte unwillkürlich zurück, als Michaelsons Bart Tamaras Mundwinkel kratzte und die Wärme seiner Zunge durch ihre Lippen stieß. Grids schmeckte nach Bier und Zigarrenrauch. Er war froh, als Tamara sich aus der Umarmung löste und Michaelson auf die Wange küßte. Sie ruckte den Kopf in Richtung des Trolls mit der verspiegelten Sonnenbrille, der hinter ihnen ging, und zog gleichzeitig an Michaelsons Arm. »Laß uns zuerst reingehen«, sagte sie.

Der Flur führte zu einer weiteren Doppeltür mit antik aussehenden silbernen Türklopfern in der Gestalt von Löwenköpfen. Michaelson preßte seine Hand auf die mattschwarze Oberfläche des Handflächenscanners an der Wand neben dem Eingang.

Eine Sekunde später öffnete sich die Tür mit leisem Klicken, und Michaelson führte Tamara in die feudale Suite. Sie streifte ihre Schuhe ab und grub ihre bestrumpften Zehen tief in den dicken grauen Teppich, wobei sie sich seiner Umarmung entzog und sich tänzelnd von ihm entfernte. Verspielt.

»Ruger«, sagte Michaelson zu dem Troll, der aufmerksam wartend dastand, »lassen Sie Claudio etwas gekühlten Champagner und ein Tablett mit Sushi heraufbringen.«

Ruger neigte sein horniges Haupt. »Wie Sie wünschen, Sir.«

»Und nichts Einheimisches. Der Champagner sollte aus Frankreich und das Sushi aus Japan oder San Francisco sein.«

Rugers Stirn legte sich kaum merklich in Falten. »Selbstverständlich«, sagte er. »Ich kümmere mich darum.« Dann schloß der Troll die Doppeltür hinter sich und ließ Tamara mit Michaelson allein.

Grids betrachtete die Hotelsuite durch Tamaras Augen, als sie sich umsah. Die Suite war riesig und luxuriös. Sie hatte eine komplett eingerichtete Küche, ein Eßzimmer, ein Wohnzimmer und ein großes Schlafzimmer. Die Wände waren bedeckt mit Gemälden von Strand- und Wüstenszenen im impressionistischen Stil des Südwestens – haufenweise Braun, Blaugrau, verschwommene Darstellungen und so weiter. Ein wandgroßes Trideo nahm eine Seite des Wohnzimmers in Beschlag, und daran angrenzend war ein Erker mit einem Fenster, das einen fantastischen Ausblick auf den Ozean bot.

Tamara ging zum Fenster, wo sie stehenblieb und

den flammenden Halbkreis der untergehenden Sonne betrachtete. »Grids«, flüsterte sie, »ich hoffe, du kriegst das mit. Ich bin sicher, daß es dir ebenso gefällt wie mir.«

Michaelson trat hinter sie und legte die Arme um sie. Sein Bart kratzte über ihren Nacken.

Sie lehnte den Kopf zurück und rieb sich an ihm.

Grids bekam Zustände, aber er kämpfte dagegen an und blieb in der Übertragung.

Michaelson küßte Tamaras Hals, woraufhin sie den Kopf ein wenig zur Seite neigte, um ihm so den Zugang zu erleichtern. Seine Küsse waren warm und feucht und hinterließen eine sich rasch abkühlende Speichelspur bis zur Spitze ihres Ohrs.

Grids kämpfte gegen den Drang an, seinen Soykaf von sich zu geben.

Doch Tamaras Körper reagierte auf Michaelsons Zärtlichkeiten. Ihre Atmung beschleunigte sich ein wenig. Ihre Lippen teilten sich, die Augen schlossen sich.

Michaelson ließ seine Hände über ihren Körper wandern. Eine lag auf ihrem Bauch und drückte die schwarze Seide ihres Kleids gegen die empfindliche Haut ihres Unterleibs. Mit der anderen Hand beschrieb er winzige Kreise über ihren Brüsten, und ihre Brustwarzen wurden groß und hart.

Ein Klopfen an der Tür ließ Michaelson innehalten.

Grids stieß einen Seufzer der Erleichterung aus.

»Ja?« sagte Michaelson.

»Ich bin's, Claudio. Zu Ihren Diensten, Sir.« Trotz der elektronischen Modulation des Interkoms konnte Grids den affektierten britischen Akzent hören.

»Herein.«

Die Tür öffnete sich, und Claudio schob einen silberfarbenen Servierwagen ins Zimmer. Michaelsons Untergebener war ein fetter Zwerg, plump und in die Jahre gekommen. Das schlohweiße Haar hatte sich größtenteils an sein Kinn verlagert. Er trug einen traditionellen Smoking. »Ah, meine sehr verehrte Lady, Tamara Ny«, sagte Claudio, indem er das Wägelchen neben dem Eßtisch parkte. »Wie schön, Sie wiederzusehen.«

»Danke gleichfalls, Claudio.«

»Ich muß sagen, daß mich Ihre Vorstellung letzte Woche gegen Atlanta tief beeindruckt hat. Ich denke da insbesondere an das Tor, das Sie auf Zuspiel von Jonathon Winger erzielt haben. Das war ...«

»Claudio!« unterbrach Michaelson seinen Redefluß. »Stellen Sie den Wagen bitte neben dem Sofa ab. Und dann gehen Sie.«

»Ja, gewiß. Ich bitte um Verzeihung.«

Tamara brach in Gelächter aus, tief und voll, und nach einer kurzen Pause fiel Michaelson ein.

»Ich rechne mit Ihrer Unterstützung, wenn ich morgen bei Magenics bin«, sagte Michaelson.

Claudio nickte und lächelte zustimmend. »Ich werde bereit sein.« Dann verbeugte er sich und verließ die Suite.

Tamara sah dem Zwerg nach, und Grids konnte einen flüchtigen Blick auf Ruger werfen, der draußen vor der Tür stand und einen äußerst aufmerksamen Eindruck machte. Mehrere andere Sicherheitsleute standen bei dem Troll, darunter auch eine menschliche Frau, die Grids für eine Magierin hielt – ein potentielles Problem, wenn das Simlink-Signal entdeckt und entschlüsselt wurde.

»Also«, sagte Michaelson, »wo waren wir vor dieser unsanften Unterbrechung stehengeblieben?«

»Etwa hier.« Tamara legte ihm die Arme um den Hals und küßte ihn.

Er reagierte darauf, indem er sie in die Arme nahm. Sie lachte, als er sie ins Schlafzimmer trug und dann auf das riesige Bett legte. Grids versuchte sich einen Überblick über das Zimmer zu verschaffen, während

Michaelson Tamaras Körper streichelte und sie dabei langsam auszog. Alles, nur nicht darauf konzentrieren, was jetzt geschehen würde. Er erwog kurz, sich für das Folgende auszustöpseln, aber Tamara würde ihn umbringen, falls irgendwas schiefging. Also biß er die Zähne zusammen und versuchte seine Aufmerksamkeit auf die Peripherie von Tamaras Erleben zu richten, auf Einrichtung und Ausmaße des Schlafzimmers.

Der Raum war groß und enthielt einen Schreibtisch an einer Wand. Vermutlich war das der Ort, an dem Michaelson noch bis spät in die Nacht hinein arbeitete. Von Execs wurde erwartet, daß sie schwer und lange arbeiteten, jedenfalls hatten das Grids' Freunde bei Amalgamated Studios gesagt. Auf dem Tisch befanden sich ein Cyberdeck, ein kleines Telekom und ein offener Aktenkoffer.

Tamaras Blickfeld wurde jetzt von Michaelsons haariger Brust ausgefüllt. Sie war bis auf Slip und BH aus schwarzer Seide nackt. Was Grids von ihrem Körper sehen konnte, war fantastisch. Unterleib, Arme und Beine waren mit steinharten Muskeln bedeckt. Im Gegensatz dazu war Michaelson weich und nachgiebig. Sie küßte eine seiner Brustwarzen, dann die andere, und arbeitete sich dann weiter nach unten.

Grids wußte, was jetzt kam, und er krümmte sich. Sie zog ihm die Hose aus, langsam und quälend, so daß er fast wahnsinnig wurde. Grids zog sich zurück, als sie Michaelsons Penis streichelte. Er konnte es einfach nicht mehr ertragen. Er dämpfte den Input, bis er zwar noch mitbekam, was geschah, es aber nicht mehr nacherlebte.

Die Tatsache, daß es ihr Spaß zu machen schien, war schon schlimm genug.

Dreiunddreißig Minuten später waren die beiden fertig, und Tamara schlief ein. Der Truman-Simrecorder erkannte das und schaltete selbsttätig auf Pause. Grids hatte sich ein-, zweimal eingeblendet, um sich zu vergewissern, daß die Signale nach wie vor klar und deutlich waren. Nach dem anfänglichen Akt, gegen den er eine besondere Abneigung hatte, war der Sex erträglicher. Er stellte sogar fest, daß er seinen Spaß dabei hatte. Michaelson war kein Pornostar, aber Tamara kannte ihre Bedürfnisse und wußte sie zu befriedigen.

Als sich der Truman abschaltete, war Grids ebenfalls müde und zum Schlafen bereit, aber vorher sah er den Chip noch einmal durch. Tamara würde zufrieden sein. Für diese Art von Mitschnitt war die Qualität ausgezeichnet. Die Aufzeichnung würde ihren Zweck erfüllen. Wenn Michaelsons Frau so traditionalistisch war, wie der Exec hatte durchblicken lassen, hatte Tamara jetzt das perfekte Material für eine Erpressung.

Grids schlief auf dem Bett ein und wachte am nächsten Morgen um 9:28:43 Uhr auf. Er machte sich daran, den Truman einzupacken, und bemerkte dabei, daß nach dem Sex weitere achtundfünfzig Minuten aufgezeichnet worden waren. Der Truman hatte Tamaras Signal am Morgen wieder aufgefangen und wieder mit der Aufnahme begonnen.

Grids machte sich einen Instant-Soykaf und stöpselte sich ein, um sich die Aufzeichnung anzusehen. Und als er Tamaras Morgen nacherlebte, überkam ihn ein Gefühl der Beklommenheit. Sie hatte etwas Dummes getan. Etwas gefährlich Dummes.

Etwas, das sie beide leicht das Leben kosten konnte.

3

Jonathon holte tief Luft und freute sich über den angenehm faulen Morgen. Das Café du Monde war wie üblich gefüllt mit Touristen und Einheimischen, die die Geräusch- und Geruchskulisse des Französischen Viertels in New Orleans genossen.

Auch an diesem feuchten, bewölkten Tag war das Vieux Carré ein Fest für die Sinne. Das volle Aroma frisch gemahlenen Kaffees lag in der Luft. *Echten* Kaffees, nicht Soykafs. Eine träge Jazzmelodie wehte von draußen herein, wo ein schwarzhäutiger Ork eine verbeulte Trompete blies, während ihn ein menschlicher Kollege auf einem akustischen Banjo begleitete.

Jonathon biß in seinen mit Puderzucker bestäubten Krapfen und nahm dann einen Schluck von seinem Café au lait. *Verdammt, mir gefällt diese alte Stadt*, dachte er. *Sie ist zeitlos und lebendig. So gelassen, verglichen mit der wahnsinnigen Hektik und der verschmutzten Luft von Los Angeles. Die Leute hier wissen zu leben.*

Auf der anderen Seite des polierten Holztisches saß Synthia Stone. Synthia war eine kleine Menschenfrau mit schulterlangen roten Haaren und scharf geschnittenen, zierlichen Gesichtszügen, als hätte sie ein Künstler mit feinem Pinsel gemalt. Ihre Pupillen hatten die Farbe verwaschener Jeans, und ihre Augen waren karminrot umrandet.

Sie streckte ihre feingliedrige Hand aus und legte sie auf seine. Die Knochen ihres Handgelenks waren dünn, vogelähnlich unter der Porzellanhaut, doch Jonathon wußte, daß der Schein manchmal trog, insbesondere bei Synthia. Ihre schlanken Hände konnten mächtige Magie wirken, wenigstens ebenso mächtige wie die ihrer Kollegen in der Abteilung für Okkulte Studien an der UCLA. Sie trug einen Armreif am linken Handgelenk, der grob aus einem matten bronzefarbenen Metall gehämmert und mit feinen Gravuren bedeckt war. Jonathon hatte sie noch nie ohne diesen Armreif gesehen, auch nicht in der Nacht. Nicht einmal beim Sex.

Sie drückte seine Hand. »Ist das nicht wunderbar?« fragte sie. »Wir zwei allein im Französischen Viertel.«

Ihre kindliche Romantik zauberte jedesmal ein Lächeln auf sein Gesicht. »Es ist toll«, sagte er. »Solange mich niemand erkennt.«

»So berühmt bist du nun auch wieder nicht, Winger.«

»Pst, nicht so laut. Sie müssen mich hier hassen.«

»Kein Mensch wird dich erkennen. Ich habe uns mit einer Illusion maskiert, die uns wie japanische Touristen aussehen läßt.«

»Und was ist mit Venny?« Jonathon nickte in Richtung Venice Jones, seinem Troll-Leibwächter, der am Nebentisch saß. Vor ihm dampfte eine große Tasse Kaffee, aber Jones hatte sie noch nicht angerührt. Er war bei der Arbeit. Seine Blicke strichen aufmerksam über die Menge, und seine magisch verstärkten Sinne hielten nach Gefahren Ausschau.

»Venny sieht wie ein großer Troll mit blonden Haaren, einem Spitzbart und einer verspiegelten Sonnenbrille aus«, sagte Synthia.

Jonathon lachte. »Ja, ich nehme an, daß er auch ohne Maske touristenmäßig genug aussieht.« Er aß den Rest seines Krapfens und nahm sich noch einen vom Teller. *Ich muß die Bestie füttern*, dachte er. Seine gentechnisch veränderte hyperaktive Schilddrüse stärkte seinen Metabolismus und verlieh ihm zusätzliche Kraft und Schnelligkeit, aber er war auch beständig hungrig.

»Du kommst mir ziemlich ... nachdenklich vor«, sagte Synthia. »Bist du nervös wegen des Spiels heute abend?«

»Eigentlich nicht«, sagte er. »Nur müde, nehme ich an. Aber wenn das Spiel angepfiffen wird, werde ich fit und ausgeruht sein.« Jonathon hielt inne. »Es ist nur so ...«

Dougan Rose. Der Name sprang ihn förmlich an, ungebeten. Wie ein Geist aus der Vergangenheit.

»Was?« fragte Synthia.

»Es ist Dougan.«

»Was ist mit ihm?«

Jonathon sah plötzlich ein Bild vor seinem geistigen Auge Revue passieren. Er war jung, und seit dem Feuer, seit der Beerdigung seiner Mutter und Schwester, war einige Zeit vergangen. Er hatte sich Tamara und ihrer Zigeunerbande angeschlossen, als sie Lake Shasta verlassen hatten, war Teil ihrer Karawane verrosteter Lieferwagen, schrottreifer Autos und einiger weniger Motorräder geworden.

Jonathon war mit Tamara auf ihrer alten Honda gefahren, und wenn die Karawane abends anhielt, um auf dem Feld irgendeines Bauern zu kampieren, jagten die beiden mit dem Motorrad über die Kieswege. Sie spielten eine Straßenversion von Combatbiker mit Ryan, Homey und den anderen Karawanenkindern, die alle davon träumten, einmal wie die großen Spieler mit ihren Motorrädern umgehen zu können. Wie Dougan Rose.

»Er blufft mich jedesmal aus dem Spiel.«

»Warum?«

Weil er der größte Biker der letzten zehn Jahre ist und an der Seitenlinie immer noch alle anderen übertrifft.

»Er war in meiner Jugend ein Idol von mir«, sagte Jonathon. »Ich hatte sogar ein Holo von ihm und seiner Yamaha.«

Synthia nahm seine Hände und sah ihn an. Sie starrte ihm in die Augen, ohne mit der Wimper zu zucken. »Du bist besser als er«, sagte sie. »Du weißt es noch nicht, aber du fährst besser, du bist jünger, und du bist stärker. Du hast Tempo und Zielstrebigkeit.«

»Du hörst dich an wie die Produzenten: ›Winger und die Sabers gegen Rose und die Buzzsaws‹. Ich habe die Vergleiche satt.«

Synthia sah ihn forschend an, dann lächelte sie.

»Nein, hast du nicht«, sagte sie. »Ich kenne dich. Du badest doch förmlich im Medienrummel.«

Ihr Lächeln war ansteckend. »Stimmt«, sagte er. »Und solange wir weiterhin gewinnen, werde ich auch jede Minute davon genießen.« Doch obwohl Jonathon lächelte und er glücklich war, allein mit seiner Liebsten zu sein und den Duft frisch gemahlenen Kaffees in der Nase und den Klang des trägen Jazz in den Ohren zu haben, machte er sich im Hinterkopf Sorgen wegen des bevorstehenden Spiels, das sie unbedingt gewinnen mußten. Sorgen wegen Dougan Rose und deswegen, wie in aller Welt er sein Kindheitsidol schlagen sollte.

4

Andreas Michaelson summte vor sich hin, während er sich im Spiegel betrachtete. Krawatte gerade, Haar perfekt. Freundliches Lächeln. Claudio würde sein Äußeres für das Mittagessen noch einmal überprüfen müssen, aber alles in allem war das, was er im Spiegel sah, gar nicht so übel. Hochglanz, Elite. Eindeutig fähig, es mit den Haien aufzunehmen.

»Und immer noch gut genug für Tamara«, sagte er zu sich. Michaelson war erstaunt, wie sexuell unersättlich die Elfe auf ihn reagierte, wenn er in Los Angeles war. Er mochte sie, mochte sie fast zu sehr. Sie hatten eine Affäre miteinander, aber keiner von ihnen rechnete tatsächlich mit einer Änderung in ihrer Beziehung.

Er würde seine Frau Nadine niemals verlassen. Und Tamara wußte das, ebenso wie er von seinen Quellen wußte, daß sie einen Freund hatte. Einen arbeitslosen Penner namens Grids Desmond. Es ärgerte ihn, daß jemand mit ihrem Aussehen und ihrem Geld mit so einem Typ zufrieden war. Allein mit ihrem Gehalt bei den Sabers mußte sie mindestens eine Million im Jahr verdienen.

Michaelson lachte über sich, als ihm klar wurde, daß er wissen sollte, wieviel genau sie im Jahr verdiente, weil sie nominell gesehen für ihn arbeitete. Die Sabers gehörten auf dem Papier Angelic Entertainment, eine Firma, die Michaelson zusammen mit anderen Saeder-Krupp-Töchtern leitete.

Und er war hier, um die Geschäfte zu leiten. Wenigstens war das der offizielle Grund. In Wirklichkeit war er gekommen, um mit dem Team von Magenics, einem weiteren kalifornischen Marionettenkonzern von S-K, über die sogenannte Magus-Akte zu diskutieren. Das Forschungsprojekt war streng geheim, und sein Boß, der Drache Lofwyr, wollte alles doppelt und dreifach abgesichert und überprüft haben. Es war ein Beweis dafür, wie verdreht die Welt war, daß ein Drache aus jahrhundertelangem Schlaf erwachen konnte, um dann den mächtigsten Megakonzern der Welt zu kaufen und zu leiten.

Aber würde Michaelson es auf eine Kraftprobe mit dem Drachen ankommen lassen? Würde er dem Wurm sagen, daß er wieder in seine Höhle kriechen und die Leute in Ruhe lassen sollte? Auf gar keinen Fall, *Omae!* Wie eine Marionette ruckte Michaelson, wenn an den Fäden gezogen wurde. *Solange der Drache das Kommando hat*, dachte er, *tue ich, was er will. Mit etwas Glück wird er nicht mehr sehr lange mein Boß sein.*

Das Telekom summte, während Michaelson seinem Make-up den letzten Schliff gab, so daß seine Haut wunderbar glatt aussah. Makellos. Unwandelbar. Beherrscht.

Er trat aus dem Badezimmer und setzte sich an den Schreibtisch. »Was gibt es?« fragte er.

Rugers riesiges warziges Gesicht erschien auf dem Schirm. »Hallo, Sir«, sagte er. »Entschuldigen Sie die Störung, aber der Leiter der Hotelsicherheit hat eine Entdeckung gemacht, über die Sie Bescheid wissen sollten.«

Der einzige Nachteil, den ein Aufenthalt im Hilton im Gegensatz zu den Anlagen von Angelic Entertainment in der Innenstadt mit sich brachte, war die Sicherheit. Obwohl sich das Hilton im Besitz von S-K befand und ebensogut geschützt war wie jedes andere Hotel der Spitzenklasse, konnte selbst die Hochsicherheits-Penthousesuite nicht mit der schieren Undurchdringlichkeit einer Konzernenklave mithalten. Doch der Ausblick von hier aus war viel netter, und die Abgeschiedenheit erlaubte es ihm, sich mit Tamara zu treffen, ein unschätzbarer Vorteil.

Michaelson sah wieder auf den Schirm. »Was hat er entdeckt?«

»Letzte Nacht haben sie eine Übertragung geortet und mittlerweile den Ursprung auf Ihre Suite eingeengt.«

»Was für eine Übertragung?«

»Nun, es schien sich um das verschlüsselte Signal eines Mobiltelekoms zu handeln. Soweit nichts Ungewöhnliches, aber die Übertragung hat fast eine Stunde gedauert. Und unter diesen Umständen hielt ich es für unwahrscheinlich, daß Sie ein derartig langes Telekomgespräch geführt haben.«

»Habe ich auch nicht.«

»Und Miss Ny?«

Andreas lächelte. »Nein, sie war anderweitig beschäftigt.«

»Wie ich vermutet habe. Und damit stehe ich vor einem Rätsel.« Der Troll runzelte die Stirn, was seinem Gesicht mit den riesigen Hauern einen furchteinflößenden Ausdruck verlieh. »Ich mag keine Rätsel, Sir. Überhaupt nicht. Ich mag Klarheit. Ursache und Wirkung. Ich mag es sauber und ordentlich.«

Michaelson sank in das Kunstleder seines Luxussessels und stieß einen tiefen Seufzer aus. »Versuchen Sie es mit einer Vermutung, Rutger.«

»Vertrauen Sie Miss Ny, Sir?«

Michaelson dachte einen Augenblick lang nach. »Nein, nicht wirklich.« Es klang hart in seinen Ohren, als er es sagte, aber er wußte, daß es die Wahrheit war. Sie konnte durchaus versuchen, ihn zu benutzen, ihn zu bestehlen oder zu erpressen. Er hatte sie eigentlich für schlauer gehalten. Er hatte gehofft, daß sie sich für derartige Aktionen zu schade war.

»Wir haben eine vollständige Akte über sie, Sir. Sie hat kein Headkom, aber sie verfügt über einen Simrig und einen Simlink-Transmitter. Vielleicht war der Transmitter modifiziert, um das Signal zu maskieren.«

»Aber wie hätte sie damit aufzeichnen können?«

Ruger zuckte die Achseln. »Sie hätte einen Simrecorder oder einen Signalbooster in Reichweite benötigt«, erwiderte er. »Die Hotelsicherheit hat nichts bemerkt, das nach einem Booster oder einer Satellitenverbindung aussah, aber sie haben ihre Akte durchgesehen, und jemand, auf den die Beschreibung von Grids Desmond paßt, ist gestern in Zimmer 2035 abgestiegen. Er ist heute am späten Vormittag wieder ausgezogen, und zwar kurz nachdem der Kopter Miss Ny zum Long Beach International Airport gebracht hat.«

Michaelson brauchte einen Drink. Die Sache wurde ihm allmählich klarer. Sie war heute morgen nervös und rastlos gewesen, darauf erpicht, das Hotel zu verlassen. Als Begründung hatte sie angegeben, ihr Flug nach New Orleans gehe bald. Hatte Tamara ihren Sex aufgezeichnet, um ihn später zu erpressen?

Konnte es eine andere Erklärung geben?

Nein. Und das machte ihn fertig.

Drek! Das wird mir die Schlampe büßen. Aber was ist, wenn …

Michaelson warf einen Blick auf seinen Aktenkoffer, der links neben dem Telekomschirm lag. Der Deckel war geöffnet, die Kopie der Magus-Akte lag darin. *Habe ich den Koffer offen gelassen? Ja, ich glaube schon. Was ist, wenn sie die Akte gelesen hat?*

Er sah nach, ob Seiten fehlten oder in Unordnung waren, aber seiner Ansicht nach hatte sich nichts verändert. *Vielleicht hat sie die Akte gar nicht gesehen.*

Rugers Gesicht war immer noch auf dem Telekomschirm. »Was soll ich tun, Sir?«

»Nichts. Ich regle das.« Michaelson rang sich sein undurchdringliches Konzernlächeln ab. »Danke, daß Sie mich verständigt haben, Ruger. Ihre Gründlichkeit ist wie üblich unerreicht. Sie wird angemessen belohnt werden.«

»Ich tue nur meine Pflicht, Sir.«

Michaelson legte auf, und sein Lächeln verschwand augenblicklich. Er saß bis zum Hals im Drek. Der Sex war keine große Sache verglichen mit der Möglichkeit, daß Tamara die Magus-Akte gesehen haben konnte. Wenn das herauskam, waren viele Leben verwirkt, unter anderem auch sein eigenes.

Ich muß davon ausgehen, daß sie sich die Akte angesehen hat und es jetzt eine Simaufzeichnung davon gibt. Ihr Geister, ich bin erledigt!

Er stützte den Kopf auf die Hände und versuchte sich zu entspannen. *Das Miststück mach ich fertig,* dachte er. *Wenn sie meine Extraktion kompromittiert hat, werde ich mir ansehen, wie ihr hübsches Gesicht zu einem triefenden blutigen Schwamm zerschlagen wird.*

Langsam atmen, sagte er sich. *Entspann dich. Denke klar.*

Nach einer Minute hatte sich sein Atem beruhigt und sein Ärger gelegt. Er meditierte eine Sekunde, dann wußte er, was er zu tun hatte. Er würde die Kopfjägerin anrufen, die er angeworben hatte, um ihn zu extrahieren und ihm eine Stellung bei einem anderen Megakonzern zu beschaffen. Ja, das war ein guter Plan. Er würde Cinnamon kontaktieren.

Er schaltete das Sicherheitsprotokoll an seinem Telekom ein und wartete, bis es eine sichere Leitung gefunden hatte, dann rief er die Nummer der Schieberin auf. Als er von der Sicherheit der Leitung überzeugt war, tippte er die LTG-Nummer ein.

Cinnamon meldete sich eine Sekunde später, und ihr bezauberndes Gesicht füllte den Schirm aus. »Ja?« sagte sie, wobei sich ihre braunen Augen zu einer kaum wahrnehmbaren Andeutung von Mißfallen verengten. »Ah, Mr. Michaelson, was kann ich heute für Sie tun?«

»Es betrifft den Verkauf eines gewissen Talents, worüber wir uns bereits unterhalten haben.«

Cinnamons goldenes Haar war ihr über eine Seite des Gesichts gefallen, und als sie es sich aus den Augen strich, erinnerte Michaelson sich daran, sich nicht von ihrem Äußeren täuschen zu lassen. Sie hatte einen rasiermesserscharfen Verstand und war äußerst erfinderisch. Ihre vollen Lippen kräuselten sich zu einem zarten Schmollmund. »Sind Sie davon überzeugt, daß die Leitung sicher ist? Meine Klienten wollen nicht, daß ihr Erwerb neuer Aktivposten publik gemacht wird, bevor besagte Aktivposten nicht ihre ersten vertraglichen Verpflichtungen erfüllt haben.«

»Ich bin zuversichtlich, daß diese Leitung so sicher ist wie nur eben möglich. Und die Angelegenheit ist dringend.«

Cinnamon schaute zur Seite, und Michaelson erkannte, daß sie etwas von einem anderen Fenster auf ihrem Telekomschirm ablas. »Keine Leitung ist völlig sicher, Mr. Michaelson. Aber ich werde Ihnen zuhören.«

»Es hat den Anschein, als könne einer der … äh … Bestandteile der Transaktion …« Er holte tief Luft.

»Ja?«

Michaelson schluckte und tupfte sich die Stirn mit einem Taschentuch ab. Er haßte Sprachlosigkeit und verachtete es, dumm auszusehen. »Ich habe Grund zu der Annahme, daß einer dieser Bestandteile kompromittiert worden sein könnte.«

Cinnamon spitzte nachdenklich die Lippen. »Handelt es sich dabei um einen der zuvor besprochenen Aktivposten, der Bestandteil der ursprünglichen Abmachung ist?«

»Ja.«

»Ist er gestohlen worden?«

»Er könnte widerrechtlich kopiert worden sein.«

»Haben Sie noch eine Kopie?«

»Ja.«

Cinnamon strich sich mit der Hand durch das schimmernde Gold ihrer Haare. »Wollen Sie trotzdem mit dem Talenttransfer fortfahren?«

Michaelson holte tief Luft und versuchte sich trotz seines wild pochenden Herzens zu entspannen. »Mehr denn je«, sagte er.

Cinnamon lächelte. »Ich sehe keinen Grund zu übertriebener Besorgnis«, sagte sie. »Ich glaube, meine Klienten werden sich einverstanden erklären, trotz dieses Rückschlages mit der Transaktion fortzufahren. Aber ich möchte, daß Sie mir alle Informationen übermitteln, die Sie über die mutmaßlichen Schuldigen haben, so daß ich der Sache nachgehen kann. Vielleicht gibt es überhaupt keinen Grund zur Sorge.«

Michaelson spürte, wie seine Muskeln sich entspannten. Er hätte wissen müssen, daß sich die Kopfjägerin darum kümmern würde. Schließlich war das ihr Job. Er haßte es, wenn er nichts unternehmen konnte. In Essen und Berlin war das Netz seiner Kontakte sehr ausgedehnt, insbesondere in der Konzernwelt. Aber dort konnte er es nicht riskieren zu verschwinden. Nur hier im Dschungelsprawl von Los Angeles mochte es ihm gelingen, dem wachsamen Auge des verdammten Wurms Lofwyr zu entkommen.

Und hier brauchte er Cinnamons Hilfe. Sie würde seine Extraktion und den Transfer in die Wege leiten und überwachen. Sie hatte einen hervorragenden Ruf.

Michaelson wies das Telekom an, auf seine privaten Dateien zuzugreifen und alles über Tamara Ny zu versenden. Als die Datenübertragung beendet war, sagte er: »Sie wird heute abend in New Orleans sein, um gegen die Buzzsaws zu spielen, müßte aber irgendwann im Laufe des morgigen Tages wieder nach Los Angeles kommen.«

»Sagen Sie nichts mehr.«

Michaelson nickte.

»Fahren Sie einstweilen wie geplant fort. Ich setze mich mit Ihnen in Verbindung, sobald ich mehr weiß.« Cinnamon unterbrach die Verbindung, und Michaelsons Schirm wurde schwarz.

5

Cinnamon starrte auf den leeren Schirm ihres Telekoms und ließ sich in die bequemen Polster des strohfarbenen Ledersofas sinken. *Drek!* dachte sie. *Dieser dämliche Pinkel hat es doch tatsächlich geschafft, sich kurz vor seiner Extraktion bestehlen zu lassen.* Sie nahm sich eine Zigarette aus ihrem goldenen Etui und zündete sie an. In der anderen Hand hielt sie ein Glas mit italienischem Chianti Jahrgang 2017. Ein sehr guter Jahrgang.

Das sollte mich etwas beruhigen, dachte sie. Cinnamon hatte Geschmack an einigen metamenschlichen Lastern dieses Zeitalters gefunden. Jedenfalls war ihre menschliche Deckidentität wesentlich schmackhafter als ihre wahre manifeste Gestalt, und die Magie sorgte dafür, daß die Kontakte mit den Leuten reibungslos verliefen. Sie verabscheute Unordnung und hielt ihre Tarngestalt auch dann aufrecht, wenn sie allein war, ließ der Natur nur freien Lauf, wenn sie der Hunger überkam und sie die Beherrschung verlor.

Der Wein war wie süßer Nektar in ihrem Mund und angenehm weich in der Kehle. Für 500 Nuyen die Flasche konnte man das auch erwarten, und in Augenblicken wie diesem lohnte sich die Ausgabe. Die Michaelson-Extraktion war kein leichtes Unternehmen. Er war zu wertvoll, hatte eine zu hohe Stellung bei Saeder-Krupp. Gerüchten zufolge war er Lofwyr direkt verantwortlich. Jemanden aus einem derart mächtigen Konzern zu extrahieren, ohne die Anonymität aufzugeben, war selbst unter den günstigsten Umständen heikel. Und jetzt waren einige der Informationen, die er hatte mitnehmen wollen, um Mitsuhama Computer Technologies einen Anreiz zu geben, mehr zu bieten, möglicherweise wertlos.

Cinnamon nahm noch einen Schluck Wein, um ihre aufsteigende Wut zu besänftigen. *Wie konnte der Bursche nur so verdammt dämlich sein?* Jedenfalls sollte sie Tashika bei MCT benachrichtigen. Vielleicht konnte sie ihn dazu bringen, seine Ressourcen einzusetzen. Er würde nicht wollen, daß Michaelsons Informationen kompromittiert wurden.

»Kom«, sagte sie zu dem Schirm auf dem Kaffeetisch vor ihr, »ich brauche eine Verbindung zu Luc Tashika auf einer sicheren Leitung.«

Der Schirm blinkte eine Sekunde lang grün, als der Anruf über eine der zweiunddreißig Deck-LTG-Nummern umgeleitet wurde, die Cinnamon unter falschen Namen an verschiedenen Orten in ganz Nordamerika unterhielt. Dann wurde die Verbindung hergestellt, und Cinnamon beugte sich vor, um besser sehen zu können.

Luc Tashika tauchte auf dem Schirm auf. Seine Miene kündete von Argwohn. Zweifellos hatte er ihren Anruf nicht so früh erwartet. Tashika war ein Asien-Amerikaner der zweiten Generation, und seine asiatischen Züge waren mit anglo-amerikanischen und spanischen vermischt. Er war ein breiter, untersetzter Mann mit vorspringendem Kinn, fleischigen, pockennarbigen Wangen und drahtigem schwarzen Haar. Er war nicht richtig fett, aber doch fast.

Yakuza, wußte Cinnamon. *Ein fähiger, rücksichtsloser Exec, den ich nicht hintergehen wollte.* Seine zweifelhafte Abstammung hatte verhindert, daß er in MCTs Konzernstruktur höher aufstieg, und deswegen hatte er eine wütende Grundhaltung. Glücklicherweise mochte Tashika sie.

»*Konichiwa*, Cinnamon«, sagte er, indem er den Kopf leicht neigte. »Was kann ich für Sie tun?«

Cinnamon schenkte ihm ihr verführerischstes Lächeln. »Ich habe Neuigkeiten potentiell unangenehmer Natur.«

Tashika lachte, ein schriller, kreischender Laut. Nicht sehr angenehm. »Wie üblich kommen Sie gleich zur Sache«, sagte er. »Das ist der Grund, warum ich Sie so sehr mag. Okay, ich höre.«

Cinnamon schilderte die Lage, wobei sie sorgfältig nach einer Reaktion Ausschau hielt. Tashika war nicht sehr gut darin, seine Emotionen zu verbergen. Die Möglichkeit, wertvolle Informationen zu bekommen, ohne zusätzlich dafür zahlen zu müssen, faszinierte ihn offenbar. Tashika wollte diese Akte.

Als sie geendet hatte, neigte Tashika unmerklich den Kopf. »*So ka,* Teuerste«, sagte er. »Ich werde herausfinden, was Miss Tamara Ny weiß. So oder so hat Michaelson die Information, und daher ändert sich nichts an Ihrer Bezahlung. Ich werde ihm die Kosten vom Lohn für seine neue Beschäftigung abziehen. Sie sollen nicht für seinen Fehler bezahlen.«

»*Domo arigato,* Mr. Tashika. Es ist immer ein Vergnügen, Geschäfte mit Ihnen zu machen.«

»Keine Ursache«, sagte Tashika und unterbrach die Verbindung.

Cinnamon stieß einen Seufzer der Erleichterung aus und schaltete das Telekom ab. *Nun, da Tashika daran arbeitet, müßte sich die Situation rasch wieder normalisieren,* dachte sie. *Trotzdem könnte ich einen Decker darauf ansetzen, der alles überwacht.*

Sie ließ sich wieder in die Lederpolster sinken. Ihre Arbeit war fast getan. Oder wenigstens hoffte sie das. Sie nippte von dem Wein und zündete sich eine weitere Zigarette an. Michaelsons neues Gehalt bei MCT war astronomisch und würde leicht alle zusätzlichen Kosten decken. Tamara Ny war die einzige Person, die tatsächlich büßen würde, ob sie schuldig war oder nicht.

6

Joanathons interne Uhr zeigte 15:27:46 Uhr. Noch vier Stunden bis zum Spiel. Der Louisiana Superdome erstreckte sich über ihm, als er durch das Labyrinth aus Betonmauern ging, aus dem das Spielfeld bestand. Er schritt vor einem Spiel immer die Arena ab, um ein Gespür für sie zu bekommen, den sechsten Sinn, den winzigen Vorteil, der möglicherweise zum Sieg nötig war.

Die Bahnen des Labyrinths variierten in der Breite von einem bis zu fünf Metern, jede Mauer war zweieinhalb Meter hoch und zu einer halben Röhre nach innen gewölbt, so daß die Motorräder für schnelle Wendungen und akrobatische Kunststückchen an ihnen emporfahren konnten. Die Bahnen waren auf dieser Seite marineblau gefärbt und auf der anderen Seite gelb – die Farben der Buzzsaws – und mit schwarzen Reifenspuren übersät.

So früh am Tag war es im Stadion ruhig, und Jonathon hörte nur das schwache Echo der Soundanlage des Übungsraums, als er seinen Schritt beschleunigte und sich auf die Einzelheiten des Labyrinths konzentrierte. Dieses war ziemlich verzwickt. Wenige Geraden, viele Kurven und Windungen. Während des Spiels war die Kenntnis des Standorts und der Umgebung von entscheidender Bedeutung.

Jonathon atmete schwer, als er die Endzone auf der anderen Seite erreichte, einen zwei Meter durchmessenden Kreis, der gelb gefärbt und in dessen Mitte eine große kreisrunde Säge gezeichnet war. Nur drei Bahnen öffneten sich zur Endzone. Jonathon erhöhte sein Tempo und lief zu der Bahn, die zur Himmelsrampe führte – eine Bahn, die von einem Ende zum anderen über die Mitte des Labyrinths verlief. Diese war ungefähr zwei Meter breit und mochte gerade für zwei Biker nebeneinander reichen. Für zwei ausgezeichnete Linebiker oder einen Lanzenbiker.

Jonathon blieb am Scheitelpunkt der Himmelsrampe etwa drei Meter über dem Labyrinth stehen. Er warf einen letzten Blick auf die Arena und prägte sich die Eigenheiten ein. Dann lief er zur anderen Seite der Rampe und verließ die Anlage durch die Strafbunker. Danach beeilte er sich, das Kommunikationsareal hinter sich zu lassen, wo Terry die Trideo- und SimSinn-Ausrüstung des Teams anwarf. Terry war eine grotesk fette Orkfrau, die insgeheim in Jonathon verknallt war. Glücklicherweise schaute sie nicht von ihrer Arbeit auf, als er vorbeilief.

Jonathon atmete erleichtert auf, als er in gemütlicherem Tempo an den Büros vorbeiging, wo er Coach Kalishs heisere Stimme hörte, die sich bei einem der Veranstalter über zu viele Reporter in den Sicherheitszonen beklagte. Er umging die Kontrollstation, wo die Schiedsrichter bald die Motorräder, Rüstungen und Waffen der Spieler begutachten würden, um sich zu vergewissern, daß alles den Bestimmungen der World Combat Cycling League entsprach.

Das Aufwärmgelände befand sich unter dem eigentlichen Spielfeld am Ende einer breiten spiralförmigen Rampe. Es bestand aus einem Umkleideraum, Übungsgeräten, einer kleinen Trainingsarena und mehreren Simulatoren. Jonathon traf Boges und Mason im Werkstattbereich an, die beide einen Mineraldrink zu sich nahmen, während sie Vic, dem Zwergenmechaniker, bei der Arbeit an Masons BMW Blitzen zusahen.

Mason war ein ungewöhnlich häßlicher Ork, was einiges heißen wollte, weil für Jonathon Orks ohnehin die häßlichsten Metatypen waren. Mason mangelte es außerdem ganz erheblich im Grips-Bereich, aber wenn ein Spiel angepfiffen wurde, gab es niemand anderen, den Jonathon lieber vor sich fahren ließ. Mason handhabte sein Motorrad mit unglaublicher Leichtigkeit und war extrem gemein mit einer Lanze und beinahe unempfindlich gegenüber Verletzungen.

Boges war einer der Torhüter und sogar für einen Sasquatsch groß und massig. Sein Gewicht hätte auch einem Troll alle Ehre gemacht. Sein Fell glänzte in dem fluoreszierenden Licht schwarz und silbern. Gerüchte besagten, Boges sei ziemlich clever, doch Jonathon bezweifelte das. Niemand mit auch nur einem Funken Verstand würde in einem Spiel auf dieser Stufe Torhüter spielen. Natürlich war er mit allen möglichen Talentsofts und anderen Implantaten ausgestattet, um eine uneingeschränkte Kommunikation mit dem Rest der Mannschaft zu ermöglichen.

»Hoi, Chummers«, sagte Jonathon, als er eintrat.

»Hoi.«

»Hat jemand Tam gesehen?« fragte Jonathon, während er sich ein sauberes Handtuch von einem Stapel nahm und sich den Schweiß von Gesicht und Nacken wischte. Früher am Tag hatte Tamara einen abwesenden Eindruck gemacht. Irgend etwas stimmte nicht, das war ihm klar. Es war ihm immer klar. Und das Gefühl hatte ihn gestört, sich in seine Gehirnwindungen eingenistet, bis er es nicht mehr hatte abschütteln können. Er mußte herausfinden, was los war, bevor das Spiel begann.

»Sie ist drüben bei den Simdecks«, sagte Boges. »Sieht sich Aufzeichnungen von Dougan Rose an. Sie sagte, sie wolle nach Schwächen Ausschau halten.«

»Dougan hat keine Schwächen«, murrte Jonathon.

Boges lachte. »Das habe ich ihr auch gesagt.«

Jonathon ging zu den Reihen der Simdecks, wo Tamara eingestöpselt auf einem Ruhesessel saß und sich eines der früheren Spiele der Buzzsaws ansah. Er setzte sich auf den Sessel neben ihr und stöpselte sich in dieselbe Aufzeichnung ein, wobei er Dougans Blickwinkel aus dem Menü auswählte.

Jähe Desorientierung und eine leichte Übelkeit überkamen ihn, als er Dougan Rose wurde. Kalter Schweiß lief über seinen Rücken und durchnäßte seinen feuerfesten Plycra-Unibody. Über dem Unibody saß die dicke Kevlar III-Panzerung, in die Platten aus geschmeidigem Polykarbonat wie bei einem Gürteltier eingearbeitet waren, so daß Dougan sich darin bewegen konnte. Die Platten waren abwechselnd leuchtend gelb und blau gefärbt, und auf der Brust prangte eine riesige Kreissäge.

Das Plexiglasvisier von Dougans Helm war zerkratzt, wodurch Jonathon einen Moment lang ein wenig undeutlich sah, bis er sich geistig darauf eingestellt hatte. Ein in die Rüstung integriertes Glasfaserkabel verband die Datenbuchse in seiner Schläfe mit dem Kontrollmodul im Sitz der extrem modifizierten Yamaha Rapier unter seinem Gesäß. Er lenkte das Motorrad kybernetisch, als sei es ein Körperteil von ihm, so daß er die Hände für wichtigere Dinge wie Waffen frei hatte.

Klammern an der Yamaha waren an Haken an den Beinschienen befestigt, so daß er untrennbar mit der leichten Maschine verbunden war. Die Klammern waren über das Spatzenhirn des Motorrads mit seinem Verstand gekoppelt und würden sich auf seinen gedanklichen Befehl lösen. Die Yamaha wog weniger als er, eine Maschine für hohe Geschwindigkeiten und Akrobatik. Für Protzen und Punkten. Für Ausweichen und Fliehen, nicht fürs Kämpfen.

Eine Schockgranate explodierte zwei Meter voraus, als Dougan auf die fliegende Drohne zu beschleunigte. Dougans Cyberaugen kompensierten den Blitz automatisch, etwas, wozu Jonathons natürliche Augen nur mit einer Spezialbrille in der Lage waren. Dougans transparentes Taktikdisplay zeigte, daß die Uhr bei fünf Sekunden angelangt war, und darüber hinaus eine Darstellung des Arena-Labyrinths, wobei die Positionen seiner Mitspieler als gelbe Motorrad-Icons angegeben waren. Die Positionen der Mitglieder der gegnerischen Mannschaft waren den Regeln entsprechend unbekannt.

Dougan drehte im Geiste am Gas der Yamaha. Dougans Fahrzeugkontrollrig hatte nicht das Ansprechverhalten von Jonathons, aber die Millisekunde der Trägheit schien seine Fähigkeit zu punkten nicht zu beeinträchtigen. In dem Sim raste Dougan durch den Rauch der Granatexplosion und schlug mit seiner Polykarbonpeitsche nach der roten Spielflagge, die von der Drohne getragen wurde.

Jonathon bevorzugte dieselbe Waffe. Sie hatte eine gewaltige Reichweite und man konnte sich mit ihr wunderbar die Fahne schnappen. Außerdem ließen sich damit die Gegner aus der Distanz aus dem Sattel heben. Es war eine tückische Waffe.

Die Drohne schwebte über den Trennwänden der Bahnen und flog auf einem quasi zufallsbestimmten Kurs mit der dünnen, flexiblen Fahnenstange. Die Spitze von Dougans Peitsche wickelte sich um die Stange und riß die beschwerte Flagge von der Drohne los. Nach einem raschen Ruck des Handgelenks wirbelte ihm die Flagge entgegen, und er packte die Stange und rammte sie in das Loch hinter seinem Sitz.

Dougan wurde etwas langsamer, um seinem Mitspieler Gorgon – einem massigen menschlichen Lanzenbiker – zu ermöglichen, ihn zu überholen, so daß er von ihm abgeschirmt wurde. Der Lanzenbiker fuhr eine riesige gepanzerte Honda Viking, und seine stumpfe Plastiklanze lag in der Verankerung über der rechten Vorderradgabel. Dougan beschleunigte, so daß sich sein Vorderreifen dicht hinter und ein wenig links von Gorgons Hinterreifen befand.

Eine Stimme meldete sich knisternd über sein Kopfset. »Achtung. Zwei Lanzen und ein Liner voraus.«

Dougan bellte in sein Helmmikro. »Verstanden,

T-Bone. Sperrfeuer legen. Pollack und Webster sollen sie abfangen.«

»Verstanden, Dougan.« Ein entferntes Krachen war zu hören, als T-Bone schoß.

Die Schockgranate schlug auf der anderen Seite der Kurve genau vor Dougan und Gorgon auf. Ein blendend weißer Blitz, der sofort dunkler wurde, als seine Augen die Helligkeit kompensierten, gefolgt von einem Feuerball, dessen Flammenzungen sich bis hoch zu den Streben der Stadionüberdachung reckten. Dann kam der Explosionsdonner und ließ die Luft um ihn erzittern.

Ein ohrenbetäubender Jubel erhob sich aus der Menge, die durch dicke Makroglaswände geschützt zusah. T-Bones Stimme erscholl in Dougans Kopf. »Schock wirkungslos. Pollack und Webster erreichen dich nicht mehr rechtzeitig.«

Dougan holte tief Luft. »Verdammter Drek«, murmelte er. Die Kurve näherte sich in halsbrecherischem Tempo. »Okay, Gorgon, das wird eng. Ich schwinge mich hoch und rüber. Verstanden, Chummer?«

»Wir sind schon zu nah, Dougan.«

»Ich bin der Flieger«, sagte er. »Zerbrich dir nicht meinen Kopf.«

»Es ist deine Beerdigung.«

Dougan hielt die Yamaha einen Augenblick an, bis Gorgon mit seiner riesigen Honda vor der Kurve der Bahn Stellung bezogen hatte. Dann beschleunigte er mit einem mentalen Befehl und duckte sich auf seinem Motorrad, das mit quietschenden Reifen Fahrt aufnahm.

T-Bones Stimme dröhnte in seinen Ohren. »Fünf Sekunden bis Feindkontakt. Ich werde die Himmelsrampe überqueren, um ihren Thunderbiker auszuschalten.«

Gorgon stand ein paar Meter vor der Kurve und hob die Lanze aus ihrer Halterung. Als Dougan vierzig Stundenkilometer erreichte, stemmte Gorgon seine Lanze aufrecht gegen seinen Stiefel.

Dougan ließ seine Peitsche in dem Augenblick vorzucken, als vier gegnerische Motorräder um die Kurve bogen, die stumpfen Spitzen dreier Lanzen auf Dougan gerichtet.

Sie werden Gorgon trotzdem treffen, dachte Jonathon. *Aber Dougan könnte es gerade noch schaffen.*

Die Spitze von Dougans Peitsche wickelte sich um Gorgons Lanze, und Dougan klemmte den Griff in das Halfter an seinem Motorrad. Die Peitschenschnur straffte sich, als Dougan die Yamaha herumriß und die Schräge der Begrenzungswand hinauffuhr. Sein Motorrad beschrieb einen engen Halbkreis mit der Peitschenschnur als Radius die Schräge hinauf, um dann hoch in die Luft zu schießen.

Dougan verlagerte sein Gewicht, als die Räder die Bodenhaftung verloren, so daß das Motorrad einen Rückwärtssalto vollführte. Die Menge stieß einen kollektiven Seufzer des Erstaunens aus, als er sich ganz klein machte und den Überschlag vollendete, um dann auf der anderen Seite der Begrenzungswand in einer freien Bahn zu landen. Er trat voll auf die Bremse und kam mit quietschenden Reifen zum Stehen.

»Melde dich, T-Bone«, sagte er. »Wo ist der Feind? Wo bleibt die Rückendeckung?«

»Ion und Chibba sind sechs Sekunden hinter dir. Kein Feind zwischen dir und der Endzone.«

Dougan warf einen Blick auf sein Taktikdisplay. Die Uhr hatte fast die Dreißigsekundenmarke erreicht. »Kein Feind?« fragte Dougan, als er seine Yamaha herumriß und zur Endzone der Timber Wolves düste.

Jonathon spürte, daß sich Tamara aus dem Sim ausstöpselte. Ihre leichte Desorientierung, als sie ihre Verbindung zum Recorder unterbrach. Er stoppte die Simulation und stöpselte sich ebenfalls aus.

Tamara hatte sich nicht bewegt. Sie saß stocksteif in dem Sessel neben ihm, die Hände vor dem Gesicht.

Weint sie?

»Tam, was ist los?«

Sie nahm langsam die Hände weg und stieß einen tiefen Seufzer aus. »Dougan Rose«, sagte sie. »Er macht niemals Fehler.«

Aber das war es nicht, das wußte Jonathon. »Komm schon, Tam. Was ist los?«

»Ein Fehler«, sagte sie. Dann richtete sie sich auf und saß eine Zeitlang schweigend da. Schließlich ein kaum hörbares Flüstern. »Ich hab's verpfuscht.«

Jonathon beugte sich vor. »Was denn? Was hast du verpfuscht?«

Sie schüttelte nur den Kopf und wich seinem Blick aus.

»Rede mit mir, Tam«, beharrte er.

»Es ist schlimm.«

»Hat es etwas mit Michaelson zu tun? Das läßt sich regeln. Ich weiß, daß es sich regeln läßt, aber du mußt mir sagen, was los ist, wenn ich dir helfen soll.«

»Du kannst mir nicht helfen, Jonathon. Niemand kann das. Du mußt mich bei dieser Sache allein fliegen lassen.«

»Aber …«

»Nein. Ich werde dich nicht mit hineinziehen.« Sie schlug wieder die Hände vor das Gesicht und versuchte ihre Gefühle zu verbergen. »Ich könnte es mir nie verzeihen, wenn ich dich noch mal in so eine Katastrophe wie die Sache bei den Multnomahfällen hineinzöge.«

»Das war ein Unfall«, sagte Jonathon. Aber er wußte, daß es schlimm für sie sein mußte, wenn sie die Multnomahfälle erwähnte.

Jetzt murmelte sie mehr zu sich selbst. »Grids hatte recht, es ist zu groß. Zu gefährlich. Zu verdammt gefährlich.«

»Grids? Was hat der Träumer ...?«

»Laß ihn da raus!« schrie sie plötzlich. »Es war alles meine Idee, also laß ihn da raus!«

Jonathon hob die Hände. »Entschuldige, Tam. Ich wollte nicht ...«

Doch sie stand auf, wischte sich die Augen ab und ging. Während er auf den Rücken ihrer kleiner werdenden Gestalt starrte, überkam ihn die Erinnerung an den Zwischenfall bei den Multnomahfällen. An den Tag, der ihrer beider Leben geändert hatte.

Nach der Flugschule hatten Jonathon und Tamara in Fort Lewis in Seattle Prototypen von Federated-Boeing-Kampfflugzeugen geflogen. Für ihn war es immer noch die beste Zeit seines Lebens, und oft träumte er davon, wieder ins Cockpit einer FB1680 zu klettern. In seinem blaugrauen Pilotenanzug auf den schmalen, körpergerechten Sitz zu gleiten und sich durch seinen Helm in den unglaublich kraftvollen Vogel einzustöpseln.

Der Codename der FB1680 lautete Falcon, und sie war schneller als ihr Vorgänger, die Eagle. Die Maschine war schlank, hatte nur eine durchgehende Tragfläche und war mit einem radarabsorbierenden Mattschwarz lackiert, so daß sie auf elektronischem Weg fast nicht zu entdecken war. Sie war eine reine Vektorschubmaschine, STOL-fähig und rasend schnell. Schneller waren nur ein paar Elite-Drohnen, und das auch nur, weil diese Beharrungskräfte ertragen konnten, die jedes metamenschliche Wesen umgebracht hätten.

Jonathon erinnerte sich an den Tag ihres sechsten Testflugs noch so deutlich wie an sein Frühstück mit Synthia. Wie hätte er ihn auch je vergessen können? Er hatte sich an einem bewölkten Tag Mitte März in seiner Maschine angeschnallt. Mittwoch, den 13. März 2054. Er versuchte nicht an das Fünfzig-Millionen-Nuyen-Preisschild an diesem kleinen Militärspielzeug zu denken und stöpselte sich ein. Geist verband sich mit Metall. Der kybernetische Kuß elektronischer Lippen.

Plötzlich wurde er zur Maschine. In die schwarze Metallhaut des Vogels eingebettete Kameras und Sensoren gaben Jonathon Rundumsicht, Rundumgehör, Rundumgespür. Und er hatte zusätzliche Sinne. Ein vom Tower übermitteltes Radarbild zeigte ihm eine 3D-Ansicht des Luftraums ringsumher. Digitale Informationen über Windgeschwindigkeit und Höhe wurden in Geschmack und Geruch umgewandelt.

Als Tamara sich in ihre Falcon neben ihm einstöpselte, synchronisierte sich ihre SimSinn-Verbindung mit seiner und sie verschmolzen miteinander. Zwei Flugzeuge und zwei Bewußtseine wurden zu einer Wesenheit. Die militärische Headware der UCAS machte es möglich.

Als Jonathon und Tamara sich zusammen verpflichtet und freiwillig für das spezielle Pilotenausbildungsprogramm gemeldet hatten, waren sie von Colonel Carmen Johansen befragt worden. Sie war auf der Suche nach Nicht-Magiern, die psychologisch kompatibel waren und eine dauerhafte SimSinn-Verbindung und die damit verbundene Durchsichtigkeit der eigenen Gefühle und Gedanken für den anderen ertragen und überleben konnten. Viele vorangegangene Versuche hatten bei den Beteiligten zum Wahnsinn oder zu einer übertriebenen gegenseitigen Hingabe geführt.

Nach der Grundausbildung und der fortgeschrittenen Flugschule waren Tamara und er einer Reihe ausgedehnter und zermürbender körperlicher und geistiger Tests unterzogen worden. Danach hatte man sie gebeten, an den Testpilotenstudien teilzunehmen. Sie hatten augenblicklich eingewilligt. Jonathon hatte schon immer davon geträumt, Kampfflugzeuge zu fliegen, und nun wurde sein Traum auf eine Weise wahr, wie er es sich nie vorgestellt hatte.

Nachdem sie eine Verzichtserklärung auf etwaige Schadenersatzansprüche unterschrieben hatten, begaben Tamara und er sich unters Messer. Bei der Headware, die sie bekamen, handelte es sich um den Prototyp eines Fahrzeugkontrollrigs. Sehr schnell. Sehr hoch entwickelt. Und die Ärzte installierten ein Total-X Simrig und einen fortschrittlichen Transmitter, der sowohl als Simlink als auch als Fernsteuerungseinheit für das Fahrzeugrig diente, so daß Jonathon, falls er je auf den Schleudersitz würde zurückgreifen müssen, das teure Flugzeug dennoch per Fernsteuerung landen konnte.

Die SimSinn-Ware sorgte dafür, daß Jonathon und Tamara bei ihren Flügen ständig miteinander verbunden waren. Sie ermöglichte es Jonathon, bei einem Testflug zwischen seinem und Tamaras Blickwinkel zu wechseln. Und im Laufe der Monate lernten sie einander auf eine Weise kennen, die intimer war als alles, was er zwischen zwei Personen für möglich gehalten hätte. Sie kannten die Emotionen, Sinneswahrnehmungen, Reaktionen und Absichten des anderen. Die Technologie hatte eine Verbindung geschaffen, die einem telepathischen Kontakt so nahe kam, wie es ohne Magie überhaupt möglich war.

An jenem dreizehnten Mai, ihrem sechsten Testflug des Falcon, flogen sie ihren zweihundertdreizehnten gemeinsamen Einsatz. Und ihren letzten.

Ihr Taktikoffizier war ein Zwerg namens Theodore Rica. Theo war ein brillanter mathematischer Geist in einem untersetzten, muskulösen Körper. Unter seinen schwarzen Locken war er mit derselben Headware ausgerüstet wie Tamara und Jonathon, aber er flog nicht mit ihnen. Er leitete im Kontrollbunker in Fort Lewis die Übungen, wo er die Daten der Radar- und Satellitenaufklärung sammelte, um ein genaues Bild des Luftraums zu erstellen. Außerdem empfing er den digitalen Datenstrom der beiden Jets und flog die ›feindlichen‹ Testdrohnen.

An diesem Tag dirigierte Theo sie nach Süden, über Salish-Shidhe-Gebiet. Brennendes Feuer schoß durch Jonathon, als er Schub auf seine Triebwerke gab. Sein fleischlicher Körper wurde in den gepolsterten Sitz gedrückt, während sein metallener Leib den Schub nach unten richtete. Er hob vom Erdboden ab, beschleunigte und raste dann über die Wälder des Salish-Shidhe-Stammeslandes.

Tamara hing an seinem linken Flügel gerade außerhalb seines Schubstrahls. Jonathon konnte es ihrer inneren Einstellung, dem Adrenalinschub, dem Lachen entnehmen, das er über die Verbindung empfand. Einer Million winziger, subtiler Hinweise konnte er entnehmen, daß sie bei diesem Flug die Führung übernehmen wollte. Also fügte er sich und ließ sie an sich vorbei in die führende Position schießen.

Sie flogen schnell und niedrig, dicht über den Baumwipfeln, spürten fast das Kitzeln der Douglastannennadeln, wenn sie über sie hinwegrauschten. Theos Stimme kam knisternd über Funk: »Echo in zehn Uhr.« Er hob das Ziel auf der taktischen Anzeige hervor – eine Aztechnology-Drohne der *Cheetah*-Klasse, eine ferngesteuerte Einheit, die dem Falcon hinsichtlich Geschwindigkeit hoffnungslos unterlegen war, dafür aber auf einem Kredstab wenden konnte und durch Bäume und Schluchten manövrierte wie eine Schabe durch schmutziges Geschirr.

Die Drohne wurde vom Radar erfaßt und verloren, erfaßt und verloren, aber nachdem Theo sie einmal hervorgehoben hatte, blieben Jonathon und Tamara ihr auf der Spur. Einer der beiden spürte sie immer auf, und die Simverbindung sorgte dafür, daß sie wie ein Wesen aus zwei Bewußtseinen und zwei schwarzen Metallkörpern in perfektem Einklang handelten.

»Wir schließen auf«, sagte Tamara, als sie die Distanz mit einem raschen Aufbrüllen des Nachbrenners verkürzte und sie durch die Risse und Spalten der neu entstandenen Cascades jagten. Zuerst durch die eisigen Schluchten des Mount Rainier, dann über die verbrannte Erde um den Mount Saint Helens.

Tamara hatte die Drohne fast in der Zielerfassung, als diese einen unerwarteten Haken nach Süden in Richtung Columbia und Tir Tairngire schlug. Später erfuhr Jonathon, daß es bei diesem Teil der Übung um ihre Reaktion auf die unerwartete Wendung der Dinge ging.

Die extrem paranoiden Sicherheitskräfte der Elfen hatten Anweisung, jedes Flugzeug abzuschießen, das ihren Luftraum verletzte, und jeder Pilot wußte das, aber in diesem Fall handelte es sich um eine Drohne. Es blieb keine Zeit für eine komplexe Analyse. Ihr Auftrag lautete, das Ziel zu zerstören, und genau das würde Tamara auch tun. Sie gab entsprechenden Schub und legte ihre Maschine in eine scharfe Kurve.

Jonathon ordnete seinen Autopilot ihren Befehlen unter, obwohl er bereit war, notfalls selbst das Kommando zu übernehmen. *Sie versucht wieder den Helden zu spielen*, dachte er.

»Tam, hier sind zu viele Zivilisten in der Nähe, um so etwas Riskantes zu versuchen«, bellte er in sein Kopfset, obwohl sie seine Gefühle über Simlink längst erfaßt haben würde, bevor sie die Worte hörte.

Tamara stand auf Anerkennung. Wollte immer bewundert werden, im Mittelpunkt der Aufmerksamkeit stehen. Und es war ihr ultimativer Traum, in Sims mitzuwirken, ein Megastar zu werden, dessen Name in der ganzen Welt bekannt war.

»Nur noch drei Sekunden«, kam Tamaras Antwort, als sie zwei ihrer Luft-Luft-Raketen vom Typ Ares Rattlesnake III scharf machte.

Jonathon tat es ihr nach, während die Luft unter ihnen kühl und feucht wurde. Sie gingen noch tiefer, um dicht über die Oberfläche des breiten Flusses zu rauschen. Sonnenstrahlen glitzerten auf dem blauen

Wasser, der Geruch nach Fisch und Nebel traf ihn, und hinter ihnen wurde das Wasser im Sog des Vakuums, das sie hinterließen, in die Höhe gerissen.

»Abbrechen«, kam Theos Stimme. »Wiederhole, abbrechen.«

Aber es war zu spät.

In dem Sekundenbruchteil, bevor Tamara schoß, kam eine Ansammlung von Leuten am anderen Flußufer in Sicht. Die Drohne beschrieb eine scharfe Wendung flußabwärts, und ihre winzigen Flügel funkelten vor dem glitzernden Silber der Wasseroberfläche matt bronzen.

Voraus stürzte ein hoher Wasserfall aus einer Schlucht. Die Multnomahfälle. Unten am Fluß standen Touristengebäude, die mit arglosen Zivilisten gefüllt waren. Die beiden Rattlesnakes erfaßten das Ziel und lösten sich von Tamaras Vogel. Eine traf die Drohne, als diese gerade ihren Haken flußabwärts schlug. Die andere verfehlte ihr Ziel.

Jonathon fand nie heraus, warum es geschah. Warum die Rakete ihr Ziel nicht verfolgte. Vielleicht hatte sie ein elektronisches Störsignal aus Tir Tairngire aufgefangen. Das wäre jedenfalls typisch für die Elfen und ihre Paranoia gewesen.

Die andere Rakete schlug in den Parkplatz der Touristenattraktion ein, als sie die Zielerfassung auf einen großen Bus voller Konzernkinder, den Söhnen und Töchtern von Sararimännern aus Portland, neu ausrichtete und ihn in einer riesigen pilzförmigen Feuerwolke in einen Haufen Splitter verwandelte. Jonathon sah für einen Sekundenbruchteil, wie die silberne Gestalt des Busses angehoben und in der Mitte gespalten wurde, bevor sich das ganze Ding in einen von Rauch und Flammen eingehüllten Splitterregen verwandelte.

Später erfuhren sie, daß bei der Explosion fast zweihundert Personen den Tod gefunden hatten, aber das war eine Zahl, die Jonathon nicht begriff. Wie konnten Tamara und er so etwas getan haben, auch wenn es ein Unfall gewesen war?

Tamara stand unter Schock, und Jonathon mußte die Kontrolle über ihren Jet übernehmen. Während er sie beide nach Fort Lewis zurückflog, empfand er ein ständig stärker werdendes Gefühl der Distanziertheit, die zunehmende Taubheit der Unwirklichkeit, die seinen Verstand wie eine Wolke einhüllte. Die Regierung Tir Tairngires verlangte eine gerichtliche Verurteilung aller beteiligten Personen. Theo, Tamara und Jonathon kamen vor ein Kriegsgericht und wurden zu fünf Jahren Haft im Militärgefängnis von Fairfax und zu lebenslänglichem Flugverbot verurteilt. Sie mußten nur zwei Jahre absitzen, aber sie würden nie wieder fliegen. Der Hohe Rat der Elfen hatte die Konzernwelt gewarnt, jeder Versuch, die beiden als Piloten anzuwerben, würde als direkter Affront betrachtet.

Jonathon und Tamara hatten beschlossen, es als Profi-Combatbiker zu versuchen. Und obwohl der Job schierer Nervenkitzel war und sich damit ein weiterer seiner Kindheitsträume erfüllte, hielt das Motorradfahren keinem Vergleich mit dem unglaublichen Kick des Fliegens stand.

Jonathon biß die Zähne zusammen, als ihn die Kälte der Erinnerung überfiel, und er erhob sich von dem Sessel. Er holte tief Luft und folgte Tamara. »Warte«, sagte er, als er sie eingeholt hatte. »Was auch passiert ist, in welchen Schwierigkeiten du jetzt auch stecken magst«, sagte er, »ich will dir helfen, wenn ich kann. Wir waren in Fort Lewis ein Team und sind es auch jetzt noch.«

Tamara senkte den Kopf und starrte auf den grauen Betonboden. »Nein, Jonathon«, sagte sie, indem sie langsam den Kopf schüttelte. »Du weißt schon viel zuviel.« Dann sah sie ihn an. Ihre Augen wirkten matt und glasig.

Er sah die Überzeugung in ihren Pupillen, in ihrem toten Starren. Und er wußte, wie ihre Antwort lauten würde.

»Bei dieser Geschichte fliege ich solo, Jonathon«, sagte sie. »Solo.«

Jonathon hatte sich noch nie so einsam gefühlt.

7

Luc Tashika blickte durch das Fenster seines Büros im siebzigsten Stock auf die ansteckende Krankheit namens Los Angeles. Sein Gebäude – der schlanke schwarze MCT-Monolith – stieß durch das Stahl-und-Beton-Dach der urbanen Pest. Sein Gebäude war eine Zinne aus poliertem Obsidian-Glas, strahlend und sauber vor einem Hintergrund aus schmutzigem Beton. Nun, es war noch nicht sein Gebäude. Aber vielleicht bald ...

Tashika strich sich mit den Fingern durch das drahtige schwarze Haar und überdachte seinen nächsten Zug. *Diese Michaelson-Übernahme muß gelingen*, dachte er. *Er ist meine Fahrkarte aus der Unterhaltungsabteilung.* Die Puristen im Konzern ließen Tashika hier versauern, weil der Oyabun der Loyalität seines Mischlingsblutes mißtraute. Tashika herrschte über Tochtergesellschaften wie Boromaker, Matrix News Corp und die Sportkonzessionen, aber die Unterhaltung war bei MCT eine Sackgasse, und er hatte die Endstation erreicht.

Michaelson wird meine Fahrkarte zurück in die Elektronik sein, vielleicht sogar ins Präsidentenbüro.

Tashikas Blick irrte vom bröckelnden Betondschungel, der wie Guano am Fundament seines Gebäudes klebte, langsam über die Stadt bis zum Meer. Der Blick, der sich ihm bot, war über ganz Hollywood gleich, änderte sich aber nach ein paar Kilometern, als die widerlichen Betonklötze den ummauerten Enklaven von Beverly Hills, Bel Air und Palisades wichen.

Selbst die Springflut von '45, bei der viele Häuser aus ihren Nischen entlang der Meeresklippen gerissen worden waren, hatte die Superreichen nicht davon abhalten können, an ihrer Stelle noch grandiosere Häuser und Paläste zu bauen. Jetzt brandete das Meer der Bettler unter ihnen wie Wellen gegen die Mauern der Elite und versuchte deren schwerverdienten Lebensstil und ihre Sicherheit wegzuschwemmen.

Er wandte sich vom Fenster ab und ging an den Schreibtisch. *Nun, mir wird das nicht passieren*, dachte er.

Die Wände seines Büros waren in einem geschmackvollen antiken Weiß gehalten, an denen lediglich zwei glasgerahmte Hologrammbilder hingen. Das eine war ein Moralposter von Tiger Mitsuhama, dem Gründer des Konzerns, das andere ein Porträt von Samba Oi, dem Aufsichtsratsvorsitzenden. Samba Oi war der eigentliche Machthaber des Konzerns. Beide Bilder hatten den Zweck, Tashika daran zu erinnern, wo er war und wohin er wollte.

Er setzte sich an den Schreibtisch und aktivierte sein Telekom. Bridgets reizendes Gesicht erschien auf dem Bildschirm. »Ja, Mr. Tashika?«

»Verbinden Sie mich mit Dougan Rose, und zwar auf einer sicheren Leitung«, sagte er.

»Sofort, Sir.«

Weniger als eine Minute verging, bis sie Dougan in der Leitung hatte. Tashika kam in den Genuß des Elfengesichts eines total aufgebrachten Bikers. »Warum, zum Teufel, rufen Sie mich an? Falls Sie es nicht wissen sollten, ich versuche mich auf ein Playoff-Spiel vorzubereiten.« Dougans Züge waren übertrieben elfisch – die Wangenknochen waren so hoch, daß sie fast den Blick auf seine perfekten Mandelaugen versperrten. Die Spitzen seiner Ohren, die durch sein glattes schwarzes Haar stachen, schienen scharf genug zu sein, um damit schneiden zu können.

Seitlich an Dougans Hals war die Totenkopftätowierung zu sehen, die sein Markenzeichen geworden war. Sie war groß und nicht zu übersehen – eine surreale Vision eines metamenschlichen Schädels mit feurigen Schwingen.

Es war ein genialer Zug, die Tätowierung vor vielen Jah-

ren beibehalten zu haben, gratulierte sich Tashika, *als ich Dougan entdeckte, ihn verwandelte und bei den Buzzsaws unterbrachte.*

»Etwas sehr Wichtiges hat sich ergeben, Rose-*san*«, sagte Tashika.

»Was ist es diesmal? Habe ich nicht schon genug für Sie getan?«

Tashika lächelte und lehnte sich gemütlich zurück. »Ihre Schulden bei mir sind noch nicht in voller Höhe beglichen worden.«

»Ich schulde Ihnen gar nichts.«

Diese Bemerkung ließ Tashika innerlich auffahren. *Wie undankbar.* »Sagen wir einfach, *Elf,* daß das, was ich für Sie getan habe – wie ich weiß –, mehr wert ist, als Sie bezahlt haben.«

»Und wahrscheinlich je zu bezahlen in der Lage sein werde, richtig?«

»Gebt dem Mann eine Zigarre. Haben Sie einen dieser Intelligenzchips eingeworfen?«

Dougan grinste höhnisch. »Sagen Sie einfach, was Sie wollen.«

Tashika sah den Haß in Dougans Augen, aber Luc Tashika war daran gewöhnt, mit Leuten umzugehen, die ihn haßten. Alles Teil des Unterfangens, an die Spitze zu klettern. »Es gibt da eine ganz bestimmte Person, die Ihnen bekannt sein dürfte«, sagte Tashika. »Sie heißt Tamara Ny, und sie fährt für …«

»Sparen Sie sich den Gangstermonolog und kommen Sie zur Sache. Die halbe Welt kennt sie.«

»Ja, das stimmt. Und Sie sollen dafür sorgen, daß Miss Ny das Spiel heute abend verläßt, bevor es vorbei ist.«

»In einem Leichensack, richtig?«

»Nein. Ganz entschieden nein. Aber ein DocWagon-Helikopter wäre perfekt. Ich werde ihn unterwegs abfangen.«

»Ich soll sie also verletzen?«

Tashika nickte. »Lassen Sie es wie einen Unfall aussehen.«

Dougan seufzte. »Natürlich«, sagte er gereizt. »Ist das alles, Konzern-*san*? Oder soll ich noch jemandem weh tun, wo ich gerade einmal dabei bin?«

»Nein«, sagte Tashika. Dann unterbrach er die Verbindung und trug Bridget auf, ihm einen bestimmten Angestellten von DocWagon ans Telekom zu holen – einen Fachmann in der Kunst des Überredens, den Tashika durch die Yakuza kannte. Doktor Franklin war kein *Kobun* und gehörte nicht der Organisation an. Und genau das war es, was seine Beteiligung perfekt für Tashika machte. Jede Beteiligung der Yakuza würde letzten Endes dem Oyabun zu Ohren kommen, und das wollte Tashika vermeiden.

Ich werde niemandem gestatten, mir die Lorbeeren für die Michaelson zu stehlen, dachte er. *Wenn ich mit Michaelsons gestohlener Aktenmappe komme, müssen sie mich ganz einfach befördern.*

Der gesamte Inhalt der Mappe würde wertvoll sein, aber eine Akte wollte Tashika mehr als alles andere. Die Magus-Akte. Cinnamon hatte versprochen, daß Michaelson sie mitbringen würde, und für Tashika war allein diese Akte jeden Nuyen wert. In Verbindung mit ihren eigenen Daten konnte die darin enthaltene Forschung Mitsuhama Computer Technologies einen Vorsprung von Jahren gegenüber den anderen Megakonzernen verschaffen. Sie war Tashikas Fahrkarte zur Präsidentschaft, und Michaelson würde erster Assistent sein.

Und vielleicht, nur vielleicht, gehörte die Magus-Akte zu den Daten, die Tamara Ny gestohlen hatte. Wenn ja, würde Doktor Franklin der Elfenbikerin diese Information entlocken. Tashika würde bald Bescheid wissen.

Bei dieser Aussicht bekam er einen Ständer. Was genau die Art war, die ihm gefiel.

8

In ihrem Drei-Schlafzimmer-Haus in San Bernardino räumte Maria Nightfeather nach dem Essen mit Pedro und Angelina auf. Sie stand in der blau-grau gekachelten Küche, spülte die Töpfe und Pfannen und kratzte sich abwesend an der Tätowierung an ihrem Hals. Das Muerte-Symbol – ein Totenkopf mit feurigen Schwingen.

La Muerte war die Gang aus El Infierno, die ihr Bruder Jesse vor vielen Jahren geleitet hatte. Sie und Dougan Rose waren beide Muertes gewesen und es auch geblieben, als die Gang auf Shadowruns umgesattelt hatte. Sie waren eine schlagkräftige Truppe gewesen, die von Jesses dunklen, stechenden Augen zusammengehalten worden war. Von seiner Führungskraft, die nie in Frage gestellt worden war. Und alle waren durch das Symbol ihrer identischen Tätowierungen miteinander verbunden gewesen.

Etwas über ein Jahr, nachdem La Muerte die Branche gewechselt hatte, beschloß die Regierung, dem von Gangs regierten El Infierno den Krieg zu erklären. Die Garde des Freistaats Kalifornien, Lone Star und verschiedene Söldnertruppen hatten die Straßen überflutet und alles zerbombt, erschossen und verbrannt, was ihnen in die Quere kam. Jesse war an diesem Tag gestorben, weil er sein Leben geopfert hatte, um das der anderen zu retten. Danach hatte sich La Muerte aufgelöst. Maria war ein paar Jahre bei Dougan geblieben und hatte das Bett mit ihm geteilt, nachdem sie den Freistaat verlassen hatten, um ihrer Vergangenheit zu entfliehen.

Maria schüttelte den Kopf in dem Versuch, diese Erinnerungen wieder in die Nischen und Winkel zu drängen, aus denen sie nicht herauskommen und sie heimsuchen konnten. Doch ihre Gedanken waren in letzter Zeit immer öfter zu Dougan gewandert. Und sie wußte, warum – wegen der bevorstehenden Combatbiker-Playoffs.

Sie wollte nicht an ihn denken nach all den Jahren, in denen sie versucht hatte, ihn zu vergessen. Aber er war immer noch da, immer noch in ihren Gedanken, jedesmal gegenwärtig, wenn sie Pedros hohe Wangenknochen und halbmondförmige Augen sah.

Dougan war vor Pedros Geburt verschwunden, und Maria war gezwungen, ihre magischen Talente zu verkaufen, während sie sich um den Säugling kümmerte. Doch es hatte nicht lange gedauert, bis Dougan ein berühmter Sportler war und Geld auf ihr Konto überwies. Sie hatte nie darum gebeten, aber sie würde es mit Sicherheit nicht ablehnen.

»Pedro«, rief sie. »Du bist mit Tischabräumen an der Reihe. Beeil dich, sonst kannst du das Spiel nicht sehen.«

»Okay, Mom«, kam die Antwort. Und kurz darauf erschien der Junge mit einem Haufen schmutzigen Geschirrs in der Küche. Pedro war fast zwölf und hatte Marias olivfarbene Haut und schwarze Haare, obwohl er nichts von ihrem magischen Talent geerbt zu haben schien. Zumindest hatte es sich noch nicht manifestiert.

Angelina kam hinter Pedro in die Küche geschlendert. »Kann ich mir das Spiel auch ansehen?« fragte sie. Angelina war sechs und noch dunkelhäutiger als Maria und Pedro, fast schwarz wie ihr Vater – ein Mensch namens Wallace, der ab und zu durch Marias Leben zog.

»Nein, Angel«, sagte sie. »Talon wird dir bei den Hausaufgaben helfen.«

»Bitte, Mom. Laß mich das Spiel ansehen.«

»Nein, es ist zu gewalttätig. Keine Widerrede.«

Angelina schnitt eine Grimasse, doch Marias Entschluß war unerschütterlich. Sie drehte sich um und ging hinaus. Ihre Schritte hallten hohl auf der Holztreppe, als sie nach oben auf ihr Zimmer ging, wo Talon, Marias Geistverbündeter, Angelinas Hausaufgaben kontrollieren würde.

»Beeil dich, Mom«, sagte Pedro. »Es fängt gleich an.«

Maria stellte die Geschirrspülmaschine an und ging ins Trideozimmer. Das übliche Theater kurz vor dem Spiel hatte gerade begonnen. »Millionen sehen weltweit zu«, sagte der plastikgesichtige Mann, dessen 3D-Bild im Trideo schwebte. »Die Biker-Kneipen sind gerammelt voll mit Combat-Cycling-Fans, und alle Augen konzentrieren sich auf New Orleans. Es ist das vierte Spiel der Best-of-Five-Serie für die WCCL-Meisterschaft.

Die LA Sabers, angeführt von Superstar Jonathon Winger, müssen gewinnen, sonst sind sie draußen. Aber Dougan Rose ist der größte Linebiker in der Geschichte der World Combat Cycling League, und seine Buzzsaws sind in Topform. Ich darf Rand Anpretty begrüßen, der uns eine Analyse der beiden Starspieler geben wird. Rand?«

Die Kamera wechselte zu einem dunkelhaarigen Elfengesicht mit perfektem Make-up, dessen Züge dieselbe Plastikstarre aufwiesen. Attraktiv, aber distanziert. »Dougan Rose ist der populärste Biker der ganzen Welt«, sagte der Elf. »Und die meisten Analytiker halten ihn für den besten Linebiker in der Geschichte dieses Sports. Aber die jüngeren Fans identifizieren sich mit Jonathon Winger. Er macht seine mangelnde Erfahrung durch überragende athletische Fähigkeiten und Spielintelligenz wett.

Eingefleischte Buzzsaw-Fans glauben, daß Winger dem erdfarbenen Rose trotzdem nicht gewachsen ist, aber Anhänger der Sabers verweisen auf Wingers mysteriöse Verbindung zu Mannschaftsgefährtin Tamara Ny. Ny ist selbst eine Spitzenbikerin, eine von nur sechs weiblichen Elfen in der ganzen Liga. Die Emotionen schlagen auf dem ganzen Globus hohe Wellen, und

Millionen haben sich eingeschaltet, um Zeugen dieses Kampfes der Giganten zu werden.«

Maria spürte, daß ihre Emotionen ebenfalls hohe Wellen schlugen. Ein Schauer der Erregung überlief sie, als sie sich neben Pedro setzte. Das würde ein Spaß werden.

9

Der Spielstand war bei drei zu drei ausgeglichen. Jonathon atmete tief durch und versuchte das Geschrei der Menge im bis auf den letzten Platz gefüllten Louisiana Superdome zu ignorieren. Das Gebrüll war ohrenbetäubend und übertönte das Jaulen der Yamahas, Hondas und Suzukis und sogar das tiefe Dröhnen der Harleys.

Jonathon dankte im stillen den internationalen Regeln für die zehn Meter hohe Barriere aus verstärktem Makroglas, die die Menge von der Irrgarten-Arena im Innern des Stadions trennte. Die Barriere verhinderte, daß Fans durch verirrte Betäubungsschüsse verletzt wurden, aber wichtiger war, daß sie fanatische Zuschauer davon abhielt, die Spieler aufzumischen.

Jonathon überprüfte rasch seine Waffen, während die Schiedsrichter den Start der Drohne vorbereiteten. Drei Schüsse Betäubungsmuni im Magazin seines Roomsweeper im Halfter an seinem rechten Oberschenkel. Der Roomsweeper war eine Schrotflinte mit kurzem schwarzen Lauf und kurzem Schaft, die mit einer Smartverbindung ausgerüstet war und sich hervorragend dazu eignete, weiträumig Betäubungsschäden anzurichten. Am Rahmen der Suzuki hing ein gewöhnlicher Streitkolben aus hochverdichtetem Plastik. In der Hand hielt er eine Polykarbon-Peitsche. Mit ihren zwei Metern Reichweite war die Peitsche seine Lieblingswaffe – sensibel, gut zu handhaben und zugleich tödlich.

Die blausilberne Rüstung schmiegte sich hauteng an seinen vercyberten Körper, der gespannt und aufgeladen war, bereit für den bevorstehenden Start der Drohne. Die starren Platten von Jonathons Rüstung gruben sich in seine Haut, als er mit seiner Suzuki

Aurora in Stellung fuhr. Das stark modifizierte Motorrad fühlte sich wie eine Verlängerung seines Körpers an, da er es kybernetisch kontrollierte. Via Datenkabel. Der Motor schnurrte wie ein zweites Herz, die Räder faßten auf dem Betonbelag wie ein zweites Paar Füße.

Das Motorrad war bis auf den Rahmen, der aus einer Titanlegierung bestand, ausgeschlachtet worden, um es leicht und schnell zu machen. Keine schwere Panzerung für diese Rakete. Doch Jonathon hatte ein paar Extras eingebaut – kleine Schubdüsen in der Aufhängung, um gewisse Sprünge zu unterstützen. Zusätzliche Sensoren für verbesserte Riggerkontrolle und alle notwendigen Halfter und Halterungen für die Waffen, die er brauchte. An der Balance des Motorrads war so lange gefeilt worden, bis sie für Jonathons Größe und Gewicht, wenn seine gepanzerten Beine in den Rahmen eingehakt waren, ideal war. Die Maschine war so cool, so Sahne, wie es die Regeln zuließen, und er hatte sechs genaue Ebenbilder in der Mannschaftsgarage stehen, weil man vorher nie wissen konnte, wie viele Maschinen bei einem Spiel zu Bruch gingen.

Die sensorischen Einzelheiten des Stadions verblaßten in Jonathons Wahrnehmung, als er seinen Atem beruhigte und sich auf das Hier und Jetzt konzentrierte. Der Geruch nach Abgasen und hunderttausend schwitzenden Fans ließ dankenswerterweise nach. Das Gebrüll der Menge wurde zu einem bloßen Hintergrundrauschen. Jonathon war bereit.

Er rief die taktische Darstellung der Kampfarena auf seiner Netzhautanzeige auf. Vier Linebiker der Sabers befanden sich auf dieser Seite der Mittellinie. Jonathon hielt die gerade Bahn besetzt, die im Schatten der Himmelsrampe von Tor zu Tor verlief. Tamara und Bozwell patrouillierten Abschnitte von Bahn eins, und der Zwerg – Hragth – hatte Stellung in der engen Krümmung von Bahn drei bezogen.

Auf der anderen Seite der Mittellinie fuhr Dougan

Rose. Wie Jonathon trug Dougan eine halbflexible Kevlar-3-Rüstung, die mit schmalen, starren Platten aus hochwiderstandsfähigem Polykarbon besetzt war. Als trüge er den Panzer eines Gürteltiers, nur daß sein Panzer stärker war und mehr Bewegungsfreiheit zuließ. Dougans Rüstung war leuchtend gelb, auf Brust und Rücken trug er eine blaue ›5‹ und entlang der Schulter den Namenszug ›ROSE‹.

Alle Ablenkungen hörten auf zu existieren, als Jonathon den Zustand höchster Konzentration erreichte. Dougan machte einen gedankenverlorenen Eindruck und fuhr etwas unter seinen spektakulären Möglichkeiten. Doch selbst das konnte Jonathons Konzentration, sein Zen, nicht im geringsten beeinträchtigen.

Nur die Linebiker konnten sich vor dem Anpfiff bewegen, und das auch nur auf ihrer Seite der Mittellinie. Die Lanzenbiker mußten ihre Stellung halten, bis einer der Linebiker der Drohne die Fahne entrissen und auf sein Motorrad gesteckt hatte. Als Lanzenbiker für die Sabers fuhren die beiden häßlichen Orks Mason und Webber, dann Tank, ein fetter Schwarzer, und Gnash der Troll. Der Thunderbiker war ein Zwerg namens Smitty, und der mußte seine Stellung ebenfalls bis zum Entreißen der Fahne halten.

Die Lanzenbiker waren soweit, bereit zum Tanz. Smitty ließ den Motor seiner Yamaha Rapier aufheulen, ein Motorrad, das oberflächliche Ähnlichkeit mit der Maschine eines Linebikers aufwies. Doch es gab zwei gundlegende Unterschiede: Der erste war der starr angebrachte Granatwerfer, der zweite eine schwere ballistische Panzerung. Smittys Rolle während des Spiels bestand darin, sich eine Stellung auf der Himmelsrampe zu sichern, um gegnerische Fahrer auszumachen und diese Informationen an Jonathon und die Mannschaft weiterzugeben. Außerdem hatte der Zwerg pro Spielzug drei Möglichkeiten, mit Schockgranaten Chaos zu stiften. In Schlüsselmomenten eingesetzt, konnten diese Babys drei oder vier Fahrer mit einem einzigen Schuß ausschalten.

Alle warteten auf den Spielbeginn. Die Uhr wurde zurückgestellt.

Ein Atemzug.

Die Schiedsrichter in ihren Türmen – geschützte Plattformen auf drei Meter hohen Masten – hoben ihre grünen Flaggen. Der Abschuß der Drohne stand unmittelbar bevor.

Jonathon spannte sich.

Ein Atemzug.

»Drohne gestartet«, ertönte Bozwells kratzige Stimme.

Jonathon beschleunigte, der Mittellinie und Dougan Rose entgegen. Mit der Linken zog er seinen Streitkolben, mit der Rechten ließ er die Peitsche knallen, während er versuchte, sich eine Position zu erarbeiten, in der er sich die Fahne schnappen konnte.

Dougan täuschte nach links und schoß dann nach rechts, die steile Böschung hinauf und an Jonathon vorbei die Bahn entlang.

Jonathon riß die Maschine in der Erwartung herum, die Drohne über sich hinwegfliegen zu sehen. Statt dessen hörte er einen Schuß.

Tamaras Roomsweeper.

»Drohne abgestürzt«, ertönte ihre Stimme über Kom. »Hab sie sauber aus der Luft geholt. Fahne im Spiel. Wiederhole. Fahne im Spiel.«

»In Stellung.« Das war Smitty.

Jonathon sah einen weißen Blitz am oberen Rand der Wand zu seiner Linken aufleuchten, als eine Schockgranate in der nächsten Bahn explodierte und die Luft ringsumher erbeben ließ. *Das muß Tamara gegolten haben*, dachte er.

»Tam?«

»Ich bin okay«, sagte sie. »Im letzten Augenblick ausgewichen.«

Smitty meldete sich. »Zwei Lanzen nähern sich, Tam.

Rückzug zur Rückendeckung. Mason und Gnash, auf geht's.«

»Verstanden.« Das war Mason.

»Schon unterwegs«, knurrte Gnash.

»Ziehe mich zur Himmelsrampe zurück«, sagte Tamara.

»Negativ«, ertönte Smittys Stimme. »Rendezvous mit Mason und Gnash in Kurve Siebzehn. Du hast keine Zeit für die Himmelsrampe. Es bleiben noch zwanzig Sekunden.«

Ein lautes *Ka-wumm* ertönte, und eine weitere Explosion ließ die Bahn links von Jonathon erbeben. Dann näherte sich Dougan Rose, der zurück zu seiner Endzone fuhr, um seiner Mannschaft zu helfen. Jonathon verstaute seinen Streitkolben und zog den Roomsweeper aus dem Oberschenkelhalfter.

Die Induktionspolster in seinen Handschuhen synchronisierten sich mit der Smartverbindung im Schaft der Waffe und legten einen trüben roten Kreis über sein Blickfeld. Die Mitte des Kreises entsprach dem Gewehrlauf, und der Inhalt des Kreises war die geschätzte Streubreite bei einem Schuß auf eine Entfernung bis zum Brennpunkt von Jonathons Augen.

Jonathon konzentrierte sich auf Dougan und zielte auf dessen sich nähernde Gestalt. Dann feuerte er, und ein Hagel von Gelkörnern ging auf den anderen Biker nieder. Dougan schlug im Vorbeifahren mit seiner Peitsche zu, um Jonathons Schußrichtung zu ändern. Die Peitsche traf Jonathons Schulter, und die Ablenkung gab Dougan den Sekundenbruchteil, den er brauchte, um der Hauptwucht des Schusses auszuweichen.

Jonathon hatte keine Zeit zu fluchen, als Dougan hinter ihm verschwand. Er mußte rasch zu Kurve Siebzehn. Neunzehn Sekunden waren bereits vorbei, also blieben ihm noch elf Sekunden bis Bibberzeit.

Tamaras Stimme ertönte über Helmfunk. »Ich fahre

über die Himmelsrampe, um die Mittellinie zu überqueren. Mason fährt vor mir. Jonathon unter mir. Ihr anderen blockiert die Rampe hinter mir.«

»Keine gute Idee, Tam«, sagte Smitty. »Nicht genug Zeit. Fahr mit Mason durch Bahn drei und gib Gas. Bessere Chancen, und du kannst auf Bahn zwei wechseln, wenn dich irgendwelche Drekfresser finden.«

»Zu spät, Smitty«, sagte Tamara. »Ich bin schon da und habe noch sechs Sekunden.«

Plötzlich wurde Smitty von einer Schockgranate von der Himmelsrampe geblasen. Jonathon sah, wie der Zwerg von dem Feuerball zurückgeschleudert wurde, fünf Meter fiel und schließlich unter seinem Motorrad gegen eine Betonmauer prallte. Jonathon zuckte innerlich zusammen.

»Jonathon«, sagte Tamara. »Bleib unter mir. Mason, du bist dran.«

Jonathon sah, wie Masons riesige gepanzerte BMW Blitzen die Auffahrt der Himmelsrampe hinaufraste. Von der anderen Seite näherten sich drei Buzzsaws. T-Bone auf seinem Thunderbike und Gorgon mit seiner Lanze, der frontal auf Mason losfuhr. Hinter ihm war noch ein Linebiker namens Pollack.

Tam wird es nie über die Mittellinie schaffen, dachte Jonathon.

Das Labyrinth der Buzzsaws war so angelegt, daß nur drei Bahnen die Mittellinie zwischen den beiden Hälften kreuzten. Zwei Bahnen kreuzten sie je dreimal in einer raschen Aufeinanderfolge von Haarnadelkurven. Jonathons Bahn verlief gerade und kreuzte die Mittellinie nur einmal, da sie unmittelbar unter der Himmelsrampe von einer Endzone zur anderen verlief.

»Ich bin da«, sagte er, indem er unter Tamara beschleunigte, während sie im Schutz von Masons Block fuhr. Gorgon und Mason prallten aufeinander, und die Lanze des Orks traf Gorgon mitten auf der Brust. Das Kreischen berstenden Metalls und das scharfe Knacken von Makroplastrüstung war trotz des Gebrülls der Menge nicht zu überhören. Beide Motorräder hielten.

Gorgon wurde von seiner Maschine geschleudert und verfehlte bei der Landung den schmalen Streifen der Himmelsrampe. Er prallte schwer auf die Kante von Jonathons Bahn und glitt schlaff die Krümmung der Halbröhre hinunter, um dann reglos liegenzubleiben.

Mason verlor den Halt auf seiner Maschine, die umkippte, während Tamara ihn umfuhr und weiter in Richtung Mittellinie jagte.

Die Bibberzeit näherte sich unaufhaltsam, als Jonathon der schlaffen Gestalt Gorgons auswich, der neben seinem schweren Hobel lag.

»Ich werde es nicht schaffen«, sagte Tamara.

»Ohne Drek«, meldete sich Smitty.

Jonathon sah hoch. Er gab Gas, bis er direkt unter ihr fuhr, dann paßte er seine Geschwindigkeit an. »Zum Auffangen bereit, wenn nötig«, sagte er.

Tamara zog die Fahne aus der Halterung und streckte den Arm über den Rand der Himmelsrampe aus, da sie sich T-Bone und Pollack näherte. Sie mußten ahnen, was sie vorhatte, weil sie Anstalten machten zu wenden. Doch da zog sie die Fahne wieder an sich, um sie zurückzulocken. Sie würden sie zwingen müssen, die Fahne weiterzugeben.

Im letzten Augenblick ließ sie die Fahne fallen und hielt mit quietschenden Reifen vor ihnen an. Jonathon konzentrierte sich ausschließlich auf den fallenden Schaft. Ein absichtliches Fallenlassen der Fahne bedeutete Spielausschluß, aber nur, wenn die Stange tatsächlich den Beton berührte.

Aus dem Augenwinkel sah Jonathon, wie T-Bone seine letzte Schockgranate auf ihn abschoß, während Pollack kehrt machte, um ihn abzufangen. Doch Tamara ließ ihr Polykarbonnetz fliegen, das Pollack einwickelte und sich in den Speichen seiner Maschine verfing. All das geschah im Hintergrund, und Jonathon nahm es kaum zur Kenntnis. Seine Aufmerksamkeit war ausschließlich auf die Fahne gerichtet, die mit dem beschwerten Ende voran herabfiel. Er war in Stellung, und seine Geschwindigkeit stimmte.

Jonathon fing sie mit beiden Händen, als die Schockgranate hochging und ihn mit ihrem Explosionsdonner fast betäubte. Die Granate warf ihn zu Boden, aber er ließ die Fahne nicht los.

Keine Strafe.

Jonathon stieg wieder auf und schüttelte den Kopf. Er hatte noch alle Knochen, war noch ganz. Er rammte die Flagge in die Halterung und fuhr geradewegs zur Mittellinie.

»Drei, zwei, eins, Bibberzeit, Chummers!« Das war Smittys Stimme.

Bibberzeit war eine zufällig generierte Zeitspanne zwischen null und dreißig Sekunden, nach deren Ablauf die Sirene das Ende des Spielzugs verkündete. Die Mannschaft, in deren Hälfte sich die Fahne befand, wenn die Sirene ertönte, verlor einen Punkt an die andere.

Einfach, *neh?* Nur daß niemand wußte, wie lange die Bibberzeit dauerte.

Jonathon hatte freie Bahn zur Mittellinie und in die Hälfte der Buzzsaws. Er brauchte nur drei Sekunden.

Null Problemo. Er überfuhr die Linie und raste über den blauen Beton der Endzone der Buzzsaws entgegen, wobei sich die kleine Suzuki rasch der Hundertkilometermarke näherte. Er würde versuchen, ein Tor und damit *drei* Punkte zu erzielen. Wind pfiff an ihm vorbei, heiß und feucht und vom schweren Geruch schwitzender Leiber erfüllt. »Melde dich, Smitty«, sagte er. »Wo ist der Feind?«

»Ich bin am Boden. Frag Tam.«

Tamara meldete sich. »Versuch die drei Punkte, Jonathon. Nein, Korrektur, drei Lanzen fahren dir entgegen, Zusammentreffen in … tja, praktisch sofort.«

Noch während sie sprach, umrundeten drei Buzzsaws auf Harleys die Kurve am Ende der Bahn. Sie fuhren in Formation, Seite an Seite, die Lanzen in den Händen und auf Jonathon gerichtet. Dann rasten sie auf ihn zu in der Hoffnung, ihn und die Flagge über die Mittellinie zurückzudrängen, bevor die Zeit ablief. Wenn er an ihnen vorbeikam, hatte er freie Bahn. Freie Bahn zur Endzone. Dann standen sich nur noch er und der Torwart gegenüber.

Zeit für den Winger Spezial – ein Kunststück, das er erfunden hatte. *Liebe Kinder zu Hause, nicht nachmachen!*

Jonathon riß die Maschine vorn hoch, so daß er nur noch auf dem Hinterrad fuhr, während er auf etwa fünfundvierzig Stundenkilometer abbremste. Er richtete sich auf und konzentrierte sich darauf, die Balance zu halten und die Entfernung zwischen ihm und dem Trio der näherkommenden Lanzen richtig einzuschätzen.

Als sich die Entfernung auf unter drei Meter verringert hatte, bremste Jonathon und warf sich nach vorn, so daß das Vorderrad auf den Beton knallte. Und in dem Augenblick, als sich das Hinterrad hob, aktivierte er die in die Vorderradgabel eingebauten Schubdüsen. Das Motorrad hob förmlich ab und beschrieb einen Vorwärtssalto. Das Stadion huschte über und unter ihm vorbei, als er sich drehte, und er hörte Schüsse und das kollektive Raunen der Menge. Als ihm sein natürlicher Gleichgewichtssinn und sein gymnastisches Training sagten, daß es an der Zeit war, den Salto zu beenden, zog Jonathon den Kopf ein und beendete die letzte Drehung, um wieder zu landen. Glatt, auf beiden Rädern, nicht einmal ein Wackler.

Null Streß. Die dämlichen Dreksäcke hatten ihre Lanzen eingehakt, sonst hätten sie mich vielleicht erwischt.

Er hatte einen Vorsprung von vier Längen vor den Lanzen, und sein Schwung trug ihn zur Endzone.

Die Menge feuerte lautstark die Abwehr der Buzzsaws an.

Zeit, dem Torwart auszuweichen.

Ein Tor zu erzielen, war nicht leicht, obwohl die Fahne überall in dem zwei Meter durchmessenden Kreis abgelegt werden konnte und der Torwart zu Fuß war. Der Torwart der Buzzsaws war ein riesiger Troll namens Big Ed, mit gewaltigen Polykarbonplatten gerüstet wie ein Panzer. Mit einem automatischen Karabiner mit zwanzig Schuß Betäubungsmunition und einem Tetsubo bewaffnet – einem langen japanischen Kampfstab, der mit Noppen aus hochverdichtetem Plastik besetzt war. Eine ziemlich gemeine Waffe.

Doch Jonathon war schneller. Flinker. Und hoffentlich auch cleverer.

Die Bibberzeit lief bereits fünfzehn Sekunden. Dies war seine einzige Chance, ein Tor zu erzielen.

»Du bist ganz allein«, sagte Tamara. »Sie haben uns festgenagelt. Unmöglich, daß wir dich noch rechtzeitig erreichen.«

»Verstanden, Schatz. Laut und klar.« Jonathon beschleunigte noch einmal und wedelte dabei in seiner Bahn wild hin und her, um Big Ed das Zielen zu erschweren. Der Karabiner knatterte einmal, zweimal, daneben. Der dritte Schuß traf Jonathons Bein. Schmerzen schossen durch sein Knie. Ein letztesmal wedeln, dann fuhr er mit Vollgas frontal auf den Torwart zu.

Er zielte direkt auf Big Ed.

Der Karabiner gab Schuß auf Schuß ab, doch Jonathon blieb auf Vollgas und riß die Maschine um, so daß sie über den Boden schlitterte und er sie als Schild benutzen konnte. Im letzten Augenblick entließ er das Motorrad aus seiner kybernetischen Kontrolle und sprang mit der Fahne ab.

Der Troll schwang seinen Tetsubo in dem Versuch, die heranrutschende Maschine abzuwehren.

Jonathon prallte auf dem Beton auf, preßte die Fahne an seinen Körper und rollte sich ab. Es war eine halbkontrollierte Landung. Er hatte das schon öfter getan, als er sich erinnern konnte. Big Ed würde mit der Maschine beschäftigt sein, während Jonathon die Fahne auf der anderen Seite des Kreises ablegen würde.

Aber Big Ed war schneller und gewandter, als er aussah. Er wich dem heranschlitternden Motorrad aus und ging mit erhobenem Tetsubo auf Jonathon los.

Jonathon streckte den Arm zur gelben Begrenzungslinie der Endzone aus, die Flagge in der Hand, als der große Kampfstab seine Rippen traf. Er schnappte nach Luft, als mehrere Platten seiner Rüstung eingedrückt wurden und ein stechender Schmerz durch seine Brust fuhr.

Big Ed holte erneut mit dem Tetsubo aus.

»STOP!«

Die Fahne in Jonathons rechter Hand lag gerade innerhalb der Endzone.

»Drei Punkte für ...«

Big Eds Tetsubo sauste wieder herab, und diesmal traf er Jonathon seitlich am Kopf, wo der Kampfstab von seinem Helm abglitt und voll auf der Schulter landete.

Mehr Schmerzen. Kurz.

Dann Schwärze.

10

Synthia stand auf ihrem Sitz und mußte hilflos mit ansehen, wie die Sanitäter und Techs den bewußtlosen Jonathon in den Umkleideraum trugen. Sie wußte, daß sie sich keine Sorgen machen sollte. So etwas kam immer wieder vor. Aber sie machte sich Sorgen. Sie machte sich immer Sorgen.

Sie wollte in den Astralraum wechseln. Projizieren, damit sie in den Umkleideraum gleiten und nachsehen konnte, wie es Jonathon ging. Aber sie konnte nicht. Astrale Projektion während des Spiels verstieß gegen die Regeln. Einmal hatten die Beobachter sie *vor* dem eigentlichen Spielbeginn den Astralraum durchstreifen lassen, aber sie hatte es noch nie während eines Spiels versucht, weil es den Spielzug ungültig machen konnte und man sie aus dem Stadion werfen würde.

Synthia seufzte und setzte sich wieder auf ihren harten Plastiksitz, holte die tragbare Trideoeinheit aus ihrem Schulterbeutel und schaltete sie ein. Ein feminin aussehender Kommentator mit glatten schwarzen Haaren und geschminktem Gesicht nahm Gestalt an.

»Vor wenigen Augenblicken«, sagte er, »hat Jonathon Winger für die LA Sabers auf sechs zu drei erhöht. Es war das erste richtige Tor in diesem Spiel, und das macht es sehr schwierig für Dougan Roses Buzzsaws, den Spieß umzudrehen und das Spiel noch zu gewinnen. Sehen wir uns die Wiederholung an.«

Sag uns verdammt noch mal einfach nur, wie es ihm geht, dachte sie.

Ein Bild von Jonathon füllte den Schirm aus, der mit seinem Motorrad wild hin und her wedelte, während er direkt in die Kamera zu fahren schien. Er duckte sich tief, um dem Torwart ein möglichst kleines Ziel zu bieten.

Synthia sah in der Zeitlupe, wie ein Teil der Panzerung über dem Knie weggerissen wurde, als ihn ein Schuß aus dem Karabiner des Trolls traf. Sie zuckte zusammen und wandte sich von dem Rest der Zeitlupe ab, so daß sie nur das Quietschen und Knacken und Kreischen und die verstärkten Schmerzensschreie aus dem kleinen Gerät hörte.

Schließlich war die Zeitlupe vorbei, und der Kommentator redete weiter. »Jonathon Wingers Sabers müssen dieses Spiel gewinnen, um ein fünftes und entscheidendes Weltmeisterschaftsspiel in Los Angeles zu erzwingen. Es sieht ganz so aus, als seien sie auf dem besten Weg dahin. Aber was ist mit Winger? Ist er endgültig draußen? Ich melde mich wieder – nach einer kurzen Unterbrechung.«

Mach schon.

Eine Werbeeinblendung folgte, und Synthia hörte inmitten der vorwiegend für die Buzzsaws schreienden Menge geistesabwesend zu. »Sie sehen TSN, Total Sports Network, und Sie können bei unserer Live-Sim-Sinn-Übertragung dabei sein und das Spiel aus der Sicht Ihres Lieblingsspielers erleben. Der Preis beträgt lediglich ...«

Synthia stellte den Ton des Trids ab und wünschte sich, es würde ihr nicht so viel ausmachen. In diesen Situationen bereute sie ihre Beziehung mit Jonathon. In diesen Situationen dachte sie, daß sie ihn vielleicht, nur vielleicht, zu sehr liebte.

11

Scharf, ätzend. Jonathon erwachte ruckartig. Seine Nase brannte, die Augen öffneten sich, und er sah in das glatte Babygesicht von Ducky, dem Mannschaftsarzt. Braune Menschenhaut, unschuldiges Lächeln, kurzgeschnittener Afro.

»Wo bin ich?« fragte Jonathon. »Was ist passiert?«

»Du hast ein verdammtes Tor erzielt, Chummer. Und uns mit drei Punkten in Führung gebracht. Das war echt Sahne. Hat die Menge echt zum Schweigen gebracht. Du hättest 'nen verdammten Chip fallen hören. Die Einschaltquoten sind in die Stratosphäre geschnellt.«

»Tja, nun, freut mich, daß es dir gefallen hat.« Jonathon versuchte sich aufzurichten, doch ein stechender Schmerz in den Rippen ließ ihn aufkeuchen. »Damit wäre das immerhin schon einer von uns beiden.«

Ducky drückte ihn wieder auf den mit Plastik überzogenen Untersuchungstisch hinunter. »Ich habe dir Korallengel in deine gebrochenen Rippen injiziert«, sagte er. »Das wird sie stärken und die Knochen stützen, damit sie wieder zusammenwachsen können, aber du mußt trotzdem das hier tragen.« Er machte sich daran, Jonathons Brust mit einem Fiberglasverband zu umwickeln, der sofort hart wurde.

»Wird das reichen, damit ich wieder ...?«

»Denk nicht mal daran, wieder ins Spiel zu gehen. Der Traumadämpfer betäubt die Schmerzen, und ich habe dir auch etwas Syndorphin gegeben, aber Big Ed hat dir ordentlich eins zwischen zwei Platten verpaßt und deine Rüstung demoliert. Er hat dir zwei Rippen gebrochen und drei weitere angeknackst. Die gute Nachricht ist die ...«

»Es gibt eine gute Nachricht?«

Ducky lächelte. »Höchstwahrscheinlich. Die MRI

zeigt keine größeren Kopfschäden, und deine Headware ist unversehrt.«

»Und trotzdem willst du mich nicht wieder ins Spiel lassen?«

»Jonathon, die Mannschaft verdient mehr Geld, wenn du fährst. Die Produzenten wollen, daß ich dich wieder reinschicke, aber ich muß längerfristig denken. Wenn kein Wunder geschieht, *wird* es ein fünftes Spiel geben, und bis dahin mußt du wieder gesund sein. Und jetzt will ich, daß du ruhst.«

»Ich hätte zusätzliche Rippenschützer überstreifen sollen«, sagte Jonathon. Er richtete sich langsam in eine sitzende Stellung auf. Das Atmen schmerzte, aber das Syndorphin begann zu wirken, und das Stechen wurde langsam erträglich. »Da ich ohnehin unnütz bin, kann ich bei Tamara mitfahren?«

»Von mir aus«, sagte Ducky.

»Danke.« Jonathon stand behutsam auf und hinkte aus der Krankenstation. Er war übel zugerichtet worden, doch mit jedem Schritt wuchs seine Kraft.

Die Krankenstation führte zu den Mannschaftsbunkern, wo sich die Spieler auf ihren Einsatz vorbereiteten. Jonathon humpelte über den gestrichenen Beton zu den SimSinn-Decks. Hier konnten sich Ersatzfahrer einstöpseln und mit Mannschaftskameraden mitfahren, die ein Simrig implantiert hatten, um deren Tricks und Kniffe zu lernen.

Durch die Bunkertüren war das Grölen der Menge zu hören, als die Sirene den Abschuß einer weiteren Drohne verkündete. Neuer Spielzug.

Jonathon machte es sich in einem Sessel gemütlich, stöpselte sich ein und wählte Tamaras Input. Er hatte sich seit dem Vorfall am Nachmittag Sorgen um ihre Konzentration gemacht, aber sie schien so aggressiv wie eh und je zu sein, vielleicht sogar noch aggressiver. Jonathon strebte für sein Spiel nach Zen, doch Tamara benutzte Wut, um sich in Fahrt zu bringen.

Jonathon spürte diese Wut, als ihr Input kam und ihn überflutete. Seine Schmerzen und Wehwehchen waren verschwunden, vergessen, als er sich mit Tamaras Sinnen synchronisierte.

Ursprüngliche, raubtierhafte Kraft durchströmte sie, als sie der Drohne hinterherjagte, die auf ihre Spur geschwenkt war und langsam abwärts sank. Sie legte den Roomsweeper an, und der rote Zielkreis auf ihrer Netzhaut erwachte flackernd zum Leben, als die Smartverbindung aktiviert wurde. Sie schoß, traf jedoch nicht, da die Drohne nach rechts und dann nach oben auswich.

Sie sah Dougan Rose aus dem linken Augenwinkel, als sie noch einmal schoß und die kleine Drohne im zweiten Anlauf zum Absturz brachte. Die Fahne fiel auf den Beton und richtete sich gleich darauf dank des beschwerten Endes auf.

Tamara gab Gas, um sich die Fahne zu schnappen. Eine Sekunde. Zwei.

Dougan raste links an ihr vorbei. Er würde die Fahne zuerst erreichen, es sei denn …

Sie warf ihr Netz, ein zwei mal zwei Meter messendes Quadrat aus hochdehnbaren Polykarbonfasern mit Gewichten am Rand. Durch den Rand war eine Schnur gezogen, um das Netz zuziehen zu können.

Dougan schnappte sich die Fahne in dem Augenblick, als Tamaras Netz ihn einwickelte. Sie wollte loslassen, doch Dougan war zu nah. Das Netz verfing sich am Lenker ihres Motorrads, und das Vorderrad wurde herumgerissen, so daß sie das Gleichgewicht verlor. Jonathon spürte das Gewicht von Tamaras Suzuki auf ihrem linken Bein lasten, als sie fiel.

Dougan rammte die Fahne in die Halterung hinter seinem Sitz, während Tamara ihre Maschine wegschob und aufsprang. Sie trat vor und richtete den Roomsweeper auf seinen Kopf. Doch bevor sie abdrücken konnte, schlug er ihr die Schrotflinte mit einem raschen Hieb seines Streitkolbens aus der Hand.

Sie hörte ein leises Klicken, das fast im Gejohle der Menge unterging. Alles wechselte auf Zeitlupe, als sie sich umdrehte, um die Fahne aus der Halterung an Dougans Yamaha zu reißen, während sie sich gleichzeitig fragte, was das Geräusch verursacht hatte.

Dann sah sie das kristalline, silbrige Glitzern der Cybersporne, die aus seinem Unterarm ragten. Wild um sich schlagend, benutzte er die Klingen, um sich aus dem Netz zu schneiden. Die Sporne durchschnitten das Polykarbon mit Leichtigkeit, und Fetzen des Netzes fielen auf den Beton.

Plötzlich sah er sie an. Durch das Makroglas ihres Visiers sah er ihr direkt in die Augen.

Was soll das? dachte sie.

Sein Klingenarm kam mit ihrem Hals in Berührung, und die Monofilamentklinge durchschnitt die Rüstung an ihrer schwächsten Stelle, genau unter dem Helm.

Tamara versuchte auszuweichen, war jedoch zu langsam. Sie spürte eine kühle Schärfe an ihrer Kehle. Warmes Blut sprudelte. Der Eisengeruch drang ihr in die Nase, und sie hatte einen salzigen Geschmack im Hals.

Der Zeitablauf verlangsamte sich noch mehr.

Sie stirbt, dachte Jonathon.

Schwärze hüllte sie ein, sickerte wie Tinte in ihr Blickfeld, als sie zusammenbrach. Das Blut hinderte sie am Atmen, das Gewicht ihres Helms machte ihn unerträglich schwer. In der letzten Sekunde tastete sie nach ihrem Traumapflaster, und als sie mit tauben Fingern daran nestelte, spürte sie, wie die Nadel durch ihre Brust drang und in ihr Herz stach.

Adrenalin wurde ausgestoßen und klärte vorübergehend ihren Kopf. Ihr Sehvermögen kehrte zurück, und sie sah Dougan Rose über sich stehen, einen gräßlichen Ausdruck falscher Reue auf dem allzu elfischen Gesicht.

Jonathon war tief in Tamaras Verstand begraben, als ihr Leben in eine Millionen erstarrter Augenblicke zersplitterte. Ihre Emotionen überfielen ihn. Überraschung. Schmerz. Bedauern.

»Jonathon«, versuchte sie zu sagen. »Ich …«

Liebe.

Dann löschte der Schwindel ihr Sehvermögen aus, und ihr Atem kam gurgelnd zum Stillstand. Die Schwärze näherte sich ruckweise, während ihn der Schrei in ihrem Kopf durchfuhr.

Über den Rand des Verblassens.

Bewußtlosigkeit zerrte an Jonathons Verstand, wühlte und grub, um ihn mitzureißen. Und er spürte, wie Tamaras Dunkelheit in ihn einsickerte wie süße Melasse.

Ende und aus.

12

Grids schoß kerzengerade in die Höhe, als er Tamara zu Boden gehen sah. Er sah sich das Spiel im Trid in Tamaras Wohnung in Beverly Hills an, und sein verschwitztes T-Shirt klebte am Kunstledersofa, als er das Bild anstarrte. Der Unfall wurde immer wieder gezeigt. Dougan Rose, der seine Cybersporne ausfuhr, das verstärkte Klicken, als sie einrasteten. Sogar in der Zeitlupenwiederholung hörte Grids noch den Vorsatz aus dem Klicken heraus.

Dougan hatte es wie einen Unfall bei dem Versuch aussehen lassen, sich aus Tamaras Netz zu befreien, doch Grids wußte es besser. Die Chancen, daß Dougan zufällig Tamaras Rüstung durchdrungen haben konnte, waren astronomisch gering. Er hatte genau gewußt, an welcher Stelle er zustechen mußte. Und doch blubberten die Kommentatoren weiter davon, wie schrecklich Dougan sich nach diesem unglücklichen Unfall fühlen mußte.

Die Sanitäter von DocWagon hatten Tamara in einem Hubschrauber aus dem Stadion geflogen, doch keiner der Trideoreporter wußte etwas über ihren Zustand. Dougan war für drei Spielzüge vom Spiel ausgeschlossen worden, weil er Cybersporne benutzt hatte, eine illegale Waffe. Er würde eine Weile den Strafbunker drücken, aber das war auch alles an Bestrafung.

Grids' Herz hämmerte. Er konnte seinen Pulsschlag in den Ohren hören. *Sie sieht tot aus*, dachte er immer wieder. Er sank in die weichen Polster und starrte abwesend auf die 3D-Bilder. Obwohl er sich auf das Spiel zu konzentrieren versuchte, das nun fortgesetzt wurde, wiederholte sich vor seinem geistigen Auge immer wieder nur die Unfallszene.

Er konnte sich nicht konzentrieren. Er sah die Grimasse der Überraschung und des Schmerzes auf ihrem Gesicht in Supernahaufnahme durch das zerkratzte Visier ihres Helms. Er hörte ihr verstärktes Gurgeln und Keuchen, da sie sich trotz des Blutstroms mühte weiterzuatmen.

Michaelson muß von der Simaufzeichnung wissen, dachte er. *Und irgendwie hat er Dougan Rose dazu gebracht, für ihn zu töten.*

Grids holte langsam Luft. *Nein. Keine Chance.*

Die Bilder in seinem Verstand kehrten zurück. Dougans Monofilamentklingen glitzerten im grellweißen Glanz der Stadionflutlichter. Schnitten durch Tamaras Netz, um sich in ihren Hals zu graben. Zeitlupe. Nahaufnahme. Gigantische Tropfen ihres dunkelroten Elfenbluts quollen über die grotesk vergrößerten silbernen Sporne.

Die Bilder im Trid hatten gezeigt, wie Dougan Rose vor Entsetzen zurückgewichen war, als Tamara ihr Traumapflaster aktiviert und dann das Bewußtsein verloren hatte. Kurz darauf waren die Sanitäter von DocWagon herbeigeeilt, um sie abzutransportieren.

War sie tot?

Im Trideo redete jetzt die prachtvolle Blondine mit den unglaublich vollen Lippen. »Immer noch keine Verlautbarung DocWagons über den Zustand von Tamara Ny, der Linebikerin der Los Angeles Sabers. Miss Ny, die in diesem Jahr eine fabelhafte Saison gefahren ist, hat von Veteran Dougan Rose im letzten Spielzug unabsichtlich einen Stich in den Hals bekommen.«

»Trid aus«, sagte Grids zu dem Gerät. Er konnte es nicht mehr mit ansehen. Die Bilder lösten sich auf, als das Trid in den Bereitschaftsmodus wechselte. Grids schlug die Hände vor das Gesicht. *Ich muß mich konzentrieren. Muß das Schlimmste annehmen.*

»Und das wäre …«, sagte er laut.

Tamara ist tot. Gegeekt worden, weil sie das Zeug in Michaelsons Aktenkoffer gelesen hat.

»Was bedeutet ...«

Michaelson weiß von der Simaufzeichnung. Und wahrscheinlich sind mir in diesem Augenblick schon Leute auf den Fersen.

»Verdammter Drek!« Grids sprang auf. »Was soll ich tun? Was soll ich tun?« Das hier war keine Einbildung und auch kein SimSinn-Abenteuer. Das hier war wirklich. Zu verdammt wirklich.

Grids holte tief Luft und versuchte sich an sein Gespräch mit Tamara kurz vor ihrem Flug nach New Orleans zu erinnern. Versuchte sich zu erinnern, was sie besprochen hatten.

Die Abflughalle im Long Beach International Airport war voll gewesen, aber sie hatten einen kleinen Tisch in einer Bar in der Nähe des Flugsteigs gefunden. Der LBI-Flughafen war LAs einzige Einrichtung für Suborbitale und Transkontinentale. Er war auf einem Sumpf in Long Beach errichtet und schwamm auf riesigen Schwimmkörpern, so daß alles schwankte und schaukelte, wenn ein schweres Suborbital landete. Es war merkwürdig, in einem Flughafen seekrank zu werden, aber ein notwendiges Übel, seit der LAX bei dem Erdbeben von '28 zerstört worden war.

»Glaubst du, du kannst den Text rekonstruieren?« hatte Tamara ihn gefragt. »Dieses Dokument sah wichtig aus.«

Grids schnitt eine Grimasse, dann nippte er an seinem Soykaf und starrte auf die Rollbahn hinaus, bevor er antwortete. »Ich glaube, du verstehst nicht, Tam. Das Dokument war ganz eindeutig als streng geheim klassifiziert, Alpha-Stufe. Ganz zu schweigen davon, daß es sich um Drek handelt, den *Saeder-Krupp* geheimhalten will. Das bedeutet, daß es uns schon das Leben kosten kann, wenn wir uns die Akte auch nur ansehen.«

Sie legte einen Finger an die Lippen. »Es bedeutet außerdem, daß Andreas für seine Rückgabe teuer bezahlen wird.« Das Lächeln, mit dem sie ihn bedachte, war mit Trauer unterlegt. »Es tut mir echt leid, daß ich dich in die Sache hineingezogen habe.«

Ihr Geister, sie war prachtvoll. Sogar angezogen und verkleidet, was auf dem Flughafen der Fall gewesen war. Sie reiste inkognito. Sie hatte sogar Rolph, ihren menschlichen Leibwächter, dazu gebracht, sich wie ein Amerindianer zu kleiden und so zu tun, als sei er ihr Mann. Rolph saß im Augenblick an der Bar, und seine offensichtlichen Cyberaugen leuchteten mattsilbern im gelblichbraunen Licht.

»Also, kannst du den Text rekonstruieren?« fragte sie noch einmal.

»Wahrscheinlich. Hast du dir jede Seite angesehen?«

»Ich glaube schon, aber einige von ihnen nur eine Sekunde oder so. Ich hatte keine Zeit, sie zu lesen.«

»Null Problemo. Eine Sekunde ist in einem Sim eine Ewigkeit. Ich kann ein Smartframe programmieren, das die Texterkennung übernimmt.« Er wurde ernst. »Aber die Sache gefällt mir nicht, Tam. Ich finde, wir sollten kneifen.«

»Nein, ich bin sicher, daß wir einen Handel abschließen und Andreas überreden können, mich im Austausch gegen unsere Kopie in einem SimFeature unterzubringen.«

Grids starrte sie ungläubig an. »Michaelson ist ein hohes Tier beim mächtigsten Megakonzern der Welt! Er verspeist Leute wie uns zum Frühstück. Wenn er erfährt, was los ist, entweder von uns oder von jemand anders, sind wir so gut wie tot.«

»Beruhige dich, Grids. Du übertreibst.«

»Versprich mir nur, daß du dich mit Grayson Alexander in Verbindung setzt, wenn etwas passiert. Du weißt doch noch, daß ich ihn mal erwähnt habe. Er ist ein Runner und hat bestimmt ein gutes Versteck für dich.«

»Ich verspreche es.« Sie lächelte ihn wieder an und neigte den Kopf ein wenig, da sie der Flughafendurchsage zuhörte, die gerade ihren Flug aufrief. Sie nahm ihre rote Kunstledertasche, stand auf und sah ihn noch einen Moment an. »Jetzt hast du mich echt beunruhigt. Aber das ist meine große Chance, und ich will sie nicht vertun. Sobald du den Text hast, stelle ich Andreas meine Forderungen. Er wird mitspielen müssen.«

»Ich hoffe, du hast recht.« Grids fand, daß sie nicht überzeugter klang, als er war.

»Ich auch«, sagte Tamara. Sie beugte sich vor, um ihn zum Abschied zu küssen, lange und heftig. Dann richtete sie sich auf und gab Rolph das Zeichen. Sie gingen hinaus und ließen Grids mit seinem Soykaf allein, der mittlerweile kalt und körnig war.

Die Erinnerung verblaßte.

Jetzt, in Tamaras Wohnung, strich Grids sich über die Lippen und versuchte zu verhindern, daß sich das Gefühl ihres Kusses verflüchtigte. Mit der anderen Hand wischte er sich die Tränen aus den Augen. *Dafür ist jetzt keine Zeit. Ich muß mich zusammenreißen.*

Zeit zu handeln.

Grayson Alexander. Ich muß mit ihm Verbindung aufnehmen.

Grids aktivierte das Trid, wählte Telekom, nur akustisch, und tippte dann eine Nummer ein, die einmal Graysons elektronischer Briefkasten gewesen war. Nach zweimaligem Läuten ertönte ein Klicken, aber niemand antwortete. Keine Nachricht. Kein Summton, nur das schwache Rauschen einer offenen Leitung.

»Hier spricht ein Geist aus der Vergangenheit, Chummer«, sagte Grids. »Es ist dringend.« Dann legte er in dem Wissen auf, daß Graysons Gerät die LTG-Nummer von Tamaras Apparat gelesen haben würde. Grayson würde auf einer sicheren Leitung zurückrufen.

Natürlich war die Sicherheit einen Drek wert, wenn jemand bereits Tamaras Seite angezapft hatte. Andererseits, wenn jemand hier gewesen wäre, um die Leitung anzuzapfen, hätten sie sich wahrscheinlich auch schon den Chip geschnappt.

Der Chip!

Grids lief aus der Wohnung zur Garage. Seine Gelenke knackten beim Gehen, protestierten gegen die Bewegung, nachdem er so lange gesessen hatte. Mit Tamaras Einverständnis hatte er ihre Garage in ein Sim-Sinn-Studio umgebaut. Die Bauteile alter Computer, Simdecks, Cyberdecks und Simsynthesizer lagen auf dem Zementboden verstreut.

Grids fühlte sich augenblicklich wohler, als er die Tür zur übermäßig ordentlichen Wohnung schloß und seinen Arbeitsbereich betrat. Glasfaserkabel und Kadaver ausgeweideter Elektronikbauteile lagen herum wie überfahrene Tiere auf der Straße. Stapel von CDs, Speicherchips und Talentsofts standen auf dem Boden und in Regalen. Es gab sogar uralte Second-Hand-Cyberware, die er irgendwann hatte ausschlachten wollen.

Sein eigentlicher Arbeitsbereich war kompakt und wohlorganisiert. Das Herzstück der Anlage war ein großer Fuchi RealSense Simsynthesizer, den Tamara ihm zu Weihnachten geschenkt hatte. Der Fuchi pumpte das elektronische Blut seines Systems, und Grids hatte ihn bei all seinen letzten Editierjobs benutzt. Er wurde von drei genial programmierten Smartframes und einer gewaltigen Bibliothek modularer Plug-In-Effekte unterstützt, darunter Gefühlsverstärker, Wahrnehmungspatch-Samples und EC/PC-Modulationskontrollen.

Ein Fuchi Cyber-7, das er in seiner alten Deckerzeit stark modifiziert hatte, enthielt den Code für die Smartframes und koppelte die ganze Anlage mit der Matrix, um sie auch fernbedienen zu können. Selbst die Benutzung eines ganz gewöhnlichen Cyber-7 wäre für diese Aufgabe noch gleichbedeutend damit gewesen, mit Kanonen auf Spatzen zu schießen, aber gelegentlich brach Grids seine eigenen Regeln und deckte in Amalgamated Studios oder Brilliant Genesis hinein, um sich dieses oder jenes zu holen, was er gebrauchen konnte –

eine aufgezeichnete Wahrnehmung hier, ein Gefühl dort und so weiter.

Auf dem Boden neben dem Stapel CDs stand sein Truman Realink Simrecorder. Er bückte sich, öffnete ihn und kontrollierte rasch den Aufnahmeschacht. Der Chip lag noch genau dort, wo er ihn eingelegt hatte. Er stieß einen Seufzer der Erleichterung aus, dann warf er den Chip aus und verstaute ihn in der Chipbuchse hinter seinem Ohr. Es war der sicherste Ort, den er sich denken konnte.

Dann schloß er den Truman wieder und sah sich noch einmal im Studio um. Er hatte noch nie die gesamte Anlage auf einmal transportiert, aber die Komponenten waren nicht allzu groß, und auf den ersten Blick glaubte er, daß alles in den Kofferraum des Jackrabbit passen würde. Er machte sich an die Arbeit, die Anlage abzubauen, und war fast fertig, als das Telekom summte.

»Ja?« sagte Grids, nachdem er die Kamera ausgeschaltet hatte.

»Geist aus der Vergangenheit, hier spricht Gray Shadow. Die Leitung ist sicher.«

»Gray, danke für den raschen Rückruf. Ich brauche ein Versteck.«

Eine kurze Pause. »Für einen alten Chummer habe ich drei zur Auswahl. Alle vorübergehend, die Preise sind unterschiedlich.«

»Gibt es eins in Beverly Hills?«

»Hollywood.«

»Dann Hollywood. Und ich brauche Schutz. Kann ich den auch bei dir mieten?«

»Man kann alles mieten.«

»Die Kreds sind kein Problem.«

»Dann ist deine Reservierung hiermit bestätigt, Geist. Wir treffen uns am üblichen Ort zwecks Anweisungen und Führung.«

»Danke, Gray.«

»Keine Ursache.« Die Leitung war tot.

Grids packte seine Ausrüstung zusammen, dann warf er ein paar Klamotten in eine Reisetasche. Seine Zeit als Shadowrunner war lange vorbei, und er hätte es vorgezogen, wenn sie es noch länger gewesen wäre.

Keine andere Wahl.

Als der Jackrabbit vollständig beladen war, fuhr er so beiläufig und unverdächtig wie möglich los. Er wußte immer noch nicht, ob Tamara noch lebte oder tot war – oder Schlimmeres. Aber es gab jemanden, der es wissen würde.

Jonathon Winger.

Winger mochte ihn nicht, aber Grids mußte herausfinden, ob sie noch lebte. Es stand zu vermuten, daß sie wahrscheinlich einen Hirnschaden erlitten hatte, falls sie den Blutverlust tatsächlich überlebt haben sollte. Möglicherweise war sie ein Bottichfall.

Grids schüttelte den Kopf. Daran wollte er nicht denken. Er versuchte sich auf das Fahren zu konzentrieren, als er durch die gut bewachten Tore fuhr, die die Anwesen von Beverly Hills vom Abschaum in Hollywood trennten. Er fuhr weiter bergab in das Meer aus Straßenvolk und Pornoläden. In die Nischen zwischen den legalen Kinos und dem Touristendrek quetschten sich BTL-Salons und Drogennester.

Er war dieser Gegend vor Jahren entronnen, und es machte ihm schwer zu schaffen, daß er jetzt wieder dorthin zurückkehren mußte.

Wann würde er sich aus diesem Alptraum-Sim ausstöpseln können?

Grids hoffte, daß es bald sein würde, aber irgend etwas sagte ihm, daß dies erst der Anfang war.

13

Jonathon kam schlagartig zu sich und holte erst einmal tief Luft, und während er ein- und ausatmete, fiel ihm wieder ein, wo er war. Er saß immer noch in dem Ruhesessel. War immer noch eingestöpselt, immer noch auf Tamaras Signal ausgerichtet. Obwohl kein Signal von ihr kam. Wo noch einen Augenblick zuvor Tamaras Gefühle und Sinneswahrnehmungen gewesen waren, herrschte jetzt nur noch ein leises Zischen.

Statisches Rauschen in seinem Kopf.

Funkstille.

Jonathon richtete sich auf und zog das Datenkabel aus seiner Schläfe, um die Verbindung zum Signal zu unterbrechen. Tamara mußte außer Reichweite sein, oder ihr Simlink war beschädigt worden. Das Rauschen bedeutete wenigstens, daß sie noch lebte. Aber auch nachdem er sich ausgestöpselt hatte, blieb das knisternde Rauschen in seinem Kopf. Er spürte ein Phantomkribbeln auf der Haut, als seien seine Nerven außerordentlich strapaziert.

Was ist los?

Er stöpselte sich ein und wieder aus. *Vielleicht ist der Inhalt meines Headware-Speichers nicht gelöscht worden.*

Keine Veränderung. Nur das leise Rauschen in seinem Kopf.

Plötzlich überfiel ihn die Erinnerung an ihre letzten Augenblicke. Ihr Schrei hallte durch seinen Kopf, und er wußte, daß sie tot war.

Er krümmte sich vor Schmerzen, hielt sich den Magen, als Galle in ihm hochstieg. Er hatte gedacht, sie würden immer zusammen bleiben, von den Zigeunern über das Militär und das Gefängnis bis zu den Combatbikern. Immer sie beide zusammen. Doch jetzt war sie nicht mehr da, und geblieben war nur noch das entfernte knisternde Rauschen wie Wind in einer Schachtel.

Er schluckte und stand auf, und plötzlich überfiel ihn eine Woge des Zorns. Die Uhr in seiner Headware zeigte an, daß er fünf Minuten bewußtlos gewesen war. Die Menge draußen jubelte laut, und Jonathon hörte den Stadionsprecher verkünden, daß Dougan Roses Strafzeit abgelaufen sei.

Jonathon erinnerte sich, einmal mit Tamara neben sich im Zigeunerzelt gestanden und ein Holobild von Dougan Rose angestarrt zu haben. Das Gesicht seines Idols hatte aus dem Kubus direkt in Jonathons Augen geblickt, mit einem Ausdruck schieren Hasses. Es war derselbe Blick, den Rose Tamara zugeworfen hatte, bevor seine Cybersporne sie aufschlitzten. Seine Absicht war eindeutig.

Tod.

Jonathon versuchte die Schmerzen in der Brust zu ignorieren, als er zu seinem Spind ging und eine neue Rüstung anlegte. Er ging methodisch vor, zielbewußt, konzentrierte sich auf jedes Teil, das er anlegte. Seinen Plycra-Unibody. Seinen mit Polykarbon beschichteten Kevlar-Brustpanzer. Seine Stiefel. Bis er gerüstet und bereit zum Tanz war.

Zeit zur Vergeltung.

Der Lärm der Menge wurde leiser, als er sich anzog, trat in den Hintergrund. Die Fragen seiner Mannschaftskameraden stießen auf taube Ohren. Ihre Seitenblicke wurden ignoriert. Nichts davon spielte eine Rolle.

Zuletzt setzte er den Helm auf. Dann ging er in die Garage, startete eines seiner Motorräder und nahm sich eine Komplettausstattung an Waffen aus den Ständern und Regalen vor den Wellblechtüren.

»Was, zum Teufel, machst du da?« schrie Coach Kalish ihm nach, als Jonathon in die Aufmarschzone seiner Mannschaft fuhr. Kalish war eine Zwergin mit extrem schroffer Wesensart. In ihrer Jugend war sie bei den Marauders gefahren, einer Motorradgang aus Fontana, bevor Combatbiking ein offizieller Sport geworden war.

»Ich will rein«, sagte er. Er wartete nicht auf ihre Zustimmung, sondern stöpselte sich in seine Suzuki ein und fuhr ins Labyrinth.

»Winger!« Das war Smittys Stimme über Funk. »Fahr raus, bevor uns die Schiris eine Strafe aufbrummen.«

Jonathon hörte ihn kaum. In seinem Kopf knisterte das statische Rauschen. »Tamara«, hauchte er.

»Tam ist nicht mehr da, Chummer. Das DocWagon-Team hat sie mitgenommen. Noch keine Nachrichten über ihren Zustand.«

»Tut mir leid wegen Tamara, Winger«, meldete sich Webber, »aber wenn du nicht umkehrst, kommt uns das teuer zu stehen. Wir haben zu viele Maschinen im Labyrinth.«

Smitty unterbrach ihn. »Fallon, du fährst raus. Winger geht rein.«

»Aber ...«

»Mach schon! Verstanden?«

»Wo ist Dougan?« fragte Jonathon.

»In der Mittelbahn, aber ...«

Jonathon hob seinen Roomsweeper, während er beschleunigte und sich in die Kurve legte, um dann auf die schnurgerade Mittelbahn zu fahren.

Dougan pendelte auf seiner Seite der Mittellinie. Wartete auf den Abschuß der Drohne. *Ahnungslos.*

Jonathon gab Vollgas, beschleunigte auf fünfzig, siebzig, dann hundert Stundenkilometer. In den Sekunden, bevor er Dougan erreichte, ließ er seine Peitsche knallen.

Dougan rechnete nicht mit dem Angriff. Er verstieß eindeutig gegen die Regeln, gab sich nicht einmal den Anschein von Fair play.

Jonathon gab einen Schuß nach dem anderen mit dem Roomsweeper ab. Die Peitsche in seiner anderen

Hand zuckte vor und wickelte sich um Dougans Hals, während Jonathon sein Ende in der Halterung des Motorrads verankerte.

Dougan aktivierte seine Cybersporne, um die Peitschenschnur zu durchtrennen, die wie eine Polykarbon-Anakonda um seinen Hals lag. Doch seine Klingen schafften es nicht. Die Peitschenschnur straffte sich und riß Dougan am Kopf in die Luft.

Enthauptet?

Nein, aber er verlor seinen Helm, der wie ein Champagnerkorken nach oben schoß.

Dougan schlug mit der Seite auf den Beton, und sein rechtes Ohr schrammte über den Belag, während die Yamaha Rapier, die immer noch mit seinem Körper verankert war, auf ihn fiel.

Das Gewicht am Ende der Peitsche riß Jonathons Maschine ebenfalls um. Beton kam ihm entgegen wie eine Dampframme und traf seinen gepanzerten Oberschenkel, als er gegen die Begrenzungsmauer knallte.

Dann starben die Motoren beider Maschinen ab, und die Räder blockierten, als die Schiedsrichter auf ihren Türmen die Transponder abschalteten. Jonathon war sich trübe Dougans leisen Stöhnens und der stummen Fassungslosigkeit der Menge bewußt. Er lag auf der Seite, unfähig, das Gewicht seines Motorrads von seinem Bein zu stemmen, und wegen der Schmerzen in seiner Brust konnte er kaum atmen.

Trotzdem vermittelten die Schmerzen Jonathon so etwas wie Befriedigung. Er hatte Dougan Rose einen Teil heimgezahlt. Aber es reichte noch nicht. Nur Dougans Tod konnte die Rechnung völlig begleichen.

Doch die Verletzung des anderen Bikers schien zu bewirken, daß das Phantomecho des Rauschens in Jonathons Kopf schwächer wurde. Wenigstens für den Augenblick.

Könnte er doch nur Tamaras Gesicht noch einmal sehen.

14

Luc Tashika starrte aus seinem Bürofenster. Tief unter den monolithischen silbernen und schwarzen Höhen des MCT-Hauptquartiers atmete und bewegte sich die Nacht wie ein Lebewesen, wie eine lebendige Kreatur, die durch den Dschungel aus Stahl und Beton kroch.

Im Schatten der Wolkenkratzer der Megakonzerne in der Arcology Mile duckten sich die SINlosen und Armen. Keine Systemidentifikationsnummer bedeutete unauffindbar, außerhalb der geordneten Maschinerie der Gesellschaft. Praktisch nicht existent.

Zu dieser Nachtzeit begannen viele von ihnen gerade mit ihren Geschäften. Sie waren die Shadowrunner, die Straßendocs, die Schieber ... *Abschaum, den man mieten kann,* dachte Tashika.

Manche verkauften Waren, andere Dienstleistungen. Und einige waren der echte Müll – die Chipheads und die BTL-Junkies, die Bettler und Kleinkriminellen. Diese bildeten die zahlenmäßig stärkste Gruppe, und bevor die Nacht vorüber war, würden viele von ihnen mit ihren wertlosen Leibern die Gossen und Müllcontainer verstopfen.

Tashika hatte beinahe aufgehört, sie überhaupt noch wahrzunehmen, aber heute abend waren seine Gedanken wegen dieser unangenehmen Sache mit Tamara Ny in die Schatten gezwungen worden. Tashika seufzte und zog ein Taschentuch aus der Hosentasche, um sich den Schweiß von der Stirn zu wischen. Er versuchte Ruhe zu bewahren. Er wollte den Ausbruch von vor wenigen Augenblicken nicht noch einmal wiederholen.

Als Dr. Franklin aus der DocWagon-Klinik in New Orleans anrief und ihm von Miss Nys Tod berichtete, hatte Tashika einen Wutanfall bekommen. Er hatte das

Telekom durch das Zimmer geschleudert und sich fast die Hände gebrochen, als er immer wieder mit den Fäusten gegen seinen Schreibtisch gehämmert hatte. *Dieser inkompetente Dreksack hatte sie getötet.*

Doch das war vor Minuten gewesen. Jetzt war er ganz ruhig. Und er mühte sich, es auch zu bleiben, und zwar trotz des Feuers in seinem Kopf und des Zitterns, das seine Schultern zu übermannen drohte. Er atmete. Langsam.

Er wußte nicht einmal, ob Ny tatsächlich wichtige Informationen von Michaelson gestohlen hatte. Dr. Franklin hatte ihre gesamte Headware nach Hinweisen auf eine entsprechende Datei oder eine SimSinn-Aufzeichnung abgesucht, aber nichts gefunden.

Tashika seufzte und hob die Überreste seines Telekoms auf, die er auf seinen Schreibtisch stellte. Er konnte Cinnamon damit beauftragen, Miss Nys Komplizen, diesen Grids Desmond, zu finden und die Situation zu bereinigen, aber das würde ihn einiges kosten. Wenn Mr. Desmond kostengünstiger aufgestöbert werden konnte …

Hmm, dachte er, *vielleicht gibt es eine Möglichkeit, wie Mr. Rose Abhilfe schaffen kann.*

Tashika befahl Bridget, ihn auf einer sicheren Leitung mit Dougan zu verbinden. Nach einem Augenblick des Wartens füllte Dougans Gesicht, dessen elfische Züge einen schmerzerfüllten Ausdruck hatten, den Schirm aus. Er saß in einem Bett in der DocWagon-Klinik, und der Anruf war automatisch in sein Zimmer weitergeleitet worden. Die miteinander verzahnten Platten eines blauen Exoskeletts aus Plastichrom saßen eng um seinen Hals und hielten seinen Kopf gerade und starr. Die rechte Seite seines Kopfes, mit der er über den Beton geschrammt war, war bandagiert.

»Ah, Mr. Tashika«, sagte Dougan, wobei sich sein Gesicht vor Schmerzen zu einer Grimasse verzog. »Ich habe damit gerechnet, von Ihnen zu hören.«

Tashika versuchte seine Wut zu bündeln, aber sie war erkaltet und weit entfernt. Verbraucht. »Haben Sie eine Erklärung vorzubringen?« fragte Tashika.

»Es war ein Unfall«, sagte Dougan.

Tashika registrierte die Veränderung in Dougans Tonfall, der jetzt fast unterwürfig war. Ganz anders als bei ihrem letzten Gespräch. »Sie wissen gar nicht, was für einen schrecklichen Fehler Sie begangen haben«, sagte Tashika.

»Es tut mir wirklich leid, Sir.«

Er versucht mich zu manipulieren, dachte Tashika. *Das ist klar. Könnte er lügen? Vielleicht hat er Tamara Ny absichtlich getötet. Nein, das ergibt keinen Sinn. Er will nur meinen Zorn beschwichtigen.*

Dougans Miene drückte Reue aus. »Wie kann ich meinen Irrtum wiedergutmachen, so daß ...«

»So daß ich mein Wissen für mich behalte?«

»Ja.«

»Vielleicht gibt es da eine Sache ...«

»Was?«

»Meinen Informationen zufolge hat Miss Ny mit einem Komplizen zusammengearbeitet – einem gewissen Grids Desmond. Ich will, daß Sie ihn finden oder jemanden anwerben, der es tut. Jemanden, der diskret ist, verstehen Sie?«

»Einen Shadowrunner?«

Tashika nickte. »Stellen Sie den Simchip sicher und zerstören Sie alle Kopien. Mr. Desmond und alle anderen, die Kenntnis vom Inhalt des Chips haben, müssen neutralisiert werden.«

»Getötet?«

»Ja.«

»Das ist keine Kleinigkeit«, sagte Dougan.

»Dasselbe gilt für Ihren Fehler.« Tashika funkelte Rose an, starrte in die dunklen Augen des Combatbikers, die von gerunzelten schwarzen Brauen eingerahmt wurden. »Noch ein derartiger Fehler, und Ihre

Geheimnisse werden so schnell an die Öffentlichkeit dringen, daß Sie Ihren Arsch nicht mehr von …« Tashika lächelte und beherrschte sich. Er war sicher, daß Rose die Situation auch so begriff.

Dougan starrte ihn nur mit weit aufgerissenen Augen an. Offenbar litt er noch unter den Nachwirkungen der Konfrontation mit Jonathon Winger. »Keine Sorge, ich habe verstanden. Ich kenne ein paar … Leute in LA, die solche Dinge regeln.«

»Das dachte ich mir.«

»Ich melde mich wieder«, sagte Dougan.

Tashika unterbrach die Verbindung und lehnte sich zurück. Ein Lächeln breitete sich auf seinem Gesicht aus, und er drehte sich auf seinem Stuhl und zog die Beine an, so daß er sich mehrmals im Kreis drehte. *Ah, die Freuden der Erpressung.*

15

Ihr Gesicht stand ihm vor Augen. Glatte olivfarbene Haut, hohe elfische Wangenknochen, kupferfarbene Augen, strahlend und voller Leben. Ihre Lippen waren dunkelrot, fast braun, und ihr Haar glänzte im Schein des Feuers rabenschwarz…

»Tamara?«

»Mr. Winger? Sie befinden sich in der Ambulanz der DocWagon-Klinik.« Die Stimme klang entfernt, als sei sie gefiltert. In das anschließende Schweigen hinein schwoll das Zischen in seinem Schädel zu einer Flutwelle statischen Rauschens an.

Jonathon öffnete die Augen und sah einen kleinen Raum, der von Deckenleuchten erhellt wurde. Er lag auf einer harten Liege, eine intravenöse Nadel im Arm. Die über ihn gebeugte Frau sah wie seine Mutter aus. Menschliche Züge, rotes, an den Schläfen grau meliertes Haar. Sommersprossiges Gesicht, blaue Augen.

»Ich bin Doktor Mitchell«, sagte sie. Ihr Gesicht wurde rund und plump, als sie lächelte, anders als Moms. Breiter, älter als Moms. Das Gesicht der Ärztin legte sich um die Augenwinkel in Falten und bekam um die Mundwinkel Grübchen.

»Wo ist Tamara?« fragte er.

»Es tut mir leid, Mr. Winger«, sagte die Ärztin, wobei ihr Lächeln erlosch. »Miss Ny ist gestorben.«

Jonathon blinzelte. »Wie?«

»Mr. Winger, sind Sie sicher …?«

»Sagen Sie es mir!«

Die Ärztin richtete sich ob der jähen Vehemenz seines Tonfalls aus und wich einen Schritt zurück.

»Ich muß wissen, ob es ein Unfall war oder nicht«, sagte Jonathon.

»Miss Ny starb dem Bericht nach an zu hohem Blutverlust, aber ich war nicht der behandelnde Arzt, also weiß ich nicht …«

»Dann schaffen Sie ihn her!« Jonathon schrie beinahe.

»Bitte beruhigen Sie sich, Mr. Winger.« Die Ärztin sah besorgt aus und damit seiner Mutter wieder sehr ähnlich. Zu ähnlich.

Jonathon holte tief Luft. »Es tut mir leid«, sagte er. »Aber ich muß Gewißheit haben. Seit dem Unfall habe ich ein Summen im Kopf. Wissen Sie, ich war gerade eingestöpselt und empfing ihr Signal, als es passierte.«

»Ich weiß, ich weiß.« Die Ärztin tupfte seine verschwitzte Stirn mit einem weißen Handtuch ab. »Wir haben getan, was wir konnten. Wir haben den Speicher Ihrer Headware gelöscht und Simlink und Fahrzeugrig neu gebootet, aber unsere Hirnwellenscanner zeigen trotzdem einen schwachen Hintergrund wie eine tote Zone in Ihrem Verstand an.

Dabei scheint es sich um einen Teil Ihres organischen Hirns zu handeln, aber ehrlich gesagt, Mr. Winger, stehen wir vor einem Rätsel. Wir können nur hoffen, daß es mit der Zeit vergeht.«

Jonathon sagte nichts, sondern drehte sich nur auf die Seite und zog die Beine an, bis er in Fötushaltung dalag. Ein stechender Schmerz schoß durch seine Brust, als er sich umdrehte, und sein rechtes Bein brannte unerträglich.

»Ich hole Dr. Abramson.« Dann öffnete sie die Tür und ging hinaus.

Jonathon hörte laute Stimmen – eine Menge von Reportern und Fans auf dem Flur, die der Ärztin einen Kommentar zu entlocken oder einen kurzen Blick in das Zimmer zu werfen versuchten, um ein Headware-Kamera-Foto zu machen.

Tamara ist tot, dachte er. *Wirklich und wahrhaftig nicht mehr da.* Dann überfiel ihn die Erinnerung an ihre Gefühle. Überraschung. Schmerz. Bedauern. »Jonathon, ich …« Liebe. Er zog die Knie noch höher an die Brust, um die Leere in seinem Innern zu lindern. Um die Übelkeit zu unterdrücken.

Er hatte sie mit dreizehn kennengelernt, im Jahr vor dem Brand. Sein Vater hatte noch gelebt, und ihre Gärten in Redding hatten ganze LKW-Ladungen Oliven und Mandeln abgeworfen. Das war kurz vor dem Krieg mit den Elfen gewesen, die behaupteten, daß das Gebiet um Northern Crescent zu Tir Tairngire gehört. Kurz vor Dads Tod.

Tamara war mit ihrer Zigeunerkarawane durch die Stadt gezogen, ein unglaubliches Sammelsurium von Metamenschen. Zur Karawane zählten vierzig oder fünfzig Orks, Zwerge und Trolle und ein paar Elfen und Menschen. Sie waren zu den Ufern des Shastasees unterwegs, wo sie ihr Sommerlager aufschlagen wollten.

Jonathon fuhr Wasserski auf dem See, als er sie nackt schwimmen sah. Das blaugrüne Wasser lief über ihren erwachsenen Körper, und er beobachtete sie und ihre Orkfreundinnen beim Schwimmen, bis sie aufschauten und ihn sahen. Er wandte sich verlegen ab.

Später schlugen ihn zwei der Orkmädchen fast zu Brei, bis Tamara eingriff und der Prügelei ein Ende bereitete. Da er ihr leid tat, half sie ihm auf, erkundigte sich nach seinem Namen und bot ihm sogar Fisch zum Mittagessen an.

Im Laufe des Sommers wurden sie die besten Freunde. Fast unzertrennlich. Er dachte, er würde sie nie wiedersehen, als die Elfen von Tir Tairngire angriffen. Die Schlacht von Redding nannten sie es jetzt.

Wohl eher ein Gemetzel.

Die Zigeuner flohen voller Panik aus der Gegend, und Jonathons Vater griff wie die anderen Einheimischen zur Waffe, um sein Land zu verteidigen. Der Widerstand kostete ihn das Leben, und da seine Frau – Jonathons Mutter – schwanger war, blieb nur Jonathon, um das Land zu bestellen.

Doch anders als sein menschlicher Vater war Jonathon ein Elf, und niemand wollte für ihn arbeiten. Niemand wollte etwas von ihm kaufen. Nach dem Massaker der Elfen mißtrauten ihm die Einheimischen. Der Haß auf die Elfen wuchs noch ein Jahr lang, bevor die Native Californians kamen – ein Policlub mit Verbindungen zu Humanis, der die Überlegenheit der menschlichen Rasse predigte. Kurz nach der Geburt seiner elfischen Schwester kamen sie, dunkel gekleidet und mit Strumpfmasken über dem Kopf, und setzten das Haus in Brand.

Tamara und die anderen Zigeuner waren mittlerweile zum Shastasee zurückgekehrt. Jonathon war bei ihr, als sie kamen. Aber seine Mutter und seine neugeborene Schwester waren es nicht. Sie hatten geschlafen.

Sie verbrannten in den Flammen.

Als er schließlich dort ankam, konnte er nur dastehen und innerlich kalt und leer zusehen, wie das Haus abbrannte. Die Hitze auf seiner Haut spüren. Tamara hatte bei ihm gestanden und seine Hand gehalten. Und nachdem die Feuerwehr den aussichtslosen Kampf gegen das Inferno aufgegeben hatte, kehrten die maskierten Brandstifter zurück. Tamara nahm ihn bei der Hand und rannte mit ihm zur Karawane zurück. Jonathon hatte bei den Zigeunern gelebt, bis er alt genug gewesen war, um sich beim UCAS-Militär zu verpflichten.

Jonathon besaß immer noch die Gärten und die Ruinen des Hauses, aber er war nie dorthin zurückgekehrt.

»Mr. Winger?«

Jonathon drehte sich um, als sich ein menschlicher Arzt durch die Tür zwängte. Der Mann war groß und schlaksig und hatte die Cyberaugen und langen Finger eines Chirurgen.

»Ich bin Doktor Abramson. Sie wollten mich sprechen?«

»Ja. Es hieß, Sie seien dabeigewesen, Sie könnten mir

sagen, wie Tamara Ny gestorben ist. Da ich keine Familie habe, war sie praktisch meine nächste Angehörige.«

»Tatsächlich, Mr. Winger, sind Sie die einzige Person, der ich es sagen kann. Sie hat Sie in ihrem Platinkontrakt als nächsten Verwandten angegeben.«

»Und?«

Dr. Abramson strich sich mit einer Hand durch sein leicht ergrautes braunes Haar. »Die Todesursache war schlicht und einfach der hohe Blutverlust, Mr. Winger. Gefolgt von einem Herzstillstand.«

»Nichts Ungewöhnliches?«

»Nein, eigentlich nicht.«

»*Eigentlich* nicht? Was soll das heißen?«

Dr. Abramson verdrehte seine reflektierenden grünen Augen. »Wahrscheinlich hat es nichts zu sagen, und ich würde mich offiziell nie dazu äußern, aber ...«

»Was? Halten Sie mich nicht hin, Doc.«

Der Arzt starrte Jonathon einen Moment lang an. »Ich muß Sie bitten, Stillschweigen über meine Auskünfte zu bewahren, weil sich nichts davon beweisen läßt. Tatsächlich ist alles, was Sie jetzt hören werden, äußerst spekulativ und würde vor einem Konzerngerichtshof niemals als Beweismittel zugelassen.«

»Ich höre.«

»Eigentlich ist es nichts, was ich gefunden habe, sondern das Fehlen von etwas.« Dr. Abramson fing an, vor Jonathons Bett auf und ab zu marschieren. »Miss Ny war in ausgezeichneter körperlicher Verfassung, und es ist nichts über eine eventuelle Hämophilie bekannt. Trotzdem haben wir so gut wie kein geronnenes Blut in der Umgebung der Wunde gefunden.«

»Und was bedeutet das?«

»Normalerweise gerinnt Blut, wenn es mit Luft in Berührung kommt, aber Miss Nys Blut ist nicht geronnen. Oder jedenfalls nicht sehr stark. Die Wunde, die ihr zugefügt worden ist, hätte sie möglicherweise ohnehin getötet, aber ...«

Jonathon schoß in die Höhe und schnitt angesichts der Schmerzen in seinem Bein eine Grimasse. »Gibt es eine andere Erklärung?«

Der Arzt runzelte die Stirn. »Sie sollten sich wieder hinlegen, Mr. Winger.«

»Sagen Sie es mir.«

Der Arzt seufzte. »Wenn sie ein gerinnungshemmendes Mittel in ihrem Blutkreislauf hatte, hätte schon eine kleine Wunde zu exzessiver Blutung geführt. Vielleicht sogar zum Tod.«

»Wollen Sie damit sagen …?«

»Ich wiederhole, Mr. Winger, ich sage überhaupt nichts. Ich stelle nur fest, daß ihr Blut nicht normal geronnen ist. Wir haben keinen bekannten Gerinnungshemmer wie Heparin oder Parclo-V festgestellt, aber es gibt ähnliche Mittel, die nach wenigen Minuten abgebaut werden.«

Jonathon sank auf sein Kissen zurück. *Ach, Tam, worauf hast du dich nur eingelassen?* Tränen traten ihm in die Augen, und er entzog sich dem Blick des Arztes, indem er sich abwandte. Was hatte sie ihm vor dem Spiel nicht erzählen können? Hatte es etwas mit Michaelson zu tun? Hatte Dougan Rose sie vorsätzlich getötet? Und wenn ja, warum?

Zu viele verdammte Fragen.

Das Zischen in seinem Kopf schwoll an und trocknete seine Tränen, zerrte an seinen blankliegenden Nerven. Er würde herausfinden, was tatsächlich geschehen war. Das schwor er sich. Und danach würde er die Verantwortlichen vernichten.

16

Cinnamon trank ihren Mokka, der aus echtem Kaffee und Schweizer Schokolade zubereitet war. Nur die besten Zutaten konnten den Hunger ihrer menschlichen Gestalt befriedigen.

Der Zwerg, der ihr an dem Kaffeetisch aus Kristallglas gegenübersaß, versuchte erfolglos, das Getränk ebenso geziert zu sich zu nehmen wie sie. Sie wußte, wie sehr er die sinnlichen Vergnügen liebte. Sein weicher rundlicher Körper kündete davon.

»Nehmen Sie sich doch Kekse und Schokolade«, sagte sie, indem sie ihr goldenes Haar mit einer ruckartigen Kopfbewegung über die Schulter warf.

Der Zwerg hieß Frank Rupert, aber er haßte diesen Namen. Er zog es vor, mit seinem Matrixnamen Mole – Maulwurf – angesprochen zu werden. Wie die meisten Decker fühlte er sich nur unter dem Elektronenhimmel der Matrix richtig wohl – wenn er sein Persona-Icon durch Systeme mit eingeschränktem Zugang scheuchte und nach Daten grub. Im elektronischen Drek wühlte.

Was auch der Grund dafür war, daß Cinnamon eine persönliche Zusammenkunft verlangt hatte. In ihrer Branche zählte jeder noch so kleine Vorteil. Durch das zusätzliche Unbehagen war sie im Vorteil, und das gefiel ihr.

Mole nahm sich ein paar Kekse und zermalmte sie knirschend mit seinen schmutzigen Zähnen.

Cinnamon nahm noch einen Schluck von ihrem Mokka und genoß den vollen Geschmack. Sie gab dem Zwerg noch einen Augenblick, um die Kekse aufzuessen, dann beugte sie sich auf ihrem Ledersessel vor. »Also los«, sagte sie schließlich. »Fangen Sie an. Die Kurzform reicht mir. Ich lese Ihren vollständigen Bericht später.«

Mole bürstete sich Krümel aus seinem schwarzen Bart und warf ihr einen entschuldigenden Blick zu. Er mußte seinen Mokka hinunterstürzen, um zu schlukken, was er noch im Mund hatte. »Entschuldigung, Cinnamon. Es ist nur so, daß Ihre Leckereien so Sahne sind.«

Sie zuckte die Achseln. »Vielen Dank, Mole, aber ich habe Sie nicht der angenehmen Gesellschaft wegen herkommen lassen. Und jetzt geben Sie mir einfach eine Zusammenfassung dessen, was Sie herausgefunden haben.«

»Okay, okay. Tamara Ny ist soviel ich weiß tot. Das New Orleans DocWagon Trauma Center ist eine ziemlich harte Nuß, aber dank meines besonderen Schleicher-Arsenals bin ich reingekommen. Ich habe da unglaubliche kleine ...«

»Mole!« Cinnamon spürte, wie sich die Schuppen in ihrem Nacken sträubten. *Ich könnte diese halbe Portion gleich jetzt auffressen*, dachte sie.

»Entschuldigung, Cinnamon. Jedenfalls bin ich reingekommen und habe mich umgesehen. Tamara Ny ist nie aufgenommen worden, aber die Umstände ihres Todes waren gespeichert. Sie hat es nicht bis ins Trauma Center geschafft, ist während des Transports gestorben. Blutverlust, Herzversagen, Hirntod, der ganze Krempel.«

»Was ist mit Dougan Rose? Kann er einen Grund gehabt haben, sie zu töten?«

Mole versuchte ein Lächeln, aber es war nur eine häßliche Grimasse auf seinem pickligen roten Gesicht. »Rose arbeitet für die Buzzsaws, deren Besitzer Pollster Sports Incorporated sind, eine Tochter von Mitsuhama Computer Technologies. Tashika ist der Vizepräsident von MCTs Unterhaltungsabteilung. Seine Ernennung dazu fällt in etwa mit Roses Auftauchen auf der Combatbikerszene vor zehn Jahren zusammen.«

Cinnamon nickte. »Vielleicht hat Tashika Rose ins

Spiel gebracht oder ihn ›entdeckt‹ und Roses Erfolg dann für seine Beförderung genutzt.«

»Das glaube ich auch. Zuvor war Tashika in einer halbgeheimen Abteilung namens Sonderprojekte, was immer das heißen mag. Über Dougan Rose gibt es nur spärliche Informationen aus den Jahren vor 2046, nur Gerüchte darüber, daß er aus den Gangs von El Infierno den Absprung geschafft hat, bevor sie aufhörten, die Leute aus diesem Höllenloch rauszulassen. Seine Akte ist unvollständig, und es fehlen zum Beispiel Angaben über seine Eltern und den Ursprung dieser Totenkopf-Tätowierung, aber das paßt alles zu dieser Gang-Geschichte. Wahrscheinlich hat er seine SIN erst bekommen, als er für die Buzzsaws fuhr.«

»Gute Arbeit, Mole«, sagte Cinnamon. »Was besagt seine SIN jetzt? Irgendwelche Schönheitsfehler, kleine Ausrutscher?«

Mole schüttelte den Kopf. »Kein einziger, und das stört mich. Er ist geradezu unanständig sauber. Wie es aussieht, ist die Beziehung zwischen Tashika und Rose eine rein zufällige. Zu wenig greifbar, um mit Sicherheit sagen zu können, warum Rose möglicherweise für ihn töten würde. Tashika hat ein Gespräch mit New Orleans geführt, aber das könnte ein weiterer Zufall sein. Ich konnte den Empfänger des Anrufs nicht ermitteln.«

»Zu viele Zufälle«, sagte Cinnamon. *Trotzdem,* dachte sie, *Dougan könnte nach Tashikas Pfeife tanzen. Aber warum?* Es gab eine Menge unbeantwortete Fragen.

»Vielleicht war Tamaras Tod tatsächlich ein Unfall«, sagte Mole.

»Glauben Sie das?«

»Nein.«

»Ich auch nicht«, sagte Cinnamon. »Darum müssen wir uns die Frage stellen, welches Motiv Luc Tashika haben könnte, Tamara Nys Tod zu wollen, obwohl sie möglicherweise im Besitz von Informationen war, die für ihn sehr wertvoll sind.«

»Vielleicht hat er diese Informationen bereits bekommen.«

»Hatte er genug Zeit dafür?«

Mole zuckte die Achseln. »Unter den gegebenen Umständen würde ich sagen, nein. Aber wir könnten ihn unterschätzen.«

Cinnamon lächelte. Sie mochte diesen Decker trotz seiner schlechten Manieren. »Zur Kenntnis genommen«, sagte sie. »Ich werde es nicht wieder tun. Und jetzt erzählen Sie mir etwas über Grids Desmond.«

Mole setzte sich aufrecht und hüpfte dabei wie ein Gummiball auf dem Lederpolster des Sofas. »Ja, Grids«, sagte er, ausladend gestikulierend. »Grids ist in der Schattengemeinde bekannt, aber vor ungefähr acht Jahren hat er sich zurückgezogen, als er einen Konzernjob bei Brilliant Genesis bekam. Davor hat er gedeckt. Gerüchte besagen, daß er Sahne mit der Hardware und schlapp mit der Software war. Ein brillanter Deck-Tech, aber eher mittelmäßiger Ice-Hacker.«

»Kommen Sie zur Sache.«

»Er hat sich zweifelsfrei im Venice Hilton eingetragen, und zwar an dem Tag, als Tamara Ny mit Michaelson dort war. Zimmer 2305 unter dem Decknamen Joe Smith. Wen sollte Ny auch sonst als Tech für die Simaufzeichnung benutzt haben? Schließlich lebte er seit einem Jahr bei ihr in Beverly Hills. Seinen SIN-Daten zufolge arbeitet er als Freischaffender an großen Sim-Sinn-Produktionen für Amalgamated Studios.«

»Hat sonst noch jemand versucht, ihn aufzuspüren?«

»Soweit ich weiß, befindet er sich in ihrer Bude in Beverly Hills, in der fleischlichen Welt nur etwa zehn Kilometer von hier entfernt.«

»Wir sind in der fleischlichen Welt, wie Sie sie nennen«, sagte Cinnamon. Sie trank ihren Mokka aus und stellte die Tasse auf ein Porzellantablett. »Sollte ich sonst noch etwas wissen? Sind vielleicht noch andere in die Sache verwickelt?«

»Es gibt nichts Schlüssiges«, sagte Mole. »Aber sie und Jonathon Winger haben eine ziemlich schmutzige gemeinsame Vergangenheit.«

»Wissen Sie Genaueres?«

»2049 haben sie sich gemeinsam beim UCAS-Militär verpflichtet und in Fort Lewis ein paar Jahre lang Testflugzeuge geflogen.«

»Und? Gibt es ein Indiz dafür, daß Winger mit den anderen an diesem Schwindel beteiligt ist?«

»Nichts außer ihrer gemeinsamen Vergangenheit. Sie waren zehn Jahre lang so gut wie unzertrennlich, auch schon vor ihrer Militärzeit, dann im Knast, und jetzt fahren sie für dieselbe Combatbikermannschaft.« Mole kicherte. »Zumindest fährt einer noch ...«

Cinnamon verzog das Gesicht, da sie ihn im Augenblick widerwärtig fand. »Also gut«, sagte sie, »Sie werden Folgendes tun: Gehen Sie der Verbindung zwischen Rose und Tashika auf den Grund. Und finden Sie über diesen Winger heraus, was Sie können, aber hören Sie auf, wenn dort nicht viel zu holen ist. Ich will Sie nicht dafür bezahlen, Sackgassen zu folgen. In der Zwischenzeit sagen Sie Hendrix, daß er sich mit mir in Verbindung setzen soll. Ich habe Arbeit für ihn.«

Mole nickte, wobei er unbehaglich auf seinem Platz herumrutschte. »Der übliche Tarif, nehme ich an«, sagte er, bevor er den Rest seines Mokkas in dem Wissen trank, daß das Gespräch fast beendet war.

»Wie immer«, sagte Cinnamon, indem sie das Telekom auf dem Kaffeetisch zu sich herumdrehte. »Auf Wiedersehen, Mole. Melden Sie sich, wenn Sie etwas in Erfahrung gebracht haben.«

Mole stand auf, um zu gehen, und stellte fest, daß er von Bardolf und Githon in die Mitte genommen wurde – zwei Erdelementaren. Cinnamon konnte andere Geister nicht direkt beherrschen, aber die intelligenteren fanden ihr Wohlwollen oft sehr lohnend, da ihre Leistungen oft mit Gefälligkeiten belohnt wurden – Lebenskraft, Einkommen und andere Nettigkeiten. Außerdem konnten sie rasch feststellen, daß ihr Zorn ein Hindernis für die Fortdauer ihrer Existenz war.

Bardolf und Githon dienten als Leibwächter. In manifester Gestalt waren sie sehr groß, sehr einschüchternd. Sie begleiteten Mole hinaus.

»Kom«, sagte Cinnamon, als Mole den Raum verlassen hatte. »Stell eine sichere Verbindung zu Luc Tashika her.«

Eine Minute später funkelte sie Tashikas Gesicht auf dem Telekomschirm an. »Warum rufen Sie mich an?«

Cinnamon lächelte lieblich in der Hoffnung, Tashika mit ihrem Charme in einen ruhigeren Gemütszustand zu versetzen. »*Konichiwa*, Mr. Tashika. Ich benötige nur einen Augenblick Ihrer kostbaren Zeit.«

»Wofür? Ich bin ein beschäftigter Mann.«

Und ein unhöflicher Kerl, dachte Cinnamon. *Schön, wenn du es so haben willst …*

»Da Miss Tamara Ny … sagen wir, ›in metabolischer Hinsicht auf die Probe gestellt wird‹, nehme ich an, daß Sie jetzt im Besitz der Informationen sind, die Sie in bezug auf meinen Klienten wünschen.«

Tashika erbleichte. Dann faßte er sich, holte tief Luft. »Nein, Miss Cinnamon, Ihre Information ist falsch. Miss Nys Mißgeschick war ein Unfall, und ich weiß nichts über Informationen, die sie Ihrem Klienten gestohlen haben mag oder auch nicht.«

Cinnamon warf einen Blick auf das kleine Fenster, das sich auf dem Bildschirm geöffnet hatte. Es zeigte eine Streß-Analyse von Tashikas Stimme. Die Analyse ergab, daß er möglicherweise log.

Warum sollte er lügen?

»Sehr gut«, sagte sie. »Dann bleibt es also bei unserer früheren Vereinbarung?«

»Selbstverständlich.«

»Gut. Ich werde Sorge tragen, die gestohlenen Informationen wiederzubeschaffen.« Sie hielt absichtlich inne. »Falls sie existieren.«

»Wir bleiben in Verbindung«, sagte Tashika, bevor er die Verbindung unterbrach.

Er muß mehr wissen, als er sagt, dachte sie. *Vielleicht hat er die Information von Ny bekommen, will aber nicht für die Beseitigung Grids Desmonds zahlen. Vielleicht sagt er auch die Wahrheit.*

So oder so mußte sie Nuyen ausgeben, um Grids Desmond aufzuspüren. Ihn auf Eis zu legen und den Chip sicherzustellen. Das bereitete ihr Kopfzerbrechen. *Diese Michaelson-Extraktion läuft langsam aus dem Ruder,* dachte sie. *Und Michaelson ist noch nicht einmal draußen.* Cinnamon verwandelte sich, ließ die menschliche Form ihrer wahren Gestalt weichen, die ihr ehemaliger Meister ihr gegeben hatte. Sie schlug mit der Faust – jetzt eine Reptilienklaue – auf den gläsernen Kaffeetisch und stieß das Brüllen aus, das sich in ihr aufgestaut hatte und die Wände ihres Heims erbeben ließ.

Der Glastisch zersprang mit einem Krachen, und Splitter flogen auf den Plüschteppich. Sie wartete, bis die winzigen Schnitte an ihren Knöcheln verheilt waren. »Dorian!« bellte sie, indem sie den Hals krümmte und ihren großen Drachenkopf von einer Seite auf die andere schwingen ließ.

Ein Geist manifestierte sich in dem Raum. Dorian nahm die Gestalt eines Menschen mit durchschnittlichem Körperbau, weißen Haaren und wachen blauen Augen an. »Da bin ich«, sagte er.

»Ich muß bald essen«, sagte sie, während sie spürte, wie sie bereits das unkontrollierbare Hungergefühl überflutete. Sie mußte sich beherrschen. »Könntest du bitte etwas zubereiten?«

»In der Küche, meine Liebe. Ein kleines Schwein wartet.«

»Immer beflissen«, sagte sie. »Dafür danke ich dir.«

Dorian sagte nichts, als er sie in die Küche führte.

Cinnamon wand sich über den Boden. Als sie auf ihrem blaugeschuppten Bauch in die Küche glitt, trieb sie der Geruch der Angst des Ferkels zur Raserei, die immer stärker wurde, bis sie ihre Krallen in das weiche rote Fleisch des zarten Tieres schlug. Sie zerfetzte seine Kehle und verschlang den zuckenden Leib in drei köstlichen Bissen.

17

Hendrix strich sich mit der Hand über seinen kahlrasierten Schädel und wischte sich den Schweiß ab. Vier Talentsofts waren im Softlink hinter seinem rechten Ohr aktiv. Der Softlink hielt ihn über die Veränderungen in einer zunehmend bizarren und gefährlichen Welt auf dem laufenden. Seine Aktivsofts und Wissenssofts sorgten dafür, daß er immer auf dem neuesten Stand war. Wenigstens war das die Idee.

Hendrix betrat die Dusche des Lagerhauses, um seinen Körper auf Anomalien zu untersuchen. Im Zuge des Giribaldi-Runs mußte er sich davon überzeugen, daß sein Zustand noch perfekt war, falls er sich einen unerwünschten Lauscher oder ein langsam wirkendes Gift eingefangen hatte. Er fand nur das übliche – einen großen, kybernetisch modifizierten Körper, der in einer glatten und so braunen Haut steckte wie halbbittere Schokolade. Muskulatur wie gemeißelt, verdrahtete Reflexe. Er war so stark und schnell, wie man es sich für Nuyen kaufen konnte.

Und immer noch am Leben nach all den Jahren des Tötens, dachte er. Eine Feststellung, die nicht viele Shadowrunner von sich machen konnten.

Nachdem er sich davon überzeugt hatte, daß der Giribaldi-Run nicht mehr als böse Erinnerungen hinterlassen hatte, genoß Hendrix ein paar Minuten lang die nadelspitzen Strahlen des heißen, sauberen Wassers auf der Haut. Dann trocknete er sich ab und zog Jeans und die gepanzerte schwarze Kunstlederjacke an, die er einem Gangmitglied aus den Barrens abgenommen hatte, das das Pech gehabt hatte, seinem Unterschlupf hier in Wilmington zu nahe zu kommen.

Das Lagerhaus war ein niedriges Gebäude aus schwarzem Wellblech und gehörte zu einer alten Raffinerie. Schlammbedeckte Metallrohre wanden sich die Decke entlang. Hendrix ging an den alten Büros vorbei in den Zentralbereich, wo Juju Pete vor der Glotze saß. Die Büros dienten jetzt als Schlafräume für ihn und seine Runner: Layla, die das Bett mit ihm teilte, der Zwergendecker Mole und Juju, ein Orkmagier, der beim Giribaldi-Run verwundet worden war.

Juju sah vom Trid hoch, als Hendrix eintrat. In einer Ecke des großen Mittelraums, der einmal ein Dockbereich gewesen war, standen ein Sofa und ein paar Sessel. Juju war ein Ork, sehr groß und sehr schwarz, mit einem Vollbart. Sein stark gekräuseltes Haar war zu langen, dünnen Zöpfen geflochten, und jeder Zopf trug an der Spitze ein Knochenfragment. Trotz seines Namens und Aussehens praktizierte Juju hermetische Magie und hielt alle Schamanen für irregeleitet.

»Wie geht's dem Bein?« fragte Hendrix.

»Nicht so toll. Ich habe es stabilisiert, aber ich werde für das Team in den nächsten zwei bis drei Wochen ausfallen.«

Jujus Bein war von einer Splittergranate ziemlich übel zugerichtet worden. Mehrfache Knochenbrüche, zudem hatten sich zahlreiche Splitter tief in das Fleisch gebohrt. Der Straßendoc hatte fünf Stunden gebraucht, um ihn wieder zusammenzuflicken, doch Juju hatte jede Art von mechanischem Implantat abgelehnt, so daß der Heilungsprozeß sehr langsam verlief.

»Null Problemo«, sagte Hendrix. »Wir haben genügend Nuyen abkassiert, um uns eine Weile über Wasser zu halten.«

Plötzlich erschlafften Jujus Mundwinkel, und er verdrehte die Augen. So sah er immer aus, wenn sein Geist seinen Körper verließ, um in den Astralraum einzudringen. Hendrix begriff die Komplexität der Magie und die Kunst der Magier eigentlich nicht so ganz, aber er wußte, daß Zauber und Geister ebenso tödlich sein konnten wie eine Kugel in den Kopf. Eine Sekunde später richtete sich der Ork wieder auf. »Mole und Layla sind zurück«, sagte er.

Wie auf ein geheimes Stichwort glitt die Tür auf, und die beiden kamen herein. Laylas Lachen zauberte ein Lächeln auf Hendrix' Gesicht. Sie kam dem, was man einen Freund nannte, so nahe, wie er es je zulassen würde. Bei den Runs war sie vielleicht übertrieben zuversichtlich, aber sie war ein toller Anblick, eine angenehme Gesellschaft und erste Sahne im Bett. Sie warf ihm ein Lächeln zu, als sie ihre Ingram MP unter dem Mantel hervorzog.

Mole redete bereits. »Okay, okay«, sagte er, wobei er sich aufgeregt die Hände rieb. »Wir haben einen Job, wenn wir wollen, Hendrix. Cinnamon will, daß du sie anrufst.«

»Können wir einen Run ohne Juju durchziehen?« Hendrix richtete die Frage sowohl an Mole als auch an Layla.

»Klar«, sagte Layla. »Nach allem, was Mole mir erzählt hat, hört es sich nach einem Spaziergang an.«

»Vielleicht«, sagte Mole. »Aber das könnte sich verdammt schnell ändern.«

Juju sah auf. »Ich kann euch immer noch Rückendeckung aus dem Astralraum geben«, sagte er. »Solange jemand hier bleibt und meinen Körper bewacht.«

Mole lachte. »Tja, ich werde mich die ganze Zeit nicht von der Stelle rühren.«

»Du wirst in deine Maschine eingestöpselt und tot für die Welt sein«, sagte Juju.

»Ich kann dich mit den Überwachungskameras im Auge behalten«, sagte Mole. »Falls irgendwas passiert, stöpsele ich mich einfach aus.«

Juju schnaubte. »Also schön«, sagte er, obwohl offensichtlich war, daß Mole ihn nicht überzeugt hatte. Er sah Hendrix an. »Wahrscheinlich werde ich ohnehin keine große Hilfe sein. Ich kann keine Zauber gegen physikalische Ziele wirken, aber ich kann nach Geistern und Beobachtern Ausschau halten. Ich kann euch durch Layla mitteilen, was los ist. Wir können uns unterhalten, wenn sie astral wahrnimmt.«

Hendrix nickte. Layla war eine *Ki*-Adeptin mit der magischen Fähigkeit, in den Astralraum sehen zu können. Allerdings mangelte es ihr an der Fähigkeit, darin herumzustreifen. »Ja, besser als gar nichts«, sagte er. »Ich rufe Cinnamon an.« Er ging in sein Zimmer, setzte sich vor das Telekom und aktivierte Moles Zerhacker, um zu verhindern, daß sich der Anruf zurückverfolgen ließ. Dann wählte er Cinnamons LTG-Nummer.

Cinnamon nahm den Anruf entgegen. Sie sah so gut aus wie eh und je. Goldblondes Haar, dunkle Bronzehaut. Sogar weiße Zähne. Doch sie machte einen zu entspannten Eindruck auf ihrem Sofa. Auf Hendrix wirkte sie fast ein wenig müde.

»Hallo, Hendrix«, sagte sie. »Freut mich, von Ihnen zu hören. Ich habe Arbeit.« Sie redete schleppend, als sei sie betrunken.

»Ich höre«, sagte Hendrix.

»Sie sollen einen Menschen namens Grids Desmond finden«, sagte sie. »Mole hat die Daten über ihn. Sie müssen ihn finden und einen Chip, den er möglicherweise besitzt. Den Chip bringen Sie mir, ihn können Sie geeken.«

»Null Problemo, Schattenlady. Abgesehen davon, daß unser Magier bei der Giribaldi-Extraktion verwundet wurde und noch einige Zeit ausfällt.«

»Ja, ein Jammer das Ganze«, sagte sie undeutlich, »aber dieser Auftrag muß sachkundig erledigt werden. Soll ich ihn einer anderen Partei anbieten? Oder vielleicht kann ich einen freischaffenden Magier anwerben, der Juju Pete bei diesem Run ersetzt?«

Hendrix runzelte die Stirn. »Ich werde das Gelände vorbereitend sondieren«, sagte er. »Layla und ich können wahrscheinlich eindringen, ohne Alarm auszulösen.«

»Das können Sie zweifellos. Wenn Sie diskret und vorsichtig zu Werke gehen, bis die Zeit zum Handeln gekommen ist. Dann stoßen Sie rasch zu, entscheidend.«

»Wie immer.«

»Ja, und das ist auch der Grund, warum ich Sie so gut bezahle.« Cinnamons Miene wurde ernst. »Dieser Run mag leicht sein, aber er ist auch von entscheidender Bedeutung. Bereiten Sie mir keinen Kummer.«

Hendrix lachte nur, tief und voll, dann legte er auf. Er lachte immer noch, als er zu den anderen zurückkehrte. »Wir haben einen Job«, sagte er. »Laßt uns die Vorbereitungen treffen.«

Layla sah ihn an. »Spielen wir wieder Geek-den-dämlichen-Kerl?«

»Ja.« Hendrix mußte lächeln. »Und er hört auf den Namen Grids Desmond.«

»Ist ja umwerfend«, sagte Layla. »Ich liebe dieses Spiel.«

18

Jonathon gähnte und drehte sich um, während er auf die ockerfarbene Tapete seines Krankenzimmers starrte. Er haßte diese Farbe mittlerweile, haßte sie bereits seit Stunden. Er sehnte sich nach Schlaf, der nicht kommen wollte.

Das Rauschen in seinem Kopf äußerte sich inzwischen auch optisch, als Blitz auf seiner Netzhaut, als Projektion eines körnigen Trideoflimmerns auf einem toten Kanal. Ein graues Geisterbild überlagerte sein normales Blickfeld. Und in diesem Flimmern sah Jonathon Bilder – Tamara in ihren letzten Zügen, wie sie nach ihrem Traumapflaster tastete.

Die tobende Menge war ein Farbkaleidoskop im Hintergrund, ein statischer Glanz von Metamenschheit. Dann eine Nahaufnahme, das grellweiße Leuchten des Flutlichts, das auf den rasiermesserscharfen Cybersporen funkelte und plötzlich von dunkelrotem Blut getrübt wurde, das überallhin sprudelte.

Jonathon schloß die Augen, aber der Aufruhr in seinem Kopf verschlimmerte sich noch. Und als würde das nicht reichen, brüllte draußen die Menge vor seiner Tür und lechzte danach, sich Zugang zu verschaffen wie eine Hundemeute vor einem Fuchsloch.

Venice Jones stand draußen vor der breiten Metalltür, auf Wache. Einige Reporter hatten den Versuch aufgegeben, in das Zimmer zu gelangen, und bombardierten statt dessen den Troll mit ihren Fragen. Doch Venny blieb ungerührt. Eine Mauer aus Stein.

Sie werden nie ein Wort aus ihm herausbekommen, dachte Jonathon. Er lächelte zum erstenmal, seit er aufgewacht war. Und es fühlte sich gut an.

Ein Murmeln durchlief die Menge draußen, und die Tür öffnete sich. Venny schob seinen riesigen Kopf mit den Hauern hinein. Er trug eine verspiegelte Rundum-Sonnenbrille. Welliges blondes Haar umspielte die breiten Kiefer, und aus seinem Schädel wuchsen zwei Hörner, gekrümmt wie bei einem Widder. Eines war weiß gefärbt, das andere schwarz, die Imitation eines Yin-Yang-Symbols. Ein hellbrauner Vollbart sproß aus der warzigen Haut rings um seinen Mund.

»Synthia ist da, Chummer«, sagte er. »Willst du sie sehen?«

Synthia? Ja, er wollte sie sehen. »Natürlich«, sagte Jonathon. »Danke, Venny.«

Der Troll trat zur Seite, und Synthia quetschte sich unter seinem Arm hindurch. Sie trug ein fließendes rotes Sommerkleid und hielt einen Strauß gelber Rosen in der Hand.

»Draußen stapelt sich eine ganze Wagenladung Blumen«, sagte sie, indem sie ihn mit ihrem bezaubernden Halblächeln bedachte. »Aber Venny läßt sie nicht hinein.«

Jonathon richtete sich in eine sitzende Position auf, während sie die Blumen auf die Fensterbank legte, dann kam sie zu ihm und küßte ihn. Sie roch nach heißem Sommerwind und Rosen. Er war froh, daß sie da war.

»Ich habe ihm gesagt, daß ich schlafen will«, sagte er. »Keine Störungen.«

Sie wurde ernst. »Wie fühlst du dich?«

»Nicht besonders«, sagte er, und dann erzählte er ihr von dem Zischen in seinem Kopf. Davon, daß er Tamaras Signal empfangen hatte, als sie gestorben war. Und von Dr. Abramsons Bemerkungen über Tamaras fehlende Blutgerinnung.

»Glaubst du, Rose hat sie vorsätzlich umgebracht?«

»Das werde ich herausfinden, sobald ich hier raus bin.«

»Er ist aus dem Krankenhaus entlassen worden.«

»Dougan?«

»Ja. In den Nachrichten wurde gemeldet, du hättest ihm den Hals ausgerenkt. Er wird ein paar Tage lang ein Exoskelett tragen müssen, aber es heißt, daß er im Entscheidungsspiel am Freitag fahren kann.« Synthia legte ihre Hand in seine. Ihre schlanken Finger wirkten so zerbrechlich, und doch …

Sie zog eine einzelne Rose aus dem Strauß auf der Fensterbank. »Halte das«, sagte sie.

»Was hast du vor?«

»Ich gebe dir eine magische Auffrischung.«

Sie konzentrierte sich ein paar Sekunden lang auf ihn, dann zerdrückte sie die Rose auf seiner nackten Brust. Eine Woge der Wärme überschwemmte ihn, breitete sich von seinem Solarplexus aus und erfüllte ihn mit Energie.

Als es vorbei war, war die Rose verschwunden und ein Großteil seiner Schmerzen mit ihr. »Wow, mach das noch mal«, sagte er.

»Das sollte reichen. Du brauchst in erster Linie Ruhe.«

»Ich kann bei all der Aufregung nicht schlafen«, sagte Jonathon. »Was ich brauche, ist …«

Ein gewaltiges Gähnen unterbrach ihn. Er sank in die Kissen und schloß die Augen. Das letzte, was er sah, war Synthias zartes Gesicht, das von ihrem feuerroten Haar eingerahmt wurde. Er hörte von überallher leisen Gesang und sah, wie sich ihre Lippen bewegten. Dann übermannte ihn Schlaf in einer Woge der Erleichterung.

Die Sonne ging gerade auf, als Jonathon schließlich wieder die Augen öffnete. Wie viele Stunden waren seit den schrecklichen Ereignissen der letzten Nacht verstrichen? Ihm kam es wie eine Ewigkeit vor. Venny stand immer noch draußen Wache. *Ich muß die Krankenhaussicherheit verständigen, daß sie ihn ablösen soll*, dachte Jonathon.

Synthia schlief auf dem Stuhl neben seinem Bett und sah so unschuldig wie ein Baby aus. Natürlich konnte der Schein manchmal trügen. Jonathon lächelte innerlich. Unschuldig war eine Eigenschaft, die auf Synthia eindeutig nicht zutraf.

Er richtete sich auf, als das Telekom neben dem Bett klingelte. Das hätte eigentlich nicht passieren dürfen. Es sei denn, es war jemand vom Krankenhauspersonal, der sich nach seinem Befinden erkundigen wollte.

»Ja?« sagte er.

»Winger?« Das Gesicht auf dem Schirm war eine Erscheinung aus der Vergangenheit, breit und mit tiefen Falten übersät. Ein dichter schwarzer Bart und ein dazu passender Lockenkopf. Drei Datenbuchsen schmückten seine linke Schläfe, darüber war das Haar abrasiert, um den Zugang zu erleichtern.

Es war Theodore Rica, ein Zwerg mit vielen Talenten. Er benutzte diese Datenbuchsen tatsächlich. Zumindest hatte er das vor der Verurteilung getan, als er Jonathons und Tamaras Taktikoffizier am Boden gewesen war.

»Theo, mein lange verschollener Chummer. Wie geht's?«

»Schön, dich wach und auf den Beinen zu sehn, Jonathon. Ich habe den Unfall im Trid gesehen...« Theos rauhe Stimme brach, und er beendete den Satz nicht. »Es heißt, daß Tam tot ist. Stimmt das?«

Jonathon spürte Tränen in den Augen, als er versuchte, Theos Blick standzuhalten. »Ich weiß nicht, wie das passieren konnte. Nach all den Jahren, nach...«

»Gib dir nicht die Schuld daran, Jonathon. Das bringt sie nicht zurück.«

Jonathon spürte, wie Synthia erwachte und seine Hand drückte. »Das tue ich gar nicht«, sagte er. »Nicht wirklich. Ich wünschte nur, ich wäre draußen bei ihr gewesen. Vielleicht hätte ich es verhindern können.«

Theo runzelte die Stirn, sagte jedoch nichts.

»Wie bist du überhaupt zu mir durchgekommen?« fragte Jonathon nach längerem Schweigen in dem Versuch, das Thema zu wechseln.

»Na ja«, sagte Theo, dessen Mundwinkel ein Lächeln andeuteten, »immerhin bin ich Leiter der proaktiven Sicherheit für MCT Nordamerika.«

»Du hast die Beförderung bekommen. Glückwunsch.«

»Danke«, sagte Theo. Aus der Andeutung eines Lächelns war jetzt ein breites Grinsen geworden.

»Ich kann nicht glauben, daß sie einer halben Portion eine derart hohe Stellung geben.«

»Ich bin keine gewöhnliche halbe Portion.«

»Wahrhaftig«, sagte Jonathon. »Das stimmt.«

»Ich habe ihnen nur gezeigt, daß sie Schwächen haben, die ich entweder ausnutzen oder beseitigen konnte, je nachdem, welches Angebot sie mir machen würden.«

Jonathon lachte, und das tat weh. Es war lange her, seit er zum letztenmal lauthals gelacht hatte, und trotz der Schmerzen fühlte es sich gut an.

Nach einer Minute verlor Theo sein Lächeln und wurde ernst. »Ich muß mich verabschieden«, sagte er. »Ich muß wieder an die Arbeit. Aber hör zu, mein Freund, wenn ich dir irgendwie helfen kann ...«

»Da wäre tatsächlich eine Sache.«

»Raus damit.«

»Könntest du dich mit Anna und den Zigeunern in Verbindung setzen? Ich glaube, sie werden eine Beerdigung wollen.«

»Ist so gut wie erledigt, Chummer. Ich melde mich wieder.« Dann war Theos Gesicht verschwunden, und an seine Stelle trat das DocWagon-Logo.

Jonathon starrte es eine Minute an, in der er an die Beerdigung dachte. Daran, all die Zigeuner wiederzusehen. Anna wiederzusehen. Die große mütterliche Elfe hatte ihm immer vorgeworfen, Tamara aus der *Vista*, der großen Familie, geraubt zu haben. Jetzt würde sie ihm auch Tamaras Tod vorwerfen.

Und darauf freute er sich keineswegs.

Jonathon warf einen Blick auf Synthia, die wieder

eingeschlafen war. Ihr Kopf lag auf der Bettkante. *So reizend. So stark. Was würde ich ohne sie tun?*

Was, wenn sie ebenfalls sterben sollte?

Er schüttelte den Kopf, um diese Gedanken zu verjagen, und tippte Befehle ins Telekom, um die Einheit mit seinem Gerät zu Hause zu koppeln. Zweiundsechzig Nachrichten warteten auf ihn. *Drek!* Er überflog die Liste der Absender. Achtundfünfzig stammten von Leuten, die er nicht kannte, höchstwahrscheinlich Reporter, Schnüffler oder Fans. Drei waren von seinem Agenten, und eine war von Grids Desmond.

Vielleicht weiß er etwas.

Jonathon drückte auf eine Taste, um die Nachricht abzuspielen. Als er hörte, was Grids zu sagen hatte, bekam er das Zittern. Und danach kam Jonathon zu dem Schluß, daß es an der Zeit war, diese verdammte Klinik zu verlassen. An der Zeit, etwas wegen Tamaras Tod zu unternehmen.

19

In ihrem Haus in San Bernardino schlief Maria, von der Sonne durch Jalousien und schwere Vorhänge abgeschottet. Ihr Schlafzimmer war ein Heiligtum, ein dunkles Nest, wo sie ihren Mittagsschlaf halten konnte. Ruhig, friedlich und ganz allein.

Maria wachte von lautem Klopfen auf. Von einem Hämmern, das das Haus erbeben ließ. »Wach auf! Wach auf, Maria! Es ist wichtig!« Die Stimme klang schwach und entfernt wie in einem Traum.

Sie wälzte sich in ihrem Nest aus Kissen, Decken und Kleidung herum, vergrub den Kopf in dem weichen Stoff und versuchte dem Pochen zu entfliehen.

Poch. Poch. Poch.

Der Lärm ließ nicht nach. Das Pochen hielt an, bis Maria schließlich hellwach die Augen öffnete. Sie richtete sich auf und setzte die Schlafmaske ab, die gefiedert war, so daß sie wie ein Eulengesicht aussah. Lange schwarze Haare fielen ihr auf den zierlichen Rücken, und sie blinzelte angesichts der grellen Sonnenstrahlen, die durch die Spalten zwischen Wand und Vorhängen fielen. Sie stand auf und stülpte die Maske über die dazugehörige Ablage in Form eines Kopfes.

Sie ging zur Schlafzimmertür, wobei sie sich fragte, ob sie ihre dunkle Haut mit Kleidung bedecken sollte. »Hör auf zu klopfen, sonst röste ich dich«, schrie sie durch die Tür. Ein Feuerball juckte in ihrem Hinterkopf, der nur darauf wartete, den lästigen Schuldigen zu verbrennen. »Wer ist da?« fragte sie. Sie rechnete mit Pedro oder Angelina, die sich vielleicht krank von der Schule abgemeldet hatten. Vielleicht war es auch Wallace, der auf seinem Motorrad vorbeischaute. Aber Talon, ihr Geistverbündeter, hätte Wallace nie ins Haus gelassen. Und die Kinder waren nicht so dumm zu versuchen, sie vor der Dämmerung zu wecken.

Es muß ein Notfall sein, dachte sie.

Das Klopfen hörte auf, doch niemand beantwortete ihre Frage. Sie aktivierte den Spion in der Tür, um nachzusehen, wer es war. Plötzlich erfaßte sie Furcht. Die Gestalt draußen im Flur vor ihrem Schlafzimmer war fehl am Platze, niemand, den sie sofort erkannte.

Sie rief nach Talon, weil ihr plötzlich der Gedanke durch den Kopf schoß, ihr Geistverbündeter könnte von diesem Elf zerstört worden sein. Dann betrachtete sie die Züge des Mannes genauer – die extrem spitzen Ohren, das glatte schwarze Haar, den schlanken, muskulösen Körper –, und sie erkannte, wer es war.

Dougan Rose.

Er trug einen langen schwarzen Kunstlederduster über einem dunkelblauen Anzug und sah ziemlich konzernmäßig aus. Abgesehen von der Bandage über dem rechten Ohr und dem harten, segmentierten Polykarbon-Exoskelett, das seinen Hals umschloß und seine Muerte-Tätowierung verdeckte. Das metallicblaue Exoskelett mit silbernen Sprenkeln erschien wie eine zweite Haut, nur dicker und weniger flexibel.

Maria entriegelte die Tür und öffnete sie. »Dougan, was, zum Teufel, willst du? Ich hätte dich beinahe mit einem Feuerball geröstet«, sagte sie. »Und vielleicht hole ich das noch nach, wenn deine Erklärung nicht gut genug ist.«

Dougan stand auf der Schwelle und starrte sie anerkennend an. Seine Augen wanderten über ihr dunkles menschliches Gesicht und die braunen Augen. Ihren Hals entlang, wo sie nur kurz auf der Tätowierung verweilten, und weiter zu ihren Schlüsselbeinen, ihren Brüsten. Tiefer.

Plötzlich fiel ihr wieder ein, daß sie nackt war. Dougan und sie waren zwar intim miteinander gewesen, aber das war ein Leben lang her. Sie lächelte und ging in ihr Schlafzimmer zurück, ließ aber die Tür offen. »Ich kann nur hoffen, daß es irgendein extrem wichtiger Drek ist«, sagte sie, als sie wieder ins Bett stieg und sich mit einem Laken zudeckte.

Dougan trat ein, und die Servos des Exoskeletts summten leise. Er zog die Tür hinter sich zu, wodurch der Raum wieder in angenehme Dunkelheit gehüllt wurde, wenngleich es noch hell genug war, um etwas zu sehen.

»Okay, Dougan, nun, da ich einmal wach bin, spuck's aus. Oder verschwinde.« Sie lächelte und hob das Laken. »Oder komm ins Bett, wenn du willst.«

Das ließ ihn grinsen. Er war offensichtlich in Versuchung. »Ich wünschte, wir hätten Zeit dafür«, sagte er. »Und vielleicht haben wir sie ja, wenn das alles vorbei ist. Aber jetzt ...«

»Ja?«

»Ich will La Muerte wieder für einen Run zusammenbringen.«

Maria lachte tief und voll und warf den Kopf in den Nacken. Es war das Komischste, was sie seit langem gehört hatte.

»Es ist mein Ernst«, sagte er.

Nach einer Minute hatte sie sich wieder einigermaßen beruhigt. »Das sehe ich«, sagte sie. »Vielleicht ist es deshalb so komisch.«

»Es ist wichtig«, sagte er. »Und sehr lukrativ.«

Maria bettete den Kopf auf ein weiches Kissen. »Geh nach Hause«, sagte sie.

Dougan setzte sich auf die Bettkante. »Maria, wenn wir jetzt aufbrechen, können wir Maurice und Bob Henry noch vor der Sperrstunde aus El Infierno herausschaffen.«

»Dougan, du bist verrückt. Die Sicherheit von El Infierno läßt sie nicht raus. Niemand kommt dort noch raus.«

»Ich habe bereits Kontakt mit ihnen aufgenommen und einen Plan entwickelt, um sie rauszuholen.«

Maria stützte sich auf einen Ellbogen. *Er ist wahnsinnig.* »Warum sollte ich dir helfen? Wir sind beide seit vielen Jahren aus den Schatten heraus. Das Geschäft läuft jetzt anders. Haufenweise Wetwork, kein Ehrgefühl. Außerdem habe ich Kinder, und die kommen in ein paar Stunden aus der Schule nach Hause. Selbst wenn ich wollte, was nicht der Fall ist, könnte ich nicht einfach verschwinden und wieder im Gang-Dschungel untertauchen.«

Dougan sah Maria eindringlich an. »Tashika weiß über mich Bescheid und auch, daß wir beide früher Shadowrunner waren.«

»Er erpreßt dich?«

»Das wäre die freundliche Bezeichnung dafür, ja. Er hat Daten über unseren letzten Run – den Job mit der gelöschten Wahl. Zwölf Jahre, und er läßt es mich immer noch nicht vergessen.«

»Würdest du es denn vergessen?« fragte Maria. Ihr Bruder Jesse war bei diesem Run gestorben. Jesse mit seinen dunklen verstörten Augen, den hageren Wangen und dem schlanken, mukulösen Körperbau, seiner bronzefarbenen Haut, die sich über sehnige Muskeln spannte.

Sie vermißte seine beruhigende Gegenwart, Sicherheit und Beherrschung, die er ausgestrahlt hatte wie ein Kerosinofen Hitze. Sie hatte in jenen Jahren, als sie nur schwer einschlafen konnte, oft von ihm geträumt. Und sie konnte die Umstände seines Todes nie vergessen, obwohl sie es jahrelang versucht hatte.

Sogar jetzt sah sie das Schulgebäude in Compton noch vor sich, wo sie sich vor den Truppen des Freistaats Kalifornien – Staatsgarde und Sondereinsatztruppen von Lone Star und Konzernsöldner – versteckt hatten. Maria hatte in der Stille kurz vor Morgengrauen in der Schulbibliothek gehockt. Jesse, Dougan, Maurice und Bob Henry saßen neben den hoch aufragenden Schatten ihrer schweren Motorräder und warteten schweigend, den Rücken gegen die Bücherregale gelehnt und mit bereitgehaltenen automatischen Waffen.

Gefechtsmagier schickten Feuerelementare durch die Flure der Schule, deren Wände von altmodischen Spinden gesäumt waren. Schwere Geschützdrohnen rollten auf dicken Raupenketten an und schlugen mit ihren Geschützrohren Löcher in die Wände.

Vielleicht wußten diese Truppen nicht, daß Waisen und heimatlose Familien in der Schule lebten. Vielleicht waren sie sich nicht der Tatsache bewußt, daß die Bandenkriege die meisten Häuser und Wohnungen in der Gegend zerstört hatten, daß über vierhundert Personen in den leeren Klassenzimmern und der Turnhalle schliefen. Vielleicht waren sie nicht informiert.

Oder vielleicht war es ihnen auch egal.

Kinder liefen schreiend auf die Flure und rannten um ihr Leben, versuchten einen sicheren Ort zu finden. Viele Leute verbrannten, als die Feuerelementare ihre Leiber in blubbernde schwarze Gelatine verwandelten. Der Gestank brennender Leichen lag drückend in der Luft.

Dieser Gestank setzte sich in Marias Haaren und ihrer dunklen, federbesetzten Montur fest, und sie bekam ihn nie heraus. Später rupfte sie alle schwer erarbeiteten Federn heraus und verbrannte sie. Sie rasierte sich ihr hüftlanges Haar ab und verbrannte es ebenfalls.

Diese Leute waren unschuldig. Die schlimmste Lektion. Unschuld schützte niemanden. Sie waren wegen ihr und Dougan getötet worden. Wegen Jesse, Maurice und Bob Henry.

Die kalifornischen Truppen hatten die Schule vernichtet, um sie zu erwischen. Weil sie La Muerte waren, eine Gang. Und weil sie gewitzt und tollkühn waren. Sie waren von den dumpfen normalen Gang-Aktivitäten auf Shadowruns gewechselt. Shadowruns sagten

Maria mehr zu. Sie waren subtiler und technischer. Zielgerichteter. Und sie brachten mehr ein, viel mehr.

Auf ihrem letzten Run war La Muerte angeworben worden, einem Team von Cybersamurais und Deckern zu helfen, in das kalifornische Wahlcomputersystem einzudringen. Der Job war riskant, wurde aber gut bezahlt. Woher hätten sie auch wissen sollen, daß das Einsatzteam die Datenbänke – und damit die Ergebnisse der Gouverneurswahlen – vollständig löschen würde? Diese Aktion brachte einen ganzen Haufen mächtiger Leute auf die Palme. Leute, die wollten, daß alle daran Beteiligten dafür büßten.

Maria und die anderen wurden fast eine Woche lang gejagt, bevor sie im Schulgebäude von Compton in die Enge getrieben wurden. Und da hatte längst der totale Krieg gegen die Gangs begonnen. Staatsgarde, Lone Star und Söldner überfluteten die gottverlassenen Straßen von El Infierno und bombten, schossen und brannten alles nieder, was ihnen in die Quere kam. Vielleicht war La Muertes Beteiligung an der gelöschten Wahl genau der Vorwand, den die hohen Tiere in Sacramento für ihre schmutzige Arbeit gebraucht hatten.

Maria wußte es nicht, aber nach weniger als einer Woche wurde der Erlaß verkündet: Alle Gangs in Compton und Gardena sollten ausgemerzt werden. Der Dschungel mußte gesäubert werden. Der Krieg hatte begonnen.

Was, zum Teufel, wußten die Pinkel überhaupt über den Dschungel? *Nada. Null. Das große Nichts.*

Die Pinkel schauten aus den Fenstern ihrer Wolkenkratzer und sahen Not und Gewalt, dachten, sie könnten Ordnung in das Chaos bringen. Doch sie wußten nicht, daß es bereits eine Ordnung gab. Ordnung der schlimmsten Sorte, gewiß, aber nichtsdestoweniger Ordnung.

El Infierno hatte seine Probleme, vielleicht mehr als die meisten Gegenden, aber Gewalt war keine Art, sie zu lösen. Nuyen, vielleicht. Kreds für Jobs und Schulen. Selbstvertrauen.

Hoffnung.

Maria spürte, wie ihr wieder die Tränen kamen, während sie das Kissen an sich preßte. Sie erinnerte sich, wie Jesse sein Leben geopfert hatte. Als Anführer der Gang und als ihr älterer Bruder hatte er sich verantwortlich für sie gefühlt. Also hatte er sein so verdammt edles, heroisches Macho-Ding durchgezogen. Er war auf seiner Honda Excalibur durch die Doppeltür der Bibliothek und dann über die asphaltierten Basketballplätze gerast. Er hatte geschrien und gejohlt, um die Aufmerksamkeit auf sich zu ziehen.

Maria hatte ihn in eine Illusion gehüllt, so daß es so aussah, als versuchten sie alle auszubrechen. Jesse kam nur dreißig Meter weit, bevor ihn die Sturmgewehre und Minikanonen zerfetzten. Doch das reichte Maria und den anderen, um im Schutz eines Unsichtbarkeitszaubers in die Dunkelheit zu fliehen.

Jesse hatte in dieser Nacht sie und die Waisen und Familien gerettet, danach hatten Maria und Dougan den Dschungel verlassen und mit den Shadowruns aufgehört. Abgesehen von Theresa, ihrer Mentorin, hatte Maria keine Familie, also hatte sie sich mit Dougan rasch abgesetzt. Ohne ihn hätte sie nie überlebt. Sie waren gemeinsam untergetaucht und eine Weile zusammengeblieben, bevor Dougan sein Gesicht plastisch verändern ließ und den Job bei den Buzzsaws bekam.

»Wie konnte Tashika an die Informationen kommen?« fragte Maria.

Dougan zuckte die Achseln. »Er ist derjenige, der mir geholfen hat zu verschwinden«, sagte er. »Er hat mir den Job bei den Buzzsaws verschafft, aber ich habe ihm nie etwas von dir und den anderen erzählt.« Er holte tief Luft. »Eigentlich dürfte er nichts über den Wahl-Run wissen, aber er weiß es trotzdem. Er weiß alles. Irgendwie hat er herausgefunden, wer wir sind. Und wenn wir nicht mitziehen, wird er alles publik machen. Für Maurice und Bob Henry spielt das keine große Rolle, aber ich wäre erledigt, wenn die Fans und die Öffentlichkeit je die Wahrheit erführen. Und du ... du hast eine Familie, einen Platz in dieser Gemeinde. Wir könnten auch jetzt noch in den Knast wandern.«

Maria spürte das Gewicht seiner Worte plötzlich auf ihren Schultern lasten. Das Tageslicht draußen umnebelte ihren Verstand. Eule half ihr erst nach Sonnenuntergang. »Talon«, rief sie.

Der Geistverbündete tauchte vor ihr in der Gestalt eines Vogelmenschen auf, größer als sie und mit großen runden Augen und gefiederten Ohren. »Ich gehe mit Dougan«, sagte Maria. »Du wirst dich um die Kinder kümmern.«

»Wie du willst.«

»Gut.« Maria sah Dougan an, der auf einmal sehr müde aussah. »Erzähl mir von deinem Plan«, sagte sie. »Wir können gehen, sobald ich mich angezogen habe.«

Dougan redete über den Run, während sie im Schrank nach ihrer alten Ausrüstung suchte. Er erzählte ihr von Tashikas Forderung, er solle Tamara Ny verletzen, und von seinem widerstrebenden Einverständnis. Und dann, daß er sie dabei unabsichtlich getötet hatte. Wenn sie nicht im letzten Augenblick den Kopf bewegt hätte ...

Ganz hinten im Schrank fand Maria den alten Einsatzbeutel aus Nylon mit ihrer alten Kleidung und einer Panzerweste, um sie vor verirrten Kugeln zu schützen. Sie hatte für die alten Federn, die sie verbrannt hatte, neue an ihrer Montur angebracht, sie aber seitdem nicht mehr getragen. Maria hatte ihre Magie zwar fortgesetzt, aber nur für sich selbst und um sich nicht von Eule zu entfernen. Nicht beruflich, nicht im Kampf.

Dougan schien wegen Tamara Nys Tod ziemlich außer sich zu sein. Und jetzt zwang ihn Tashika,

Muerte wiederauferstehen zu lassen, um die losen Enden zu verknüpfen. »Nachdem wir Maurice und Bob Henry rausgeholt haben, sollen wir einen Burschen namens Grids Desmond finden«, sagte Dougan. »Und irgendwelche Informationen, die er und Tamara Ny Tashika gestohlen haben.«

Maria packte ihre Fokusse ein – eine breite Goldkette mit Orichalkumintarsien, die mit Rubinen und Smaragden besetzt war, und drei silberne Ringe, die sie am Ringfinger und am kleinen Finger ihrer rechten Hand trug. Dann öffnete sie den Gürtelbeutel, um nach ihren Fetischen zu sehen. Sie fand einen Beutel mit Daunen und vier getrocknete Mäuse. Hervorragend.

»Sollen wir diesen Burschen töten?« fragte sie, als sie ihre Montur und die Weste anlegte. Nach zwei Kindern und zwölf Jahren paßte ihr immer noch alles wie angegossen. Erstaunlich. »Wetwork mache ich nicht mehr.«

»Äh, nein, ich glaube nicht.«

»Tashika ist es egal?«

»Ich glaube, ja«, sagte Dougan. »Er will nur die Daten.«

Maria schnaubte. »Gut.«

»Aber wenn wir den Burschen umlegen müßten«, sagte Dougan, »würde es auch keinen Unterschied machen. Es wäre keine große Sache.«

Sie warf ihm einen durchdringenden Blick zu, da sie mit dem Ankleiden fertig war. »Halt die Klappe«, sagte sie. »Halt einfach nur die Klappe und laß uns die anderen holen.«

SHADOWRUN

ZWEITER AKT

Sein Leben nach dem Tod

20

Es war Spätnachmittag, als der Lufttaxi-Hubschrauber Jonathon auf seinem Anwesen bei Montecito absetzte. Er stand am Rande des Hubschrauberlandeplatzes und winkte Synthia zu, die durch das Glas der Kabine des Lufttaxis zurücklächelte. Seine Haare flatterten im Wind des Hughes Airstar, als dieser Schub gab. Jonathon duckte sich unwillkürlich, als er weiter zurücktrat, um den Hubschrauber starten zu lassen.

Der Airstar flog über die Wipfel der riesigen Eichen auf Jonathons Grundstück und bog dann nach Süden in Richtung LA ab, um Synthia ins Herz des Sprawls zu bringen. Als sich der vom Hubschrauber entfachte Orkan gelegt hatte, blieb Jonathon noch einen Augenblick mit geschlossenen Augen stehen. Er atmete tief ein und spürte die Hitze der Sonne auf seinem Gesicht.

Die Ruhe nach dem Sturm.

Und dann platzte das leise Zischen in die Ruhe der sanften Brise. Allgegenwärtig. Tamara war noch immer in seinem Kopf, und er stellte fest, daß er sich langsam an das Rauschen gewöhnte.

Er öffnete die Augen und ging langsam den mit Ziegeln gepflasterten Weg zu seinem Haus entlang. Er hatte sich bemüht, das Zuhause seiner Kindheit nachzubilden, als er die vier Hektar Land in den Hügeln über Montecito gekauft hatte. Das Land lag größtenteils auf dem Hang eines kleinen, grasbewachsenen Hügels im Schatten alter Eichen, die vor achtzig oder neunzig Jahren gepflanzt worden waren. Er zog Eichen den beliebten Palmen vor, die überall im südlichen Kalifornien wuchsen.

Das Haus, das erst vor ein paar Monaten fertig geworden war, war viel größer als das Heim seiner Kindheit in Redding, sah aber genauso aus. Zwei Stockwerke im Farmhaus-Stil, die weiß gestrichenen Wände aus Holz mit umlaufenden Veranden auf beiden Etagen. Aber der Architekt hatte ihn davon überzeugt, daß ein derart mickriges Haus den Wert des Anwesens schmälern würde, und Jonathon wußte, wie viele Nuyen er für das Land bezahlt hatte.

Viel zuviel.

Er warf einen letzten Blick auf das Wasser in der Ferne, wobei er sich fragte, ob er Cynthias Kopter wohl noch sehen konnte. Er liebte sie, soviel wußte er. Sie war warmherzig und intelligent, faszinierend und anders als alle anderen, die er kannte. Sie wollte bei ihm sein, einfach nur, um bei ihm zu sein. Ohne verstecktes Motiv. Ohne weitere Pläne.

Gewiß, sie hatte ihre Geheimnisse, ihr Leben an der UCLA, wo sie junge Magier unterrichtete. Aber das gefiel ihm. Es gefiel ihm, wenn er Dinge an ihr entdeckte, die er nie erwartet hätte. Er kannte sie nicht in- und auswendig. Nicht so wie Tamara ...

Nun, da Cynthia fort war, würde Jonathon sich mit Grids in Verbindung setzen und erfahren, warum Tamara getötet worden war. Seit er Grids' Nachricht abgespielt hatte, wartete er ungeduldig auf diesen Augenblick.

Die Botschaft war kurz und prägnant gewesen. »Jonathon, du bist der einzige, der mir helfen kann. Ich muß wissen, was mit Tam passiert ist. Im Trid heißt es, sie ist tot.« Grids hatte die Kamera abgeschaltet, und seine Stimme zitterte, als sei er aufgeregt. In Eile.

»Wenn das stimmt, weiß ich, warum«, sagte er. »Ruf diese LTG-Nummer an, aber benutze ein öffentliches Telekom oder eine sichere Leitung. Hinterlasse eine Nachricht für Tamaras richtige Mutter. Daran erkenne ich, daß du es bist. Nicht Anna, sondern die andere. Du weißt, wen ich meine. Dann nenn einen Ort und einen Zeitpunkt, wo und wann wir uns treffen, möglichst ein öffentlicher Ort mit vielen Leuten. Komm heimlich. Und komm allein.«

Dann hatte Grids aufgelegt.

Venny schlief im Gästezimmer. Der Troll war erschöpft, nachdem er die ganze Nacht vor der Tür Wache gehalten hatte und dabei von Reportern, Anwälten und Fans belagert worden war. *PR-Arbeit war noch nie Vennys Ding,* dachte Jonathon. *Aber da er gerade schläft ...*

Jonathon ging durch die riesige Küche, die schwarzweiß gefliest war, vorbei an der breiten Holztreppe im Flur und in die Garage.

Vier Fahrzeuge warteten auf die Gelegenheit, mit hoher Geschwindigkeit über die gewundenen Bergstraßen, die Küste entlang und durch das bewaldete Gelände östlich von San Bernardino gefahren zu werden. Eines war ein Jaguar XJ12 Baujahr 1988 in einwandfreiem Zustand mit nachträglich eingebautem kybernetischen Interface. Neben ihm stand ein Mitsubishi Nightsky wie ein schlafender Gigant.

Doch weder der Jaguar noch die Limousine waren das richtige Gefährt für die bevorstehende Ausfahrt. Er brauchte etwas Subtiles. Etwas, das im Verkehrsfluß nicht auffiel – seinen neuen Eurocar Westwind 2000 Turbo. *Ha,* dachte er, *so unauffällig wie ein Ork bei einer Humanis-Versammlung.* Der Westwind war für die meisten Anlässe ungewöhnlich protzig, würde aber immer noch weniger auffallen als die anderen beiden.

Das vierte Fahrzeug war ein Motorrad – eine für die Straße gebaute Harley Scorpion. Unangemessen für eine Fahrt in die Stadt. Jonathon ging zu dem schnittigen Westwind und tippte die Kombination in das Türschloß ein, das sich mit einem gedämpften Klicken öffnete. Die Tür schwang nach oben. *Ich muß mich beeilen, solange Venny noch schläft.* Der Leibwächter würde niemals einen Solotrip in den Sprawl zulassen. Ganz besonders nicht jetzt.

Jonathon warf einen Blick in den Kofferraum, um sich zu vergewissern, daß seine Drohnen geladen und einsatzbereit waren. Die ferngesteuerten Vögel waren säuberlich in Stellung, unter ihnen eine Cyberspace Designs Stealth Sniper, die auf ihrer Abschußvorrichtung glänzte wie ein katzengroßer Käfer. Die Drohne war mit einem Satz Sensoren und einem Scharfschützengewehr ausgerüstet. Die andere war eine AeroDesign Condor, aufblasbar, solar-getrieben und hervorragend für längere Aufklärungsflüge geeignet. Er hoffte, er würde sie nicht brauchen, aber da er die Spielzeuge nun einmal besaß, konnte er ebensogut damit spielen.

Neben den Drohnen lag seine Vorratsbox mit Notrationen, Hochenergieriegel und Schokoladen-Proteingetränken. *Muß meinen hohen Energiebedarf decken.* Er nahm eine Dose heraus, öffnete sie und trank die Hälfte, bevor er den Kofferraum wieder schloß. Dann stieg er ein, wobei er wegen der Steifheit seiner Knie und der Schmerzen in seiner Brust zusammenzuckte.

Er koppelte die Trideoeinheit des Wagens mit den Überwachungskameras, die ihm einen Augenblick später zeigten, daß vor dem Tor der Vordereinfahrt mehrere Wagen von Trideogesellschaften warteten. Glücklicherweise war der unterirdische Hintereingang immer noch so geheim, daß er sich unerwünschter Aufmerksamkeit leicht entziehen konnte. Jonathon startete den Westwind und fuhr durch den kurzen Tunnel.

Die unbezeichnete Privatstraße führte drei Kilometer vom Tor der Vordereinfahrt entfernt auf die Hauptstraße, und die Kameras zeigten keinen Verkehr. Wenige Minuten später bog er auf die CalTrans-Schnellstraße in Richtung LA. Jonathon fuhr eine Weile manuell und verlor sich ein wenig in der körperlichen Tätigkeit. Seit dem Angriff auf Dougan hatte er sich nicht mehr in eine Maschine eingestöpselt, und er war auch nicht sonderlich scharf darauf, es in nächster Zeit wieder zu tun.

Er versuchte sich ganz auf die Straße zu konzentrieren, auf das gedämpfte Surren der Reifen auf dem Asphalt – das halbwegs mit dem Zischen in seinem Kopf harmonierte. Auf das Flackern der unterbrochenen weißen Mittellinie, die in der Ferne verschwand und sich bis in alle Ewigkeit fortsetzte.

Jonathon hielt auf einem Rastplatz, um den Anruf zu erledigen. Er betrat eine Telekomzelle, die nach Urin und Erbrochenem stank. Er aktivierte das Telekom ohne Bild und tippte die LTG-Nummer ein, die Grids ihm genannt hatte.

Keine Nachricht. Kein Läuten. Nur das leise Rauschen einer offenen Leitung.

»Diese Nachricht ist für Jennifer Sanborne«, sagte Jonathon, indem er den Codenamen benutzte, um den Grids gebeten hatte.

Als Jonathon und Tamara nach dem Zwischenfall an den Multnomahfällen im Gefängnis saßen, hatte Tamara die Dienste eines Ahnenforschers gekauft, um ihre richtige Mutter aufzuspüren. Offenbar hatten die Zigeuner sie als Baby gefunden, ausgesetzt auf dem Freeway 10 in Pueblo-Gebiet. Anna hatte sie an Kindes Statt aufgezogen, doch Tamara hatte immer ihre richtige Mutter kennenlernen wollen.

Der Ahnenforscher hatte Tamara eine DNS-Probe entnommen und in den Datenbänken nach SIN-Trägern gesucht, deren DNS große Ähnlichkeit mit ihrer aufwies. Jennifer Sanborne hatte zu denjenigen mit der größten Übereinstimmung gehört, und da sie in Phoenix, mitten im Pueblo-Gebiet, wohnte, war Tamara überzeugt, daß sie ihre leibliche Mutter war. Doch Tamara hatte Jennifer Sanborne nie aufgesucht, um herauszufinden, ob sie ihre sechs Monate alte Tochter auf einer Autobahn mitten in der Wüste ausgesetzt hatte. Sie hatte zu große Angst davor, daß sie gar nicht ihre Mutter war.

Dann hätte Tamara keine richtige Mutter gehabt.

Sehr wenige Personen wußten von Jennifer Sanborne. Grids mußte den Namen aufgeschnappt haben. »Jennifer«, sagte Jonathon, »wir treffen uns am Venice Beach. Im Dockweiler Gardens.« Jonathon rief die Headware-Uhr auf seiner Netzhaut auf, die 15:48:21 Uhr anzeigte. »Um fünf Uhr«, sagte er. Dann legte er auf.

Er stieg rasch in den Wagen und fuhr wieder auf die Schnellstraße.

Knapp eine Stunde später parkte Jonathon den Westwind 2000 Turbo auf einem von der Mafia kontrollierten Parkplatz zwischen Grandma's Pharmacy and Survival und einer riesigen Burgerschmiede in Gestalt eines riesigen Hot Dogs namens *The Big Weenie.* Venny hatte mehr als einmal versucht, ihn per Telekom zu erreichen, doch Jonathon wollte diese Sache allein durchziehen. Vennys Anwesenheit mochte Grids abschrekken, und Jonathon mußte herausfinden, was er über Tamaras Tod wußte.

Jonathon fühlte sich wie ein Shadowrunner, als er aus dem Westwind kletterte, die elektronische Wegfahrsperre aktivierte und den Wagen im Bereitschaftsmodus ließ, so daß er ihn und die Drohnen, wenn nötig, ferngesteuert lenken konnte. Da er niemals wieder in ein Experimentalflugzeug steigen würde, hatte Jonathon den Transmitter seiner Headware so umprogrammiert, daß er mit dem Wagen und seinen Drohnen kommunizieren konnte.

Er stellte den Kragen seines gepanzerten schwarzen Dusters hoch. Er war in Verkleidung. Undercover. Es konnte verhängnisvoll sein, wenn ihn jemand erkannte.

Doch der Mantel war zu makellos und sauber. Drek, er war fast neu. Er machte so etwas nicht besonders oft. Jeder, der einen genaueren Blick auf ihn warf, würde ihn für einen Frischling oder Möchtegern-Runner halten, aber eine andere Möglichkeit hatte er nicht.

Am Venice Beach würde es keine Rolle spielen. Dort trug jeder irgendeine Verkleidung.

Die große rechte Tasche des Dusters enthielt das kühle Metall seines Ares Predator II, der mit Gelmunition geladen war. Wahrscheinlich nicht gut genug, wenn der Drek wirklich zu dampfen anfing, aber Jonathon rechnete nicht mit einem Hinterhalt. Und für den Fall, daß es irgendwann hieß, zu kämpfen oder zu schweigen, hatte er noch mehrere Magazine mit panzerbrechender Munition.

Der Schlapphut verdeckte die Spitzen seiner Ohren, und der größte Teil seines Gesichts war hinter einer breiten verspiegelten Sonnenbrille verborgen. Die Brille war mittels eines unter seinem Hut verborgenen sehr dünnen Drahtes in seine Schläfe gestöpselt und verlieh ihm Infrarotsicht, falls er sie brauchte. *Endlich eine Verwendungsmöglichkeit für meine Spielzeuge*, dachte er.

Er ging das kurze Stück die Straße entlang bis zur Strandpromenade, von allen Seiten von Touristen und Straßenhändlern umgeben. Niemand erkannte ihn. Hervorragend.

Er passierte Cyberware-Händler, Straßendocs, Krillverkäufer, Surfläden, Kostümverleihe. Der Strand zu seiner Rechten war gerammelt voll bis überfüllt, insbesondere in der Nähe der magischen und akrobatischen Spektakel.

Im Vorbeigehen sah Jonathon einem Zwerg auf drei Meter hohen Stelzen zu. Der Zwerg trug einen großen pilzförmigen Hut und ein weißes Hemd, das im Licht der untergehenden Sonne orange schimmerte. Eine rotblau gestreifte Hose reichte bis zum Boden, und an den Stelzen hatte man große Clowns-Pantinen angebracht.

Der Zwerg jonglierte Miniaturkettensägen, während er balancierte. Die Menge teilte sich vor ihm, da er langsam vorwärts ging, und der Zwerg schien für einen Sekundenbruchteil ins Stolpern zu geraten, aber das gehörte alles mit zur Show. Er hielt mühelos das Gleichgewicht und ließ keine einzige Kettensäge fallen.

Jonathon lächelte. Er liebte Venice Beach und verspürte ein Kribbeln der Trauer, daß er aus geschäftlichen Gründen hier war und nicht zum Vergnügen. Er kam an einem Straßenmagier vorbei, der einen komplizierten Tanz mit Robben und Möwen aufführte, die Jonathon für Illusionen hielt.

Dockweiler Gardens war eine altmodische Bar mit Grill nahe der Strandpromenade. Seine Uhr zeigte 16:42:16 Uhr, als er eintrat. Der Laden war voll, aber er bat um einen Tisch auf dem Redwood-Deck, das zum Strand hinausging. Zwanzig Minuten später saß er vor einem kalten Pyramid-Bier und hielt in der Menge nach Grids Desmond Ausschau.

Grids traf etwa zehn Minuten später ein. Er trug schwarze Jeans, deren Beine um seine dürren Stelzen schlackerten. Sein dunkles Haar war glatt zurückgekämmt, als habe er Gel aufgetragen. »Bist du allein?« fragte Grids.

»Wie verlangt«, sagte Jonathon. »Ich habe sogar auf meinen Leibwächter verzichtet.«

Grids sah müde aus. Die Furchen auf seinem hageren Gesicht waren tief, als hätte er seit Tagen nicht mehr geschlafen.

»Du siehst aus wie Drek«, sagte Jonathon.

»Was bist du, die Modepolizei?«

Jonathon lachte. »Puh, beruhige dich, Chummer. Es sieht nur so aus, als hätte dich das Versteckspielen ziemlich mitgenommen, das ist alles.«

»Hast du mal in Hollywood Ost gewohnt?«

»An entsprechenden Orten.«

»Das bezweifle ich«, sagte Grids. Dann hielt er inne, um den Kellner zu rufen und einen Soykaf und ein paar Nachos zu bestellen. Als der Kellner wieder gegangen war, griff Grids sich hinter das Ohr und holte mit einer geschmeidigen Bewegung einen Chip aus der Buchse.

Sogar Jonathon hätte es beinahe übersehen.

Grids legte die Hand auf den Tisch, die Innenseite nach unten. »Bist du sicher, daß Tam tot ist?«

Jonathon hörte das statische Rauschen in seinem Kopf, sehr schwach. Er nickte. »Ihre Beerdigung findet morgen am Shastasee statt.«

»Man kann dorthin gehen? Ich dachte, er sei geschützt. Drachen und Schamanen und solche Art Drek.«

»Ich habe eine Besuchserlaubnis.«

»Was?«

»Tut mir leid, das ist wohl nicht der richtige Zeitpunkt, um herumzualbern«, sagte Jonathon. »Das Gebiet um den Shastasee ist Niemandsland, und es gibt einen Drachen – Hestaby –, aber er zeigt sich nur, wenn ein Krieg stattfindet. Ich habe ihn noch nie gesehen. Jedenfalls ist Tams Familie, die Zigeuner, den Sommer über dort.«

»Kann ich auch hingehen?« fragte Grids.

»Willst du?«

Grids starrte Jonathon aus dunklen Augen an. »Ich weiß, du kannst mich nicht leiden«, sagte er. »Ich habe nie begriffen, warum, aber ...«

»Du bist labil. Du hast einen Hang zu kneifen, wenn der Drek zu tief wird. Frauen, Jobs – du kannst sie nicht behalten. Du ziehst dich immer in eine Sim oder etwas Ähnliches zurück.« Jonathon hob sein Bier, um Grids zu zeigen, was er damit meinte.

Grids starrte ihn nur an und sagte eine Minute lang nichts. Dann leise: »Ich habe sie geliebt. Ich habe sie mehr geliebt als sonst jemanden in meinem Leben.« Seine Stimme brach, und er sah weg, auf den Ozean.

Jonathon seufzte. »Ich weiß. Und ich weiß, daß sie dich bei der Beerdigung dabeihaben wollte. Also kannst du kommen. Und jetzt sag mir, warum ich hier bin.«

Grids holte tief Luft. »In der Nacht vor dem Spiel in New Orleans haben Tamara und ich diese Sim aufgezeichnet.«

»Was ...?«

Grids legte einen Finger auf die Lippen, um ihn aufzufordern, leiser zu reden. »Vielleicht weißt du, daß sie mit einem Exec von Saeder-Krupp namens Andreas Michaelson geschlafen hat.« Grids sah sich rasch um, aber in dem Laden herrschte hektische Betriebsamkeit. Niemand zollte ihnen auch nur die geringste Aufmerksamkeit.

»Ja«, sagte Jonathon. »Sie dachte, er würde sie zu einem SimSinn-Star machen.«

»Bingo. Tja, Michaelson wimmelte ihre Bitten, Probeaufnahmen zu arrangieren, ständig ab, und irgendwann war Tamara die Warterei leid.«

»Geduld gehörte noch nie zu ihren Tugenden.«

Grids schnitt ein trauriges Gesicht. »Sie hielt eine direktere Vorgehensweise für angebracht.«

»Erpressung?«

Grids nickte. »Sie ließ mich ihren Sex in dieser Nacht aufnehmen.«

Jonathon runzelte die Stirn.

»Sie hätte damit drohen können, die Aufnahme seiner Frau und dem Konzern zuzuspielen, wenn er sich weiterhin weigerte, sich für sie einzusetzen.«

»Also hat er sie umgebracht? Kommt mir etwas überzogen vor.«

Grids schüttelte den Kopf. »Da ist noch mehr.« Der Kellner brachte den Soykaf und die Nachos. Grids nippte an der schwarzen Flüssigkeit und aß ein paar von den Maischips.

Jonathon trank sein Bier.

»Hast du eine Chipbuchse?«

»Nein.«

»Null Problemo. Ich habe einen Senseman mitgebracht.« Grids zog ein winziges SimSinn-Deck aus seinem schwarzen Lederbeutel. Die Einheit hatte ungefähr die Größe einer Hand und konnte CDs und Chips abspielen. Grids zog das dünne Fiberglaskabel aus dem Gerät und gab es Jonathon.

Jonathon stöpselte sich ein, während Grids den Chip einlegte und das Gerät einschaltete.

Satinlaken umschmeichelten Tamaras nackten Körper, als sie in dem riesigen Bett erwachte. Es handelte sich um einen Direktmitschnitt, wenngleich er nicht so scharf war wie diejenigen, welche Jonathon mit der Ausrüstung der Mannschaft machen konnte. Auch die Gefühlsspuren fehlten, nur die Sinneswahrnehmungen waren da, wodurch er sich leer fühlte, als empfange er das Signal einer ausgehöhlten Person, einer Hülle ohne Seele.

Eines Geistes.

Das Bett erbebte, und ein großes, bärtiges Gesicht füllte ihr Blickfeld aus, dann drang der Gestank schalen Morgenatems in seine Nase, und der Mund des Mannes preßte sich auf ihren.

Jonathon krümmte sich und hätte beinahe sein Bier ausgespien.

»Guten Morgen, mein Kuscheltier«, sagte der Mann. »Ich gehe unter die Dusche.«

Tamara murmelte etwas, drehte sich um und schloß die Augen.

Eine Minute später drang das gedämpfte Geräusch fließenden Wassers aus dem Badezimmer. Tamara öffnete die Augen, offenbar hellwach, und stand auf. Sie strich sich ihre langen schwarzen Haare aus dem Gesicht und ging splitternackt zu Michaelsons Schreibtisch.

In diesem Augenblick fragte sich Jonathon, warum sie sich nie geliebt hatten. Sie war die schönste Frau, die er je kennengelernt hatte. Eine Göttin. Aber dies war nicht wirklich sie. Dies war nur ihr Körper, ihre Sinneswahrnehmung. Tamara war wie eine Schwester für ihn. Er empfand ein leises Schuldgefühl bei diesem jähen Anflug von Verlangen.

Sie war endgültig aus seinem Leben verschwunden. Und sie hatte einen Teil von ihm mitgenommen.

Tamara betrachtete den Schreibtisch. »Grids«, flüsterte sie, »du zeichnest das hoffentlich auf.« Der Kram auf dem Schreibtisch war alltäglich – Memos, Chips, das Telekom. Nichts davon war wichtig.

Doch dann durchsuchte sie den Aktenkoffer. Darin befanden sich Dokumente. Irgendein Bericht über die Fortschritte einer Firma namens Magenics Incorporated mit Sitz in Long Beach. Und darunter befand sich ein Ausdruck offenbar der höchsten Geheimhaltungsstufe in einer magnetisch versiegelten Mappe.

Tamara versuchte sie mit klopfendem Herzen zu öffnen. Ihr Atem beschleunigte sich.

Das Siegel war nicht geschlossen. Sie öffnete die Mappe und las das Deckblatt. »Die Magus-Akte: Eine Zusammenstellung aller Daten bezüglich aller für den Magusfaktor relevanten genetischen Loci und wie diese Loci in einen stabilen Biocomputer vom Typ AZ54 inkorporiert werden könnten.«

Jonathon hatte keine Ahnung, was das bedeutete.

Tamara blätterte das Dokument rasch durch, wobei sie die Seiten nicht las, sondern nur einen gründlichen Blick darauf warf. »Ich hoffe, du kannst das entschlüsseln«, flüsterte sie.

Sie wurde fertig, kurz bevor Michaelson seine Dusche beendete. Sie schloß die Mappe und wischte alle Fingerabdrücke mit einem Ende ihres Kopfkissenbezugs ab. Ihre Hände waren verschwitzt und zitterten dabei. Sie hinterließ alles so, wie sie es vorgefunden hatte.

Sie sprang wieder ins Bett, und einen Augenblick später kam der große, behaarte Mann aus dem Badezimmer zurück. Sein weißer Baumwollbademantel umflatterte ihn und war vorne offen.

Tamara wälzte sich träge herum und starrte auf Michaelsons verjüngten Körper. Er lächelte und stieg ins Bett zurück.

Klick. Die Aufzeichnung war zu Ende. Tam war wieder verschwunden. Der Geist löste sich auf, und Jonathon fühlte sich wieder wie er selbst.

»Das ist weit genug«, sagte Grids, indem er den Chip aus dem Senseman auswarf und wieder in die Buchse hinter seinem Ohr steckte.

Jonathon stöpselte sich aus, und das Kabel spulte sich in das Abspielgerät zurück. Er sah Grids an. »Was weißt du über diese Magus-Akte?« fragte er.

Grids trank von seinem Kaf. »Zuerst wußte ich gar nichts darüber«, sagte er. »Aber ich habe mich bei Shadowland nach Daten zu dem Text umgesehen, den ich lesen konnte. Ich habe immer noch nicht viel mehr, aber es sieht so aus, als habe dieser Magusfaktor irgendwas mit Genetik und Magie zu tun. Ich habe eine Subroutine, die alle Datenbänke für mich durchstöbert, aber ich weiß bereits, daß das meiste viel zu technisch für mich ist.

Aber ich weiß ein wenig über Biocomputer. Wenigstens theoretisch. Angeblich kippen einige Konzerne, insbesondere Aztechnology, metamenschliche Gehirne in Bottiche mit einer Elektrolyt-Lösung und benutzen sie als Prozessoren, um eine höherentwickelte künstliche Intelligenz zu schaffen.«

»Du willst mich verarschen.«

Grids zuckte die Achseln. »Ich sage dir nur, was ich gehört habe.«

Jonathon reckte sich, dann trank er sein Bier aus. »Kannst du den Text der Magus-Akte rekonstruieren?«

»Goofy arbeitet gerade daran.«

»Goofy?«

»Ein Smartframe, das ich programmiert habe.«

»Oh«, sagte Jonathon. »Schön. Ich will diesen Schweinehund Michaelson kriegen. Es muß irgendeine Verbindung zwischen ihm und Dougan Rose geben.« Jonathon erhob sich, um zu gehen, dann sah er den blassen Menschen in der schwarzen Jeans an. »Grids«, sagte er, »vielleicht mag ich dich nicht, aber ich brauche deine Hilfe. Bist du dabei?«

Grids stand ebenfalls auf. »Bis zum Schluß«, flüsterte er mehr zu sich selbst.

»Gut«, sagte Jonathon. »Etwas anderes würde ich auch nicht zulassen. Und jetzt komm, wir müssen zu einer Beerdigung.«

21

Hendrix ließ seinen Nacken mit einem raschen, präzisen Spannen seiner Schultermuskeln knacken und fuhr den Lieferwagen langsam um eine Ecke. Er warf einen Blick zu Layla auf dem Beifahrersitz. Sie trug eine Kappe mit dem Logo von Sprawl Repo Incorporated auf dem Schirm. Der Pferdeschwanz ihrer goldenen Haare, der im Nacken aus der Kappe hing, fing einen Strahl der langsam untergehenden Sonne auf.

Die Dämmerung brach herein – die perfekte Zeit für Schattenarbeit. Zwielicht, wenn die Farben grau und gleichförmig wurden. Wenn Licht und Schatten miteinander verschmolzen.

»Der Kontrollpunkt«, sagte er. »Halte den Ausweis bereit.«

Sie nickte, dann gab sie ihm eine schlichte Plastikkarte mit einem Holobild von ihr und einem Magnetstreifen. Wie Hendrix trug sie eine graue Nadelstreifenuniform über ihrer tarnfarbenen Panzerung.

Hendrix setzte seine beste geschäftliche Miene auf, als er neben dem Wächterhäuschen vor dem Tor nach Beverly Hills hielt. Der Wächter in dem Häuschen sah gelangweilt aus, vermutlich deshalb, weil auf diesem Posten nie etwas passierte.

Genau das war der Grund, warum Hendrix aus Richtung Brentwood gekommen war. Dieser Wächter hatte nur minimale Rückendeckung. Anders als an der Grenze zwischen Beverly Hills und Hollywood war die drei Meter hohe Plastikmauer nicht mit Graffiti besprüht, und an den schmiedeeisernen Spitzen, die aus der Mauer ragten, klebte kein getrocknetes Blut. Es gab auch weniger Kameras und Geschütztürme.

Hendrix setzte sich gerade und aktivierte sein Headware-Mikro, dann öffnete er eine Verbindung zu der temporären LTG-Nummer, die Mole eingerichtet hatte, so daß Hendrix Daten, Stimmen und Bilder direkt in die Matrix laden konnte. Einer von Moles Smartframes überprüfte den virtuellen Raum alle hundert Millisekunden, um die eingehenden Daten zu verschlüsseln und an Moles Deck weiterzuleiten.

»Wir nähern uns Kontrollpunkt zwo«, sagte Hendrix.

Moles Antwort kam rasch. »Ich hab dich im Bild. Keine Probleme.«

Hendrix grunzte. Das war Moles Job, also sollte er die Optik unter Kontrolle haben. Hendrix sah wieder zu Layla. »Irgendwas im Astralen?« fragte er.

»Nichts, was ich von hier aus sehen könnte«, sagte Layla kopfschüttelnd, während sie den Blick auf ihn richtete. »Außer Juju. Er hat sich gerade kurz umgesehen und sagt, daß alles klar ist. Keine Beobachter.«

Hendrix nickte. Es war ein Beleg für die Seltsamkeit der Erwachten Welt, daß zwei seiner Teammitglieder arbeiten konnten, ohne körperlich anwesend zu sein. Die Körper von Juju und Mole befanden sich im Lagerhaus, wo sie in Sicherheit waren.

Hendrix zückte seinen Ausweis ebenfalls, als der gelangweilte Wachmann aus seinem Häuschen trat und zur Fahrertür ging. *Er muß sich wirklich nach Action sehnen*, dachte Hendrix. *Das habe ich noch nie gesehen.* Normalerweise warfen die Wachmänner nur einen Blick durch zerkratztes Makroglas und öffneten das Tor, wenn mit den Ausweiskarten alles in Ordnung war.

Hendrix öffnete das Fenster und gab dem Mann seine und Laylas Karte. Der Wachmann warf einen Blick auf Hendrix' Gesicht, dann auf die Karte. Hendrix lächelte ihn an.

»Wohin?« fragte der Wachmann.

»Stone Canyons Eigentumswohnungen«, sagte Hendrix.

Der Wachmann war ein plumper Lohnsklave, der keinen Ärger gewöhnt und gewiß nicht vorbereitet war, falls Hendrix und Layla zu ihren Waffen griffen. Der Mann rückte seine Mütze zurecht und sah sich das Sprawl-Repo-Logo auf der Seitenwand des Lieferwagens an. »Was wird heute abgeholt?« sagte er.

»Nur so'n schicker SimSinn-Kram«, sagte Hendrix. »Echt teurer Drek.«

Nachdem die Ausweisüberprüfung keine Unregelmäßigkeit ergeben hatte, gab der Wachmann Hendrix und Layla die Karten zurück, dann nahm seine Miene wieder den gelangweilten Ausdruck an. »Schönen Tag noch«, sagte er. Er ging in sein Häuschen und gab den Code ein, der das Stahltor öffnete.

Hendrix fuhr den Lieferwagen lächelnd hindurch. Neben ihm brach Layla in lautes Gelächter aus. Es klang wie Musik in seinen Ohren, er ließ sich von ihrem Humor anstecken und lachte ebenfalls.

»Wir sind durch«, sagte er zu Mole. »Fahren weiter zum Bestimmungsort.«

»Okay, okay«, ertönte Moles synthetisierte Stimme. »Ich prüfe ein paar Daten über Mr. Winger. Melde dich, wenn du am Ziel bist.«

»Verstanden.«

Laylas Gelächter ebbte ab, und sie sah Hendrix an. »Dieser Run ist leicht verdientes Geld«, sagte sie.

»Vielleicht.«

»Was könnte schiefgehen? Wir haben alles überprüft. Der Run ist leicht. Die Sache ist gerecht. Dieser Grids hat Informationen gestohlen. Er sollte sie zurückgeben.«

»Aber wir sollen ihn auch aus dem Verkehr ziehen«, sagte Hendrix. »Und wir wissen nichts über die Daten, die er gestohlen hat. Vielleicht sind es Daten, die verbreitet werden sollten.«

Sie lachte wieder. »Du denkst zuviel, Baby.«

Hendrix lächelte nur.

Die Fahrt zu Tamaras Wohnung verlief ohne Zwischenfall. Die Straßenlaternen vor Stone Canyons erwachten flackernd zum Leben, als sie vorfuhren. Layla war ein wenig schwindlig vom Anblick der großen Häuser mit gepflegten Rasenflächen und kunstvoll angelegten Gärten. Hohe alte Bäume und hundert Jahre alter Efeu ließen sie fast vergessen, daß sie sich immer noch im Sprawl befanden, nur einen Kilometer von Schatten entfernt, die so dunkel waren, daß man für eine verdammte Zigarette gegeekt werden konnte.

Die Stone Canyons Eigentumswohnungen waren neu und befanden sich inmitten irgendwelcher Nadelbäume am Stone Canyon Reservoir. Das Gebäude bestand aus echtem Rotholz und verspiegeltem grauen Glas, so daß sich Bäume und Himmel in den Fenstern spiegelten.

Hendrix parkte ganz offen und sah sich das Gebäude genauer an, nachdem er seine Cyberaugen auf Vergrößerung geschaltet hatte. Mit ihrem Lichtverstärker und der Infrarotsicht bekam er praktisch alles mit, was auf dem Grundstück vorging.

Am Eingangstor war ein Handflächenscanner angebracht, aber es gab keinen Wächter. Null Problemo. Nada. Keine Opposition, soweit er das beurteilen konnte.

In einer der Wohnungen brannte Licht, aber die Bewohner schienen vor dem Trid zu hängen. Tamara Nys Wohnung war dunkel. »Mole«, sagte Hendrix, »wir sind am Ziel und startbereit.«

»Gib mir fünf Sekunden, um wieder in den Knoten zu gelangen, dann würge ich jeden Alarm ab.«

Layla sah Hendrix an, und ihre fein gezeichneten Züge wurden von der Leselampe des Lieferwagens beleuchtet. »Juju sagt, der Wohnkomplex wird von einem Beobachter und einem Luftelementar bewacht. Ansonsten ist niemand zu Hause. Kein Grids Desmond. Kein niemand.«

»Werden uns die Geister stören?« fragte Hendrix, der sich wünschte, Juju Pete wäre hier bei ihnen.

»Juju sagt, das hängt davon ab, welche Aufgabe sie haben. Sehr wahrscheinlich nicht, es sei denn, wir müssen uns mit Gewalt Zutritt verschaffen.«

»Wir werden sehr diskret vorgehen.«

Layla grinste ihn mit weißen Zähnen an, während sie das Magazin in ihre schallgedämpfte Ingram MP rammte. »Natürlich«, sagte sie. »Diskretion ist der bessere Teil der Tapferkeit.« Mit einer unglaublich geschmeidigen Bewegung schob sie die Ingram in das Halfter unter ihrer Uniform. Durch Magie beschleunigt.

Hendrix verließ sich auf mundanere Methoden, um Schritt zu halten. Auf die jüngsten Entwicklungen auf den Gebieten Cyberware und Bioware. Er hatte sich noch nie mit Layla gemessen, um zu sehen, wer schneller und stärker war, aber er hatte wesentlich mehr Erfahrung. Und mit jedem Tag in den Schatten, den er überlebte, wurde ihm klarer, daß es die Erfahrung war, die ihn am Leben hielt. Weil sie ihm half, die richtigen Entscheidungen zu treffen. Die richtigen Kontakte aufrechtzuerhalten.

Das Shadowrunning war ihm leichtgefallen nach all den Jahren als Söldner. Jahren, die er zu vergessen versuchte. Wüstenkriege. Yucatan. Dann El Infierno als Teil der Truppen des Freistaats Kalifornien. Welch ein Witz das war, aber er hatte wiederum überlebt, weil ihn sein Gewissen und seine Erfahrung gedrängt hatten, sofort aus seinem Vertrag auszusteigen. Die Armee hatte kein Recht, unter dem Banner der Wiederherstellung der Ordnung und Sicherheit Zivilisten niederzumähen. Später am selben Tag war seine Einheit von einer marodierenden Motorradgang erwischt worden. Alle waren mit aufgeschlitztem Bauch an Laternenpfähle gehängt worden.

Doch das Aussteigen aus einem Konzernvertrag barg eigene Risiken. Als Teil des El-Infierno-Deals hatte Yamatetsu Hendrix Mikroorganismen injiziert, die seine Fähigkeit der Heilung stärkten. Diese Mikroorganismen produzierten allerdings ungehemmt von einer gewissen chemischen Komponente, die man ihnen in der Nahrung zur Verfügung stellte, ein Neurotoxin. Als Hendrix ausgestiegen war, hatte er diese Nahrung natürlich nicht mehr bekommen, und ohne die Chemikalie war er ein toter Mann.

Hendrix hatte es nur Sergio, einem Straßendoc-Chummer, zu verdanken, daß er die Erfahrung überlebt hatte. Sergio hatte Hendrix den letzten Nuyen abgenommen, aber er war auf Bioware spezialisiert und hatte es geschafft, das Gift aus Hendrix' Blut zu waschen. Ein weiterer Beleg für den Wert guter Kontakte.

Hendrix rückte die Kappe auf seinem rasierten Schädel gerade, überzeugte sich davon, daß seine Panzerung richtig saß und stieg aus dem Lieferwagen. Der Plan war simpel. Da niemand zu Hause war, würden sie die Wohnung unter dem Vorwand betreten, Grids' Synthesizer wegen Zahlungsverzugs abzuholen. Mole hatte ein paar Zahlungsunterlagen der Corporate Bank of Calfree gefälscht, die belegten, daß Tamara Ny mit der Rückzahlung der geborgten Kreds für den Kauf des extrem teuren Fuchi-Geräts im Verzug war.

Einmal in der Wohnung, würden sie die Bude durchsuchen. Versuchen, den Chip zu finden, den Cinnamon wollte. Hinweise sammeln, die ihnen helfen würden, Grids zu finden. Vielleicht konnte Juju ihn magisch aufspüren, wenn er wieder fit war. Und es gab immer andere Hinweise – Holos, Telekombotschaften. Hendrix war zuversichtlich, daß sie Mr. Grids letzten Endes aufspüren würden.

Hendrix' Kanone scheuerte beim Gehen an der Schwiele dicht unter seinen Rippen. Die Waffe war eine Ares Alpha Combatgun, nicht sehr raffiniert, aber als seine bevorzugte Waffe nicht totzukriegen. Mit dem integrierten Granatwerfer und dem eingebauten Rückstoßdämpfer konnte Hendrix sich damit aus einem mittleren Krieg herausschießen. Seine andere Waffe war ein schallgedämpfter Ares Predator II für diskretere Situationen.

Sie gingen über die Straße und kamen dank Mole mühelos durch das äußere Tor und die Treppe hinauf zu Nummer Sieben. Seine Lieblingszahl. Layla ging neben ihm und kicherte vor sich hin. »Ich kann's gar nicht erwarten, diese Bude von innen zu sehen«, sagte sie.

Hendrix funkelte sie an, sich das jetzt zu verkneifen, was sie auch tat. Dann drückte er auf den Knopf für das Sprechgerät. Das winzige Icon eines häßlichen blinden Maulwurfs erschien auf dem kleinen Schirm des Sprechgeräts, und Moles Stimme drang durch den Lautsprecher. »Bitte eintreten«, sagte er.

Das Schloß klickte, und Hendrix öffnete die Tür mit einer behandschuhten Hand und trat ein.

Layla unterdrückte ein aufgeregtes Kichern, als sie durch ein mit Rotholzpaneelen vertäfeltes Foyer ins Wohnzimmer gingen. Grauer Plüschteppich, Mobiliar im Südwest-Stil. Sehr teuer. »Sahne«, sagte Layla. »Hier könnte ich leben.«

»Bleib wachsam, Chica«, sagte Hendrix. »Es macht einen ungefährlichen Eindruck, aber wir haben es immer noch mit einem Elementar und einem Beobachter zu tun, die nur darauf warten, daß wir einen Fehler machen.«

»Wir grillen sie einfach, wenn ...«

»Besser, wir verhalten uns unserer Tarnung entsprechend.«

Layla setzte eine gespielt ernste Miene auf. »Dann laß uns anfangen.«

Die beiden durchsuchten die gesamte Wohnung, wobei Hendrix die Details jedes Zimmers mit seiner cyberoptischen Kamera in digitaler Perfektion festhielt. Sie kamen rasch zu der Erkenntnis, daß Grids in aller Eile gepackt und sich aus dem Staub gemacht hatte. Es sah so aus, als hätte er Kleidung und auch etwas zu essen mitgenommen. Bedauerlicherweise hatte er den Speicher des Telekoms gelöscht, so daß sie seine letzten Anrufe nicht abhören konnten. Die eingegangenen Nachrichten verrieten nichts.

Sie suchten systematisch nach dem Chip, obwohl Hendrix den Verdacht hatte, daß er mit ihrer Zielperson verschwunden war. Layla kümmerte sich mit ihrem speziellen Talent um den astralen Bereich, während sie gleichzeitig Juju lauschte, der sie über das Verhalten des Elementars auf dem laufenden hielt. Hendrix übernahm die Führung und bewegte sich so schnell, wie es seine Reflexbooster und vercyberte Muskulatur gestatteten. Juju hatte bei seiner astralen Erkundung keine Auren entdeckt, aber das bedeutete nicht, daß es keine Überwachungskameras oder Sicherheitsdrohnen gab. Hendrix hatte schon zu viele tote Söldner gesehen, die solchen Killermaschinen zum Opfer gefallen waren. Und für ihn war das der schlimmstmögliche Abgang – im hirnlosen Autofeuer einer Drohne zu sterben.

Hendrix war bislang erst einmal auf so eine Bestie gestoßen, und er wußte, daß dies nicht die Art war, wie er ins Gras beißen wollte, wenn seine Zeit gekommen war. Er wollte seinem Henker in die Augen sehen. Wissen, wer ihn bei seinem ureigenen Spiel geschlagen hatte. Dem Spiel, töten oder getötet werden.

»Aha!« sagte Layla, als sie die Garage erreichten.

»Mole«, sagte Hendrix in sein Mikro. »Siehst du das?« Er stellte die Verbindung seiner Headware-Kamera mit der Matrix her, dann sah er sich langsam in dem Raum um.

Alte Cyberdeck-Gehäuse lagen überall herum, und Glasfaserkabel und Motherboards ragten wie verfaulte Zähne aus dem Sammelsurium elektronischer Teile. »Das ist Schrott«, sagte Mole. »Jedenfalls das meiste.«

Hendrix erreichte eine Fläche, auf der kein elektronischer Müll lag. Die Fläche wurde durch Regale und Stapel von Chips und CDs eingegrenzt, und ein Datenkabel hing lose und mit baumelndem Ende in der Luft.

»Er hat seinen Drek zusammengepackt und ist abgehauen«, sagte Mole. »Nehmt die Chips und CDs mit, wenn ihr wollt, aber ich bezweifle, daß er die Aufzeichnung zurückgelassen hat, hinter der wir her sind.«

Hendrix nickte. »Nein, so dumm kann er nicht sein.«

»Was meinst du, Baby?« fragte Layla grinsend. Sie schnallte einen Gürtel mit Sprengladungen und Zündern ab.

»Wir brauchen zuerst noch etwas für Juju«, sagte Hendrix.

Layla bückte sich und hob etwas auf. »Reichen ein paar abgeschnittene Fingernägel?« fragte sie. Aber sie redete nicht mit Hendrix, sondern mit Juju Pete. Sie nickte bestätigend auf das, was Juju ihr sagte, dann zog sie einen winzigen Plastikbeutel aus einer ihrer zahlreichen Taschen und versiegelte die abgeschnittenen Fingernägel darin.

Hendrix sah sich noch einmal in dem Raum um und nahm dabei alles auf für den Fall, daß sie ihn später noch einmal genauer unter die Lupe nehmen mußten. Dann nickte er Layla zu. »Okay, bring rasch die Ladungen an.«

Er schnallte seinen Gurt ab und verteilte drei Ladungen mit Plastiksprengstoff in der Wohnung, wobei er jede mit einem Zünder versah. Layla tat dasselbe, und als sie fertig waren, gab Hendrix den Befehl zum Abmarsch.

Sie waren wieder im Lieferwagen und fuhren Richtung Hollywoodtor. Zehn Minuten später hatten sie es passiert und waren in den Schatten untergetaucht. Hendrix stieß einen Seufzer aus. *Auftrag erfüllt,* dachte er, als er auf den Knopf des Senders drückte, der die Sprengladungen hochgehen ließ. Sie hörten die Explosion, obwohl sie eineinhalb Kilometer entfernt waren.

»Ich hab den Blitz gesehen!« sagte Layla. »Sahne.«

Am Explosionsort flogen die Scheiben in einem Splitterhagel aus den Fenstern und überschütteten die Nachbarhäuser mit einem Scherbenregen. Hendrix stellte es sich vor. Die Wände rissen wie Reispapier auf, und eine glühendheiße Feuerwand flammte für einen Augenblick auf, bevor eine riesige schwarze Wolke von der toten Hülle der Wohnung Tamara Nys aufstieg. Ein Jammer, daß er nicht in der Nähe war, um das Spektakel mit anzusehen.

Nach ein paar Sekunden rief er Mole über Mikro. »Irgendwelche Hinweise, wohin unsere Zielperson sich abgesetzt haben könnte?«

»Nichts Konkretes, aber ich habe etwas entdeckt, als ich in Jonathon Wingers System eingedrungen bin. Grids hat Winger eine Nachricht hinterlassen.«

Hendrix grinste. »Gute Arbeit, Mole. Wir werden uns als nächstes um ihn kümmern.«

»Er ist vor ein paar Stunden aus Montecito zurückgekehrt. Ich überwache sein Telekom für den Fall, daß er unseren Mann anruft.«

»Ausgezeichnet«, sagte Hendrix. »Layla und ich kommen zu euch ins Lagerhaus, dort werden wir alle Vorbereitungen treffen, um Mr. Winger zu beschatten.«

»Bis dann«, sagte Mole und unterbrach die Verbindung.

»Hendrix«, sagte Layla. »Sieh mal her.« Als er sich ihr zuwandte, beugte sie sich zu ihm und legte ihre Lippen auf seine, weich und rot auf rauh und schwarz. Dann lehnte sie sich zurück und lächelte. »Winger steckt mit drin?« fragte sie.

»Ja.«

»Das macht mich traurig«, sagte sie, und ihr Lächeln wich dabei einem wunderschönen Schmollmund. »Ich mag ihn.«

Hendrix hatte noch nicht darüber nachgedacht. Mögen oder Nichtmögen spielte keine Rolle. Geschäft war Geschäft. »Ich auch, glaube ich.«

»Wenn wir ihn geeken müssen«, sagte Layla, »den Elf, meine ich – Winger –, dann will ich es tun.«

»Klar.«

Sie warf den Kopf in den Nacken und lachte, lachte den ganzen Weg bis zum Lagerhaus.

22

Die Nacht kam wie ein Segen. Maria atmete die Dunkelheit, spürte Eule erwachen und ihr Kraft geben.

Hineinzukommen war leicht. Niemanden kümmerte es, wer in den Dschungel von El Infierno ging. Das Herauskommen war das Problem. Jeder, der es versuchte, ging das Risiko ein, erschossen zu werden.

Doch darüber machte Maria sich keine Gedanken, als sie auf dem Beifahrersitz des gekaperten Pacific-Foods-LKW saß. Gekapert mit Dougans Nuyen. Der Rigger, der den LKW fuhr, bekam nicht genug für die Strecke bezahlt und hatte Dougans Kreds bereitwillig angenommen.

Dougan duckte sich zwischen den Sitzen, da er nicht von den Sicherheitsposten erkannt werden wollte. El Infierno war durch einen vier Meter hohen Stacheldrahtzaun mit Überwachungskameras vom Rest der Welt abgeriegelt. Es gab Bewegungsmelder und Selbstschußanlagen, aber alle waren nach innen gerichtet, auf die Straßen jenseits des Zauns.

Der Rigger lenkte den Lebensmitteltransporter an den Posten vorbei und nach Compton, einer verwüsteten Einöde aus niedrigen, verfallenen Häusern, die alle vor der Jahrtausendwende gebaut und schon vor langer Zeit im Zuge der Bandenkriege in Schutt und Asche gelegt worden waren.

Der Pacific-Foods-Transporter hatte eine Begleitmannschaft von vier Wachen, die an den vier Ecken des Fahrzeugs auf den Stoßstangen hockten. Die Wachen waren mit automatischen Waffen ausgerüstet, um Übergriffe der Banden zwischen dem Tor und dem Safestore of Avalon, dem Bestimmungsort des LKW, zu verhindern.

Die Bandenkriege hatten nie aufgehört, im Gegenteil, sie hatten sich nur noch intensiviert, als die Mauern errichtet worden waren, weil es jetzt keinen Raum mehr für Expansion gab. Die Top-Gang in West Compton war die ›Nachbarschaftswacht‹, die so etwas wie Ordnung hielt, solange anständige Tribute gezahlt wurden.

Maria hörte das entfernte Knattern automatischer Waffen und sah das schwache Leuchten eines brennenden Gebäudes, das von den Wolken reflektiert wurde, und wallenden schwarzen Qualm. Der Gestank nach brennendem Fleisch nahm zu, als sie sich dem Feuer näherten, und Maria schluckte schwer, um ihren Mageninhalt bei sich zu behalten, während sie gegen die Erinnerung an den Überfall auf die Schule ankämpfte.

Sie bogen um eine Ecke, und für einen Augenblick war Maria zwölf Jahre jünger und versteckte sich wieder in dem alten Heizungskeller, während das Einsatzteam von Lone Star die Grundschule um sie herum in Schutt und Asche legte.

Jetzt stand die Ruine der Schule wie eine Hülle da, wie ein Geist, als Dougan den Rigger anwies, den LKW auf den Parkplatz neben der alten Turnhalle zu fahren. Maria war verblüfft, wie wenig sich im Laufe der Jahre verändert hatte.

Auf der anderen Seite des Basketballplatzes und des verlassenen Fußballfeldes stand ein Haus in Flammen. Eine große Zuschauermenge hatte sich versammelt, um sich das Spektakel anzusehen – und die Flammen beanspruchten ihre ganze Aufmerksamkeit. Besser als eine Show im Trid, besser als SimSinn.

Aus dem schwarzen Rechteck der offenen Turnhallentüren traten zwei Gestalten. Gespenster aus der Vergangenheit. Sie waren Menschen, groß und mit alter Cyberware aufgepeppt. Sie trugen Trenchcoats, stark ausgebeult von den Waffen, die sie trugen.

Maria öffnete die Tür und stieg aus. Dougan folgte ihr.

»Schau, schau, wenn das nicht Mr. Spitzohr Müslifresser persönlich ist.« Die Stimme klang vertraut, tief und sonor. Voll und humorlos. Maurices Stimme.

»Ich freue mich auch, dich zu sehen, Maurice«, sagte Dougan. »Schön, daß du mich vermißt hast.«

Maurice lachte, voll und tief wie das Rumpeln der U-Bahn in einem Tunnel. »Ich habe die Nuyen vermißt, für die du gesorgt hast«, sagte er. »Sieht so aus, als könnte sich das ändern, *neh?*«

»Du hast's erfaßt, Chummer.«

Bob Henry trat hinter Maurice hervor in das trübe Licht. Seine geisterhafte Blässe war ein krasser Gegensatz zu Maurices schwarzer Haut. Beide Messerklauen hatten eine Schulterhöhe von zwei Metern, riesig für Menschen, und beide trugen noch ihre Totenkopftätowierung, obwohl die flammenden Schwingen auf Maurices schwarzer Haut matt wirkten. Bob Henrys großer Kopf und sein stacheliger Schopf weißer Haare steigerten seine Größe noch um einen halben Meter. Im Gegensatz dazu war Maurices Kopf flach und fast quadratisch, und seine Haare waren bis auf ein paar dünne Nadelstreifen auf der Kopfhaut abrasiert.

Maria staunte über ihre schiere Körperfülle. *Ein Jammer, daß sich die Größe ihres Gehirns nicht in Intelligenz niederschlägt,* dachte sie. »Seid ihr Chummers so weit?«

»Maria, du bist ein wunderbarer Anblick für meine trüben Augen«, sagte Maurice, immer noch mit dem sonoren Kichern in der Stimme. »Deine Schönheit macht mich ebenso sprachlos wie Bob Henry.«

Bob Henrys Gesicht verzog sich zu einem breiten Grinsen, und er nickte mehrfach. Mit Nachdruck.

»Wollt ihr Jungens den Job?« fragte Dougan. »Wenn wir die Vergangenheit vergessen können, glaube ich, daß wir immer noch ein gutes Team abgeben.«

»Muerte«, sagte Maria. »Zum letztenmal.«

»Bob Henry und ich sind aus zwei Gründen dabei«, sagte Maurice. »Erstens, weil wir hier raus wollen.

Und zweitens wegen der versprochenen Nuyen. Unser Müslifresser hat uns fünfzig K pro Person angeboten. Stimmt doch, *neh?*«

»Stimmt«, sagte Dougan. »Und jetzt laßt uns aufbrechen.«

»Was ist mit dem LKW-Rigger und den Wachen?«

»Sie bekommen den Laster zurück, wenn wir verschwinden«, sagte Dougan. »Plus einen anständigen Bonus von mir.«

»Wir könnten sie auch gleich jetzt geeken«, schlug Maurice vor. Er zückte eine Maschinenpistole, um seinen Standpunkt zu untermauern. Typischer Macho-Drek.

»Nein«, sagte Maria. »Bei diesem Run wird es keine unnötigen Todesfälle geben. Wir sind schon für zu viel Unglück verantwortlich.«

»Tja, hört auf euren Schamanen. Die Federn gewechselt, was, Maria?«

Sie spürte den Feuerball im Hinterkopf jucken. *Reiz mich noch ein bißchen mehr*, dachte sie. Dann entspannte sie sich. »Eule scheut sich nicht zu töten«, sagte sie, indem sie Maurice anfunkelte. »Aber sie richtet keine sinnlosen Gemetzel an.«

»Ich bin ihrer Meinung«, sagte Dougan. »Jetzt seht euch diese sahnemäßigen Artemis Nightglider an.« Er öffnete den Laderaum des LKW. »Vier Stück mit Fernsteuerungsmöglichkeit. Sie können mit meinem gekoppelt werden, so daß ich uns alle rausfliegen kann. Maria tarnt uns mit einem Unsichtbarkeitszauber, und wir entschweben lautlos in die Dunkelheit.«

Maurice und Bob Henry warfen einen näheren Blick darauf, und ihre Gesichter wurden durch ein Lächeln erhellt. »Behandle uns weiter so gut«, sagte Maurice, »und wir haben diesen Burschen gegeekt, abgezogen und aufgespießt, bevor du ›Dunkelzahn ist tot‹ sagen kannst.«

Maria lächelte ebenfalls, aber sie dachte an ihren

letzten gemeinsamen Run, an Jesses lodernde Gestalt, nachdem ihn die Gefechtsmagier so mit Feuerbällen eingedeckt hatten, daß er förmlich explodiert war. Sein Fleisch hatte sich von innen nach außen gestülpt. Dann dachte sie an die Kinder, die damals gestorben waren. Und an ihre eigenen Kinder in San Bernardino.

Und wünschte, Dougan wäre nie zurückgekehrt.

23

Der Predator II in der Tasche von Jonathons gepanzertem Duster wurde immer schwerer, als er aus dem gemieteten Landrover stieg. Er schloß die Tür und ließ Synthia mit Grids und Venny im Wagen. Er wollte dies allein tun. Er mußte sich seiner Vergangenheit stellen, nun, da Tam nicht mehr da war. Seit dem Feuer war er nicht mehr hier gewesen. Seit der Beerdigung seiner Mutter und seiner kleinen Schwester.

Heißer, trockener Wind umwehte ihn und wirbelte Staub und welke Blätter auf, brachte den Geruch nach Erinnerungen mit sich. Nach Erinnerungen an das Feuer vor so vielen Jahren. Jonathon schob gedankenverloren die Hand in die Tasche, und seine Finger strichen über die Kanten des harten Metalls der Waffe. Streichelten ihre Brutalität. Er konnte ihre Dunkelheit, die Schwärze des Laufs, das mörderische Gewicht des Kolbens fast spüren.

Ein wütendes Knirschen hallte in seinen Ohren, als er auf den Kiesweg trat und vom Landrover zu den geschwärzten Überresten des Heims seiner Kindheit ging. Als er die Biegung hinter sich gelassen hatte und der Landrover nicht mehr zu sehen war, kamen die Überreste des Hauses gänzlich in Sicht. Die verdrehten, verkohlten Knochen des alten Hauses ragten aus den Trümmern wie die einer verbrannten Leiche, waren mit braunen Dornbüschen und leblosem, grauem Gras überwachsen. Beim Anblick der Überreste wurde das Knirschen in Jonathons Ohren immer lauter, ein statisches Rauschen, das anschwoll, bis er nichts anderes mehr hören konnte.

Der Wind hatte sich gelegt, die Vögel waren verschwunden. Nur das Rauschen blieb, der Schrei eines Banshee, der knisterte wie Feuer. Er war wieder sechzehn und stand am selben Fleck, sah mit an, wie die gefräßigen Flammenzungen sein Haus mit schwarzem Tod überzogen. Seine Mutter und seine Schwester, die beide schliefen, als die Brandstifter zugeschlagen hatten.

Der Policlub der Native Californians. Eine Organisation mit brutalem Haß auf alle Nichtmenschen und seit der Schlacht von Redding im Jahr zuvor besonders auf Elfen. Tötet die Müslifresser! Tötet die Müslifresser! hatten sie geschrien, während sie in ihren Strumpfmasken eine Prozession vollführten.

Jonathon hatte sie oft in der Nähe des Hauses gesehen wie einen ständig wiederkehrenden Alptraum. Weg mit den Elfenspionen! Spitzohriger Abschaum!

Die Krakeeler hatten vergessen, daß Jonathons Vater zu denjenigen gehörte, die in der Schlacht von Redding gekämpft hatten und gestorben waren, für den Freistaat Kalifornien gekämpft hatten, um ihr Land zu retten. Jonathons Eltern waren beide Menschen, obwohl Jonathon und seine kleine Schwester als Elfen geboren waren.

Jonathon war nicht dagewesen, als die Brandstifter gekommen waren. Er war mit Tamara auf dem Motorrad unterwegs und hatte versucht, Kunststückchen auf ihrer Honda zu vollbringen. Als sie den schwarzen Rauch bemerkten, der durch die Bäume am Nordrand der Stadt stieg, waren Tamara und er hingefahren. Ahnungslos. Um sich das Feuer anzusehen. Sie wären kilometerweit gefahren, um sich ein gutes Feuer anzusehen. Das hatten sie immer getan. Die Zurschaustellung von Tod und Zerstörung durchbrach die Eintönigkeit des Sommers.

Als Jonathon klargeworden war, daß es sein Haus war, das in Flammen stand, war es zu spät. Das Haus war schon zu weit heruntergebrannt. *Nicht mehr zu retten.*

Seine Mutter und seine Schwester waren seinem

Vater nach nur einem Jahr ins Grab gefolgt. Und Jonathon war allein auf der Welt. Allein, wäre Tamara nicht gewesen, die ihm zur Seite stand und aus deren wunderschönem jugendlichen Körper Kraft überströmte. Zuversicht wanderte durch die Verbindung zwischen ihrer Hand und seiner. Ihre Kraft hatte an jenem Tag sein Leben gerettet, hatte ihn zurückgehalten, als er sich in das Feuer stürzen wollte. Als er nahe daran gewesen war, das allerletzte Opfer zu bringen. Sein Leben.

Jetzt war sie nicht mehr da, und ihre Kraft war mit ihr verschwunden. Ihre Verbindung war durchbrochen, und das Heulen des Feuers wurde zu einem Aufschrei des statischen Rauschens in seinem Kopf. Er war allein. Flog solo.

Sein einziger Trost war der glatte Kolben seines Predator II, dessen Smartverbindung aktiviert wurde, als er ihn fest umschloß und aus der Tasche zog. Als er ihn entsicherte.

Den Hahn spannte.

Zeit, das Rauschen zu beenden. Zeit, die Schreie verstummen zu lassen. Zeit, in die lange, ewige Einsamkeit einzugehen.

Er hob den Arm.

»Jonathon!«

Das Metall des Laufs fühlte sich kühl an seiner schweißnassen Schläfe an.

»Jonathon!« Synthias Stimme in der Ferne.

So eine liebliche Stimme, dachte er. *Und hier so fehl am Platz.*

»Jonathon!« rief sie noch einmal aus dem Landrover. »Wir müssen uns beeilen, wenn du noch rechtzeitig zur Beerdigung kommen willst.«

Ja, dachte er, *die Beerdigung. Ein letzter Abschied.* Er ließ den Arm sinken, und plötzlich erschlafften seine Muskeln. Die Waffe glitt wieder in die große Tasche seines Dusters.

Er holte tief Luft und schloß die Augen. Dann kehrte er dem Relikt seiner Kindheit den Rücken und entfernte sich von den leblosen Erinnerungen. Kies knirschte unter seinen Füßen, bis er den großen Geländewagen erreichte.

Er stieg ein, und Venny gab Gas und fuhr zum Highway 5. Am Morgen waren sie nach Oakland geflogen, wo sie für den Rest des Weges zum Shastasee den Landrover gemietet hatten. Sie waren nach Norden und in den Northern Crescent gefahren, jenem wunderbaren, umstrittenen Gebiet, das sowohl vom Freistaat Kalifornien als auch von Tir Tairngire beansprucht wurde.

Der Landrover wand sich in die Berge hinein, fuhr zwischen riesigen Nadelbäumen her, die die Straße säumten. Die alte Interstate mußte an manchen Stellen dringend ausgebessert werden, war aber größtenteils frei von umgestürzten Bäumen. Sie sahen nur ein oder zwei andere Fahrzeuge, alte Pick-ups, die mit Schamanen oder Taliskrämern vollgestopft waren.

Die Schamanen von Shasta – oder Möchtegern-Schamanen – wurden von dieser Region angezogen, seit der Drache Hestaby erschienen war – oder was Großdrachen tun, wenn sie plötzlich auftauchen. Die Taliskrämer kamen lediglich her, um die Gegend nach magisch aktiven Souvenirs und Kinkerlitzchen abzusuchen. Angeblich wimmelte es in der Gegend von arkanen Elementen.

Jonathon schwieg während der Fahrt und hörte Synthias und Vennys Unterhaltung über Schamanismus und hermetische Magie, über die Natur des Astralraums und über Metaebenen und Initiation kaum zu.

Synthia war in Unterrichtsstimmung, und Venny lernte gern. Der Troll mit seinem aschblonden Haar und dem Kinnbart wurde von vielen unterschätzt. Er hatte Jonathon mehr als einmal das Leben gerettet. Meistens mit seiner Umsicht und seinem Riecher für Gefahr. Aber er konnte sich mit dem schnellsten Samurai messen, wenn es sein mußte. Jonathon hatte den großen Troll beim Training gesehen. Sie stemmten oft Gewichte zusammen und liefen auch gemeinsam, aber Venny war schneller und stärker als er. Vielleicht konnte der Troll keinen Dreifachsalto auf einem Motorrad, aber in einem Kampf würde Jonathon immer seine Hilfe brauchen. Und die Aussicht auf einen Kampf, bevor dies alles vorbei sein würde, war sehr realistisch.

Das Zigeunerlager war an seinem üblichen Platz am Südufer des Shastasees in der Nähe des Squaw Creek. Sie erreichten die Ansammlung alter Wagen, schrottreifer Busse und Zelte inmitten der hohen Fichten und Pinien am See. Das Wasser leuchtete dunkelblau und glitzerte golden, wo sich die Sonne auf seiner Oberfläche spiegelte. Plötzlich trauerte Jonathon seinem Leben bei diesen Leuten nach. Es war so sorglos und unbeschwert gewesen. *Warum habe ich sie verlassen?*

Er wußte den Grund, sobald er aus dem Landrover ausstieg und sich auf den Weg zu der Ansammlung von Leuten am Ufer machte. Er erkannte jeden einzelnen, kannte auch die Familien. Er und Tamara hatten sie verlassen, um die Welt zu erkunden, neue Leute kennenzulernen, ihre Träume zu verwirklichen.

Die Leute hier hatten den Versuch aufgegeben, ihre Träume zu erfüllen, oder hatten sie so eingeschränkt, daß sie sie erreichen konnten, ohne das Lager zu verlassen. Er sah die Orkfamilie von Gahalp, die Zwergengruppe namens Brumington, und bei ihr sah er ein Gesicht, das er seit seiner Entlassung aus dem Gefängnis nicht in Fleisch und Blut vor sich gesehen hatte. Es war kein Brumington-Gesicht. Überhaupt kein Zigeuner-Gesicht. Nein, dieses Gesicht war die rötliche, schwarzbärtige Visage von Theodore Rica.

Jonathons alter Taktikoffizier trug einen blaugrauen Anzug, den selbst die traditionalistischsten Megakonzerne ohne weiteres akzeptiert hätten. Theos Datenbuchsen glänzten in seiner Schläfe. »Jonathon«, sagte der Zwerg. »Schön, dich zu sehen.« Theo schob seine kleine Hand in Jonathons.

»Theo, mein Freund.« Jonathon bückte sich, um den Zwerg zu umarmen.

Theodore erwiderte die Umarmung, dann trat er einen Schritt zurück und lächelte, offenbar ein wenig überrascht von dieser Geste der Zuneigung.

»Einen wahren Freund zu haben, ist in diesen Tagen ziemlich selten«, sagte Jonathon.

Theo schwieg verblüfft, dann holte er tief Luft. »Du siehst aus, als hättest du dich von deinen Verletzungen gut erholt«, sagte er.

Jonathon seufzte. »Nicht alle Wunden sind äußerlich.« Seine Stimme war kaum mehr als ein Flüstern.

Wiederum war Theo um eine Antwort verlegen. Er sah zu den anderen, die Jonathon begleiteten. »Ich glaube nicht, daß ich schon das Vergnügen hatte ...«, sagte Theo, indem er Synthia, Grids und Venny mit einem Kopfnicken begrüßte.

»Mein Fehler«, sagte Jonathon, um sie dann einander vorzustellen. Anschließend gingen sie durch die Bäume zum Flußufer – zum Scheiterhaufen –, und Theo stellte Jonathon Fragen über Tamara in den Jahren seit ihrem Gefängnisaufenthalt, nachdem sich ihre Wege getrennt hatten.

»Ein Jammer, daß ich so mit meiner Arbeit beschäftigt war«, sagte Theo. »Ist das zu glauben? Theodore Rica in eine leitende Position bei der proaktiven Sicherheit für MCT befördert. Ich, ein verurteilter Verbrecher. Komisch, *neh?*«

Jonathon spürte trotz seiner Stimmung den Anflug eines Lächelns an seinen Mundwinkeln zupfen. »Was bedeutet überhaupt proaktive Sicherheit? Bist du ein Konzernspion?«

»Eigentlich nicht«, sagte Theo lachend. »Aber ich entscheide, wer und welche Sicherheitsressourcen wohin wandern, und zwar auf der Basis klassifizierter Daten.

Ein Großteil dieser Daten wird von Spezialagenten beschafft.«

»Spionen.«

»Du hast's erfaßt.«

»Du hast die vollständige Kontrolle?«

»Ich bin 'ne verdammte halbe Portion«, sagte er. »Und arbeite für MCT, einem der rassistischsten Konzerne überhaupt.« Theo lächelte. »Sicher habe ich die vollständige Kontrolle. Und einen Haufen Feinde, aber vollständige Kontrolle, und solange ich die habe, werde ich mit den Feinden fertig.«

Jonathon hörte Theo schweigend zu, sah ihn aber nicht an. Statt dessen ruhte sein Blick auf Tamaras Leiche, die auf dem Stapel getrockneten Holzes am Ufer lag. Sie trug eines ihrer alten Seidenkleider in einem vollen Braunton. Jonathon konnte sich noch daran erinnern, wie Anna das Kleid gefärbt hatte.

Neben dem vorbereiteten Scheiterhaufen tanzten fünf oder sechs Zigeuner auf einem provisorisch verlegten Tanzboden zur Begleitung einer Gitarre und eines klagenden und unsagbar traurigen Liedes. Die wunderbaren Stimmen trafen die hohen Töne mit kristalliner Klarheit und entlockten ihnen den Kummer, und das reichte, um Jonathon fast in Tränen ausbrechen zu lassen.

Theo zupfte an seinem Arm. »Jonathon«, sagte er, »ich weiß, daß dich ihr Tod hart trifft. Härter als jeden von uns.« Er hielt inne, bis Jonathon ihn ansah. »Wenn du irgendwas brauchst... wähl einfach meine Nummer.« Theos dunkle Augen blickten konzentriert, todernst. »*Alles*, Jonathon. Und das meine ich so, wie ich es sage.«

Jonathon hielt Theos Blick stand. »Danke.«

Theo reckte sich, um Jonathon auf den Rücken zu klopfen, dann drehte er sich um und schloß sich der Menge an. Jonathon machte sich auf die Suche nach Synthia und den anderen. »Ich will sie noch einmal sehen«, sagte er. »Und ich muß mit Anna reden, bevor der Scheiterhaufen angezündet wird. Sie hält mir immer noch vor, ich hätte Tamara aus der *Vista* – dem Clan – fortgeholt.«

Synthia hatte sich still verhalten, seitdem sie den Wagen verlassen hatten, und Jonathon fragte sich, ob es richtig gewesen war, sie mitzunehmen. Überhaupt jemanden mitzunehmen. Er wollte sich nicht mit dem Vorstellen und Belanglosigkeiten abgeben.

Synthia warf ihm ein trauriges Lächeln zu und nickte. Vielleicht machte sie sich Sorgen um ihn. Vielleicht war sie gelangweilt.

Jonathon verdrängte seine Bedenken, als er sich abwandte und zu Tamaras Leiche ging, die feierlich auf dem hohen Stapel trockenen Holzes ruhte. Er sah sie an und zog das schwarzbraune Seidentuch beiseite, das ihren Kopf bedeckte.

Ihre vormals olivfarbene Haut war geisterhaft bleich, ihre Lippen waren weiß und spröde. Der Arzt, der ihre Headware entfernt hatte, hatte ihren Schädel nicht wieder sauber geschlossen. Er klaffte ein wenig, wo der Schnitt gemacht worden war.

»Ach, Tam«, flüsterte Jonathon, dessen Kehle sich zuschnürte. »Wie konnte es nur dazu kommen?«

Dann konnte er nicht länger an sich halten. Die Schluchzer kamen aus tiefster Brust und ließen ihn erbeben. Tränen liefen ihm über die Wangen. *Verdammt.*

Er spürte, wie sich ein Arm um seine Schulter legte. Dann schob sich ein anderer, dem Brauch entsprechend mit schwarzer Wolle bedeckter Arm in sein Blickfeld, um Tamaras Gesicht wieder mit dem Seidentuch zu bedecken. »Jonathon«, ertönte eine vertraute Stimme, die alt klang. »Sie ist jetzt bei Gott. Komm.«

Anna führte ihn zu einer neben den Tänzern im Sand ausgebreiteten Decke. »Setz dich«, sagte sie.

»Anna«, sagte Jonathon, indem er die Umarmung der Frau erwiderte. Er wischte sich die Tränen ab und sammelte sich ein paar Augenblicke, bevor er die Frau ansah, die in den vier Jahren nach dem Tod seiner richtigen Mutter seine zweite Mutter gewesen war.

Sie war eine Menschenfrau mit schwarzen Haaren, das von grauen Strähnen durchzogen war, und der schokoladenbraunen Haut einer Inderin. Große, dunkle Augen starrten in seine, und die Falten in ihrem Gesicht stammten vom Lachen, nicht vom Stirnrunzeln. Sie hatte zugenommen, und es stand ihr gut, weil es ihrer zerbrechlichen Gestalt Festigkeit und Halt verlieh, etwas, das ihr zuvor gefehlt hatte. Alle wußten, daß sie sich bei einem Streit behaupten konnte, und jetzt half ihr dabei auch noch ein wenig ihre Körpermasse. Jonathon nickte beifällig.

»Es ist wunderbar, dich wiederzusehen, Anna«, sagte er. Dann, bevor sie ihn unterbrechen konnte, fuhr er fort: »Es tut mir leid, daß ich sie mitgenommen habe, aber ich hätte sie nicht daran hindern können.«

Sie legte ihm einen Finger auf die Lippen. »Keine Entschuldigungen, bitte. Es war falsch von mir, dir die Schuld zu geben.«

Eine Welle der Erleichterung breitete sich in Jonathon aus, und seine Muskeln entspannten sich. Er fühlte sich müde, müder als nach einem schweren Spiel. Erschöpft.

Annas Schulter gab ihm Halt. »Sieh hin«, sagte sie. »Der Tanz ist zu Ende, und Tamaras Seele wird bald in Gott eingehen.«

Als sei dies das Stichwort gewesen, loderte plötzlich ein gewaltiger Feuerball unter Tamaras Leiche auf. Nach kurzer Zeit loderten die Flammen hoch empor und verschlangen ihre sterbliche Hülle. Die Flammen zischten und fauchten, hin und wieder im Einklang mit dem statischen Rauschen in Jonathons Kopf, so daß er sich beim Zusehen einbildete, Echos ihres Flüsterns in den Flammen zu hören.

Die Müdigkeit legte sich bleischwer auf seine Glieder. Doch trotz seiner Erschöpfung wußte er, daß Tamaras Seele erst ihre volle Freiheit erlangen würde, wenn das Rauschen in seinem Kopf aufhörte. Vielleicht erreichte er das, indem er Dougan Rose tötete. Vielleicht auch dadurch, daß er Michaelson geekte. Und vielleicht auch durch gar nichts.

Durch nichts außer einer Kugel in seinen Kopf.

24

Auf dem Parkplatz des Long Beach International Airport saß Hendrix auf dem Fahrersitz seines modifizierten Americar, während Layla auf dem Beifahrersitz gerade ein Gähnen unterdrückte. Jonathon Winger war in dem Shuttle aus Oakland, das schon vor einer ganzen Weile hätte landen sollen.

Hendrix und Layla saßen jetzt schon seit fast zwei Stunden im Wagen und warteten. Die Sonne näherte sich langsam und unaufhaltsam dem Horizont, und Layla hatte das winzige Trideo des Wagens eingeschaltet, um sich die Zeit zu vertreiben. Gerade las eine brünette Schnalle mit glitzerndem goldenen Lidschatten die Nachrichten vor.

»Im Fall des Bombenanschlags auf die Wohnung der ehemaligen Spielerin der LA Sabers, Tamara Ny, sucht Lone Star noch immer nach Verdächtigen«, sagte die Schnalle mit geschmeidiger, melodischer Stimme.

»In diesem Zusammenhang ist der Aufenthaltsort des Star-Linebikers der Sabers, Jonathon Winger, immer noch unbekannt, doch eine nicht näher bekannte Quelle behauptet, er habe heute an der privaten Beerdigung seiner Mannschaftskameradin Tamara Ny am Shastasee teilgenommen. Coach Kalish von den Sabers verweigerte jeden Kommentar zur Fähigkeit Wingers, am bevorstehenden Endspiel um die Weltmeisterschaft gegen die New Orleans Buzzsaws teilzunehmen.«

Es folgte eine Einspielung von einer Zwergin mit grüner Irokesensichel und ungefähr fünfzig Piercings im Gesicht – Ohren, Nase, Wangen, Augenbrauen, Lippen. »Winger wird spielen. Kein Schwulenbubi kann ihn davon abhalten zu fahren.«

Dann war die Schnalle mit ihrer glatten, melodischen Stimme wieder da und sagte: »Jonathon Wingers Rivale, Dougan Rose, scheint sich ebenfalls zurückgezogen zu haben. Keiner der beiden stand für ein Interview zur Verfügung. In der Zwischenzeit ist die Rivalität zwischen den Fans eskaliert, was auf dem ganzen Kontinent zu Krawallen führte ...«

Hendrix schaltete das Trid ab und konzentrierte sich auf Jonathon Wingers Mitsubishi Nightsky – eine schnittige schwarze Limousine, die in einer Reihe identischer Fahrzeuge parkte. Nichts unterschied Wingers Nightsky von den anderen. Hendrix wußte nur deshalb, daß er den richtigen Wagen beobachtete, weil er Wingers Zulassungsnummer kannte. Mole war in irgendeinen Knoten der CalTrans gedeckt und hatte die Information besorgt.

Die Nightskys standen wie schwarze Käfer in ihren bewachten Elite-Parkboxen. Sie hatten Satellitenverbindungen und getönte Scheiben plus zwei Paar Hinterreifen für eine außergewöhnlich komfortable Fahrt. Außerdem waren sie dadurch schwerer lahmzulegen.

»Mole«, sagte Hendrix in sein Telekom, »kriegst du Bilder von den Überwachungskameras im Terminal?«

»Ich sagte es dir doch schon«, ertönte die synthetisierte Stimme des Zwergs. »Das schafft keiner. Zu riskant, dort einzubrechen. Der ganze Flughafen wimmelt von schwarzem Ice. Es gibt zwar keine Kreds zu stehlen, aber die großen Konzerne mögen es nicht, wenn ihre Flugpläne publik gemacht werden. Und sie zahlen massiv, um den Drek unter Verschluß zu halten. Keine Sorge, der Elf wird auftauchen, und ich wette, daß Grids Desmond bei ihm ist.«

»Juju kommt aus dem Terminal zurück«, sagte Layla, die sich auf ihrem Sitz aufrichtete. Sie hatte dort mit jenem entrückten Blick gesessen, der bedeutete, daß sie den Magier auf der Astralebene sah.

»Er kommt zurück? Was hat er gesehen?«

»Er sagt, Winger sei gerade aus dem Shuttle gestiegen. Grids ist bei ihm, dazu eine Magierin mit beachtlichen Fähigkeiten und ein großer Troll, den Juju für einen Adept hält. Die Magierin war astral nicht aktiv, aber der Troll hätte ihn fast entdeckt.«

»Das muß Venice Jones sein«, sagte Hendrix. »Wingers Leibwächter. *Ki*-Adept, ein Initiat, Moles Unterlagen nach zu urteilen. Er ist eine harte Nuß.«

»Pah!« Layla spie durch das offene Fenster des Wagens auf den Asphalt.

»Vergiß nur das Einsatzziel nicht«, sagte Hendrix. »Wir verfolgen sie unauffällig, entwickeln einen Angriffsplan und schlagen dann zu.«

Zuvor hatte Hendrix versucht, einen Sender am Unterboden des Nightsky anzubringen, aber mehrere dieser Fahrzeuge waren mit komplizierten Annäherungsalarmsystemen ausgerüstet, die die winzige Vorrichtung entdeckt und dann losgejault und Knight Errant gerufen hatten. Hendrix und Layla hatten sich auf die andere Seite des Parkhauses zurückgezogen, bis die Bullen wieder verschwunden waren, hoffentlich in dem Glauben, daß es sich um einen falschen Alarm handelte. Die Dienste eines persönlichen Reaktionsteams von Knight Errant mußten Winger etliche Nuyen kosten.

Also blieb ihnen nichts anderes übrig, als auf die gute altmodische Art der Verfolgung zurückgreifen. Sie war verläßlicher als der Einsatz einer Drohne. Und außerdem traute Hendrix Drohnen nicht. Sie konnten Dinge verzerrt wiedergeben. Entfernungen wirkten verkürzt und Wahrnehmungen wie Gerüche ließen sich nur schwierig oder gar nicht übermitteln.

Zudem war ihr Wagen unauffälliger als die besten Stealth-Drohnen. Er war ein altes Americar-Modell, das frisiert war, so daß es schneller und wendiger war, ohne ungewöhnlich auszusehen. Hendrix hatte darüber hinaus noch einige ausgewählte Waffensysteme installiert.

»Grids darf nicht getötet werden«, sagte Hendrix,

»bis wir wissen, was er mit der SimSinn-Aufzeichnung gemacht hat.«

»Was ist mit den anderen?«

»Sind entbehrlich, wenn es nicht anders geht. Besonders die Magierin. Ich will sie nicht in der Nähe haben, wenn wir zuschlagen. Sie muß Synthia Stone sein, Wingers Freundin. Sie ist eine unbekannte Größe. Ohne Juju Petes Rückendeckung sind wir anfällig gegen Magie.«

Layla schnaubte. »Wie du meinst.«

Nach ein paar Minuten näherten sich vier Personen Wingers Wagen, die auf den ersten Blick wie japanische Touristen aussahen. Sie stiegen ein, einer auf den Fahrersitz, die anderen in den Fond.

»Es geht los«, sagte Layla mit einem breiten Grinsen im Gesicht. Sie war froh, daß nach der langen Warterei endlich etwas geschah.

Hendrix ließ den Americar an und fuhr los, wobei er zwei Wagen zwischen sich und dem Nightsky ließ. Layla hielt sich ein Ares Fernglas vor die Augen. »Man kann durch die getönten Scheiben nicht viel erkennen«, sagte sie, »aber ich glaube, die Illusion ist erloschen. Das war ein Trollarm, der den Kredstab in den Parkautomat gesteckt hat.«

Hendrix nickte nur. *Verdammte Magier,* dachte er. Er haßte es, nicht im Vorteil zu sein, und ohne Juju waren Layla und er womöglich unterlegen. Juju konnte mit Geistern und astralen Wesen kämpfen, während er astral projizierte, aber seine Fähigkeit, die physikalische Welt zu beeinflussen, war begrenzt.

Sie folgten dem Nightsky über die Cal 405 auf den Santa Monica Freeway. Sie hingen drei Wagen hinter ihnen und waren zwischen einem Eurovan und einem Möchtegern-Motorradganger, als die Limousine plötzlich beschleunigte. Der schnittige schwarze Wagen schoß vorwärts und schlitterte über drei Fahrbahnen.

Hendrix trat aufs Gas, und der Motor heulte auf. Sie wechselten die Fahrspur und schossen förmlich an dem Eurovan vorbei. Die Limousine konnte ihnen nicht entkommen.

Der Nightsky schlingerte nach links und schnitt dann scharf nach rechts, um eine Ausfahrt zu nehmen. Hendrix folgte ihm, indem er das Lenkrad herumriß und ganz knapp einen Jackrabbit verfehlte, bevor er über die Begrenzung der Ausfahrt fuhr und dabei wie auf einer Sprungschanze hochgeschleudert wurde. Sie landeten problemlos auf dem Asphalt, nur Sekunden hinter Wingers Wagen.

»Verfolgung im Gange«, meldete Hendrix Mole über Headware-Telekom. »Wiederhole, Verfolgung im Gange.«

»Soviel zu List und Tücke«, sagte Layla lachend, als sie ihre Ingram mit Laserzielrohr und Smartverbindung nahm und ein Magazin mit panzerbrechender Munition einrasten ließ.

»Das gefällt mir nicht«, sagte Hendrix, »aber wir dürfen sie jetzt nicht verlieren. Frontalangriff. Wiederhole, Frontalangriff. Leg sie alle um, wenn es sein muß, aber laß den Simdecker am Leben.«

»Ist mir ein Vergnügen«, sagte sie, dann zielte sie auf die Reifen und gab einen Feuerstoß ab.

»Mole, bist du da?«

»Ja.«

»Wir machen Ernst. Du bist dran.«

»Ich habe ein paar Smartframes aktiviert, die bereit sind, jeden Notruf abzufangen, aber gegen direkte Satellitenverbindungen kann ich nichts unternehmen. Damit solltet ihr zehn, vielleicht fünfzehn Minuten Zeit haben.«

»Ewigkeiten«, sagte Hendrix. Er drückte den Knopf, der die Vengeance Minikanone im Kühlergrill des Americar aktivierte. Die Waffe feuerte Sekunden später und ließ den ganzen Wagen erbeben, während sie die

Straße und den gepanzerten Nightsky mit einem Funkenregen überzog.

Zwei der Hinterreifen platzten, aber der Wagen fuhr weiter, jagte mit quietschenden Reifen um eine Kurve und raste eine abfallübersäte Straße entlang. Sie waren in East Hollywood, dem Pornoviertel. In dieser Gegend wimmelte es von BTL-Junkies und Cyberhuren, die kosmetisch verändert waren, um wie Honey Brighton, Maria Mercurial oder sonst jemand auszusehen, auf den die Kunden Wert legten.

Hendrix folgte dem Nightsky mühelos. Der modifizierte Americar war schneller und wendiger als die schwere Limousine. Er schoß noch einmal mit der Minikanone auf das Heck des Nightsky, doch die meisten Kugeln verfehlten ihr Ziel, da der Troll am Steuer im Zickzack fuhr.

Als sie auf einem geraden Abschnitt der Straße angelangt waren, schoß Layla mit ihrer Ingram. Sie traf einen der beiden verbliebenen Hinterreifen in dem Augenblick, als die Limousine überraschend in eine Gasse abzubiegen versuchte. Der Fahrer erwischte die Kurve zu spät, und der Wagen kippte seitwärts. Er rutschte funkensprühend auf der linken Seite geradeaus und krachte gegen einen Laternenpfahl. Durch den Aufprall kippte die Limousine wieder auf die Räder.

Die Straße leerte sich ringsumher, da die Anwohner und Passanten ein Feuergefecht witterten. Einige sahen von Fenstern und aus Gassen zu, während sich der Geruch von Schießpulver mit dem Gestank menschlicher Exkremente mischte. Andere zuckten lediglich die Achseln und versuchten das Jaulen der Minikanone und das Kreischen sich verbiegenden Metalls zu ignorieren.

Niemand versuchte etwas dagegen zu unternehmen. So etwas kam schließlich andauernd vor. Die Leute hier kannten die Regeln der Straße. Komm jemandem in die Quere, und du stirbst. Halt dich raus, und du bleibst am Leben. Selbst Lone Star kam nur selten hierher, und wenn sie kamen, änderte sich nichts.

Hendrix zielte mit der Minikanone auf die mit Plexan verkleidete Heckscheibe. Vielleicht würde das Plexan ein paar Sekunden lang halten, aber dies war schließlich eine Minikanone. Er schoß, was den Americar wiederum erbeben ließ, und dann fluchte Layla herzhaft, weil sie den Fahrer aus dem Visier verloren hatte. Das Krachen der Minikanone war ohrenbetäubend, bis Schalldämpfer den Lärm aussperrten.

Layla verfehlte den Fahrer und traf jemanden im Fond. Hendrix konnte jetzt durch das gezackte Loch sehen, das einmal das Rückfenster gewesen war. Layla hatte einen drahtigen Norm mit schwarzen Haaren und weißer Haut getroffen. Grids. *Einfach Sahne, das hat uns gerade noch gefehlt.*

Blut strömte aus der Schulter des Mannes, der schrie, als hätte jemand Elektroden an seine Hoden geklemmt. Doch Hendrix sah sofort, daß er mindestens noch eine Stunde am Leben bleiben würde. *Gut.*

Hendrix stellte die Minikanone auf Fernsteuerung über seine Smartverbindung ein. Eine weitere Salve würde alle Insassen des Wagens töten, und das wollte er nicht. Zumindest nicht, bevor er Grids aus dem Wagen geholt hatte. Hendrix griff nach seiner Ares Alpha Combatgun, die präziser war als die Vengeance.

Mole meldete sich in seinem Ohr. »Knight Errant ist unterwegs«, sagte er. »Geschätzte Ankunftszeit: vier Minuten. Tut mir leid, ich kann nicht ...«

»Null Streß«, sagte Hendrix mit der Combatgun in der Hand. »Die Sache ist fast erledigt.« Dann stieß er die Wagentür auf und trat hinaus in das helle Licht und den Lärm.

25

Andreas Michaelson stieg aus seinem Privathubschrauber auf das Dach des Venice Beach Hilton. Er hatte den ganzen Tag und den größten Teil des Abends bei Magenics verbracht und war die Einzelheiten der Magus-Akte durchgegangen. Zahlen und wissenschaftliche Theorien über Genetik, magische Befähigung und künstliche Intelligenz spukten ihm auf dem Weg zu seiner Suite im Kopf herum. Und bereiteten ihm Kopfschmerzen.

Ruger und das Sicherheitsteam begleiteten ihn, als er die Kühle des Hotelflurs betrat. Er atmete tief – saubere, gefilterte Luft –, dann sprach der Handflächenscanner an, und er trat ein.

Warum können die Weißkittel mir keinen vernünftigen Zeitrahmen nennen? fragte er sich. Er hatte nicht gern mit Wissenschaftlern zu tun, weil diese Typen sich nie auf irgend etwas festlegen ließen. Ingenieure konnten einem versprechen, in einer bestimmten Zeit für einen vorher festgelegten Betrag eine Brücke zu bauen. Nicht so Forscher.

Nein, sie redeten immer theoretisch. Davon, diese Hypothese und jene Theorie zu beweisen. Niemals über praktische Anwendungen.

In seiner Suite stand der weißhaarige Claudio in einem zwergengroßen Smoking mit Kummerbund. »Ah, Sir«, sagte Claudio mit einer tiefen Verbeugung. »Wie sind die Strapazen und Drangsale in den höheren Rängen?«

Michaelson lächelte, stellte den Aktenkoffer auf den Boden und streifte seine ledernen Armanté-Schuhe ab, um dann seine mit Seidensocken bekleideten Zehen in den Plüschteppich zu graben und zum Sofa zu gehen. Er ließ sich darauf fallen und schaltete das riesige Trid ein. »Heute haben die Strapazen überwogen, Claudio«, sagte er.

»Ich bedaure sehr, das zu hören«, sagte der Zwerg. »Vielleicht wünschen Sie, zu Abend zu essen?«

»Ja, bitte.« Michaelson winkte matt. »Bringen Sie mir, was Sie haben.«

»Wie wäre es mit Foie gras, gefolgt von Poulet Cordon bleu und Pilawreis?«

»Gut. Was auch immer.«

»In Ordnung.« Claudio wandte sich ab. »Ach, da wäre noch eine Sache.«

»Ja?«

»Sie hören am besten gleich Ihren Anrufbeantworter ab. Der neue Sekretär, Johann, hat aus Essen angerufen. Er sagte irgend etwas davon, daß Mr. Brackhaus morgen einträfe.«

Michaelson schoß kerzengerade in die Höhe und starrte Claudio an. »Brackhaus kommt hierher? Warum?«

»Ich weiß es nicht.« Claudio wurde plötzlich ernst und verlor jegliche Affektiertheit. Dann lächelte er. »Ich arbeite hier nur«, sagte er.

Michaelson stand auf. »Das hat mir gerade noch gefehlt, ein verdammter Spion aus der Zentrale, der mir Feuer unterm Hintern macht.« Dann bemerkte er, daß Claudio immer noch da war. »Sie können mein Abendessen holen«, sagte er. »Danke.«

Claudio nickte und ging hinaus.

Warum, zum Teufel, sollte Brackhaus herkommen? Er muß einen Verdacht haben ...

Hans Brackhaus war eine mysteriöse Gestalt bei Saeder-Krupp. Er schien seine Hände im Spiel bei einer ganzen Reihe von Unternehmungen zu haben, obwohl selbst Michaelson nicht genau wußte, welche Stellung er eigentlich bekleidete. Er wußte lediglich, daß Brackhaus viel herumkam. Es hieß, seine Spezialität seien verdeckte Unternehmungen, und er unterstehe direkt

Lofwyr, dem Drachen. Es gab sogar Gerüchte, daß Brackhaus Lofwyr *war*, obwohl niemand so eine Sache mit Sicherheit wissen konnte. Michaelson hatte sowohl mit dem Drachen als auch mit Brackhaus schon zu tun gehabt, jedoch keinerlei Ähnlichkeiten entdeckt.

Michaelson ging ins Schlafzimmer und setzte sich an den Schreibtisch, um den Anrufbeantworter abzuhören. Das Gesicht des neuen Sekretärs erschien – ein typisch magerer Elf mit kurzen dunklen Haaren, einem dünnen schwarzen Schnurrbart und überheblichem Getue. Michaelson hörte sich an, was der Elf über den unerwarteten Besuch von Hans Brackhaus zu sagen hatte. Auf den ersten Blick schien es sich um eine Routineüberprüfung des Magus-Projekts zu handeln, aber Michaelson war klar, daß etwas dahinterstecken mußte. Alles brach auseinander, seitdem diese Elfenschnalle zu neugierig geworden war. Und nun das. Brackhaus war hierher unterwegs.

Er mußte einen Verdacht haben. Und das bedeutete, daß Lofwyr möglicherweise Wind davon bekommen hatte, daß jemand seine Geheimnisse stahl. Der Zorn des Drachen konnte ihn jede Minute treffen. Aus jeder Richtung, von jeder Hand.

Als die Nachricht abgelaufen war, wählte Michaelson Cinnamons Nummer auf einer sicheren Leitung. Er setzte sein bestes Sonntagsgesicht für die wunderschöne Blondine auf, doch sie erwiderte sein Lächeln nicht.

Er holte tief Luft und sagte: »Wir haben ein Problem.«

26

Das Klirren splitternden Glases und das Donnern einer schweren Waffe hallten in Jonathons Ohren, bis er fast taub war. Er duckte sich auf den Boden des Nightsky, die Schulter gegen die Trennscheibe zwischen Fahrer und Fond gepreßt. Er schüttelte sich die Glasscherben aus den Haaren und mußte fassungslos mit ansehen, wie plötzlich Grids' Schulter explodierte.

Blut sickerte wie dunkelrote Lava durch Grids' schwarzes Hemd und spritzte auf Boden und Polster. Wie in Zeitlupe wurde sein Körper von der Aufprallwucht der Kugeln hochgehoben und gegen die Elektronikkonsole geschleudert. Er glitt zu Boden, wobei er eine Blutspur auf der Konsole hinterließ, und dort liegenblieb.

Tot?

Jonathons Herz schlug einmal. Dann noch einmal, dröhnend wie eine Baßtrommel.

Da schlug Grids die Augen auf und schrie, heulte wie ein angestochenes Schwein, wobei sein Gesicht alle Farbe verlor. »Ich werde sterben«, brüllte er. »Die haben mich umgelegt!«

Jonathon streckte den Arm aus und drückte die Hand auf die Wunde, um die Blutung zu stoppen. Heiße, klebrige Flüssigkeit quoll ihm über die Knöchel und lief den Unterarm entlang, während Grids aufschrie.

Synthia schluckte schwer, dann schien sie sich zu konzentrieren. Sie berührte die Wunde. Wärme breitete sich von ihrer Hand aus, deren Intensität zunahm, bis Jonathon die Hand wegziehen mußte.

Grids stöhnte, dann starrte er Synthia mit einem Ausdruck der Erschöpfung an, bevor er die Zähne zusammenbiß und den Kopf senkte. Synthia nickte ihm zu, dann wandte sie sich ab und sang etwas und beschrieb ein, zwei Gesten in der Luft.

»Jonathon«, bellte Venny. »Nicht bewegen!«

Das ließ Jonathon sich nicht zweimal sagen, dennoch griff er in die tiefe Tasche seines Dusters und zog den Predator II. Für alle Fälle. Ihre Angreifer schossen nicht mehr. *Warum nicht?*

Venny hockte geduckt auf dem Fahrersitz und spähte durch das gezackte Loch, das vorhin noch die Heckscheibe des Nightsky gewesen war. In der einen Hand hielt der Troll seine Uzi III mit Laserzielrohr, in der anderen eine Art schwarzen Ball.

Der Laser der Uzi blitzte auf und zog eine dünne rote Linie, als Venny nach einem Ziel suchte. »Der Fahrer steigt aus«, rief der Troll plötzlich. Die Uzi knatterte, als der Troll schoß.

Jonathon riskierte einen Blick auf die Straße, und für einen Augenblick sah er schemenhaft etwas Dunkles neben der Tür des anderen Wagens, das sich schneller bewegte, als er es für möglich gehalten hätte. Direkt auf sie zu.

Der Mann war dunkelhäutig und kahl, und über einem Ohr blitzten mehrere Talentsofts. Seine Augen waren verchromt, und seine Bewegungen waren höllisch schnell, aber ruckartig, nicht so geschmeidig wie die von Venice Jones. In seinem gepanzerten Kunstleder sah er wie ein Roboter aus. Er gab zuerst einen Schuß aus dem Granatwerfer seines Gewehrs ab. Dann, als die Granate auf das Loch der ehemaligen Heckscheibe zuflog, hatten er und Jonathon plötzlich Blickkontakt, und er gab mit seinem Gewehr einen auf Jonathons Kopf gezielten Feuerstoß ab.

»Runter!« Eine massive Hand stieß Jonathon zu Boden.

Doch es war nicht Vennys Stoß, der ihn rettete. Im Fallen sah Jonathon, wie die Kugeln von etwas Unsichtbarem abprallten. Von einer durchsichtigen Barriere weniger als einen Meter von seinem Kopf entfernt. Kugeln, die ihn zwischen die Augen getroffen hätten. *Ich müßte jetzt tot sein*, dachte er.

Venny warf Synthia einen raschen Blick zu. »Danke«, sagte er. Dann setzte er sich ebenfalls in Bewegung und hechtete durch die Fahrertür auf die Straße.

Jonathon spürte Adrenalin und Wut in sich aufsteigen. *Sie hätten mich beinahe umgelegt.* Doch als er einatmete und dabei ein Bild seines von Kugeln durchlöcherten Schädels vor sich sah, verlangsamte sich der Zeitablauf. Er konzentrierte sich, suchte nach jenem Gefühl der Unwirklichkeit, das ihm in Combatbikerspielen immer den entscheidenden Vorteil gab.

Die Granate war von Synthias Schild abgeprallt und auf dem Asphalt hinter der Limousine gelandet. Doch sie explodierte nicht. Statt dessen quoll weißes, nebelhaftes Gas daraus. *Rauch? Tränengas?*

Venny verschwand durch die Tür und warf seinen schwarzen Ball mit einer blitzschnellen Bewegung, fast zu schnell, um sie überhaupt zu registrieren. Doch als sich der Zustand des Zen über Jonathon senkte, stellte er fest, daß er in der Lage war, den beschleunigten Bewegungen zu folgen.

Der schwarze Ball teilte sich zu zwei beschwerten Spulen, die sich immer weiter voneinander entfernten, als sich der nahezu unsichtbare Monofilamentfaden zwischen ihnen abwickelte. Sie drehten sich um einen imaginären Mittelpunkt, während sie auf den Schwarzen mit dem Gewehr zuflogen.

Der Mann warf einen raschen Blick auf die heranfliegende Waffe und gab einen Feuerstoß auf Venny ab, bevor er sich im letzten Augenblick nach links warf. Die rotierende Monodrahtwaffe verfehlte ihn um Haaresbreite und flog weiter.

Venny grunzte schmerzerfüllt auf, als ihn eine der Kugeln traf. »Jonathon«, sagte er. »Du wirst die Karre hier rausfahren müssen. Ich bleibe hier und regle das.«

»Aber ...«

»Tu es einfach, die Reifen werden schon halten.«

Jonathon zog ein Datenkabel aus der Konsole zwischen Vordersitzen und Fond der Limousine. Der Nightsky war für Notfälle mit einem Fernsteuerungsrig und einem Rücksitzrig ausgerüstet. Für Notfälle wie diesem. Jonathon stöpselte das Kabel in seine Schläfenbuchse.

»Warte!« rief Synthia in dem Augenblick, als ein riesiger Feuerball neben dem anderen Wagen explodierte. Rotes Leuchten und ein Hitzeschwall brandeten in das schwarze Innere der Limousine, während ringsumher Trümmer und Bruchstücke des Americar auf die Straße regneten.

Jonathon wurde zu dem Fahrzeug und aktivierte Kameras und Sensoren. Das Spatzenhirn des Wagens war intakt, und die vorderen Eingaben funktionierten störungsfrei. Er konnte die Straße vor sich sehen fühlen und hören. Doch die rückwärtigen Signale waren lediglich statisches Rauschen und dumpfer Schmerz. Die Mikrofone schnappten das Knattern der Schüsse und Grids' schmerzerfülltes Stöhnen auf, aber nichts, was Jonathon benutzen konnte, um eine klarere Vorstellung davon zu bekommen, was hinter der Limousine geschah.

Die Reifensensoren und das Spatzenhirn verrieten Jonathon, daß die Reifen platt und erledigt waren, aber vielleicht hielten sie noch ein paar Kilometer, bevor sie sich ganz auflösten. Er ließ den Motor aufheulen und legte einen Gang ein. Die internen Sensoren ließen ihn die Anwesenheit der Passagiere spüren. Er konnte Grids, Synthia und sein eigenes Gewicht auf dem Boden im Fond spüren.

Venny war immer noch draußen.

Eine weitere Explosion ließ die Straße hinter ihnen erbeben, als sich die Limousine in Bewegung setzte. *Synthia*. Dann ertönten Schüsse aus der Umgebung des brennenden Americar, und in der anschließenden Stille registrierte Jonathon die Masse eines Trollkörpers auf dem Vordersitz, die die Limousine erbeben ließ.

Er hatte keine Zeit, mit den Augen seines fleischlichen Körpers nachzusehen, ob Venny noch lebte, und die Innenkamera war ausgefallen. Jonathon beschleunigte und bog in eine Seitenstraße. Falls ihnen jemand folgte, hatte er keine Möglichkeit, das festzustellen.

Dann verlagerte sich das Gewicht des Trolls auf dem Vordersitz und richtete sich auf. Die Tür schloß sich, und Jonathon spürte Vennys Hände am Lenkrad. »Ich bin okay«, sagte er. »Nur ein paar Kratzer.«

»Sag mir nur, ob sie uns verfolgen«, sagte Jonathon.

»Keine Spur, Synthias Feuerball hat ihren Wagen erledigt.«

»Gut.«

Jonathon fuhr die Limousine wieder auf den Freeway. Als sie außer Gefahr waren, schaltete er den Sender und den automatischen Notruf aus. Er wollte nicht, daß jemand erfuhr, wohin sie unterwegs waren, auch nicht Knight Errant. Oder auch DocWagon. Wenn Grids ärztliche Behandlung brauchte, würden sie zu einem Straßendoc gehen.

Jonathons Zen hielt noch ein paar Minuten an, und in dieser Zeit fällte er eine Entscheidung, was zu tun war. Offensichtlich waren ihre Angreifer Profis. Söldner oder Shadowrunner, da sie keine Konzernzugehörigkeit zu haben schienen.

Shadowrunner, die zweifellos von Michaelson angeheuert worden waren.

Jonathon wußte, daß sie ein Versteck brauchten, um sich zu erholen und zu überlegen, was sie als nächstes tun sollten. Und er hatte genau das Richtige. Einer seiner alten Bikerkumpel, Chico Rodriguez, besaß ein Haus in den Bergen am Laurel Canyon Boulevard. Ein abgeschiedenes Fleckchen, an dem er BTL-Chips prägte.

Im Moment saß Chico wegen Schmuggels in einem Aztlan-Gefängnis und wartete auf sein Verfahren. Es war unwahrscheinlich, daß er in der nächsten Zeit nach Hause kam oder seinen Unterschlupf brauchte. Das würde noch eine Weile dauern. Eine sehr, sehr lange Weile.

Sie konnten in dem Haus unterkriechen und sich erholen. Sie brauchten Zeit. Zeit, damit Grids wieder gesund wurde. Zeit, um mehr über diese Akte zu erfahren, für die ihnen offenbar jeder ans Leder wollte. Zeit, um darüber nachzudenken, welche Verbindung es zwischen Dougan Rose und Michaelson gab.

Zeit, einen Plan zu schmieden.

Einen Plan, um Michaelson abzuservieren.

27

Der Himmel ringsumher prangte in allen Farben der hereinbrechenden Nacht. Im Westen leuchtete die untergehende Sonne dunkelrot. Im Osten waren die ersten Sterne zu sehen, die wie winzige Diamanten an einem mitternachtsblauen Firmament funkelten. Und darunter glitzerten die Farben der Stadt unter der Smogdecke wie trübe Glühwürmchen. Rote, gelbe, grüne verschwommene Punkte.

Maria atmete die saubere Luft, pumpte ihre Lungen damit voll. Eule liebte es, nachts zu fliegen und Himmel und Erde nach Beute abzusuchen. Sie jagte nicht nur mit ihrer Nachtsicht, sondern auch mit dem Gehör. Eule hatte Maria gezeigt, was man mit dem Gehör alles erfassen konnte, und als sie diese Technik einmal gemeistert hatte, verließ sie sich nicht mehr so sehr auf ihr Sehvermögen.

Eule konnte die Bewegungen einer Maus aus einer Entfernung von sechzig Metern hören. Konnte ihren Standort, ihre Richtung, ihre Geschwindigkeit bestimmen. Konnte sie anhand der kratzenden, schabenden Geräusche *sehen*, die sie machte, wenn sie sich bewegte.

Zwei Flüge in zwei Nächten. Vielleicht hatte dieser Run doch etwas Gutes an sich.

Den gestrigen Tag hatten sie in Dougans Sommerhaus in Laguna Beach verbracht. Nach der Flucht aus El Infierno hatte Dougan den Tag in ein Deck eingestöpselt verbracht und Informationen über Grids Desmond und Tamara Ny gesammelt.

Maria hatte all das verschlafen und war früh am Abend aufgewacht, als sie die Nightglider wieder entfaltet hatten. Dougan hatte sie wieder angeführt, und der Wind pfiff unter dem dünnen Polykarbongerüst der Schwingen. Maria hatte sich noch nie so sehr auf einen Run gefreut. Es hatte fast gereicht, um sie von Angelina und Pedro abzulenken, die nur Talon hatten, der sich um sie kümmerte.

Dougan war mit ihnen aufs offene Meer geflogen, um das Risiko auszuschließen, daß sie mit einer dieser hoch aufragenden Arcologien zusammenstießen. Dann waren sie über die Santa Monica Mountains geflogen und auf einem schmalen Strand am Stone Canyon Dam gelandet. Ein unglaublicher Flug.

»Wir lassen die Nightglider hier«, sagte Dougan.

Maria nickte in der Dunkelheit. Sie reckte und streckte sich in ihrem engen Bodysuit, dann ging sie ein paar Schritte, um sich wieder an den festen Boden unter ihren Stiefeln zu gewöhnen. Sie war enttäuscht, wieder auf der Erde zu sein. Über ihr wurden die Sterne vom Smog verdeckt, der die Lichter der Stadt reflektierte.

Maurice und Bob Henry tauchten hinter ihnen auf. »Welches Ziel?«

»Grids lebt in einer dieser Wohnungen«, sagte Dougan. Er zeigte auf ein Gebäude aus Glas und dunklem Holz. Der Wohnkomplex war in einen Hang gebaut, und viele Balkone gingen auf den Staudamm hinaus, aber der Eingang mußte sich auf der anderen Seite an der Straße befinden.

»Nummer Sieben«, sagte Dougan. »Es ist die Bude, in der letzte Nacht die Bombe explodiert ist.«

»Mit welchen Sicherheitsvorkehrungen müssen wir rechnen?« sagte Maurice.

»Das ist nicht ganz klar«, sagte Dougan. »Vielleicht kann Maria uns dabei helfen, Genaueres zu erfahren.«

»Ich projiziere«, sagte sie, »und durchsuche das Gebäude. Achtet auf meinen Körper.«

Maurice grunzte. »Ich achte schon den ganzen Tag darauf«, sagte er. »Warum sollte ich jetzt damit aufhören?«

Bob Henry kicherte.

Maria ignorierte sie und setzte sich in das trockene Gras. Dann löste sie ihr Bewußtsein aus dem Körper und wechselte von der physikalischen auf die leuchtende Ebene des Astralen. Und dort schwebte sie nun, hoch über den anderen.

Sie sah ihre Auren von oben, ihre Leiber waren ein Wirbel aus Rot, Grün und Blau bis auf die toten Bereiche, wo Kybernetik das Fleischliche vergewaltigt hatte. Alle drei Auren waren durch schwarze und graue Stellen getrübt, aber bei Dougan war die Wirkung bestürzend. Nur noch ein Funke des Lebens war geblieben.

Dougan, was hast du dir angetan? dachte sie.

Doch sie konnte sich den Luxus zu verweilen nicht leisten. Sie flog auf und über die Straße. Die öde Landschaft aus Asphalt und Beton verschwamm ein wenig, als sie sich bewegte. Nur die Bäume wirkten auf der Astralebene lebendig.

Sie sah das Ergebnis der Explosion sofort – massiver Schaden am Gebäude. Sie war von Zerstörung umgeben. Stützpfeiler waren beschädigt worden, Fenster zerschmettert. Ein Großteil des Holzes war stark verbrannt. Die Aura des Ortes spiegelte den Schaden wider, winzige rote und orangefarbene Punkte leuchteten, wo das Holz beschädigt worden war.

Es sah so aus, als seien ein oder zwei Personen bei der Explosion umgekommen. Maria hatte oft genug den Tod gespürt, um zu wissen, wie seine astralen Rückstände aussahen.

Plötzlich schwebte ein Beobachter in Form eines basketballgroßen Auges rechts an ihr vorbei. Als er sie sah, wurde sein Auge größer und starrte sie an. Doch in der Zeit, die der Beobachter benötigte, um sich darüber klarzuwerden, ob sie eine Bedrohung war oder nicht, hatte Maria ihn gebannt. Das Auge verschwand geräuschlos.

Durch die verwüstete Wohnung schwebte sie zur Vorderseite des Gebäudes. In der Nähe des Eingangs standen zwei Wachposten, die sich leise unterhielten. Sie trugen Pistolen und Schockstäbe. Teile des Kopfes und ihrer Arme waren Cyberware. *Diese Burschen werden kein Problem sein,* dachte sie.

Plötzlich raste ein großer Geist auf sie zu. »Wer bist du?« fragte er mit einer Stimme, die wie das Rauschen des Windes klang.

Maria fuhr zu ihm herum und erkannte einen Luftelementar in dem Wesen – ein halbwegs intelligenter Geist. Manchmal war es möglich, sie zu verwirren. »Ich gehöre zu einer Sicherheitsmannschaft, die die Explosion untersucht.«

Der Elementar brauste. Er begriff nicht. »Wer bist du?« wiederholte er. »Ich muß dich meinem Meister melden.«

»Schon gut«, sagte Maria. Dann rief sie Stoney. Einen Sekundenbruchteil später tauchte der Stoney genannte Geist neben Maria auf. Es war ein Stahl- und Betongeist mit gewaltigem Gewicht. »Wärst du so nett, den da zu vernichten?« Maria zeigte auf den Luftelementar.

Stoney griff ihn an.

Der Luftelementar wollte fliehen, doch Maria schuf eine Manabarriere, um seine Flucht zu verhindern. Der Elementar prallte gegen die Barriere und hielt inne.

Stoney ragte hinter ihm auf und verschlang ihn in einer Umarmung aus flüssigem Beton und spitzem Stahl.

Der Elementar fuhr herum und griff an, aber er war Stoney nicht gewachsen. Der Stadtgeist drückte den Elementar gegen die Manabarriere, bis dieser wie ein Fleck an der Barriere klebte – dünn und weiß. Der Elementar machte noch einen letzten Ausbruchsversuch, aber er war geschwächt, und einen Augenblick später war die Kreatur verschwunden. Aufgelöst.

Stoney wandte sich lächelnd an Maria.

»Vielen Dank«, sagte Maria. »Deine Aufgabe ist erfüllt.«

Stoney verschwand.

Maria ließ die Manabarriere sinken, wandte sich vom Eingang ab und flog wieder in das Gebäude. Sie durchsuchte den gesamten Komplex, fand jedoch niemanden. Das Haus war verlassen, wenn man von den beiden Posten absah, die wahrscheinlich die Aufgabe hatten, die Bewohner davon abzuhalten, durch eine Rückkehr ihr Leben zu riskieren. *Wahrscheinlich von der Versicherungsgesellschaft abgestellt*, dachte sie.

Sie kehrte rasch in ihren Körper zurück und spürte gleich darauf das Heben und Senken ihrer Brust. Ihren kräftigen Herzschlag. Sie öffnete die Augen. »Vorne stehen zwei Posten«, sagte sie. »Ich habe einen Beobachter und einen Luftelementar beseitigt, aber von den Bewohnern ist niemand zu Hause. Es sieht so aus, als sei die Feuerwehr erst vor zwei oder drei Stunden verschwunden.«

Dougan half ihr auf. »Irgendwelche Leichen?«

Maria reckte sich und holte tief Luft. »Nicht mehr, aber ich bin sicher, daß einige Leute bei der Explosion ums Leben gekommen sind. Ich weiß es nicht mit Sicherheit, aber die Aura des Hauses hat eine hohe Hintergrundstrahlung.«

Bob Henry lachte.

»Ja«, sagte Maurice, indem er Bob Henry auf den Rücken schlug. »Hast du das gehört? Die Aura des Hauses hat eine hohe Hintergrundstrahlung. Was, zum Teufel, *das* auch zu bedeuten hat.« Das Gelächter rollte aus seiner Brust heraus wie ein Güterzug.

»Halt die Klappe«, sagte Dougan. »Zeit, den Laden zu filzen.« Er hielt eine Art Schrotflinte in der Armbeuge.

»Warum?« sagte Maurice. »Was ist, wenn Grids Desmond zu den Toten gehört? Was ist, wenn die Explosion ihn und den Chip erledigt hat?«

»Falsch geraten, Chummer«, sagte Dougan. »In den Nachrichten hieß es, zwei Leute seien bei der Explosion gestorben, und sie haben die Namen erwähnt. Grids Desmond war nicht dabei.«

»Ein Jammer.«

»Maria«, sagte Dougan, »kannst du immer noch Leute aufspüren, wenn du einen persönlichen Gegenstand von ihnen hast?«

Maria seufzte. »Ich denke schon«, sagte sie. »Aber der Gegenstand muß frisch sein.«

»Null Problemo«, sagte Dougan. »Wir finden etwas. Okay, Chummers, laßt uns den Laden auseinandernehmen.«

Weniger als eine Stunde später hatten sie Wohnung Nummer Sieben gründlich und lautlos im Schutze von Eules Unsichtbarkeit durchsucht. Alle vier waren schwarz von Ruß und verschwitzt von der Anstrengung, aber das Ergebnis war besser, als Maria erhofft hatte.

Bob Henry hatte einen Rasierapparat im Badezimmer gefunden, der keinerlei Feuerschäden aufwies. Dougan hatte in einem Schrank ein paar Holobilder gefunden, die meisten intakt. Drei von ihnen zeigten Grids und Tamara. Und im Wäschekorb hatte Maurice schmutzige Unterwäsche entdeckt, komplett mit Schamhaaren.

Das war ihre größte Chance, wenn die Gegenstände nicht zu alt waren. Wenn das Ritual funktioniert, dachte Maria, habe ich Grids Desmond buchstäblich an den Eiern.

28

Jonathons Zen hatte sich aufgelöst, als er in die versteckte Einfahrt zu Chicos Haus bog. Die Wut drohte zurückzukehren, aber sie kam ihm schwach vor. Erschöpft.

Als er den Wagen anhielt und sich ausstöpselte, sah er sich den Schaden an, den die Limousine bei dem Angriff erlitten hatte. Sitze und Boden waren mit Glassplittern übersät, winzige, seltsam geformte Fragmente, die nicht scharf waren, aber an der Haut haften blieben wie große Sandkörner. Im Wagen stank es so sehr nach Blut, daß Jonathon den Geschmack fast auf der Zunge spürte. Der Sitz und der Boden unter Grids waren blutgetränkt.

Grids selbst saß schweigend und mit pfeifendem Atem da. Sein Gesicht war aschgrau. Hinter ihm war die Trideokonsole verbeult und blutverschmiert.

Venny rührte sich auf dem Vordersitz. Jonathon sah den massigen Rücken des Trolls durch die Trennscheibe nur verschwommen. Er hatte keine Ahnung, welche Verletzungen Venny erlitten hatte, aber es sah so aus, als könne er sich kaum bewegen.

Jonathons Blick wanderte weiter zu Synthia. Furchen der Erschöpfung hatten sich in Augenwinkel und Stirn gegraben, aber sie sah ihn mit ihren himmelblauen Augen unverwandt an. Ihr Blick war konzentriert, unnachgiebig. Sie würde eine Erklärung verlangen.

Sie verdiente eine Erklärung. Ebenso wie Venny. *In was habe ich sie hineingezogen?* fragte sich Jonathon. *Das weiß ich selbst nicht.*

»Hier müßten wir sicher sein«, sagte er, um das Schweigen zu brechen. »Eine Weile jedenfalls.«

Synthia entließ ihn aus ihrem Blick und zeigte auf Grids. »Er braucht einen Arzt.«

Jonathon nickte.

Grids rührte sich nicht.

»Ich kenne einen guten Straßendoc«, sagte Venny. »Oder vielleicht könnte Ducky einen Blick auf ihn werfen.«

Jonathon dachte darüber nach. Würde der Mannschaftsarzt Grids zusammenflicken können? Vielleicht, aber es war riskant, jemanden ihren Aufenthaltsort wissen zu lassen. »Wir dürfen kein Risiko eingehen«, sagte er. »Wir brauchen jemanden, der uns nicht kennt und niemandem sagen kann, wo wir sind.«

Synthia unterbrach ihn. »Warum? Was soll das alles? Warum verstecken wir uns? Und warum haben uns diese Leute angegriffen? Das waren Profis. Keine Gang, die ihren Spaß haben wollte.«

Jonathon runzelte die Stirn. »Ich erzähle dir alles, sobald wir im Haus sind.«

»Darum möchte ich auch gebeten haben«, entgegnete sie schnippisch.

Jonathon stieg aus dem Wagen. Seine Beine schwankten unter ihm, als er auf die andere Seite ging, um Venny dabei zu helfen, Grids herauszuhieven. Hinter ihm stand Synthia und klopfte ihre Kleidung ab.

Jonathon wäre beinahe in Ohnmacht gefallen, als er Venny sah. Der Troll war mindestens zehn-, fünfzehnmal getroffen worden. Einige dieser Treffer waren von seinem Körperpanzer abgehalten worden, aber mehrere Stellen waren mit getrocknetem Blut verkrustet.

»Guck nicht so besorgt, Chummer«, sagte Venny. »Das war nicht meine erste Schießerei.« Der Troll wuchtete sich den fast bewußtlosen Grids über die Schulter und setzte sich in Bewegung.

Jonathon beeilte sich, um vor ihm an der Haustür anzukommen. Die Einfahrt endete vor einem kurzen Pflastersteinweg, der sich durch ein paar Bäume und Büsche zur Eingangstür des Hauses wand. Jonathon mußte das Gebüsch beiseiteschieben, um hindurchzukommen. »Der Gärtner ist im Urlaub«, sagte er.

Venny lachte. »Hauptsache, das Hausmädchen ist noch da«, sagte er. »Ich hasse es, Geschirr zu spülen.«

Jonathon lächelte. Zumindest Venny schien die Situation gelassen zu nehmen. Er schien sogar seinen Spaß an der ganzen Sache zu haben. Vielleicht gefiel es ihm besser, wenn etwas passierte, als darauf zu warten, daß etwas passierte.

Von der Straße sah Chicos Haus wie ein bescheidener weißer Bungalow mit Flachdach aus, aber wegen der Neigung des Berghangs war nur die oberste Etage von vorn zugänglich. Darunter befanden sich zwei weitere Stockwerke.

Jonathon lauschte an der Tür, um sich zu vergewissern, daß niemand anders auf die Idee gekommen war, sich hier einzunisten. Er hörte nichts.

Synthia tauchte hinter ihm auf. »Ich habe das Haus bereits astral ausgekundschaftet«, sagte sie. »Es ist niemand zu Hause.«

Jonathon nickte. »Danke.«

Sie bedachte ihn mit einer Andeutung eines Lächelns, woraus er schloß, daß sie entweder halb belustigt oder halb genervt war. Jonathon tippte auf letzteres.

Die Tür öffnete sich mit dem korrekten fünfstelligen Zahlencode, den Jonathon glücklicherweise in seiner Headware gespeichert hatte. Als sie eintraten, rochen sie den Muff und den Schimmel jahrelanger Nichtbenutzung. Dennoch war das Haus in keinem allzu schlechten Zustand. Es hatte Strom und fließendes Wasser. Chico mußte ein Konto für den Notfall eingerichtet haben, von dem die Kosten für Strom und Wasser automatisch abgebucht wurden. Für einen Notfall wie diesen. Der Pool war lange nicht mehr gereinigt worden und beherbergte eine beachtliche Algenkultur, aber man hatte einen großartigen Ausblick auf die

Innenstadt von LA, Hollywood, Century City und die Arcology Mile. Man konnte sogar eine Spur von Ozean im Dunst in der Ferne erkennen.

Chico war ein Mann mit exotischem Geschmack. Seine Musiksammlung war umfangreich und beinhaltete einen Haufen Zeugs aus den Siebzigern und Achtzigern des letzten Jahrhunderts und einige neuere Aufnahmen, die denselben Sound mit Polycordern und Synthlinks erzeugten.

Fast jede Wand und Decke war mit Spiegeln behangen, die den tiefen Flor des dunkel orangefarbenen Teppichs wiedergeben, so daß es aussah, als erstrecke er sich kilometerweit in jede Richtung. Und es gab Gemälde von Sonnenblumen und psychedelischen Farbwirbeln in der Gestalt von Pilzen und menschlichen Gesichtern.

»Muß ein merkwürdiger Chummer sein, der hier wohnt«, sagte Venny, als er Grids in dem Zimmer mit dem Trideo auf einem Sofa ablud. »Ich rufe den Straßendoc an«, sagte er. »Es sei denn, Synthia ist der Meinung, er braucht ihn nicht.«

Synthia runzelte die Stirn, und ihre zarten Gesichtszüge nahmen einen traurigen Ausdruck an. »Ich glaube, die Kugel hat die Schulter glatt durchschlagen«, sagte sie. »Ich habe die Wunde geheilt, aber ich bin kein Arzt. Er könnte eine Entzündung bekommen.«

Venny nickte. »Ich rufe ihn an.«

Während der Troll ein Telekomgespräch führte, nahm Synthia Jonathons Arm und führte ihn nach draußen zum Pool. Er hatte sie noch nie so hartnäckig erlebt. Sie mußte ziemlich genervt sein.

Die fast vollständig untergegangene Sonne leuchtete schwach rötlich hinter der Smogdecke im Westen. Der Glanz verlieh dem schwarzen Glas der MCT-Arcologie einen rötlichen Schimmer. Das Mitsuhama-Gebäude war von hier aus das nächste in der Arcology Mile. Die schwarze Nadel ragte hoch über den Slums von East

Hollywood auf der einen und LA Mitte auf der anderen Seite.

»Sieh mich an, Jonathon.«

Er drehte sich zu ihr um und sah ihr in die Augen, die hart wie Eis blickten. Das fließende Sommerkleid, das sie im Flugzeug getragen hatte, war über und über mit Grids' Blut bespritzt und wies an unzähligen Stellen winzige Risse von den Glassplittern auf. »Es tut mir leid, Syn«, sagte er. »Ich wollte nicht, daß du in die Sache verwickelt wirst.«

»Nun, ich bin darin verwickelt, Jonathon. Wirst du mir jetzt erzählen, was vorgeht?«

Er erzählte ihr von Grids' Nachricht auf seinem Anrufbeantworter und von der Simaufzeichnung, die Tamara von sich und Andreas Michaelson gemacht hatte. Er erzählte ihr von der Magus-Akte und alles, was sie darüber wußten, was, wie ihm klar wurde, so gut wie nichts war. »Ich hatte keine Ahnung, daß sie uns so schnell aufspüren würden«, sagte er. »Es war nie meine Absicht, dich da mit reinzuziehen.«

»Dafür ist es jetzt zu spät, oder nicht?«

Jonathon nickte. »Tut mir leid, Syn. Ich weiß nicht, was ich tun soll.«

»Zunächst hättest du von Anfang an ehrlich zu mir sein können.«

»Ich weiß.« Jonathon erklärte ihr, daß das Zischen und Rauschen in seinem Kopf immer stärker zu werden schien, daß es ihn förmlich dazu trieb herauszufinden, warum Tamara getötet worden war, als sei er besessen. Er mußte herausfinden, welche Verbindung es zwischen Dougan Rose und Andreas Michaelson gab.

Sie hörte die ganze Zeit aufmerksam zu. Überraschung und Furcht waren Besorgnis um ihn gewichen. Ihr Blick wurde weicher, je länger er redete.

Synthia mußte wissen, daß sie nicht einfach nach Hause gehen konnte, ohne sich weiteren Überfällen auszusetzen. »Das waren Shadowrunner, alles Profis«, sagte sie. »Wenn Grids ihr eigentliches Ziel war und vielleicht noch du, weil sie seinen Anruf zu dir zurückverfolgt haben, dann haben sie sich auch über alle Personen informiert, mit denen ihr näheren Kontakt habt. Es ist allgemein bekannt, daß ich deine … Freundin bin. Dein Privatleben ist für die Öffentlichkeit ein offenes Buch.«

»Ich weiß.«

»Aber selbst wenn ich nach Hause könnte, würde ich es nicht tun. Ich stecke jetzt mit drin in dieser Geschichte.«

Jonathon schwieg.

Sie sah ihn an, und ihre blauen Augen hatten jetzt einen zärtlichen Ausdruck. »Ich weiß, wieviel sie dir bedeutet hat«, sagte sie. »Deswegen will ich dir helfen. Und weil …«

Jonathon konnte den Blick nicht von ihr abwenden.

»Weil ich dasselbe täte, wenn ich dich je verlieren würde.« Sie kam ganz nah und legte die Arme unter seine, umschlang seinen Körper, lehnte den Kopf an seine Brust.

Jonathon betrachtete die Lichter der Stadt in der Ferne. Er seufzte und drückte Synthia an sich.

Nach einer Minute öffnete Venny die Glasschiebetür und betrat die Terrasse. »Ich bringe Grids jetzt zu dem Doc«, sagte er. »Ich habe ein Taxi gerufen und dem Fahrer gesagt, er soll uns unten an der Straße abholen. Er ist ein alter Chummer und sehr verschwiegen. Danach fahren wir bei Grids' Versteck vorbei und holen seine Ausrüstung. Er plappert ständig davon.«

Jonathon nickte. »Irgendeine Möglichkeit, den Westwind oder den Jaguar von zu Hause zu holen?«

»Das habe ich bereits geregelt«, sagte Venny. »Ich habe einen alten Samurai-Kumpel angeworben. Der wird den Westwind stehlen und in den Plex fahren. Ich habe ihm den Code für das Schloß gegeben, denjenigen, der die Kombination verändert. Also mach dir keine Sorgen. Selbst wenn ich ihm nicht trauen würde, was ich tue, wird der Code nur einmal funktionieren. Wir treffen uns an der Klinik im Valley, zu der wir fahren.«

»Guter Plan, Venny. Danke.«

Venny zuckte nur die Achseln, aber Jonathon wußte, daß sie sich glücklich schätzen konnten, über die Erfahrung des Trolls verfügen zu können. Jonathon hatte selbst an einige dieser Dinge gedacht, aber nicht an alle. Und er hatte ganz gewiß nicht Vennys Kontakte, auf die er zurückgreifen konnte. »Versprecht mir nur, daß ihr hierbleibt«, sagte der Troll. »Ihr beide. Bleibt hier, bis ich zurück bin.«

»Wie lange?«

»Drei, vier Stunden.«

»Wir versprechen es«, sagte Jonathon mit einem Blick auf Synthia. »Nicht wahr?«

Sie drückte seine Hand. »Ich bin sicher, uns fällt etwas ein, wie wir uns die Zeit vertreiben können.«

»Und ich werde sehen, daß ich etwas Eßbares besorge.« Venny drehte sich lächelnd um, verließ die Terrasse und zog die Tür hinter sich zu.

Als er verschwunden war, reckte Synthia sich hoch und küßte Jonathon lange. »Laß uns ein Bett suchen«, sagte sie.

Eine Stunde später, nachdem sie zusammen in der großen Wanne mit Massagedüsen, die bis zum Rand mit dampfend heißem Wasser gefüllt war, gebadet hatten, fanden sie das riesige Wasserbett unter einer verspiegelten Decke. Sie bezogen es mit sauberen Seidenlaken und legten sich hinein. Müde und erschöpft, aber nicht gewillt, einander aus der Umarmung zu entlassen.

Sie bewegten sich gemeinsam, und kurze Zeit später verlor Jonathon sich im Rhythmus ihres Tanzes. Verlor sich im Kitzeln ihrer Haare, in der Weichheit ihrer weißen Brüste. Der Rauheit ihrer Zähne an seiner Brust. Dem Kratzen ihrer Nägel auf seinem Rücken.

Er tanzte mit ihr auf dem Drahtseil. Balancierte am Rande des Orgasmus.

Bis er schließlich über den Rand glitt. Und fiel ... und fiel.

Der warme Abendwind brachte den Geruch nach Feuer und den entfernten Lärm der Stadt mit sich, vermischte sich mit dem süßen Duft ihres Körpers, der sich heiß gegen ihn preßte. Und dem leisen Geräusch ihres Atems.

Er wälzte sich auf den Rücken und schaute an die Decke. Betrachtete ihr schattenhaftes Spiegelbild im Dunkeln. Sie legte den Kopf auf seine Schulter und küßte ihn auf die Wange. Minuten verstrichen, und die Erschöpfung zog ihn immer tiefer in die Umarmung des Schlafes. Es schien Jahre her zu sein, seit er zuletzt geschlafen hatte.

»Ich weiß etwas über den Magusfaktor«, sagte Synthia unvermittelt.

Ihre Worte hingen in der Dunkelheit wie feste Wesenheiten, die sich weigerten, vom Wind davongeweht zu werden.

»Was?«

»Der Magusfaktor«, sagte sie. »Hast du mir nicht erzählt, daß er in der Akte erwähnt wird, die Tamara kopiert hat?«

»Was weißt du darüber?«

»Es handelt sich um eine genetische Erklärung für Magie«, sagte sie. »Ich habe etwas darüber gelesen. Wissenschaftler glauben, daß die Fähigkeit magische Energien zu kanalisieren genetisch bedingt ist. Sie nennen es den Magusfaktor.« Sie drehte sich um, so daß sie nun ebenfalls an die Decke starrte. »Aber man weiß nicht sehr viel darüber, welche Gene beteiligt sind. Wenigstens ist *öffentlich* nichts davon bekannt.«

»Vielleicht betreibt Saeder-Krupp Forschung in dieser Richtung«, sagte Jonathon.

»Zweifellos. Vielleicht haben sie ein paar ... wie hieß

es in dem Titel? Loci. Vielleicht haben sie genetische Loci entdeckt, die mit der magischen Fähigkeit verknüpft sind. Das ist eine furchtbare Aussicht, weil sie in dem Fall Magier am Fließband herstellen könnten, indem sie einem ungeborenen Kind die richtigen Gene geben. Oder sie könnten experimentieren, indem sie jemandem mehr als eine Kopie des entscheidenden Locus geben in der Hoffnung, einen Supermagier zu bekommen. Wer weiß schon, was sie vorhaben.«

Jonathon nickte zustimmend. »Niemand kann je vorhersagen, was ein Megakonzern alles in der Hinterhand hat.«

»Eines ist sicher«, sagte Synthia. »Wenn diese Akte Einzelheiten von S-Ks Forschungsergebnissen über den Magusfaktor enthält, ist es kein Wunder, daß Tamara getötet wurde. Und jetzt sind wir in dasselbe Spiel verwickelt.«

29

Die felsigen Klippen über dem Topanga Canyon erwiesen sich als schwieriger Landeplatz für Dougan, aber schließlich gelang es ihm, die vier Nightglider mit nur einem einzigen Zwischenfall auf den Boden zu bringen. Eine Schwinge von Bob Henrys Gleiter prallte gegen einen jungen Eukalyptusbaum. Der Aufprall verursachte einen breiten Riß im Stoff.

Maria schnallte sich los, kaum daß ihre Füße den Boden berührt hatten. Mitternacht näherte sich mit Riesenschritten, und sie wollte in die Gänge kommen. Sie mußte das Medizinzelt ihrer alten Mentorin Teresa Darkhunter verwenden. Ihr eigenes Medizinzelt befand sich in San Bernardino, und sie hatten keine Zeit für einen Abstecher dorthin. Das eigentliche Ritual würde bereits mehrere Stunden in Anspruch nehmen.

»Ihr solltet hierbleiben«, sagte sie zu den anderen. »Teresa wird uns nicht alle willkommen heißen.«

Dougan nickte im trüben Mondlicht. »In Ordnung«, sagte er. »Ich werde die Schwinge von Bob Henrys Nightglider reparieren. Wie lange wirst du brauchen?«

»Ich weiß es nicht genau. Mindestens zwei Stunden, vielleicht sogar vier oder fünf.«

»Gut, wir warten auf dich«, sagte Dougan, um sich dann sofort an die Arbeit zu machen.

Maurice saß auf dem Boden, den Rücken gegen einen großen Sandsteinfelsen gelehnt und die Augen geschlossen. Bob Henry tat dasselbe.

Maria reckte und streckte sich eine Minute, dann ging sie auf das Gehölz riesiger Eukalyptusbäume zu, in dem sich Teresas Medizinzelt befand. Sie mußte sich einen Weg durch Sandsteinfelsen und dorniges Gebüsch bahnen. Topanga Canyon war im wesentlichen Wüste, obwohl es dort wegen der Nähe zum Meer feuchter war als in den meisten Wüsten und genügend Niederschlag für das Wachstum einiger Sträucher und Pflanzen fiel.

Maria betrat das Gehölz riesiger Eukalyptusbäume und bemerkte sofort den Beobachter zwischen den Stämmen, der plötzlich verschwand. Dann tauchte ein Naturgeist auf, der ihr den Weg versperrte. Er sah wie ein Brocken aus solidem Fels aus, nur daß er sich bewegte und auf seiner zerklüfteten Haut beständig Stücke pflanzenähnlichen Materials auftauchten, die dort kurz verweilten, bevor sie von der Kreatur wieder absorbiert wurden. Die Bäume hinter dem Geist neigten sich ein wenig, als wollten sie sich seinem Urteil unterwerfen.

Maria wartete. Die kühle Brise zerzauste die Federn, die ihren Unibody schmückten, während sie reglos dastand. Nicht verängstigt, aber sie wagte es auch nicht weiterzugehen.

Dann manifestierte sich Teresa. Sie war braunhäutig wie Maria und hatte schulterlanges schwarzes Haar und dunkle Augen. Aber sie war zehn oder fünfzehn Jahre älter. Maria konnte winzige Falten in Augen- und Mundwinkeln erkennen, obwohl sie wußte, daß nicht Teresas leibliche Gestalt vor ihr stand, sondern nur eine Manifestation ihrer astralen Projektion.

»Maria, mein Kind«, sagte Teresa. »Es ist viele Nächte her. Jahre, seit ich dich zuletzt gesehen habe.« Die Frau bedachte Maria mit einem warmen Lächeln.

Im Alter von neun Jahren hatte man Maria ihrer Familie in Mazatlan weggenommen, und von da an hatte sie in der *Teocalli*-Pyramide in Ensenada gelebt. Drei Jahre später hatte sie Teresa vor dem Tod aus den Händen der Priester gerettet. Teresa hatte sie entführt und war mit ihr nach Kalifornien geflohen, wo Jesse lebte.

Jesse war von zu Hause ausgerissen und in der Hoffnung nach Los Angeles gegangen, sich seinen Traum zu erfüllen, ein Musikstar zu werden, doch dann war er in die Bandenkriege verwickelt worden. Als Maria auftauchte, gründete er Muerte und gab die Musik auf.

Später erfuhr Maria, daß die Aztlan-Priester sie hatten opfern wollen, sobald sich die magischen Fähigkeiten in ihr ausdrückten. Diese Geschichte hatte sie sich aus den bruchstückhaften Enthüllungen zusammengereimt, mit denen Teresa im Laufe der Jahre aufwartete. Maria war eine von mehreren magisch befähigten Jungfrauen, die die Priester unter dem Vorwand einer gründlichen Ausbildung versteckt hielten, um sie für die Beschwörung eines Blutgeists zu opfern.

Maria verdankte Teresa ihr Leben und ihre Magie. Es war zu lange her, seit sie einander zuletzt gesehen hatten. »Ich habe dich vermißt, Mentorin«, sagte Maria.

Teresa lächelte. »Ich dich auch, Kind. Ich dich auch.«

Der Mond kroch über den Himmel. »Aber ich bin nicht gekommen, um dich zu besuchen, fürchte ich.«

»Das dachte ich mir. Was führt dich her?«

»Ich brauche heute nacht ein Medizinzelt«, sagte Maria.

»Natürlich.« Teresa wechselte ein paar Worte mit dem Naturgeist. »Carro wird dich gewähren lassen.«

»Ich danke dir.«

»Gern geschehen, mein Kind. Vielleicht kommst du mich besuchen, wenn du Zeit hast.«

»Ganz gewiß.«

Teresas Lachfältchen vertieften sich. »Möge Eule mit dir fliegen.« Dann war sie verschwunden.

Maria schritt an dem Naturgeist Carro vorbei in das Eukalyptusgehölz. Der Wind legte sich unter den Bäumen, und die Laute der Nachttiere verstummten. Kein Kleintier betrat diesen Ort.

Eine Strickleiter hing von einem der höchsten Baumstämme herab, die zu einer hölzernen Plattform fünfzehn Meter über dem Boden führte. Es war Jahre her, seit Maria zuletzt hiergewesen war. Hier hatte sie zuerst den Hüter der Schwelle überwunden, war zum erstenmal in die Gefilde Eules hinübergewechselt.

Die Plattform war dreieckig und hatte eine Kantenlänge von ungefähr drei Metern. Sie war so hoch in den Bäumen, daß Maria die winzigen Lichtpunkte der Sterne am Himmel sehen konnte. Federn und Zweige säumten die Kanten des Dreiecks, und die Äste, die sie stützten, waren mit den getrockneten Fellen kleiner Säugetiere geschmückt – Waschbären, Mäuse, Ratten. Die Skelette von Krähen, Schlangen und Eidechsen hingen in Zweigen und vom Rand der Plattform.

Maria fühlte sich augenblicklich zu Hause. Sie wollte einfach meditieren. Hinüberwechseln und Eules Gesellschaft aus keinem anderen Grund suchen als dem, mit ihr zu fliegen und zu lernen. Aber dafür hatte sie jetzt keine Zeit. Sie holte die Gegenstände hervor, die sie aus der ausgebrannten Wohnung mitgenommen hatten.

Die Unterwäsche war der vielversprechendste Gegenstand, aber dennoch würde der Zauber sie bis an die Grenzen ihrer Fähigkeiten beanspruchen. Sie durfte nicht scheitern, denn ein Scheitern war gleichbedeutend mit dem Verlust wichtiger Zeit. Zeit und der materiellen Verbindung. Sie wollte wieder zu ihren Kindern zurück. Nein, ein Scheitern war nicht hinnehmbar.

Maria hockte auf der Plattform und beruhigte ihre Atmung. Sie konzentrierte sich, indem sie die Geräusche des Wäldchens mit einbezog. Den Sternenhimmel über ihr. Die tiefe Schwärze unter ihr. Und als sich die Konzentration einstellte, fing sie an, die Wirbel und Strömungen der Magie zu kanalisieren, um die Kraft für das Ritual aufzubauen.

Die Zeit stand still für sie. Nur der Schutz der Bäume und das wirbelnde, verschlungene Gekräusel des Zaubers durchbrachen ihre Konzentration.

Als sie fertig war und der Zauber so viel Kraft hatte, wie sie nur aufbauen konnte, berührte sie die Haare des

Mannes, die sie vor sich auf die hölzerne Plattform gelegt hatte. Und sie sah sein Bild vor ihrem geistigen Auge, als sie in den Astralraum glitt und losflog.

In immer größer werdenden Kreisen in die Nacht flog. Eule mochte bei ihr sein, am Rande ihres Bewußtseins, und ihr bei der Suche helfen. Sie suchte die Astrallandschaft mit ihren Sinnen ab, ihrem scharfen Gehör, ihrer empfindlichen Nachtsicht.

Sie ritt auf der Kraft des Zaubers, während sie durch den Himmel raste. Und der Zauber wurde schwächer, je weiter sie sich vom Medizinzelt entfernte. Dann, wie ein Leuchtfeuer in einer dunklen Höhle, sah sie ihn.

Grids Desmond, einen gewöhnlichen Menschen.

Er saß in einem Wagen und fuhr irgendwo im Sprawl einen Berg hinauf. Maria verfolgte ihn aus einiger Entfernung, weil ein Adept bei ihm war und sie nicht entdeckt werden wollte.

Der Mensch und der Adept hielten vor einem Haus. Maria erkannte den Ort mühelos, obwohl sie die Adresse nicht lesen konnte. Das Haus befand sich in den Santa Monica Mountains oberhalb von Hollywood am Laurel Canyon Boulevard. Mit Blick auf die Innenstadt.

Im Haus befand sich eine Magierin, die anscheinend schlief. Und bei ihr war noch jemand. Insgesamt waren sie zu viert.

Als Maria sich vergewissert hatte, daß Grids Desmond das Haus nicht verlassen würde, beschloß sie, ins Medizinzelt zurückzukehren. Sie wollte nicht länger verweilen, um nicht vielleicht doch noch entdeckt zu werden. Sie hielt vor dem Haus nur so lange inne, um sich den Anblick einzuprägen und ein Gespür für die Straße und die anderen Häuser zu bekommen, so daß sie es später wiederfinden konnte.

Sie kam in ihrem Körper zu sich, erschöpft und schwach. Auf ihrer Uhr war es zwanzig nach vier Uhr morgens. Sie kletterte langsam die Leiter hinunter und ging dann zu Dougan und den anderen zurück. »Ich weiß, wo er ist.«

Dougan lächelte. »Wie weit ist es?«

»Nicht weit«, sagte sie. »Überhaupt nicht weit.«

30

Hunger weckte Jonathon aus tiefem Schlaf, und er fand sich in Chicos großem Wasserbett wieder, an Synthia gekuschelt. Sein Magen knurrte. *Die verdammte Suprathyroid-Bestie sagt mir, daß es Zeit wird, sie zu füttern.*

Er öffnete die Augen in dem dunklen Raum, und die verspiegelte Decke reflektierte düstere Schatten. Entfernte Geräusche der Stadt trieben mit der warmen Brise herein, die durch die offene Terrassentür wehte. Sorgsam darauf bedacht, Synthia nicht zu wecken, glitt er aus dem Bett und ging nackt die mit einem Läufer ausgelegte Treppe zur Küche hinauf.

Auf halbem Weg die Treppe hinauf wurde ihm wieder das Knistern in seinem Hirn bewußt. Es war immer da. Obwohl es ihn ein paar Stunden lang ungestört hatte schlafen lassen. Die Uhr in seinem Kopf zeigte 3:55:34 Uhr an.

Die Küche entsprach genau dem Stil des Hauses. Trotz der Düsternis konnte Jonathon den avocado- und goldfarbenen Fußbodenbelag und die farblich dazu passende Einbauküche sehen. Ein voller Kühlschrank besagte, daß Venice Jones zurückgekehrt war. Jonathon schnappte sich eine Dose Prohydrat Flüssige Energie und öffnete sie.

Er trank einen Schluck von dem dicklichen Gebräu und ging dann wieder nach unten, um rasch einen Blick in die anderen Schlafzimmer zu werfen. Venny und Grids schliefen in getrennten Räumen, nicht weit von Synthias und seinem Zimmer entfernt. *Niemand hält Wache. Würde Venny uns ungeschützt lassen?*

Er glaubte es nicht und suchte mit seiner Headware nach einem Signal. Sein Fahrzeugkontrollrig ortete den Eurocar Westwind, der draußen stand. Der Fernsteuerungsmodus war eingeschaltet und in Bereitschaft. Das Spatzenhirn des Westwind besagte, daß eine der Drohnen, die AeroDesign Condor Überwachungsdrohne, gestartet worden war. Die andere Drohne – eine Cyber-Space Designs Stealth Sniper im Kofferraum – war in Bereitschaft.

Jonathon nahm noch einen Schluck von der dicken, nach Vanille schmeckenden Flüssigkeit und schaltete im Geist auf die Frequenz der Condor. Unvermittelt schwebte er hoch über dem Haus, eine Sensorenkapsel unter einem großen, mit Helium gefüllten Ballon, der von elektrischen Turbinen in Position gehalten wurde. Seine Augen waren empfindliche Holokameras, seine Ohren algorithmisch verstärkte Mikrophone. Die Nacht war dank der Lichtverstärker und Infrarotsensoren taghell. Er zoomte auf die Umgebung von Chicos Haus.

Der Westwind stand hinter dem Nightsky in der Auffahrt. Die Reifen des Nightsky waren repariert worden, aber die Heckscheibe klaffte immer noch wie ein Raubtiermaul mit Glassplittern als Zähnen. Die Infrarotsicht ließ den Motor des Westwind hervortreten, und das Haus leuchtete in einem kühlen Blauton, während gelbe Streifen um die Fenster leckten.

Alles war ruhig und friedlich. Wie es auch sein sollte. Wie es hoffentlich so lange bleiben würde, daß sie tun konnten, was sie hier tun mußten. *Gut.*

Venny hatte die Drohne auf Autopilot gestellt, um eine ununterbrochene Überwachung von Chicos Besitz zu gewährleisten. Sie würde ihn verständigen, wenn große Tiere oder Menschen in der Nähe des Hauses auftauchten. Die Batterie der Drohne war noch gut gefüllt und würde bis Tagesanbruch halten, wenn die Solarzellen sie wieder aufluden.

Jonathon überließ die Kontrolle wieder dem Autopilot. Dann ging er in die Küche zurück, wo er noch einen Schluck Polyhydrat trank. Für den Augenblick waren sie in Sicherheit. Es war an der Zeit, einen Plan zu fassen.

Einen Plan, um die Verbindung zwischen Dougan Rose und Andreas Michaelson aufzudecken. Und dann den nächsten logischen Schritt zu unternehmen: jeden zu töten, der für Tamaras Tod verantwortlich war.

Tamaras Geist verlangte nicht weniger.

Eine Welle der Müdigkeit erfaßte Jonathon. Gefolgt von einer Welle der Enttäuschung über Dougan – seinem Kindheitsidol –, dem Mann, der den Tridreportern und Sportnachrichten zufolge jetzt sein Erzrivale war. Jonathon hatte Dougan Rose jahrelang mit Ehrfurcht betrachtet, seine rücksichtslose Kampftaktik und seine unglaublichen Spielzüge bewundert und sich die ganze Zeit nichts sehnlicher gewünscht, als genauso zu sein wie er.

Jonathon zerquetschte die Prohydratdose in der Hand. Seine Bewunderung war die ganze Zeit fehlgeleitet gewesen. Dougan mochte ein großartiger Linebiker sein, aber er war zudem ein Verbrecher. Nicht weniger als ein Mörder.

Er ist nicht überlebensgroß, dachte Jonathon. *Er ist klein.* Und das war ein enttäuschender Gedanke.

Wenn Dougan erst einmal tot war, würde Michaelson an die Reihe kommen. Der Saeder-Krupp-Exec würde wahrscheinlich noch schwerer festzunageln sein. Und ihn mit Tamara in Verbindung zu bringen, würde die Hilfe eines brandheißen Deckers erfordern. Ja. Jonathon würde ein paar Shadowrunner anwerben müssen. *Verdammt geniale Idee!* sagte er sich. *Aber wo?*

Dann wurde ihm plötzlich klar, daß er wußte, wo er Verbindung mit Runnern aufnehmen konnte. The Fixx.

Er nahm sich noch eine Dose Prohydrat aus dem Kühlschrank und ging ins Badezimmer, während er darüber nachdachte. Er setzte sich auf die Toilette und trank einen Schluck. The Fixx war nicht nur ein Ort, sondern ein Ereignis – eine Art Dauerparty für

Shadowrunner, die von Dexter Hemmingway geschmissen wurde, einem paranoiden Ex-Militär mit Nuyen ohne Ende.

Hemmingway war kein Schieber und auch kein Shadowrunner – außer vielleicht in seiner Einbildung. Er war ein Möchtegern-Shadowrunner. Er hielt sich von allen Runs fern, aber er war gerne über die Schattengemeinde informiert. Die Party in Hemmingways Festung auf dem alten LAX-Flughafen hörte nie auf. Hemmingway hatte genug Nuyen, um sie zum Fenster hinauszuwerfen, und ihm gefiel die Gesellschaft von Shadowrunnern, obwohl er die Sicherheit seiner Festung niemals verließ. The Fixx war eine Institution im Sprawl von LA geworden.

Sie brauchten nur hineinzukommen. Und mit Vennys Hilfe würde das kein allzu großes Problem werden, vermutete Jonathon.

Jonathon trank die Dose leer und griff gerade nach dem Toilettenpapier, als er den Alarm der Condor hörte. Irgendwas näherte sich dem Haus. *Verdammter Drek!* dachte er. *Und ich bin nackt und sitze auf der Schüssel.*

Er konzentrierte sich, dann nahm er das Signal der Condor auf und schaltete auf Fernsteuerung um, so daß er auf das Haus herabsah. Er zoomte auf den Grund für den Alarm und sah mehrere menschengroße Wärmesignaturen über die Terrasse am Pool kriechen. Es schienen vier zu sein, aber für die Lichtverstärker-Kameras waren sie unsichtbar.

Magie.

Jonathon sprang von der Toilettenschüssel auf und leitete das Startsignal für die Stealth Sniper an den Westwind weiter. Die Condor war nur eine Überwachungsdrohne und nicht mit Waffen bestückt. Mit der Stealth Sniper verhielt es sich da ganz anders.

Während der Countdown für den Abschuß der Drohne lief, rannte Jonathon die Treppe zu den Schlafzimmern hinunter und rief: »Venny! Eindringlinge! Ich habe vier auf der Pool-Terrasse gesehen. Einer muß ein Magier sein. Sie haben sich durch einen Unsichtbarkeitszauber getarnt.«

Keine Antwort.

Der Autopilot der Sniper informierte Jonathon, daß die Drohne lautlos über dem Haus schwebte und darauf wartete, daß er die Kontrolle übernahm.

»Venny?« Jonathon erreichte das Schlafzimmer des Trolls und steckte den Kopf durch die Tür.

Immer noch keine Antwort.

Eine riesige, rauhe Hand riß Jonathon von den Beinen. »Ruhe«, flüsterte der Troll, indem er Jonathon mit einer geschmeidigen Bewegung in das Zimmer zog. »Sonst verrätst du uns.« Grids saß auf dem Bett. Er sah benommen aus, mit Schmerzmitteln vollgepumpt. Er hielt ungeschickt einen riesigen Colt Manhunter in der Hand, machte aber den Eindruck, als könne er die Waffe kaum heben. Synthia war nirgendwo zu sehen.

Jonathon flüsterte: »Hast du Syn geweckt?«

Venny schüttelte den Kopf, und Jonathon wollte in den Flur zurück, um sie zu holen, als plötzlich eine Salve aus einer automatischen Waffe die Fenster am Ende des Flurs zersplittern ließ. »Drek!« schrie Jonathon, als noch mehr Glas im Knattern mehrerer Maschinenpistolen zu Bruch ging. »Synthia, wach auf! Werf dich auf den verdammten Boden!«

Vennys Hand legte sich auf Jonathons Schulter, als dieser in den Flur springen wollte. »Du bleibst hier«, sagte er. »Ich gehe. Du steuerst die Drohnen. Das kann ich nicht.«

Jonathon nickte, dann kroch er in eine Ecke und versuchte sich hinter einem riesigen orangefarbenen Sessel zu verstecken, während Venny seine Reflexbooster aktivierte. Jonathon konzentrierte sich, und Venny verschaffte sich mit Hilfe eines kleinen Spiegels einen

Überblick über den Flur. Dann stürzte der Troll mit seiner Uzi III hinaus in den Flur und war einen Sekundenbruchteil später verschwunden.

Jonathon übernahm die Kontrolle über die Sniper und wurde zu einem schnittigen Käfer, etwa einen halben Meter lang mit rotierenden Turbinen, die ihn in der Luft hielten. Die Welt wirkte verzerrt durch die Kameralinsen der Sniper, flach und nach vorn orientiert. Er flog lautlos vorwärts und hörte im nächsten Augenblick Schüsse und schreiende Stimmen durch die Mikrofone der Drohne.

Während die Sniper lautlos über der Terrasse in Stellung ging, wechselte Jonathon zwischendurch rasch auf die Condor, um festzustellen, wo sich die Eindringlinge befanden. Hoch oben in der Luft, mit klarem Blickfeld und perfektem Gehör, sah er nur zwei Wärmesignaturen, die sich an die Glasschiebetür schmiegten.

Er kehrte in das Schlafzimmer zurück. »Zwei sind draußen«, flüsterte er. »Die anderen müssen …«

Bevor er ausreden konnte, wurde das Haus von einer Explosion erschüttert, und ein roter Blitz beleuchtete die Wände und ritzte Schatten in Grids' verängstigte Züge. Dann stob eine Welle aus Hitze und Rauch durch den Flur.

Grids duckte sich hinter das Bett und fummelte an seiner Pistole herum.

Jonathon wechselte wieder in die Sniper, die über der Terrasse schwebte. Er machte das Präzisionsgewehr bereit, eine schallgedämpfte Waffe, die große Ähnlichkeit mit einem Barret 121 aufwies und über ein Magazin mit 24 Schuß panzerbrechender Munition verfügte. Als die Waffe schußbereit war, sah Jonathon ein Fadenkreuz in seinem Blickfeld.

Er visierte eine der Hitzesignaturen an und eröffnete das Feuer. Die Einzelschußwaffe gab einen gedämpften Spucklaut von sich, als sich der Schuß löste.

Die Kugel traf, wurde aber im letzten Augenblick von einer unsichtbaren magischen Barriere abgelenkt. *Drek!* Jonathon schoß noch einmal und bewegte die Drohne vorwärts, als das Gewehr ein zweitesmal hustete.

Einer der Runner schoß mit einer Schrotflinte auf die Stelle, wo er sich gerade noch befunden hatte. Daneben.

Und diesmal traf Jonathons panzerbrechendes Geschoß, durchschlug glatt die Schulter des Runners und zerschmetterte die Glastür hinter ihm. Jonathon schraubte sich höher, als die Schrotflinte wiederum losging. Weit daneben.

Jonathon zielte und schoß noch einmal, aber in dem Sekundenbruchteil, bevor sich der Schuß löste, tauchte eine riesige Gestalt zwischen der Sniper und den beiden Personen auf. Es war eine Monstrosität aus Stahl und Beton. Die Kugel verlor sich im harten Fleisch der beschworenen Kreatur.

Er bewegte sich wieder und gab weitere Schüsse auf das Paar ab, wobei er die verwundete Person noch einmal traf, bevor er sie beide zwang, im Innern des Hauses Deckung zu suchen. Sie versuchten ihn auszumachen, konnten die mattschwarze Käfergestalt im Dunkeln aber nicht sehen. Das Haus hinter ihnen brannte, und aus dem Fenster des Schlafzimmers, in dem Synthia und er gelegen hatten, schossen Flammen.

Syn?

Jonathon wendete die Sniper und versuchte durch die Glasschiebetüren zu blicken, aber die orangefarbenen Flammen versperrten ihm die Sicht. Dann schüttelte jemand seinen fleischlichen Körper, und er hatte kaum Zeit, die Drohne auf Autopilot zu schalten, bevor Venny ihn auf die Füße hob.

»Wir müssen verschwinden«, sagte der Troll, indem er Jonathon den Duster über die Schulter warf. »Das Haus brennt ab.«

Jonathon nickte. »Hast du Syn geholt?« fragte er.

»Ich bin hier«, ertönte Synthias Stimme, die müde klang. Sie trug lediglich eines von Vennys riesigen Smokinghemden, das ihr bis über die Knie reichte. »Ich bin ein wenig zittrig, aber das ist alles.«

»Du gehst vor«, sagte Venny. »Nimm mit Synthia und Grids den Nightsky. Ich folge euch im Westwind.«

Jonathon nickte rasch, dann zog er seinen Predator II und warf einen Blick auf den Flur.

Nichts außer den hungrigen Zungen des Feuers, die an dem trockenen Holz leckten.

Er nahm sich zwei Sekunden Zeit, um aus der Perspektive der Condor einen Blick auf den Weg von der Haustür zur Einfahrt zu werfen. Niemand dort, aber er sah drei Gestalten, die Seile von der Poolterrasse auf den Boden darunter herabließen.

»Auf geht's«, sagte er, dann rannte er durch den Rauch und das Feuer, die Treppe hinauf und durch das Wohnzimmer, dann durch die Haustür und den Weg entlang zur Einfahrt. Er warf sich auf den Fahrersitz des Nightsky und stöpselte sich ein.

Grids und Synthia kamen als nächste, keuchend und japsend, um Schritt zu halten. Als letzter tauchte Venny aus dem brennenden Haus auf, der mit einer unwirklichen Geschwindigkeit lief. Grids und Synthia sprangen hinten in den Nightsky und schlugen die Tür hinter sich zu, während Jonathon bereits Gas gab.

Venny war in dem Westwind dicht hinter ihnen, und kurze Zeit später näherten sie sich der braunen Dunstglocke des Sprawls. Das Gesicht des Trolls erschien auf dem Telekomschirm des Nightsky. »Wohin?« fragte Venny.

Jonathon dachte kurz nach. »The Fixx«, sagte er.

»Zu Hemmingway?«

»Dexter ist Mitbesitzer der LA Sabers. Er kennt mich, mag mich sogar. Er könnte uns helfen.«

Der Troll nickte. »Hört sich Sahne an, Chummer. The

Fixx ist ein besserer Ort für das, was wir vorhaben, als die meisten anderen.«

Jonathon stieß einen Seufzer aus. Er war bis auf den Duster nackt, der längst nicht mehr neu aussah, sondern echt. *Nun*, dachte er, *jedenfalls werden sie keine Probleme haben, mich nach Waffen zu durchsuchen*.

31

Michaelson konnte nicht schlafen. Vollständig bekleidet lag er auf seinem zerwühlten Bett und starrte mit weit aufgerissenen Augen an die Stuckdecke. Er dachte an das letzte Gespräch mit Cinnamon und die bevorstehenden Ereignisse. Ereignisse, die sein Leben unwiderruflich verändern würden.

Er erinnerte sich an Cinnamons bezauberndes Gesicht. An ihre braunen Augen, die sich verengten, und an die glatte weiße Haut um ihre Mundwinkel, die sich kräuselte, wenn sie das Gesicht verzog. »Die Extraktion auf heute nacht vorzuverlegen, schafft enorme Probleme«, sagte sie zu ihm, indem sie ihre blonden Haare in den Nacken warf. »Die Runner, die ich angeworben habe, erledigen gerade einen anderen Job. Und ich muß noch für ein angemessenes Versteck sorgen.«

Das letzte brauchte Cinnamon nicht weiter auszuführen. Michaelson hatte Geschichten gehört, daß Lofwyr Gewebeproben aller hochrangigen S-K-Angestellten in einem magischen Stasisfeld aufbewahrte. Proben, die dazu benutzt werden konnten, den Spender durch rituelle Magie aufzuspüren und sogar zu töten. Eine Versicherung gegen Überläufer.

Der ursprüngliche Plan hatte vorgesehen, daß Cinnamons Team Michaelson herausholte und ihn dann umgehend MCT und ihrer massiven Sicherheit überstellte. Mitsuhama besaß die Fähigkeit, ihn zu schützen. Wenn er einen Tag bei Cinnamon warten mußte, würde er verwundbar sein.

Lofwyr würde ihn finden und zurückholen. Oder vielleicht umbringen.

Michaelson hatte Cinnamon angefleht. »Ich fliege jeden Augenblick auf«, hatte er gesagt. »Ich zahle, was Sie verlangen, nur holen Sie mich raus.«

»Ich muß Sie daran erinnern, daß diese Leitung vielleicht nicht hundertprozentig sicher ist.«

»Es ist zu spät, sich deswegen Sorgen zu machen, oder nicht?«

Cinnamon runzelte die Stirn. »Lassen Sie mich ein paar Anrufe machen. Der Preis beträgt das Doppelte unserer ursprünglichen Abmachung.« Sie hielt inne, als wolle sie ihm die Möglichkeit geben, Einwände zu erheben.

Er hatte nur genickt.

»Sie werden erst wieder von mir hören, wenn die Sache anläuft.« Und damit hatte sie die Verbindung unterbrochen.

Jetzt, fünf Stunden später, richtete Michaelson sich auf. Er war angezogen, trug einen mitternachtblauen Zoé-Nadelstreifenanzug. Auf dem Schreibtisch stand sein Aktenkoffer, gepackt und bereit. Er befahl dem Licht, sich einzuschalten, dann ging er zur Bar im Wohnzimmer und goß sich ein großes Glas Eiswasser ein. Die kalte, saubere Flüssigkeit war das beste Wasser, das Claudio finden konnte. Sehr teuer in diesem Teil der Welt. Aber Tropfen für Tropfen sein Geld wert.

»Sie sind noch ziemlich spät auf, nicht wahr, Andreas?« Die Stimme erklang aus der Umgebung der Tür, glatt und freundlich.

Michaelson erschrak und verschüttete Eiswasser über seine Weste. *Was, zum Teufel?*

»Oh, habe ich Sie erschreckt?«

Michaelson drehte sich um und sah Hans Brackhaus in der Tür stehen. Brackhaus war ein gutaussehender Mensch von durchschnittlicher Statur. Er hatte schwarze Haare, blaue Augen und glatte weiße Haut. Seine Züge waren teutonisch, das Kinn stark, die Nase schlank und gerade. Der Anzug, den er trug, hatte exakt die Farbe seiner Augen.

Michaelson schlug das Herz im Halse, und mehrere Sekunden lang bekam er kein Wort heraus.

Brackhaus stieg gemächlich die zwei Stufen zum tiefer liegenden Wohnzimmer hinab und schlenderte über den Teppich, die Hand zum Gruß ausgestreckt. »Schön, Sie wieder einmal zu sehen, Andreas.«

»Hans«, sagte Michaelson, indem er dem anderen Mann die Hand schüttelte. Dann nahm er ein Handtuch von der Bar und rieb an dem Wasserfleck auf seiner Weste. »Welch eine Überraschung. Was führt Sie mitten in der Nacht her?«

»Eine dringende Angelegenheit, fürchte ich. Sie werden so schnell wie möglich in Essen gebraucht.«

»In Essen? Aber ich bin mit der Begutachtung des Magus-Projekts noch nicht fertig. Die Wissenschaftler bei Magenics stehen kurz vor einem bedeutenden Durchbruch, glaube ich. Aber ich habe noch ein paar Tage daran zu arbeiten.«

Brackhaus schüttelte den Kopf. »Ich bin nicht gerne der Überbringer schlechter Nachrichten«, sagte er, »aber mein Befehl stammt von ganz oben, von Lofwyr persönlich. Ich soll das Magus-Projekt während Ihrer Abwesenheit übernehmen.«

Trotz seiner freundlichen Art bohrten Brackhaus' blaue Augen Löcher in Michaelson. »Also packen Sie sofort. Nur das Nötigste. Der Hubschrauber bringt Sie in einer Stunde zum Flughafen. Claudio kann Ihnen morgen früh mit dem Rest Ihrer Sachen folgen.«

Brackhaus hielt inne, wandte jedoch nicht den Blick von Michaelson ab. »Ach so, ich brauche alles, was Sie über das Magus-Projekt haben.«

Michaelson nickte. Hatte er eine andere Wahl, als sich zu fügen? Er ging zum Schreibtisch und holte seinen Aktenkoffer. Dann kehrte er ins Wohnzimmer zurück, setzte sich und öffnete den Aktenkoffer auf dem Kaffeetisch aus Kirschbaumholz.

Die Magus-Akte befand sich in ihrer Mappe. Sie war ein Dokument der Sicherheitsstufe Alpha, und nur drei Kopien existierten – alle drei auf Papier. Trotzdem konnte er nicht glauben, daß Brackhaus nicht seine eigene besaß.

»Vielen Dank, Andreas.« Brackhaus griff in den Aktenkoffer und nahm die Magnetmappe heraus. Er gab den Zugangscode ein, um sie zu öffnen. »Beeilen Sie sich«, sagte er nach einem Blick auf seine altmodische Armbanduhr zu Michaelson. »Sie haben nur noch fünfundfünfzig Minuten.«

Als Michaelson kehrt machte, um in der widersinnigen Hoffnung in sein Schlafzimmer zu gehen, Cinnamon könne ihn noch aus dieser ausweglosen Situation herausholen, blitzte hinter ihm ein leuchtend orangefarbenes Licht auf, das sich rot an den Wänden widerspiegelte. Er hörte ein prasselndes Knistern, wie Feuer.

Er fuhr herum.

Brackhaus hielt die rauchenden Überreste der Mappe in der Hand. Grauer Qualm stieg von der schwärzlichen Asche der Seiten auf, die aus der Mappe auf den Boden gefallen waren.

Magisches Feuer? Oder … oder etwas anderes?

Brackhaus schloß den Deckel von Michaelsons Aktenkoffer. »Die Magus-Akte«, sagte er, »ist zu heikel, um sie in einem öffentlichen Suborbital zu transportieren, und wir hatten keine Zeit, Ihnen einen Firmenjet zu besorgen.« Der dunkelhaarige Mann erhob sich und rieb sich die Hände, als wolle er Aschereste entfernen, obwohl Michaelson weder schwarze Flecken noch graue Flocken an ihnen erkennen konnte.

Dann fiel ihm auf, daß er einfach nur sprachlos und offenen Mundes dastand. *Brackhaus muß Bescheid wissen*, dachte er. *Er muß zumindest den Verdacht haben, daß ich überlaufen will. Drek, jetzt kann ich nur noch mitspielen und auf Gnade hoffen.*

Diese Hoffnung war jedoch nur schwach. Jedermann wußte, daß im kalten Herzen eines Drachen für Gnade kein Platz war.

32

Maria wischte sich den Schweiß von der Stirn und stieg in den GMC Bulldog, den Dougan aus der Garage seiner Eigentumswohnung in Laguna Beach geholt hatte. Dougan hatte den schwarzen Lieferwagen so umgebaut, daß er seine gesamte Bikerausrüstung darin transportieren konnte. Mit seinen seitlichen Doppeltüren, dem großen Radstand und der enormen Breite war er perfekt für einen Shadowrun.

Hinter Maria ließ Maurice Bob Henrys Leiche so sanft auf den Boden des Lieferwagens gleiten, wie es ihm möglich war. »Den Elf mach ich fertig, aber gründlich«, sagte Maurice mehr zu sich selbst. Er murmelte schon die ganze Zeit vor sich hin, auf wie viele verschiedene Arten er Jonathon Winger zu geeken gedachte. »Er war es, das weiß ich. Er muß es gewesen sein, hat 'ne verdammte Drohne oder irgend so 'nen Drek gesteuert.«

Dougan faltete die Nightglider zusammen und packte sie in den Laderaum des Lieferwagens. Er zeigte kein Gefühl, kein Bedauern, war ganz auf das Geschäftliche konzentriert.

Bob Henry war tot, kaltes Fleisch, seine Aura verschwunden.

Maria hatte ihn zu heilen versucht, nachdem er zweimal von einem unbekannten, unsichtbaren Heckenschützen getroffen worden war, doch eine der Kugeln hatte Hals und Rückgrat durchschlagen. Sein Herz hatte zu schlagen aufgehört, sein Atem war abgehackt und schließlich ganz zum Stillstand gekommen.

Bob Henrys Tod sank gerade erst in Maria ein. Der Anschlag auf Grids Desmond und seine Gefährten war eine verdammte Katastrophe gewesen. Irgendwie hatten Grids und seine Begleiter Eules Mantel der Unsichtbarkeit durchschaut. Sie waren gewarnt und bereit gewesen.

Der Run, von dem Dougan behauptet hatte, er würde ein Kinderspiel sein, entpuppte sich immer mehr als Alptraum. Sie hatten den Chip immer noch nicht, hatten nichts, was Luc Tashika zufriedenstellen würde – den Mann, der ihre kriminelle Beteiligung an der gelöschten Wahl enthüllen konnte. Tashika war in der Lage, Marias Leben zu zerstören. Sie ins Gefängnis zu bringen. Sie von ihren Kindern zu trennen.

Das werde ich nicht zulassen, sagte sie sich. *Ich werde alles tun, was nötig ist, um das zu verhindern.* Sie war Luc Tashika nie begegnet, und sie haßte ihn bereits. Sie haßte ihn für das, was er sie zu tun zwang, dafür, daß er die Vergangenheit wiederaufleben ließ, um sie heimzusuchen.

Als Dougan die Nightglider verstaut hatte, schwang er sich auf den Fahrersitz. »Fertig?« fragte er.

»Was nun?« sagte Maria.

»Zuerst«, sagte Dougan, »beseitigen wir Bob Henrys Leiche.«

»Dann lege ich Jonathon Winger um«, unterbrach Maurice.

Dougan lächelte. »Die passende Gelegenheit könntest du bekommen«, sagte er. »Ich habe einen Plan, wie ich Winger dazu bringen kann, zu uns zu kommen, und zwar *mit* der Information.«

»Dann müssen wir ihn aber nicht töten«, sagte Maria.

Dougan warf ihr einen Blick zu. »Das stimmt. Wir brauchen ihn nicht zu töten, unter idealen Umständen. Aber vielleicht bleibt uns nichts anderes übrig. Er ist gefährlich, und wir müssen darauf vorbereitet sein, wenn nötig Gewalt anzuwenden.« Dougan starrte Maria in die Augen. »Kannst du das?« fragte er. »Wenn wir müssen?«

Maria brauchte nicht darüber nachzudenken. Sie

haßte es zu töten, aber sie würde es tun, um ihre Kinder zu retten. Wenn es darauf hinauslief.

»Natürlich kann ich töten, wenn ich muß«, sagte sie. Aber es war nicht Jonathon Winger, an den sie dachte, sondern Luc Tashika. Er war derjenige, den sie tot sehen wollte.

33

Jonathon fuhr den Nightsky die Kurven und Windungen des Laurel Canyon entlang in Richtung Sunset Boulevard und dem Strip, der noch immer voller Touristen und Nachtschwärmer war, die sich amüsieren wollten. Synthia und Grids saßen hinten, mürrisch und schweigsam.

Im Rückspiegel konnte Jonathon die beiden sehen. Synthia hatte die Arme um sich geschlungen und rieb Vennys großes weißes Smokinghemd, als friere sie. Grids trug seine schwarzen Jeans, aber das schwarze Micky-Maus-T-Shirt war einem sauberen weißen gewichen. Jonathon sah kein Blut darauf, aber ihm fielen schwarze Rauchflecken auf der Brust auf, und er konnte die Bandage darunter sehen, mit der die Schußwunde verbunden war. Grids war noch nicht richtig zu sich gekommen, und Synthia war in Gedanken versunken.

Eine Weile zuvor hatte Jonathon für ein paar Minuten am Straßenrand angehalten, um die zurückgelassenen Drohnen per Fernsteuerung hereinzuholen. Aus der Condor war nichts von ihren Angreifern zu sehen gewesen, dafür aber Chicos brennendes Haus, das wie ein riesiges Freudenfeuer abbrannte. *Tut mir leid, Chico,* dachte er. *Ich mach's wieder gut, wenn du je wieder aus Aztlan rauskommst.*

Dann suchte er die ganze Gegend ab. Als er niemanden sah, der sie verfolgte, wies er den Autopilot jeder Drohne an, zu ihrer Position zu fliegen. Nachdem sie gelandet waren, hatte Venny ihm geholfen, die beiden Drohnen im Kofferraum des Westwind zu verstauen. Danach hatten sie ihre Fahrt zu Hemmingway fortgesetzt.

Jetzt fuhr Jonathon auf der 405 nach Süden zum alten

LAX. Sie waren fast seit einer halben Stunde schweigend unterwegs, als Synthia plötzlich aufsah. »Weißt du, das waren andere Runner als die ersten«, sagte sie. »Bei diesem Haufen war ein Schamane – ein Initiat zweiten oder dritten Grades. Vielleicht sogar höher.«

»Natürlich waren es andere«, sagte Grids. »Die erste Gruppe hast du erledigt.«

Jonathon und Synthia lachten beide.

»Was ist?«

»Du hast dir zu viele Action-Sims reingezogen«, sagte Jonathon.

»Mein Höllenfeuer mag sie verwundet haben, aber ich habe auf den Wagen gezielt, damit wir fliehen konnten. Ich weiß, der verdammte Schwarze ist unverletzt geblieben, und die Blonde war, glaube ich, irgendeine Adeptin. Vielleicht haben wir sie aufgehalten, aber sie werden wiederkommen. Und wenn sie uns finden…«

Grids' Stimme war heiser. »Sie waren hinter *mir* her«, sagte er. »Sie müssen von dem Chip wissen und wollen mich deswegen umbringen.«

Jonathon schüttelte den Kopf. »Das glaube ich nicht«, sagte er. »Sie hätten uns mit einem weiteren Feuerstoß aus der Minikanone alle töten können. Ich glaube, es war ein Unfall, daß du getroffen wurdest. Das waren offensichtlich Profis. Wenn sie uns hätten töten wollen, hätten sie uns nicht verfolgt, sondern gleich getötet.

Wahrscheinlich wissen sie von dem Chip, haben aber keine Ahnung, wo er ist. Sie brauchen uns lebendig, um uns zu zwingen, den Chip herauszugeben.« Jonathon nahm die alte LAX-Ausfahrt und fuhr an den CalTrans-Barrikaden und den Schildern vorbei, die besagten, daß hier die Verantwortlichkeit der Freien Stadt Los Angeles endete.

»Wir fahren jetzt in das Küstensperrgebiet«, sagte Synthia nach einem Blick aus dem Fenster. »Dorthin, wo nachts nur die Wahnsinnigen und Geisteskranken ohne Konzernarmee gehen.«

Nachdem sie die Barrikaden passiert hatten, beschleunigte Jonathon auf der dunklen Schnellstraße und versuchte Synthias im Schatten liegendes Gesicht im Rückspiegel zu erkennen. »Glaubst du, es war der Schamane, der uns gefunden hat?«

Sie nickte. »Es muß so sein«, sagte sie. »Wie hätten sie uns sonst finden sollen?«

»Also sind zwei verschiedene Gruppen von Shadowrunnern hinter uns her ... Warum?«

Weder Grids noch Synthia hatten eine Antwort auf diese Frage. »Nicht genügend Daten«, sagte Grids.

»Wo wir gerade von Daten reden ... Hattest du Gelegenheit zu überprüfen, ob dein Smartframe – Goofy – mittlerweile mehr übersetzt hat?«

Grids nickte. »Venny und ich sind kurz in meiner Wohnung gewesen. Aber Goofy hat noch nicht das ganze Manuskript geschafft. Über die Hälfte fehlt noch.«

»Hast du mitgebracht, was es bis jetzt geschafft hat?« fragte Jonathon. »Und kann ich es sehen?«

Grids seufzte. »Das wird dir nicht viel nützen«, sagte er. »Das Smartframe bearbeitet den Text nicht linear. Es ist mit der Übersetzung im Zentrum von Tamaras Blickfeld fertig, weil der Fokus dort besser ist, also haben wir den Mittelteil jeder Seite als Text vorliegen, aber nicht die Worte oben, unten und an den Seiten.«

»Was für eine bescheuerte Art und ...«

»So arbeitet eine Parallelmaschine nun mal, Chummer«, sagte Grids ein wenig gereizt. »Versuch mal einen alten Cray III dazu zu bringen, Seite für Seite abzuarbeiten. Das dauert bis Weihnachten.«

»Puh«, sagte Jonathon. »Okay, ich verstehe. Ich verstehe. Du bist der Hardware-Guru.«

»Verdammt richtig.«

Jonathon sah wieder in den Rückspiegel. »Syn, wenn

Grids das nächstemal angeschossen wird, erinnere mich daran, nicht mit ihm zu streiten. Er kommt davon schlecht drauf.«

»Ich bin *nicht* schlecht drauf!«

Synthia und Jonathon lachten.

Ein paar Minuten später endete die Schnellstraße vor den Ruinen des alten Flughafens. Ein drei Meter hoher Kettenzaun mit Stacheldraht versperrte ihnen den Weg. Alte ausgebrannte Wagen und Laster waren vor dem Zaun zwei oder drei Wagen hoch gestapelt und bildeten eine fast solide Mauer aus verrostetem Stahl und geborstenem Makroplast. Eine wirksame Barrikade.

Die Schnellstraße knickte nach links ab, aber die schmale Lücke in der Barrikade befand sich rechts von ihnen. Jonathon drehte auf dem löchrigen Asphalt und hielt etwa fünf Meter vor dem Zaun an. Er blendete die Scheinwerfer auf und schaltete sie dann ab, um der Sicherheit zu signalisieren, daß sie hinein wollten. Venny hielt mit dem Westwind hinter der Limousine.

Eine Minute verstrich, bevor ein paar Orks mit gepolsterten Kunstlederjacken und Schrotflinten in der Hand auftauchten und sich dem Nightsky näherten. Auf den ersten Blick sahen sie wie Gangmitglieder aus, vielleicht wie Angehörige der Steppenwölfe, aber sie ähnelten sich zu sehr. Ihre gepanzerte Kunstlederkleidung war bis auf den Schnitt identisch. Wie Uniformen.

Einer hatte einen bunten Thunderbird auf der Brust, der andere ein paar rote japanische Schriftzeichen, die aussahen, als zerliefen sie. Ihre schwarzen Stiefel waren identisch. Und die Waffen verrieten sie. Beide trugen eine Schrotflinte – eine klobige Mossberg CMDT – und eine Scorpion Maschinenpistole in einem Oberschenkelhalfter, dazu ein Schwert für den Nahkampf. Alles war viel zu sauber für Gangmitglieder, zu makellos, um vor kurzem benutzt worden zu sein.

Thunderbird stand vor dem Wagen, während der andere sich vor die Fahrertür postierte und mit einer Taschenlampe in den Wagen leuchtete. »Ich kenne weder dich noch diese Karre«, sagte der Ork. »Also verkauf sie mir, Chummer. Gib mir einen guten Grund, dich durchzulassen.«

Jonathon sah ins Licht und lächelte. »Stehst du auf Combatbiker?«

Der Ork sah ihn einen Augenblick verwirrt an. Dann trat er einen Schritt zurück, ein höhnisches Grinsen auf dem Gesicht. »Nein«, sagte er. »Du bist nicht ...«

»Doch, glaub es ruhig, Chummer. Ich bin Jonathon Winger. Und ich muß mit Dexter reden.«

Der Ork lächelte breit. »Hol mich der Teufel«, sagte er, dann wandte er sich an Thunderbird. »Reece, das ist Jonathon Winger. Genau hier in dieser verdammten Karre.«

Reece konnte es zuerst nicht glauben, aber als ihm klar wurde, daß sein Freund keine Witze machte, verlor er die Fassung. Er ging um den Wagen herum und näherte sich Jonathon. »Mann, du bist der Größte. Ich kann nicht glauben, daß du hier bist, was für 'n verdammter Hammer. Morgen mußt du Dougan Rose kaltmachen, ihm seinen verdammten müslifressenden Arsch aufreißen.« Reece hielt inne, um Luft zu holen. »Nichts gegen Elfen, weißt du. Nur Rose hält sich für den Größten. Aber du bist erste Sahne, absolute Spitze im Vergleich zu ihm.«

Jonathon lächelte und sagte: »Ich habe vor, ihn zu vernichten.« Er log nicht. »Aber im Augenblick muß ich mit Dexter reden.«

»Du kennst Mr. Hemmingway?«

»Wir haben uns ein- oder zweimal auf Partys getroffen. Er ist Mitbesitzer der Mannschaft.«

»Ich sage ihm Bescheid«, erwiderte Reece. Dann bewegten sich seine Lippen, doch kein Ton war zu hören. Offensichtlich unterhielt er sich über Kehlkopfmikro. Nach einer Minute sah er Jonathon an. »Kannst du dich irgendwie ausweisen? Du weißt schon, nur für den Boß.«

Jonathon wühlte in den Taschen seiner Dusters, wobei er über die Polykarbonplatten der Panzerung strich. Er hoffte, daß er seine Kredstäbe noch hatte. Mit Erleichterung stellte er fest, daß alles noch da war.

Jonathon gab den Kredstab Reece, der zu einem in der Nähe parkenden Wagen ging. Er griff durch die Scheibe, offenbar um den Kredstab einzuschieben, dann kam er wieder zurück.

»Sie haben mich überzeugt, Mr. Winger«, sagte der Ork. »Folgen Sie mir.«

»Der Wagen hinter mir gehört auch dazu«, sagte Jonathon.

»Natürlich.«

Reece und der andere Ork winkten Jonathons Nightsky durch die Bresche in der Mauer der Autowracks. Dann öffnete sich ein breites Tor im Kettenzaun, das sie passierten. Jonathon bemerkte die Sicherheitsdrohnen, die mit Kameras und Waffen ausgerüstet waren und den Zaun auf Ketten patrouillierten. Dieser Ort war gut bewacht.

»Halten Sie sich zwischen den gelben Flaggen, Mr. Winger. Sie wollen mit Ihrem schönen Wagen doch nicht vom Beton abkommen. Wir haben erst vorgestern einen Laster in einem Loch verloren.«

»Danke, Chummers«, sagte Jonathon. Er fuhr langsam auf die riesige Betonfläche, die früher einmal der LAX gewesen war. Die meisten Häuser und Rollbahnen waren beim '28er Erdbeben zerstört worden, und was danach noch gestanden hatte, war der Flutwelle von 2045 zum Opfer gefallen. Jetzt waren weite Teile des rissigen Rollfeldes eingebrochen, und die entstandenen Löcher waren mit Meerwasser gefüllt. Viele Stellen lagen unterhalb des Wasserspiegels. Das Wasser selbst war schwarz, doch Jonathon sah hier und da Müll und Maschinenschrott darin liegen.

»Toxische Geister müssen diesen Ort lieben«, sagte Synthia.

»Oh, das ist beruhigend.« Grids klang wieder sehr ängstlich.

Nach etwa einem halben Kilometer Zickzackfahrens zwischen großen Pfützen und kleinen Teichen fuhr Jonathon den Nightsky auf eine breite Betonfläche vor einem massiven Metallgebäude. Die Mauer des Gebäudes erstreckte sich nach links und rechts, so weit das Auge reichte. Davor standen unzählige Reihen von Autos und Motorrädern, alle fahrbereit, dazu ein oder zwei Hubschrauber und mehrere große Lieferwagen.

»Das sieht aus, als wäre hier ziemlich was los«, meinte Jonathon.

»Sind wir nicht genau deswegen hergekommen?« fragte Synthia.

»In erster Linie wegen Schutz und Sicherheit. Hemmingway wird mir wahrscheinlich gefällig sein, weil er will, daß ich am Leben bleibe, wenigstens bis zum Endspiel morgen abend. Und zweitens will ich ein paar Runner anwerben, die mir bei einem Schlag gegen Michaelson helfen.«

Synthia und Grids drehten sich beide zu Jonathon um. »Wie war das?« fragte Grids.

»Pardon?« Synthia wirkte überrascht.

Jonathon parkte den Wagen neben einem Toyota Elite, der nicht ganz so schick war wie sein Nightsky, dafür aber noch eine heile Heckscheibe besaß. Venny parkte den kleinen, aber leistungsstarken Westwind auf der anderen Seite neben der Limousine.

»Ihr habt richtig gehört«, sagte Jonathon. »Wir müssen das Puzzle langsam zusammensetzen, und die beste Methode ist die, in der Mitte anzufangen. Bei Michaelson.«

»Du willst den leitenden Exec eines der mächtigsten Megakonzerne der Welt umlegen?« Grids klang völlig perplex, als sei so etwas undenkbar und absolut unmöglich.

»Ich will ihn gar nicht umlegen, wenigstens nicht sofort. Ich will nur in sein Büro eindringen und mir die Daten verschaffen, die ihn mit Tamaras Tod in Verbindung bringen.«

»Glaubst du nicht, wir sollten warten, bis Goofy mit dem Entziffern der Magus-Akte fertig ist?«

Jonathon stieg aus. »Nein«, sagte er. »Ich kann nicht warten. Wenn wir warten, werden wir getötet. Es ist an der Zeit für eine kleine Kehrtwende. Kommt, laßt uns mal sehen, was The Fixx zu bieten hat.«

Synthia legte ihm eine Hand auf den Arm, nachdem sie ausgestiegen war. »Kann ich zuerst an meine Tasche im Kofferraum? So sehr mir Vennys Hemd auch gefällt, ich würde mich gern umziehen, bevor wir in den Schatten tanzen.« Sie wedelte mit dem riesigen Hemd, dessen Saum um ihre Knie flatterte.

»Äh, gute Idee.« Jonathon fühlte sich selbst verdächtig unterbekleidet. Der Duster kratzte auf der Haut.

Venny stieg aus dem anderen Wagen und baute sich sofort schützend neben Jonathon auf. Der große Troll gab einen guten Sichtschirm ab, hinter dem sie angemessenere Kleidung anzogen. »Nur für den Fall, daß jemand vorbeikommt«, sagte Synthia.

Jonathon wählte Jeans und ein weites dunkelblaues Hemd mit zahlreichen Taschen als Unterkleidung für den Duster aus. Synthia warf sich in ihren Schnalle-aus-der-Hölle-Outfit – schwarze Kunstlederhose und dazu passende Jacke über einem tief ausgeschnittenen kirschroten Top. Nichts davon war wie Jonathons Duster gepanzert, aber wenigstens sah sie nicht fehl am Platze aus.

Ein paar Minuten später ging Jonathon zum Eingang voran. Das Gebäude war ein alter Flugzeughangar aus dickem Wellblech, der mit abblätternder weißer Farbe gestrichen war. Er war hoch, mindestens sieben Stockwerke, und fünfmal so lang. Sie gingen geradewegs auf die riesigen Türen des ursprünglichen Hangars zu, die fast ebenso hoch waren wie das Gebäude, um die riesigen Jumbo-Jets des vergangenen Jahrhunderts darin unterbringen zu können.

In diese gewaltigen Türen waren kleinere Türen eingebaut, von denen eine offenstand, durch die die Geräusche vieler Leute, Licht und Musik nach draußen drangen. Jonathon steuerte darauf zu und wurde von einer massiv vercyberten Zwergin in Empfang genommen, die offensichtlich einen Körperpanzer trug. »Willkommen, Chummers«, sagte sie. »Dexter läßt ausrichten, daß er gleich kommt. In der Zwischenzeit mischt euch unter die Leute oder macht, was ihr wollt.«

Genau die Hälfte ihres Kopfes bestand aus glänzendem Chrom, der im fluoreszierenden Licht glänzte. Die andere Hälfte war natürliche Haut, aus der fettiges schwarzes Haar sproß. »Die Regeln sind einfach: Waffen sind nur zu Demonstrationszwecken erlaubt. Wer hier auf dem Gelände jemanden tötet, wird selbst getötet. Wir sind alle Profis, und niemand würde eine Störung des Geschäfts dulden. Es gibt keinen Pardon.«

Sie lächelte und hielt Jonathon ihren Cyberarm hin. »Den Spruch muß ich bei allen aufsagen«, fuhr sie fort. »Aber bei dir würde vielleicht eine Ausnahme gemacht. Alle lieben dich. Und ich finde, was du im letzten Spiel gezeigt hast, war einer der abgedrehtesten Spielzüge, die ich je gesehen habe.«

»Vielen Dank«, erwiderte Jonathon, indem er sich an ihr vorbei in den Hangar zwängte. Er hatte damit gerechnet, innen nur einen ölverschmierten Betonboden und Stahlträger zu sehen, die die Wellblechwände und das Dach stützten. Doch Hemmingway hatte das Innere umgebaut.

Eine kurze Treppe, die aussah, als sei sie aus echtem Holz, führte zu einer breiten Terrasse, die ein großes Schwimmbecken umgab. Hohe Palmen und blühende

Sträucher wuchsen rings um den Pool und verströmten einen Duft wie in einem tropischen Paradies. Jonathon bemerkte, daß ein Großteil des Daches, das sich etwa dreißig Meter über ihren Köpfen spannte, durch getöntes Glas ersetzt worden war, so daß die Pflanzen Sonnenlicht bekamen. *Bemerkenswert*, dachte er.

Etwa hundert oder mehr Leute unterhielten sich gedämpft im Schatten der Bäume oder saßen in Nischen oder an Tischen entlang der Wände. Eine riesige Bar sorgte für Drinks an einem Ende des Pools, in dem ein paar Bikini-Schnallen und zwei muskulöse Freudenbubis schwammen, aber Jonathon nahm an, daß sie bezahlt wurden, um zu der Atmosphäre beizutragen. Kein professioneller Shadowrunner würde sich an einem Ort, wo Geschäfte abgewickelt wurden, ausziehen und schwimmen gehen.

Die verchromte Zwergin ging neben ihm. »Erzähl mal…«, sagte sie. »Was führt dich her? Brauchst du Muskeln? Vielleicht, um es Dougan Rose heimzuzahlen? Um Rache für Tamaras Tod zu nehmen? Ich kann echt nicht glauben, daß er mit diesem Drek durchgekommen ist.« Sie schüttelte verächtlich den Kopf. »Jedenfalls, wenn du jemanden brauchst, sag mir nur Bescheid. Ich bin eine Samurai der Spitzenklasse, und einem Chummer wie dir würde ich einen erstklassigen Preis machen…«

»Hör mal«, sagte Jonathon schließlich mit dem dringenden Bedürfnis, sie zu fragen, ob sie auch mal den Mund hielt, »Dougan Rose wird büßen für das, was er getan hat. Ich habe die Absicht, ihn mir morgen in dem Spiel vorzunehmen. Ich bin nur hier, um mit Dexter zu reden.« Jonathon sah ein großes Golfwägelchen um den Pool fahren. »Und da kommt er auch schon. Danke für das Angebot…«

»Du kannst mich Halfchrome nennen.«

»Danke, Halfchrome. Ich sage dir Bescheid, falls sich etwas ergeben sollte.«

Das Fahrzeug rollte zu ihnen. Es war viel länger als ein gewöhnliches Golfwägelchen und hatte fünf Sitzbänke. Am Steuer saß ein Ork, der ein Zwilling von Reece und seinem Chummer am Haupttor hätte sein können. Nur daß dieser eine Frau und stärker vercybert war. Sie sah schneller aus, vielleicht sogar intelligenter. Tödlicher.

Neben der Orkfrau saß ein Mensch mit wasserstoffblonden Haaren und der pickligen Haut eines Teenagers. Er trug eine Kunstlederhose und ein Netzhemd, aber seine Haut war überall, außer an seinem Kopf tätowiert. Mit arkanen Symbolen.

Venny flüsterte Jonathon ins Ohr: »Ein Magier. Wahrscheinlich für die Wasserelementare verantwortlich, die wir bei der Einfahrt auf Wache gesehen haben.«

Jonathon erbebte. Er hatte keine Elementare gesehen.

Auf dem zweiten Sitz saß Dexter Hemmingway. Er war ein dünner Mensch, der aussah, als sei er Ende Fünfzig, Gerüchten zufolge aber viel älter war. Grau werdende braune Haare und ein hageres Gesicht mit haardünnen Fältchen. Sein Gesicht schien vielen kosmetischen Operationen unterzogen worden zu sein, und Jonathon vermutete, daß es sich bei seinen Augen um Cyberaugen handelte, wenngleich sie sorgfältig hergerichtet waren, um wie natürliche auszusehen.

Der Mann stieg aus, um sie zu begrüßen. »Jonathon!« sagte er. »Was für eine Überraschung, Sie hier zu sehen.«

»Dexter«, sagte Jonathon. »Ich weiß Ihre Gastfreundschaft zu schätzen. Das ist ...«

»Venice Jones, ich weiß«, sagte Dexter. »Und Synthia Stone kenne ich ebenfalls, aber ...«

»Grids Desmonds«, sagte Jonathon. »Ein sehr guter Freund von Tamara.«

Dexter runzelte die Stirn. »Ich bin sehr traurig darüber, was ihr zugestoßen ist.« Dann winkte er ihnen zu.

»Kommen Sie mit, unterhalten wir uns privat. Steigen Sie ein.«

Hemmingways Wägelchen fuhr sie am Pool vorbei über einen Betonpfad zwischen den Bäumen zu einem bewachten Tor. Während der Fahrt erzählte Jonathon Hemmingway, warum sie gekommen waren und daß er einen Decker und Muskeln brauchte, die ihm dabei halfen, das Büro eines Konzern-Execs umzukrempeln. Grids wußte zwar, wie man dorthin kam, war aber nicht gewillt, das Risiko eines Matrix-Runs einzugehen.

Auf der anderen Seite des Tors befand sich eine Rampe, die in einen Tunnel überging, der unter dem Wasser im Freien hindurch und an mehreren Kontrollpunkten vorbei führte, bevor sie schließlich in einem anderen renovierten Hangar auftauchten. Und mittlerweile hatte Hemmingway Jonathon versichert, daß er seinen Bedürfnissen mühelos entsprechen konnte.

»Gut«, sagte Jonathon. »Dann können wir den Run gleich durchziehen, noch vor Tagesanbruch.«

»Null Problemo, mein Freund«, sagte Hemmingway. »Ich arrangiere alles, was Sie brauchen. Ich bin mehr als glücklich, Ihnen einen Gefallen erweisen zu können. Für meinen Star-Biker ist mir nichts zu viel. *Nichts*.«

34

Die Stunde war um, und Michaelson hatte immer noch nichts von Cinnamon gehört. Er hatte ein paar Sachen gepackt und so getan, als sei alles in bester Ordnung. Jetzt hörte er das tiefe Schrappen des Hughes Airstar, als dieser draußen landete.

Er machte kehrt, um seinen Aktenkoffer zu holen und sich von Hans Brackhaus zu verabschieden, als sei nichts Seltsames geschehen. Doch Brackhaus war nirgendwo zu sehen. Verschwunden.

Und während er von Ruger und dem Gefechtsmagier – Firnulan – begleitet zum Helikopter ging, fragte er sich, wie sein neues Leben in Essen aussehen würde. Vielleicht würde er seine Frau wiedersehen, vielleicht auch nicht. Er hatte Vereinbarungen mit seinen Kontakten in Berlin getroffen, sie entführen zu lassen und dann MCT-Gewahrsam zu überstellen. Wenn er diesen Auftrag nicht stornieren konnte, sah er sie vielleicht nie mehr wieder.

Bei diesem Gedanken verkrampfte sich alles in ihm, und er verspürte eine jähe, atemlose Furcht, wie er sie schon seit langer, langer Zeit nicht mehr empfunden hatte. Nicht seit seinen Anfängen bei Saeder-Krupp, als er sich jede seiner Handlungen genau überlegt und sich gefragt hatte, ob er sich mit seiner Kühnheit Lofwyrs Ärger zuziehen würde. Er hatte haufenweise Geschichten über den Zorn des Drachen gehört, der dafür bekannt war, Untergebenen bei seinen Wutanfällen schon mal den Bauch aufzuschlitzen.

Doch seine Kühnheit hatte zu seiner Beförderung beigetragen, da sowohl seine Kreativität als auch seine Rücksichtslosigkeit belohnt worden waren. Ihr Geister, er hatte seine ganze verdammte Existenz Saeder-Krupp untergeordnet. Aber er hatte es immer gehaßt, ständig dem Reptilienblick des Wurms ausgesetzt zu sein. Er konnte die schreckliche Vorstellung kaum ertragen, eines Tages auch einmal vor ihm zu stehen und dann mit ansehen zu müssen, wie ihm eine riesige Klaue über den Bauch fuhr und ihm die Gedärme herausquollen.

Jetzt sah es so aus, als läge genau das durchaus im Bereich des Möglichen.

Michaelson beruhigte sich und duckte sich, als er über den farbigen Kreis auf den Kopter zuging. Eine uniformierte Frau mit blonden, zu einem Pferdeschwanz zusammengebundenen Haaren winkte ihm zu, sich zu beeilen.

Als Ruger sie erblickte, zögerte er einen Moment. »Hey, Sie gehören nicht zur üblichen Mannschaft …«

Da war es bereits zu spät. Die Blonde hatte plötzlich eine Ingram MP in der Hand und feuerte.

Firnulan machte Anstalten, einen Zauber zu wirken, wurde jedoch herumgerissen, als sein Körperpanzer von einem Kugelhagel durchbohrt wurde. Die Kugeln kamen aus dem Pilotensitz, dort saß ein großer schwarzhäutiger Mensch mit kahlrasiertem Schädel und einem ernsten, kaum noch menschlichen Ausdruck auf dem verschwitzten Gesicht.

Firnulan brach zusammen, doch Ruger weigerte sich, zu Boden zu gehen, obwohl er getroffen war. Er versuchte Michaelson abzuschirmen. »Laufen Sie!« rief er. »Gehen Sie wieder rein!« Der Troll zog eine automatische Schrotflinte unter seinem Mantel hervor. »Verstärkung kommt gleich!«

Michaelson konnte sich nicht rühren. Er hörte ein *Kawumm* von dort, wo der Schwarze saß, und eine Sekunde später explodierte das Hotel hinter ihnen in einem Flammenblitz. Michaelson wurde auf den harten Beton geschleudert.

Ruger schoß zweimal, bevor er fiel. Der erste Schuß hätte die Blonde treffen sollen, doch sie wich in einer schemenhaften Bewegung aus. Der zweite erwischte sie am Bein. Ein Treffer aus dieser Entfernung hätte ihr eigentlich das Bein komplett abtrennen müssen, aber sie wirbelte lediglich herum. Ihre schwarze Kunstlederhose wurde in winzige Fetzen zerrissen, um einen maßgefertigten Körperpanzer darunter zu enthüllen.

Sie schrie auf, als der Schuß sie zu Boden warf. »Drek, Hendrix! Ich bin getroffen.«

Der Schwarze verließ den Kopter mit Bewegungen, die ebenso schnell wie die der Schnalle waren, jedoch ruckartig wie die eines Roboters. Die große Kanone in seiner Hand krachte, als er noch größere Löcher in die blutüberströmten Leichen von Ruger und Firnulan stanzte. Dann griff er mit einer Hand nach unten und hob Michaelson hoch.

»Wir kommen von Cinnamon«, flüsterte er. »Steigen Sie ein.«

Michaelson hob seinen Aktenkoffer auf und gehorchte.

»Layla, kannst du laufen?« fragte der Schwarze die Blonde.

»Vielleicht«, lautete die Antwort. Und während er ihr auf den Sitz neben Michaelson half, sagte sie: »Laß uns verschwinden, ich höre Leute kommen.«

»Verstanden«, sagte Hendrix.

Michaelson drehte sich zu den Überresten des Penthouseeingangs um. Die Türen waren verschwunden, und ein Teil der Außenmauer war eingestürzt und in Flammen gehüllt, die ihm den Blick auf den Flur dahinter versperrten.

Dann sprang der Schwarze auf den Pilotensitz, und der Kopter hob ab. »Schnallen Sie sich an«, sagte er. »Das ist kein Luxustrip.«

»Ja«, sagte die Blonde. »Es könnte ein paar Turbulenzen geben.« Sie stieß ein kurzes, schneidendes Gelächter aus.

Wie auf ein Stichwort sackte der Kopter abrupt

durch, und Michaelson schnallte sich an. Die nächsten zehn oder fünfzehn Minuten verbrachten sie damit, sich vor Verfolgern zu verstecken und sie abzuschütteln, bis Hendrix den Vogel schließlich im Hafenbezirk bei Long Beach landete, eine Gegend, die Michaelson als die Barrens identifizierte.

Kein netter Ort.

»Hier wollen Sie mich verstecken?« fragte er ungläubig.

Die Blonde, die mittlerweile damit begonnen hatte, die Überreste ihrer Hose abzuschneiden, um einen Blick auf ihre Wunde zu werfen, sah zu ihm auf. »Willkommen in der freien Welt, Mr. Michaelson«, sagte sie. »Möge Ihr kurzer Aufenthalt die reine Freude sein.« Dann brach sie in ein langes, unheimliches Gelächter aus, das Michaelson bis ins Mark erbeben ließ.

35

Als Jonathon Hemmingways Heim sah, vergaß er den Run gegen Michaelson und das Rauschen in seinem Kopf. Für einen Zeitraum von mehreren Herzschlägen stand er einfach in ehrfürchtiger Bewunderung da.

Der Flugzeughangar war ebenso groß wie der erste – dicke Wellblechwände über einem Rahmen aus riesigen Stahlträgern. Nur daß sich in diesem üppiger Efeu an den Trägern emporwand. Das Metalldach und die Wände enthielten riesige Fenster aus getöntem Glas. Durch das Oberlicht fiel verschwommenes blaues Mondlicht.

Doch es war das Gebäude *in* dem Hangar, das Jonathon den Atem raubte. Hemmingway hatte Erde hereinschaffen lassen und Rasen und Bäume auf einer Miniatur-Hügellandschaft gepflanzt. Doch hier gab es kein Schwimmbecken und keine Terrasse.

Hier stand ein Schloß in der Mitte des Hangars – ein französisches Chateau aus dem Zeitalter der Ritter und Lords und ähnlichem Drek. Ein verdammtes Schloß! Es gab keinen Burggraben, aber eine Zugbrücke und ein Fallgatter und schmiedeeiserne Gitterstäbe vor den Bleiglasfenstern.

»Gefällt Ihnen mein bescheidenes Heim?« fragte Hemmingway lächelnd. »Ich habe es Stein für Stein aus dem Loiretal herüberbringen und wieder aufbauen lassen. Das war billiger, als man meinen würde. Schlösser sind längst nicht mehr so teuer, wie sie einmal waren.« Er kicherte.

Synthia und Grids starrten das Schloß staunend an. Nur Venny blieb ungerührt wie immer und hielt den Blick auf den jugendlichen Magier und die Samurai auf der vorderen Sitzbank des Wägelchens gerichtet. Sie fuhren durch das Tor auf einen mittelalterlichen Hof komplett mit Rüstungen und flatternden Bannern.

»Ich lasse von Montgomery Zimmer für Sie herrichten«, sagte Hemmingway.

»Vielen Dank, Dexter«, erwiderte Jonathon. »Aber ich bin ziemlich scharf darauf, mit dieser anderen Sache fortzufahren.«

»Ja, natürlich«, sagte Hemmingway. »Mit dem Shadowrun.«

»Ja.«

»Also schön, setzen wir uns in die Bibliothek und überlegen uns, was Sie brauchen, aber ich bestehe darauf, daß Sie nach dem Spiel heute abend hierbleiben.«

»Es wäre mir ein Vergnügen«, sagte Jonathon. »Nach dem Run bleiben wir so lange, wie Sie uns haben wollen.«

Hemmingway lächelte. »Ausgezeichnet.«

Weniger als eine Stunde später hatte Jonathon ein Team und die Ausrüstung zusammengestellt, die sie brauchten. Einer der Runner, eine Straßensamurai namens Samantha, hatte früher schon einmal an einem Run auf das Venice Beach Hilton teilgenommen. Von Kopf bis Fuß in einen maßgeschneiderten Körperpanzer gehüllt, war die erfahrene Runnerin jederzeit bereit. Sie half Jonathon und Grids, der Michaelsons Suite von innen gesehen hatte, einen Plan auszutüfteln.

Die Uhr in Jonathons Headware zeigte 4:46:55 Uhr, als sie starteten. Jonathon flog den mit zusätzlichen Düsentriebwerken ausgestatteten Hughes Stallion Hubschrauber. Synthia hatte darauf bestanden, als Gefechtsmagierin mitzukommen. Venny begleitete Jonathon als Leibwächter, nur Grids kam nicht mit.

Grids wollte seine SimSinn-Ausrüstung und sein Cyberdeck aufbauen, so daß Goofy seine Arbeit an der Magus-Akte fortsetzen konnte. Aber er hatte auch vor, dem Decker Rückendeckung zu geben, den Jonathon angeworben hatte, ein junger Bursche namens Noodle.

Halfchrome war dabei, weil Samantha ihr vertraute. Die beiden Frauen waren die Muskeln bei diesem Run. Jonathon hatte sie mit einer Auswahl von Waffen und Munition aus Hemmingways Lagerhaus eingedeckt.

Das Jaulen des Kopters überfuhr Jonathon wie eine Gänsehaut. Dann ging der Rotorenlärm in ein tiefes harmonisches Pulsieren über, als er abhob. *Wupp. Wupp. Wupp.* Der Stallion war eine Kreatur aus Metall und Makroglas, eine Bestie aus Lärm und Kraft, und seine Düsentriebwerke würden für zusätzlichen Schub sorgen, wenn es auf Geschwindigkeit ankam.

Jonathon stieg auf fünfzig Meter und zündete die Düsentriebwerke. Beim Aufheulen der Turbinen sträubten sich seine Nackenhaare, als er das Metallinsekt über den überfluteten Beton des ehemaligen LAX flog. Der Himmel war dunkelblau und hellte sich zu seiner Rechten unmerklich auf, als er in nördlicher Richtung die Küste entlangflog.

Abgesehen von der Makroglas-Frontscheibe verfügte Jonathon über 360-Grad-Sensoren und –Kameras, die ihn den umgebenden Luftraum sehen und fühlen ließen. Ein Adrenalinstoß durchpulste ihn, als er den Kopter an einer großen Wasserentsalzungsanlage vorbei hinaus auf das offene Meer flog. Er vollführte ein paar einfache Manöver, um sich mit der Maschine vertraut zu machen.

Verdammt, es tut gut, wieder zu fliegen, dachte er.

»Grids«, sagte Jonathon. »Wir sind unterwegs. Geschätzte Ankunftszeit Venice Hilton in zwölf Minuten.«

Grids' Stimme ertönte direkt in Jonathons Kopf. »Verstanden«, sagte er. »Noodle und ich sind in Position.« Er klang furchtsam, beinahe verängstigt.

»Wie fühlst du dich?« fragte Jonathon.

»Die Schulter ist okay, aber ...« Grids' Stimme verlor sich.

Jonathon wartete, bis offensichtlich war, daß Grids

den Satz nicht beenden würde. »Ja, ich vermisse sie auch«, sagte er.

Grids schwieg, und Jonathon wurde plötzlich von seinen Flugerinnerungen überflutet. Die Testmaschinen, die er mit Tamara geflogen hatte, waren viel schneller und zerstörerischer als dieser Kopter, aber das Gefühl des Windes, der um seinen Rumpf spielte, war dasselbe. Die Luftturbulenzen, das Jaulen der Turbinen, die Vibrationen, die seinen metallenen Leib erzittern ließen, all das war unverändert. Nur Tamara war nicht mehr da, um das Erlebnis mit ihm zu teilen.

Ich habe sie für immer verloren.

Jonathon verdrängte die Erinnerungen und ließ den Kopter sinken, bis er fast die Wellen des Ozeans berührte, in dem haufenweise Algen und Abfälle schwammen.

Das Wasser veränderte sich, nachdem er die Entsalzungsanlage und die Linie der Bojen passiert hatte, an denen ein Unterwassernetz befestigt war, um das Gebiet von Trümmern und Abfällen freizuhalten. Venice Beach lag sauber und trotz der frühen Morgenstunde vor Leben pulsierend vor ihnen.

Jonathon legte sich in eine Rechtskurve und stieg wieder, als er das Venice Hilton ausgemacht hatte – ein glänzend blaues Gebäude aus Stahl und verspiegeltem Glas, elegant und dunkel vor dem Hintergrund der hochaufragenden Arcologien. Er schaltete die Bordkameras ein und richtete sie auf den Penthouse-Landeplatz aus.

Das Hoteldach war leer. Niemand war zu sehen. Ausgezeichnet.

»Grids, Landung in einer Minute«, sagte Jonathon. »Was zeigen die Hotelkameras?«

»Jonathon, das wird dir nicht gefallen.«

»Sag es mir trotzdem.«

»Alle auf den Landeplatz gerichteten Überwachungskameras sind tot. Die Sicherheit meldet ein Feuer als

Ursache, aber diese drekkige Entschuldigung hab ich schon zu oft gehört.«

»Was ist drinnen los?«

»Das ist auch komisch. Bei unserem Mr. Michaelson ist niemand zu Hause, und die Sicherheit kommt mir viel zu löchrig vor. Noodle glaubt, daß hier irgendwas läuft, und ich bin ganz seiner Meinung.«

»Verstanden, Grids. Ich werde das berücksichtigen.«

Jonathon schwang den Hughes nach links und steil nach unten, wobei er seine Kameraaugen auf das Dach konzentrierte, während er die Maschine landete. »Macht euch bereit«, sagte er zu den anderen. »Landung steht unmittelbar bevor.«

Die Lichtverstärker-Kameras zeigten, daß Grids recht hatte. Nicht nur, daß ein Feuer vor kurzem den Außeneingang zum Penthouse in Schutt und Asche gelegt hatte, es kam Jonathon auch so vor, als sei die Ursache für das Feuer eine Explosion gewesen. Er sah die Trümmer einer eingestürzten Mauer und geschmolzene Makroplastbrocken, die überall herumlagen. Die Infrarotfilter enthüllten, daß das Gebäude eine beachtliche Restwärme abstrahlte.

Was ist passiert? Diese Explosion hat erst vor kurzer Zeit stattgefunden.

Synthia sackte für einen Augenblick auf ihrem Sitz zusammen, bevor sie sich wieder aufrichtete. »Irgendwas geht auf der Astralebene vor«, sagte sie. »Ich kann den Drek um das Penthouse nicht durchdringen. Es könnte sich um irgendeine Art von Schutzvorrichtung handeln, aber wahrscheinlich ist es nur ein Managestrüpp.«

»Ein Managestrüpp?«

»Das ist ein für LA spezifisches Problem«, entgegnete Synthia. »Wegen der vielen Magier, die an der UCLA mit Magie herumspielen, ist der Astralraum in dieser Gegend voller Interferenzen, die manchmal die Magie instabil, unvorhersehbar werden lassen. Ein Managestrüpp ist eine lokale Verzerrung des Astralraums. Es wird uns nicht am Eindringen hindern, aber im Astralen haben wir es mit einer Art entmilitarisierter Zone zu tun.«

Venny beugte sich auf seinem Sitz hinter Jonathon vor. »Ich habe ein ungutes Gefühl, was diesen Run angeht«, sagte er.

Jonathon erwiderte seinen Blick. »Willst du verschwinden? Die Kameras zeigen, daß alles klar ist.«

Venny schüttelte den Kopf. »Magie kann Kameras täuschen, Chummer. Und Syn kommt nicht hinein, um sich astral umzusehen.«

»Könnte ein Zufall sein.«

»Vielleicht, vielleicht auch nicht. Jedenfalls gefällt mir das nicht.«

Jonathon setzte den Stallion auf dem Tarmac auf. »Mir auch nicht«, sagte er. »Aber wo wir schon mal hier sind, sollten wir da nicht einfach nachsehen? Ich lasse den Motor laufen.«

»Wenn du meinst.«

Halfchrome öffnete die Tür und sprang hinaus. »Wir sind dabei«, sagte sie. »Ich kopple meine Cyberkamera mit meinem Headware-Mikro.«

»Verstanden.« Jonathon schaltete sich in ihre Videoübertragung ein, die vom Kommunikationsrelais des Kopters empfangen wurde. Das Bild war monokular, da sie nur ein Cyberauge hatte. Die Auflösung war niedrig und ruckelig, als sehe er eine rasche Abfolge von Standbildern.

Samantha stieg nach Halfchrome aus, ihre MP in der Ellenbeuge im Anschlag. Ihre Bewegungen waren dank ihrer Reflexbooster unglaublich geschmeidig und flink. Sie huschte zu Halfchrome, die ihr Deckung gab, und dann über den Landeplatz zu den Trümmern des eingestürzten Eingangs.

Die Zwergin folgte ihr und schaute hinein. Der rote Laserstrahl der Zielvorrichtung ihrer Beretta MP zuckte eine Sekunde lang über die geschwärzten Wände, bevor sie den Kopf wieder zurückzog.

Niemand.

Ein leerer Flur, in dem außer Brandflecken nichts zu sehen war.

Halfchrome winkte Synthia und Venny, sich ihnen anzuschließen. »Scheint alles klar zu sein«, meldete sich die Zwergin über Headware-Mikro. Als Venny und Synthia das kurze Stück bis zu den zerstörten Türen zurückgelegt hatten, folgte Halfchrome Samantha hinein.

Das Bild sprang und hopste, da sie rannte, und bereitete Jonathon Kopfweh. Die weißen Wände waren mit schwarzen Brandmalen übersät. Der Teppichboden hatte Blasen geworfen. *Jemand anders ist mir mit einem Run auf Michaelson zuvorgekommen.* »Grids«, sagte Jonathon. »Bist du sicher, daß wir hier richtig sind?«

Grids stieß ein kurzes Lachen aus. »Hundert Pro. Noodle sagt, daß Michaelson laut Hotelregister noch nicht abgereist ist. Natürlich kommt und geht er, wie es ihm beliebt, weil der Laden Saeder-Krupp gehört.«

Die roten Laserlinien sorgten auf Halfchromes Videoübertragung für die einzige Beleuchtung. Der kurze Flur führte zu einer Doppeltür und mündete dahinter in einen weiteren dunklen Flur, der nach rechts abbog. Immer noch keine Spur von Sicherheit oder Hotelpersonal.

Die Türen öffneten sich mühelos, da Noodle das Schloß aus dem Knoten der Hotelsicherheit öffnete. Der Decker mußte den Handflächenscanner umgehen. Dann standen die vier in der Suite und sahen sich im Licht der Laserzielrohre darin um, die Finger am Abzug. Nichts.

Die Kameras hatten nicht gelogen: Die Suite war völlig leer. Das Bett war unbenutzt. Keine Kleider im Schrank. Michaelsons Habseligkeiten waren verschwunden.

In diesem Augenblick spürte Jonathon den Würgegriff der Paranoia aus seiner Kehle. *Eine Falle*, dachte er. »Die Situation ist völlig verfahren«, rief er. »Kommt zurück. Sofort! Wiederhole, sofortiger Rückzug!«

Jonathon hatte die Worte kaum ausgesprochen, als er einen grellen weißen Blitz durch die Videoverbindung sah, der den Filter des Cyberauges der Zwergin überlastete. Aber es war kein Geräusch zu hören, und für einen Sekundenbruchteil war die Verbindung unterbrochen. Jonathon hörte lediglich ein leises Rauschen in seinem Kopf.

Dann vernahm er Vennys Stimme: »... nathon, hast du verstanden? Synthia ist weg.«

»Was?«

»Sie ist verschwunden, ganz einfach so.«

36

Die alte Raffinerie lag im frühmorgendlichen Licht tot vor ihr. Wilmington im Industriehafengebiet am Rande der Barrens war eine Gegend mit haufenweise Fabrikabfällen, erdbebengeschädigtem Beton und Stahl und durchgedrehten Gangs.

Nicht der angenehmste Aufenthaltsort in der Sechsten Welt, dachte Cinnamon, während sie sich die Gegend aus dem Astralraum ansah – totes graues Metall, ein lebloses Ödland im Dunst des Morgengrauens. Bardolf und Githon, ihre beiden Erdelementare, begleiteten sie, aber sie manifestierten sich nicht, wenn sie es tat. Sie nahm wieder ihre menschliche Gestalt an – Cinnamon, eine sexy Blondine in hautengem Kunstleder.

Ölgeschwärzte Metallpfeiler schienen das Sonnenlicht aus der Luft zu saugen und die kalte Leere zwischen uralten Röhren und Leitungen zu verdunkeln.

»Hendrix?« rief Cinnamon leise.

Eine Metalltür, groß genug, um einen Lastzug durchzulassen, öffnete sich kreischend zu ihrer Linken. Der Eingang führte in ein niedriges Lagerhaus aus schwarzem Wellblech. Hendrix sah hinaus, und das Licht hinter ihm fiel auf das leuchtende Silber der Talentsofts in seinem kahlgeschorenen Kopf. Er winkte sie hinein.

Der Geruch nach Räucherwerk und Duftkerzen überflutete sie, als sie das Lagerhaus betrat. Normalerweise wäre sie nie persönlich erschienen, um den Verlauf eines Runs zu überprüfen. Normalerweise zahlte sie nur bei Erfolg, behielt das Geld im Falle eines Scheiterns ein und bestrafte Unfähigkeit. Doch dies war kein normaler Fall.

Nein, dies war ein verdammter Notfall. Und keiner, über den sie sonderlich glücklich war.

Schlamm und geschwärzte Schmiere klebten in den

Gelenken der alten Ölleitungen, die entlang der Decke und Wände verliefen. Matte Glühbirnen erhellten die Schwärze mit gelblichem Licht. Der ölverschmierte Betonboden erstreckte sich dreißig Meter oder noch mehr in die Dunkelheit.

Ein hermetischer Kreis war in der Mitte auf den Boden gezeichnet worden. Juju Petes Konstrukt, um Michaelson zu verbergen. Um seine Anwesenheit vor neugierigen Augen zu verheimlichen und ihn bis morgen vor rituellen Zaubern zu schützen, wenn Tashika ihn übernahm.

Der Kreis war einer der größten, den Cinnamon je gesehen hatte. Er war kunstvoll mit einem rot und blau fluoreszierendem Pulver angelegt worden. Juju Pete hatte Ornamente des Glücks und der Melancholie gezeichnet, Gesichter mit leidenden Augen, aber lächelnden Lippen. Eine den Bildern selbst inhärente Täuschung. Winzige Voodoopuppen waren inmitten der Ornamente verteilt, jede ganz einfach, aber alle unterschiedlich. Cinnamon fielen auch mehrere drachenförmige Puppen auf.

Interessant …

Das astrale Abbild des hermetischen Kreises war ein Wirbel aus Farben und Widersprüchen. Andeutungen mächtiger Magie vermischt mit einer beständig wechselnden Strömung illusionistischer Elemente, die dazu dienten, das ganze Konstrukt zu tarnen. Wäre sie nicht so nah gewesen, hätte Cinnamon das Astralbild des Kreises und des Zaubers möglicherweise übersehen.

Was Sinn und Zweck der Sache ist – Michaelson vor Lofwyr zu verbergen.

Hendrix ging um den Kreis herum und führte Cinnamon dorthin, wo Layla auf einem kleinen Feldbett schlief. Ihr gebrochenes Bein war fest verankert, so daß sie es im Schlaf nicht bewegen konnte. Hendrix machte einen erschöpften Eindruck, als er vor Laylas Feldbett stehenblieb und sich auf einem Vinylsitz niederließ, den er aus einem alten Eurovan ausgebaut hatte.

Im Innern des Kreises humpelte Juju Pete auf seiner Krücke herum und vervollständigte das Ritual. Der Magier sah aus wie ein Relikt aus der Vergangenheit – seine dünnen Zöpfe, in deren Spitzen Knochen eingeflochten waren, schlugen gegen Rücken und Brust, die bis auf die komplizierten Tätowierungen und die Knochenkette um seinen Hals nackt waren.

Über seiner Jeans trug Juju Pete eine leichte Schiene an seinem verwundeten Bein, die ihm das Gehen ermöglichte. Sein Bein war bei einem früheren Run übel zugerichtet worden. Viel hatte nicht gefehlt, und es wäre ihm abgerissen worden. Es sah aus, als würde die Heilung lange dauern.

Michaelson schlief unruhig auf einem Feldbett wie dem von Layla, nur innerhalb des Kreises. Er trug einen graublauen Anzug, und unter dem Feldbett stand sein Aktenkoffer.

Sehr gut, dachte Cinnamon. Sie stand knapp außerhalb des Kreises und rief Michaelson an: »Hallo, Mr. Michaelson. Bitte wachen Sie auf.«

Michaelson rührte sich, dann richtete er sich auf, als er sie sah. »Hallo, Cinnamon«, sagte er.

»Ich nehme an, daß Sie nicht verletzt wurden«, sagte sie. »Dieses Arrangement ist ein wenig unbequem, sollte aber ausreichen, bis wir Sie an Ihren Bestimmungsort bringen können.«

»Ich verdanke Ihnen mein Leben«, sagte Michaelson. »Ihnen und diesen äußerst fähigen Leuten.« Er deutete auf Hendrix und Layla.

»Der Preis wird entsprechend sein«, sagte sie. »Ich gehe davon aus, daß Sie alle Dokumente haben?«

Michaelson wurde weiß. Er holte tief Luft, bevor er antwortete. »Die meisten«, sagte er. »Nicht alle.«

»Was soll das heißen? Welche fehlen?« *Das ist nicht sehr komisch.*

»Lofwyr hat jemanden zu mir geschickt.« Michaelson schluckte schwer. »Er hatte irgendeinen Verdacht, dessen bin ich mir sicher. Der Mann hat die Magus-Akte verbrannt und wollte mich nach Deutschland verfrachten, um mich dort umbringen zu lassen.«

»Er hat *was* verbrannt?« Cinnamon spürte Wut in sich aufsteigen, den Verlust der Beherrschung, der manchmal den Hunger begleitete.

»Ich konnte nicht wissen, daß er bereits da war«, fuhr Michaelson fort. »Mein Sekretär sagte, er würde erst heute im Laufe des Tages erwartet.«

»Oh, ich rege mich nicht auf«, knurrte Cinnamon, in der die Wut wie eine Flutwelle anstieg. »Ich bin verdammt noch mal außer mir!« Ihre Stimme hob sich, bis sie laut schrie. Sie wandte sich von ihm ab und stieß ein unmenschliches Brüllen aus, um ihrer Frustration Luft zu verschaffen.

Ich werde diesen jämmerlichen Mensch zerquetschen, dachte sie. *Ich nehme diesen Schwächling zwischen meine Krallen und pulverisiere ihn. Und klatsche dann die Fetzen, die noch von ihm übrig sind, auf den Boden. Immer wieder.*

Doch sie konnte nicht ohne größere Anstrengung in den Kreis eindringen, nicht ohne zu verraten, was sie war. *Außerdem, wenn ich die Beherrschung verliere, entgeht mir die Lebensenergie des Mannes, auf den süßesten Nektar überhaupt.*

Cinnamon ballte die Fäuste und versuchte sich zu entspannen, die Fassung zu bewahren. Nach einer Minute entnahm sie ihrem goldenen Etui eine Zigarette. Sie zündete sie an und nahm einen tiefen, zufriedenstellenden Zug.

»Ich… Es… tut mir leid«, flehte Michaelson. »Ich mache das wieder gut, wenn ich es irgendwie kann.«

Sie ignorierte seine weinerlichen Versuche, sie zu beschwichtigen, während sie rauchte. Dann, als die Wut ein wenig nachgelassen hatte, wandte sie sich zu ihm um. »Sie haben mich zu einer Lügnerin gemacht«, sagte sie. »Das will mir nicht sonderlich gefallen.«

»Ich hatte nie die Absicht ...«

»Schweigen Sie!«

»Entschuldigung.«

»Ich habe diese Information gewissen Parteien versprochen, und wenn sie nicht geliefert werden kann, wird jemand dafür büßen müssen.«

Michaelson seufzte. »Ich werde Sie für alle Ungelegenheiten entschädigen.«

»Ja, das werden Sie, Mr. Michaelson. Das werden Sie.« Cinnamon starrte ihm unnachgiebig in die Augen. »Und Sie sollten hoffen, daß Ihr Wert nicht noch weiter fällt. Sie sind ein Exec, Sie sollten die Regeln besser kennen als die meisten. Wenn eine Anlage zu sehr an Wert verliert, ist es das klügste, sie einfach abzustoßen.«

Cinnamon warf den Kopf in den Nacken und stieß eine dicke Rauchwolke aus. »Würden Sie mir da nicht zustimmen, Mr. Michaelson?«

37

»Sucht nach ihr!« schrie Jonathon. »Sie muß irgendwo sein.«

Zwei, drei Sekunden lang kam keine Antwort. Nichts als das Huschen von Füßen über den Teppich und die rapiden Schwenks von Halfchromes Cyberauge. Sie zeigten einen Raum, der genauso leer war. Genauso stumm.

Wie ein Grab.

Grids' Stimme meldete sich. »Es hat Alarm gegeben«, sagte er. »Irgendeine komplizierte Sache mit Verzögerung. Wir konnten nichts machen. Tut mir leid.«

»Wir ziehen uns zurück«, meldete sich Venny nach einer Minute. »Die astralen Interferenzen sind zu stark. Ich kann ihre Spur nicht aufnehmen.«

Venny führte den kleinen Trupp an, gefolgt von Halfchrome und Samantha. Sie rannten die kurze Strecke zum Stallion. *Syn,* dachte Jonathon verzweifelt, *was ist dir zugestoßen? Warum habe ich dich mitkommen lassen?*

Die Tür schlug zu, und er startete instinktiv, flog ganz nach Gefühl dicht über den Ozean den Weg zurück, den sie gekommen waren. Er fühlte sich losgelöst von seinem Körper. Abgesondert. Isoliert.

Eine kalte Melancholie ergriff Besitz von ihm, als er den kalten Wind auf dem Flug dicht über der Brandung spürte. Er schaltete die Heizung in dem Hughes Stallion, in seinem Metallkörper, auf Höchstleistung, um die klirrende Kälte in dem Hubschrauber zu verjagen, das niederschmetternde Gefühl im Magen, daß er seine Liebste zum letztenmal gesehen hatte.

»Venny, berichte mir genau, was du gesehen hast«, sagte Jonathon.

Venny warf ihm einen traurigen Blick zu. »Das ist schwer zu erklären«, antwortete er. »Synthia und ich waren hinter Samantha und Halfchrome. Ich habe mich umgesehen, aber mir ist nichts Besonderes aufgefallen.

Synthia stand neben mir, nur einen Schritt entfernt, und kümmerte sich um den Astralraum, um sich zu vergewissern, daß uns von dieser Seite keine Falle drohte. Ich habe ebenfalls versucht, mich dort umzusehen, aber die Landschaft veränderte sich ständig. Plötzlich gab es einen grellen weißen Blitz wie von einer Blendgranate, aber ohne Explosionsknall. Nur das Licht. Ich drehte mich um, versuchte die strahlende Helligkeit wegzublinzeln und sah ...«

Der Himmel wurde im Osten gelb, als Jonathon den Stallion an der Entsalzungsanlage vorbeiflog. Das Wasser war eine dunkelgrüne Wand, auf der Schutt und Drek trieben. »Und sahst was?«

»Nichts.«

»Was meinst du damit, nichts?«

Venny runzelte die Stirn. »Eben nichts. Ich habe gar nichts gesehen. Nicht die Penthouse-Suite, nicht die Möbel und die Wände, nicht einmal die Nachwirkungen des Blitzes auf meiner Netzhaut. Statt dessen sah ich Schwärze, Leere ... Nichts.«

Jonathon steuerte jetzt den alten LAX an. »Das war alles?«

»Nein. Im Astralen habe ich etwas gesehen. Die Schutzvorrichtung, die die Suite umgab, schmolz in dem Augenblick.«

»Schmolz? Was, zum Teufel, soll das bedeuten?«

»Ich weiß nicht, wie ich es sonst beschreiben soll. Ich konnte keinen eingehenderen Blick darauf werfen, aber diese Schutzvorrichtung waberte und bewegte sich. Sie schmolz auf die Stelle zusammen, wo Synthia stand, und brach dann zusammen.«

Jonathon begann mit dem Manöver, den Kopter auf dem gesprungenen, löchrigen Beton zu landen, der einmal eine Landebahn gewesen war. Er setzte hinter

Hemmingways umgebautem Flugzeughangar auf und schaltete die Rotoren ab.

»Als ich wieder richtig sehen konnte«, fuhr Venny fort, »war sie nicht mehr da. Verschwunden. Nicht einmal im Astralraum war eine Spur von ihr.«

Als Jonathon ausstieg, gaben seine Beine fast unter ihm nach. *Vielleicht sehe ich sie nie wieder.* Er lehnte sich gegen den Hubschrauber.

»Jonathon«, sagte Venny, der den Elf mit seinen starken Armen stützte, als sie in das Chateau gingen. »Du brauchst Ruhe. Drek, *ich* brauche Ruhe. Schlaf bitte.«

Die Zimmer waren modern und üppig eingerichtet, obwohl die Wände aus grob behauenem grauen Stein bestanden. Jonathon und Synthia hatten ein Zimmer mit dicken Samtvorhängen vor den Fenstern und einem Teppich bekommen, der wie das Fell eines weißen Tigers gemustert war. Der eigentliche Boden sah aus, als bestünde er aus echtem und nicht aus künstlichem Holz. Zwei weiße Frotteebademäntel lagen auf dem riesigen Himmelbett.

Als Jonathon Synthias Kleider, Hosen und Hemden im Schrank hängen sah, wurde sein Kopf schlagartig leer. Das Rauschen knisterte wie Hintergrundlärm in seinem Kopf, und er starrte blicklos auf die Kleidung, da sich sein Verstand abgeschaltet hatte.

Syn, was, in aller Welt, ist dir zugestoßen?

Venny riß Jonathon eine Minute später aus diesem Zustand, als er die große Holztür öffnete. »Du schläfst noch nicht?«

»Hm? Ach ja, ich bin gleich soweit.«

»Nun, da du noch auf bist, da ist ein Anruf für dich«, sagte Venny. »Ich habe dein Telekom abgestellt, damit du nicht gestört werden kannst, und wollte eine Nachricht entgegennehmen, aber es könnte wichtig sein.«

»Wer ist dran?«

»Dougan Rose.«

Beim Klang dieses Namens sträubten sich Jonathons

Nackenhaare. »Laß mich allein mit ihm reden«, sagte er. »Danke.«

Venny nickte, ging hinaus und schloß die Tür hinter sich.

»Telekom ein«, sagte Jonathon zu der Trideoeinheit in dem geschlossenen Eichenschrank. Die Türen des Schranks öffneten sich und gaben den Blick auf einen Schirm frei, der in kleine Quadrate aufgeteilt war. Jedes Quadrat stellte eine Telekomleitung dar. Dougan Roses Gesicht war auf Leitung drei zu sehen. Jonathon berührte den Bildschirm unter dem Bild Dougans, und das Gesicht des anderen Elfs dehnte sich aus, bis es den ganzen Schirm ausfüllte.

Dougan lächelte, als er Jonathon erblickte. Auf seinen elfischen Zügen spiegelte sich Erschöpfung wider, und das Exoskelett, das wie eine zweite Haut um seinen Hals lag, funkelte dunkelblau.

»Was willst du?« sagte Jonathon.

»Ich rufe an, um mich zu entschuldigen«, erwiderte Dougan. »Und um dir einen Job anzubieten.«

»Fick dich ins Knie.«

»Es ist mein Ernst. Zunächst einmal war es ein Unfall, daß Tamara gestorben ist. Ich wollte sie verletzen, nicht töten. Es tut mir wirklich leid, daß sie gestorben ist.«

»Du steckst bis zu den Kiemen voller Drek.«

Dougans grüne Augen blitzten, er hielt Jonathons Blick stand. »Du mußt mir glauben«, fuhr er fort. »Ich sage die Wahrheit. Vielleicht ist an ihrem Traumapflaster herumgepfuscht worden.«

Jonathon spürte, wie seine Knie weich wurden. Er starrte in Dougans Gesicht, in seine halbmondförmigen Augen. Versuchte die Lüge darin zu erkennen, winzige Hinweise zu entdecken, die ihm den Beweis liefern würden, daß dieser Elf böse war und sterben mußte.

Er fand nichts. Er glaubte Dougan zwar nicht, aber er wußte auch nicht mit Sicherheit, daß der Elf log. *Viel-*

leicht hat Dougan recht, dachte er. *Tamaras Traumapflaster könnte tatsächlich manipuliert worden sein.*

»Ich hatte keinen Grund, sie zu töten«, sagte Dougan. »Das wäre nicht sehr schlau gewesen, wo mein ... Geschäftspartner die Information wollte, die sie hatte.«

»Ist das der Grund, warum du sie verletzen wolltest?«

»Ja«, antwortete Dougan. »Jemand wollte, daß sie frühzeitig aus dem Spiel ausschied. Wollte herausfinden, welche Information sie besaß. Dieser Jemand hat Druck auf mich ausgeübt.«

»Wer?«

Dougan schüttelte den Kopf. »Das kann ich dir nicht sagen. Ich kann dich nur warnen. Die Leute, die das getan haben, sind keine Amateure. Sie glauben, du hast die Daten, die Tamara gestohlen hat, und wollen sie zurück. Womit ich bei meinem nächsten ...«

»Woher weißt du, daß ich hier bin?«

»Ich weiß eine ganze Menge, aber offen gesagt haben dich viel zu viele Leute The Fixx betreten und mit Hemmingway gehen sehen. Darf ich jetzt ausreden?«

Jonathon nickte.

»Ich habe Grund zu der Annahme, daß deine Anstellung bei den Sabers nicht von Dauer ist. Der Hauptbesitzer der Mannschaft ist Saeder-Krupp, und ...«

»Ja«, knurrte Jonathon. »Diese Schlußfolgerung kann ich selbst ziehen.«

»Davon bin ich überzeugt«, beschwichtigte ihn Dougan. »Und das ist auch der Grund meines Anrufs. Um ...«

»Ich bin diese Unterhaltung leid.« Jonathon streckte die Hand aus, um die Verbindung zu unterbrechen.

»Hör mich doch erst an«, fuhr Dougan fort, ohne zu stocken. »Ich rufe an, um dir ein Angebot zu machen. Das Angebot, dich mir und den Buzzsaws anzuschließen.«

38

Synthia erwachte in einer Welt der Stille und Dunkelheit. Sie erinnerte sich an nichts seit dem Run auf Michaelsons Penthouse-Suite, dem Lichtblitz und dem Wirbelsturm aus Astralenergie. Danach war nichts gewesen, bis jetzt.

Empfindungen sickerten langsam in ihr Bewußtsein. Das Geräusch von Reifen auf Asphalt. Das Gefühl sich zu bewegen, ein Polster in ihrem Rücken.

Sie schlug die Augen auf und fand sich im dunklen Innern einer Limousine wieder. Sie war größer als Jonathons Mitsubishi Nightsky und luxuriöser ausgestattet. Sogar im Dunkeln konnte sie die Bar und die SimSinn-Decks erkennen.

»Willkommen, Miss Stone«, hörte sie eine volltönende Stimme. »Ich werde Brackhaus genannt.«

Die Stimme gehörte einem Menschen unbestimmten Alters. Er war von eher unterdurchschnittlicher Größe und trug einen dunklen Seidenanzug. Seine Aura war die eines Normalsterblichen, wenigstens sah sie so aus. *Er könnte sie maskieren*, dachte sie.

»Ich muß mich für die Art und Weise entschuldigen, wie wir Sie hergebracht haben«, sagte er. »Aber das war der leichteste Weg, das versichere ich Ihnen.«

»Kenne ich Sie?« fragte Synthia.

»Nicht direkt, aber mein... Arbeitgeber ist Ihnen nicht unbekannt. Er finanziert einen Großteil Ihrer magischen Forschungen, wenn ich mich nicht irre.«

»Lofwyr?«

»Ja.«

Synthia starrte den dunklen Schatten namens Brackhaus an. »Was wollen Sie von mir?«

»Nicht viel«, sagte er. »Nur das, was uns gehört.«

»Und das wäre?«

»Die SimSinn-Aufzeichnung der Magus-Akte.«

»Ich weiß nicht, wovon Sie reden.«

Brackhaus schnaubte verächtlich. »Hören Sie auf, Miss Stone, beleidigen Sie meine Intelligenz nicht. Ich habe eine vollständige Gedankensondierung an Ihnen vornehmen lassen.«

»Was? Sie …« Synthia konnte nicht glauben, daß das möglich war. Sie konnte sich an nichts erinnern.

»Ich versichere Ihnen, es stimmt. Viele Stunden sind seit Ihrem Besuch im Venice Hilton vergangen, und mittlerweile ist es Vormittag.« Brackhaus berührte einen Knopf und ließ die schwarz getönte Seitenscheibe fünf Zentimeter herunter. Das Glas war als zusätzliche Sicherheitsmaßnahme von innen mit einer Schicht Plexan überzogen. Licht fiel für einen Augenblick durch den Spalt, bevor Brackhaus das Fenster wieder schloß. »Meine Magier waren gründlich, und Ihre Erinnerung an die Schmerzen ist gelöscht worden.«

Gelöscht worden? dachte Synthia. *Wieviel Macht kann eine Person haben?*

Synthia funkelte Brackhaus an. »Wollen Sie damit sagen, daß Lofwyr die Finanzierung meiner Forschungen an der UCLA einstellen wird, wenn ich nicht meine Freunde verrate und Ihnen diese Aufzeichnung beschaffe?«

Brackhaus nickte. »Ich fürchte, die Situation ist noch ein wenig ernster.«

»Was soll das heißen?«

»Wir müssen den Chip bekommen, bevor er übersetzt ist«, sagte Brackhaus. »Und alle Kopien müssen zerstört werden. Wir würden nicht wollen, daß wir jeden töten müssen, der zu viel weiß. Je weniger Ihre Freunde vom Inhalt des Chips wissen, desto besser sind ihre Chancen, am Leben zu bleiben.«

»Schön«, sagte Synthia, indem sie versuchte, es sich auf dem zu weichen Sitz bequem zu machen. »Ich glaube, das ist jetzt klar. Was ich meinte, war …«

»Was ich sonst noch getan habe, um Sie zur Mitarbeit zu bewegen?«

Synthia nickte.

»Während Sie bewußtlos waren, hat unser Arzt Ihnen einige Mikroorganismen in den Blutkreislauf injiziert.«

»Was?« rief sie, wobei sie der Mut verließ. Sie rang nach Atem, da sich ihr die Kehle zuschnürte. »Sie haben mich mit Maschinen vollgepumpt?«

»Mit kleinen biologischen Zeitbomben, um genau zu sein. Sie produzieren ein tödliches Gift und speichern es. Ohne eine Injektion monoklonaler Antikörper wird die molekulare Uhr in den Mikroorganismen das Gift in Ihren Metabolismus leiten. Dann sterben Sie binnen weniger Minuten.«

Galle stieg in ihr hoch. Sie krümmte sich, hielt sich das schwarze Loch, das zuvor ihr Magen gewesen war. *Drek!*

»Die molekulare Uhr wurde auf zwölf Stunden eingestellt. Wenn wir Ihnen die Antikörper injizieren, sterben die Mikroorganismen ab, und Ihnen wird nichts geschehen.«

Synthia betrachtete den kleinen Mann mit verschwommenem Blick. »Sie verstehen nichts«, sagte sie mit zusammengebissenen Zähnen. »Was Sie mir angetan haben, kann nicht ungeschehen gemacht werden. Sie haben mir Gewalt angetan. Mein Fleisch vergewaltigt.«

Der Manablitz-Zauber juckte in ihrem Verstand, als sie sich darauf konzentrierte. Sie würde diesen verdammten Exec zu einem öligen schwarzen Fleck auf dem Sitz verbrennen.

»Wenn eine Wahl bestanden hätte ...«, begann Brackhaus.

Sie ließ den Zauber fliegen, sah ihn im Astralen durch Brackhaus fahren. Doch die Energie floß an ihm ab, drang nicht durch seine Aura, die unverändert blieb.

»Wie ich schon sagte«, fuhr Brackhaus fort. »Wir hätten uns anderer Mittel bedient, wenn wir die Wahl gehabt hätten.«

Synthia wirkte einen anderen Zauber, versuchte ihn mit Höllenfeuer zu verbrennen. Doch Brackhaus bewegte sich blitzschnell und berührte ihre Stirn. »Schlaf«, hörte sie ihn sagen, während sie langsam in einen Abgrund sank.

»Ich kann nicht zulassen, daß Sie meinen Wagen verbrennen.« Die Worte wurden immer leiser, während sie fiel. »Sie werden erklären, daß Sie in einem astralen Strudel festsaßen und bewußtlos geworden sind. Daß Sie sich an nichts erinnern können.« Brackhaus' Stimme war kaum noch zu verstehen. »Ich erwarte, von Ihnen bis zum frühen Abend zu hören.«

Dann sank ihr der Kopf auf die Brust, und sie wußte nichts mehr.

39

Jonathon sah Synthias Gesicht im Traum, die zarten Pinselstriche ihrer lächelnden Züge, das kupferfarbene Haar, das im Sonnenlicht rötlich leuchtete. Sie beugte sich über ihn und küßte ihn, rubinrote Lippen, die sich weich auf seine preßten. Feucht und warm.

Jonathon legte eine Hand auf ihr seidiges Haar und zog ihren Kopf an sich. Er küßte sie fest auf den Mund, drehte sie um, so daß sie neben ihm zu liegen kam. Ihr Körper fühlte sich wirklich an. Ihr Duft, der Geruch nach Sommerwind und Rosen, war stark und unbestreitbar lieblich. Alles an ihr kam ihm viel zu wirklich vor.

Es war überhaupt kein Traum.

Er drückte sie an sich und atmete tief ein, schloß einen Moment lang die Augen, bevor er sie wieder öffnete. Bevor er weiteratmete.

Synthia lag immer noch in seinen Armen, und ihre zierliche Nase kitzelte am Ohr. Sie lebte! Was war geschehen? »Ich liebe dich«, sagte sie. »Ich wollte nur, daß du weißt, daß ich dich liebe.«

Jonathon konnte sie nicht loslassen. Weigerte sich. »Geht es dir gut?«

»Ich habe ein wenig Angst«, sagte sie. »Aber es geht mir gut. Ich will nur, daß dies alles bald vorbei ist.«

»Was ist passiert?«

»Ich war in einem astralen Strudel oder irgendeiner Falle gefangen«, antwortete Synthia. »Zuerst dachte ich, ich könnte mich daraus befreien, aber wer dafür verantwortlich ist, hat viel mehr magische Macht als ich. Ich wurde bewußtlos und kam vor ungefähr zwei Stunden im Laderaum des Lieferwagens irgendeiner Konzernsicherheit wieder zu mir.«

Jonathon drückte sie. *Ihr Geister*, dachte er, *ich habe sie vermißt.*

»Aber ich bin geflohen«, fuhr sie fort. »Ich habe Iopos beschworen und sie und ihren drekkigen Lieferwagen zu Asche verbrannt.«

»Ich hielt dich für tot«, flüsterte Jonathon. »Ich dachte, ich hätte dich auch getötet.«

Synthia streichelte seine nackte Brust. »Du hast gar nichts getan, Jonathon. Ich habe die Entscheidung getroffen mitzukommen.« Sie setzte sich auf ihn und öffnete ihre Kunstlederkorsage. »Ich muß die Verantwortung für meine Handlungen tragen«, sagte sie, während sie die Korsage abstreifte und ihre wunderbaren weißen Brüste enthüllte.

»Nun, für diese Handlung übernehme ich jedenfalls die Verantwortung«, entgegnete Jonathon. Er hob den Kopf und nahm eine rosige Brustwarze in den Mund.

Synthia stieß einen kaum hörbaren Seufzer aus und beugte sich über ihn. Sie lächelte und drückte seine Schultern auf das Kissen. Dann küßte sie Stirn und Lippen, Hals und Brust. Ihre Haare strichen federleicht über seine harten Bauchmuskeln, als sie sich langsam weiter nach unten arbeitete.

Immer tiefer, bis ihn die Wärme ihres Mundes umhüllte, und in den nächsten Minuten vergaß er alles um sich herum. Seine Gedanken waren lediglich auf Synthia und seine immer stärker werdende Ekstase gerichtet.

Er richtete sich auf und zog sie langsam aus. Ihre Kleider fielen achtlos zu Boden. Ihr Körper glühte unter ihm und strahlte Leidenschaft aus, während sie sich träge auf den weichen Seidenlaken bewegte. Er küßte sie, zunächst sanft, erkundete mit seiner Zunge die üppige Landschaft ihres Fleisches. Preßte seine Lippen in die Wölbungen und Höhlungen ihres Körpers.

Er ließ sich Zeit, steigerte ihre Lust ganz langsam, bis

sie schließlich vom Beben des Orgasmus erfaßt wurde. Sie bockte mit den Hüften und grub die Fingernägel in seine Haare.

Er rutschte langsam aufwärts, um sie zu küssen und eine Weile neben ihr zu liegen. Ihre Umarmung war ruhig, zufrieden. Und irgendwann später, nachdem er die Augen geschlossen hatte, drang er in sie ein, und sie liebten sich auf diese Weise. Er hielt sie fest, als könne dies das letztemal sein. Verzweifelt und fordernd. Drängend und in seinem Verlangen unmöglich zu stillen.

Und später, nachdem sie eine Weile geschlafen hatten, liebten sie sich wieder, beide ermüdet, aber nicht gewillt, einander loszulassen. Bis sie zu erschöpft waren, um noch länger wach zu bleiben.

Mehrere Stunden waren vergangen, als Jonathons Headware ihn weckte. Jemand pfuschte an seinem Fernsteuerungsrig herum und schickte ihm etwas, das sich wie ein sanftes Prickeln im Hinterkopf anfühlte. *Das muß Grids sein*, dachte er.

Jonathon löste sich von Synthia und stieg vorsichtig aus dem Bett, darauf bedacht, sie nicht zu wecken. Ein unerträgliches Hungergefühl plagte ihn, als er sich den dicken Frotteebademantel überzog und leise auf den Flur ging.

Jonathon fand Grids im angrenzendem Schlafzimmer, in dem der große Fuchi Simsynthesizer neben dem Cyberdeck aufgebaut war. Ein Bündel Glasfaserkabel verband die beiden Geräte. »Immer hereinspaziert«, sagte Grids, der ebenfalls einen Frotteebademantel über seinen dünnen, geisterhaft bleichen Körper geworfen hatte.

Sonnenlicht fiel durch die zwei Meter hohen Bleiglasfenster des Zimmers. Dahinter sah Jonathon die Hangarwand und grünen Efeu auf den Stahlträgern, die die Konstruktion stützten. Die großen Fenster in der Wand gaben den Blick auf Wasser und überflutete Gebäude frei, die vor Jahren zum Flughafen gehört hatten, und in der Ferne auf den Ozean.

Jonathon tippte sich an die Stirn. »Hast du …?«

»Ja«, antwortete Grids mit einem breiten Grinsen auf dem Gesicht. »Ein kleiner Weckruf.«

»Was liegt an?«

»Goofy hat die Magus-Akte entschlüsselt.« Grids hielt ein Datenkabel hoch. »Hier, ich will, daß du eine Kopie in deiner Headware speicherst, falls diesen Chips etwas zustößt.«

Jonathon nahm das Kabel und stöpselte es ein. Ein paar Sekunden später ruhte der Inhalt der Magus-Akte sicher in seiner Headware-Memory. Er würde sich die Akte später genauer ansehen, aber jetzt war er hungrig.

»Gute Arbeit«, sagte er zu Grids, als er sich ausstöpselte und sich in dem Zimmer nach etwas Eßbarem umsah.

»Danke«, meinte Grids. »Ich bin mir nur noch nicht darüber im klaren, ob ich eine Kopie an einem Ort ablegen soll, zu dem man aus der Matrix Zugang hat.«

»Das würde ich nicht tun«, sagte Jonathon. »Zumindest so lange nicht, bis wir wissen, was wir damit anfangen sollen.«

Grids nickte. »Deswegen habe ich auch gezögert. Übrigens, habe ich richtig gehört, daß Synthia wieder da ist?«

Jonathon lächelte. »Ich weiß nicht, was hast du denn gehört?«

»Nur das übliche Grunzen, Schreien und rhythmische Quietschen des Bettes.«

Aus Jonathons Lächeln wurde lautes Gelächter. »Tut mir leid, wenn wir dich wach gehalten haben sollten, Chummer.«

»Das braucht es nicht«, sagte Grids. »Ich scheine momentan einen Hang zum Voyeurismus zu haben.«

»Nun, sie ist jedenfalls wieder da. Ist in irgendeine magische Falle geraten.« Jonathon berichtete Grids von dem astralen Wirbelsturm und Synthias Flucht aus dem Lieferwagen der Sicherheit. Unterdessen ging er zu einem Tablett mit französischem Baguette und Leberpastete auf dem Nachttisch.

Er schnitt sich ein Stück Brot ab und bestrich es mit Pastete, dann nahm er einen gewaltigen Bissen, um seinen quälenden Hunger zu stillen.

Grids trank einen Schluck Soykaf, während er zuhörte. »Ich bin froh, daß sie okay ist. Aber diese Sache ist noch lange nicht ausgestanden. Die Magus-Akte ist harter Drek.«

»Du hast sie gelesen?«

»Nur den ersten Teil«, sagte Grids. »Aber das hat schon gereicht, um mir einen Eindruck davon zu vermitteln, warum wir auf diversen Abschußlisten stehen.«

Jonathon aß den Rest des Brotes mit einem Bissen und machte sich noch eines. »Sag es mir.«

»Willst du die kurze oder die lange Version hören?«

»Die kurze«, sagte Jonathon. »Ich will nur wissen, wie tief der Drek ist, in dem wir stecken. Ich lese mir die Akte später selbst durch.«

»Wir stecken so tief im Drek, daß er uns die Ohren verstopft.«

»Gib mir nur die Kurzfassung, okay?«

»Erinnerst du dich noch an die Überschwemmung im Jahre fünfundvierzig?«

»Du meinst die hier in LA?«

»Ja. Auf einer Ölbohrinsel ist der veraltete Fusionsreaktor hochgegangen, weißt du noch?«

Jonathon nickte. Die Flutwelle und der radioaktive Niederschlag hatten die Küste und die Strände von Ventura bis Oceanside überschwemmt und verseucht. Ein Teil des Schadens war beseitigt worden, aber viele Orte, wie zum Beispiel der LAX, waren sich selbst überlassen worden und verrotteten langsam. »Ich war damals nicht hier«, sagte er. »Aber ich habe davon gehört.« *Drek, wer nicht?*

»Bei Shadowland kursierten eine Menge Gerüchte, wer dafür verantwortlich war«, sagte Grids. »Aber es wurde kein einziger Beweis gefunden. Nicht einer. Weißt du, wie selten so etwas ist? Bei einer Sache, die so groß ist, alle Hinweise zu vernichten?«

Jonathon schwirrte der Kopf, als er darüber nachdachte.

»Ein Teil der Magus-Akte enthält Fakten über die Ursache der Explosion«, fuhr Grids fort. »Harte Fakten. Ich hatte beinahe Angst, den Rest zu lesen.«

»Was steht darin?«

»In aller Kürze Folgendes: Saeder-Krupp hat ein paar Shadowrunner angeworben, um in ein vor der Küste gelegenes Labor von Aztechnology einzubrechen. Das Labor bestand zu diesem Zeitpunkt bereits seit etwa zehn Jahren und wurde immer noch mit einem alten Fusionsreaktor betrieben. Rate mal, welche Experimente sie dort veranstaltet haben?«

»Sag's mir einfach, okay?«

»Biologische künstliche Intelligenz.«

»Also das, wovon du mir schon erzählt hast?«

Grids nickte. »Bei Shadowland machte ein Gerücht die Runde, die Azzies versuchten, eine Bio-KI mit Hirnmasse herzustellen. Die Magus-Akte bestätigt das nicht nur, sondern beschreibt auch im Detail, wie es gemacht wurde. Die Azzies haben es schon vor zehn Jahren geschafft!«

Jonathon setzte sich auf die Bettkante.

»Aber sie war nicht stabil, jedenfalls glauben sie das. Als die Runner das Labor angriffen und versuchten, die Daten zu rauben, entdeckte die KI sie und drehte durch. Sie übernahm die Kontrolle über den Fusionsreaktor und jagte sich selbst und alles andere in die Luft. Beging Selbstmord.«

Grids schwieg einen Augenblick und trank einen Schluck Soykaf.

»Woher weißt du, daß diese Daten echt sind?« fragte Jonathon.

»Um die KI daran zu hindern, Zugang zur Matrix zu bekommen, hat Aztechnology die Laborcomputer völlig isoliert«, sagte Grids. »Deswegen mußten die Runner tatsächlich auf die alte Bohrinsel. Einmal dort, konnten sie die meisten Dateien via Satellitenverbindung an eine S-K-Datenbank weiterleiten. Es ist alles da. Lies es und mach dir in die Hose.«

»Glaubst du, S-K stellt gerade eine dieser Bio-KIs her?« fragte Jonathon.

Grids zuckte die Achseln. »Das ist völlig unerheblich«, sagte er. »Sie könnten die Informationen auch einfach nur für später aufbewahren. Aber die Tatsache, daß wir sie haben, ist ein Problem für sie. Sie werden uns töten, um ihre Verbreitung zu verhindern, und andere werden uns töten, um an sie heranzukommen. Wir sind so oder so erledigt.«

Ein Klopfen an der Tür unterbrach sie. Grids warf einen Blick durch die Überwachungskamera. »Es ist Venny.« Er ging zur Tür und öffnete sie.

Venice Jones trat ein. Er trug seine übliche Montur, eine lockersitzende schwarze Hose mit vielen Taschen, ein schwarzes langärmeliges Hemd, Kunstlederhandschuhe. Verspiegelte Sonnenbrille.

Jonathon musterte ihn kritisch. »Hast du geschlafen?«

»Ja«, sagte Venny. »Vier Stunden, obwohl ich einen ziemlichen Lärm ertragen mußte, der aus deinem Zimmer kam.« Er lachte.

»Tja, wir haben uns eben amüsiert.«

»Das glaube ich gern«, sagte erwiderte Venny. »Jedenfalls dachte ich, daß es langsam Zeit wird, zum Stadion zu fahren. Du hast gesagt, daß du heute spielen willst, oder nicht?«

Jonathon dachte darüber nach. Er war nicht mehr so sicher. Synthias Verschwinden hatte ihn erschreckt. Ihn seines Antriebs beraubt. Und Dougans Angebot klang immer reizvoller. Zu den Buzzsaws zu wechseln, mochte alle ihre Probleme lösen.

Vorausgesetzt Dougan sagt die Wahrheit.

Jonathon sah zu Venny auf. »Ja, aber ich muß früher hin, um nachzudenken. Ich ziehe mich an, und dann fahren wir zwei ins Stadion.«

Venny nickte.

Synthia schlief immer noch tief und fest, als sich Jonathon wieder in ihr Zimmer schlich und sich anzog. Leise packte er eine Tasche mit einigen zusätzlichen Sachen zusammen. Dann zog er den Duster an, und sofort spürte er das Gewicht des Predator II und der Reservemunition in der Tasche.

Bevor er das Zimmer verließ, drehte er sich noch einmal um und betrachtete das Gesicht der schlafenden Frau, die er liebte. So heiter. So schön und kindlich kam sie ihm vor.

Ich kann es nicht riskieren, sie noch einmal zu verlieren, entschied er sich plötzlich. *Mir ist völlig egal, was ich tun muß, um sie zu beschützen.* Und da wußte er, daß er Verbindung mit Dougan Rose aufnehmen und sein Angebot annehmen würde, zu den Buzzsaws zu wechseln.

Später, wenn alle in Sicherheit waren, würde er sein Vorhaben, Tamaras Tod zu rächen, weiter verfolgen. Weder Dougan Rose noch sein… Geschäftspartner würden verschont bleiben. Jonathon würde beide töten. Doch zuerst würde er um die Sicherheit seiner Freunde feilschen.

40

Synthia erwachte in einem abgedunkelten Raum, in den durch die Ritzen rings um die Fensterläden Sonnenlicht fiel. Sie drehte sich um und stellte fest, daß das große Bett leer war. Jonathon war verschwunden.

Wo ist er? dachte sie. Eine rasche astrale Suche verriet ihr, daß weder Jonathon noch Venny in einem der angrenzenden Räume waren. Sie warf einen Blick auf die altmodische analoge Uhr an der Wand. Viertel nach zwei. Jonathon war vielleicht ins neue LA Coliseum unterwegs, um das Labyrinth abzufahren und sich für das heutige Meisterschaftsspiel aufzuwärmen.

Synthia stand rasch auf, duschte sich und zog ein Sommerkleid mit einem Blumenmuster an, bevor sie zu Grids ging. Sie hatte keine Ahnung, wie sie ohne sein Wissen an den Chip herankommen sollte. Vielleicht konnte sie einen Geist damit beauftragen, alle seine Chips zu stehlen, um sie dann anschließend einfach zu zerstören. Aber selbst das war unmöglich, solange er sich in dem Zimmer aufhielt.

Vielleicht konnte sie ihn dazu bewegen, mit ihr frühstücken zu gehen.

Sie klopfte an die übergroße Holztür. Grids öffnete. Er trug nur seinen weißen Bademantel. »Synthia, komm doch rein.«

»Ich dachte, du willst vielleicht mit mir frühstücken oder zu Mittag essen«, sagte sie.

Grids deutete auf ein Tablett mit Obst, Baguette und Leberpastete. »Ich stopfe mich schon den ganzen Morgen voll«, sagte er. »Außerdem wollte ich noch ein paar Kopien von diesem Chip erstellen. Goofy hat den Text mittlerweile vollständig entschlüsselt. Kann man das glauben?«

Sie konnte, wollte es aber nicht. »Das ist Sahne«, sagte sie. »Wie viele Kopien hast du bisher angelegt?«

Grids nahm zwei Chips, die auf dem Gehäuse des Simsynthesizers lagen. »Nur diese beiden«, sagte er. »Plus diejenige in Jonathons Headware.«

»Wo?« Ihre Stimme hob sich unmerklich.

Grids sah sie fragend an.

Sie zwang sich, ganz ruhig zu sprechen. »Bringt ihn das nicht in Gefahr?«

»Nur, wenn es einer von den bösen Jungens herausfindet.«

Ihr Geister! dachte sie. *Das erschwert die Dinge erheblich.* Dann fielen ihr die Mikroorganismen in ihrem Blut wieder ein, und sie fiel beinahe in Ohnmacht. Ohne das Gegenmittel würde sie sterben. Ohne den Chip würde es kein Gegenmittel geben.

»Ist Jonathon ins Stadion gefahren?« fragte sie.

»Ich glaube, ja«, sagte er. »Er hat Venny mitgenommen.«

»Hat er ausdrücklich gesagt, daß er dorthin fährt?«

»Ja, aber …«

»Aber?« sagte Synthia, deren Stimme sich schon wieder hob.

Grids zuckte die Achseln und trank einen Schluck von seinem Kaf. »Ich weiß nicht, ich hatte nur den Eindruck, daß er noch etwas anderes vorhat. Wie zum Beispiel, zuerst noch irgendwo anders hinzufahren.«

»Was meinst du damit?«

»Na ja, er hat doch diesen Anruf von Dougan Rose bekommen, während du verschwunden warst.«

»Von Dougan? Was wollte er?«

»Ich weiß es nicht«, wehrte Grids ab. »Ich habe nicht mit ihm geredet.«

»Aha. Und was *glaubst* du, was Dougan wollte?«

»Es ist nur so eine Ahnung, aber ich glaube, er hat Jonathon einen Handel angeboten. Damit alle heil und gesund aus dieser Sache herauskommen.«

»Und du hast ihn gehen lassen? Was für eine schwachsinnige Aktion!« Jetzt schrie sie förmlich.

»Hey, beruhige dich«, sagte Grids. »Dieser astrale Wirbelsturm oder was auch immer muß dich ziemlich mitgenommen haben. Sie werden's schon überleben.«

Vielleicht, dachte Synthia, *aber* ich *nicht. Ich muß alle Kopien der Magus-Akte vernichten, auch diejenige in Jonathons Kopf.*

Sie hatte keine Zeit, nett zu sein, diskret zu sein. Sie mußte jetzt handeln. Der Zauber bildete sich im Astralraum, durchstieß ihre Aura und dann seine, als sie ihn sanft mit den Fingerspitzen berührte.

Sie formulierte die erste Frage in Gedanken: »Wo sind die Kopien des SimSinn-Chips und der entschlüsselten Informationen?« Grids fügte sich widerstandslos, brach auf dem Boden zusammen, während seine Erinnerung wie Flutwellen über sie hinwegbrandeten.

Sie sah die ursprüngliche Aufzeichnung, Grids in Zimmer 2305 des Venice Hilton. Das war der Chip, den er in seiner Chipbuchse hinter dem Ohr trug. Goofy, das Smartframe, hatte den Text übertragen, und davon gab es zwei Kopien auf zwei Chips plus diejenige in Jonathons Headware. Das war es. Gut, er hatte nicht gelogen.

Sie hielt den Zauber aufrecht und sondierte weiter, fragte, wohin Jonathon gegangen war. Grids' Erinnerung an Jonathons und Vennys Aufbruch überfiel sie. Jonathon sagte, sie würden ins Stadion fahren, doch Grids glaubte ihm nicht.

Noch eine Erinnerung erfüllte Synthias Gedanken. Stunden zuvor, bevor sie zurückgekehrt war, hatte Dougan Rose Jonathon angerufen, und Grids hatte sich in die Telekomleitung eingeschaltet. Er hatte die ganze Unterhaltung in sein Fuchi Cyber-7 eingestöpselt mitgehört.

Nach dem Auftaktgeplänkel hatte Dougan Jonathon das Angebot gemacht, die Sabers zu verlassen und zu den Buzzsaws zu wechseln. »MCT ist bereit, ein hübsches Sümmchen für deinen Wechsel zu bezahlen. Dazu käme noch Schutz und was du sonst noch willst«, sagte Dougan.

Jonathons Antwort kam zu rasch, zu eifrig. »Und was verlangt man von mir als Gegenleistung?«

Das Grinsen breitete sich wieder auf Dougans Gesicht aus. »Nur, daß du für die Buzzsaws fährst. Wir würden ein unbesiegbares Team abgeben, Chummer. Außerdem wollen sie die SimSinn-Aufzeichnung. Ohne die Aufzeichnung lassen sie sich nicht auf den Handel ein.«

»Welche SimSinn-Aufzeichnung?« fragte Jonathon.

Dougan lachte nur. »Hier ist meine Privatnummer. Überleg dir die Sache und ruf mich zurück.« Dann unterbrach er die Verbindung, und der Telekomschirm wurde abgesehen von Dougans LTG-Nummer dunkel.

Die kalten Spinnenfinger der Furcht wanderten über Synthias Rücken, als sie diese Erinnerung nacherlebte. Dougan war ziemlich überzeugend, und Synthia konnte sich lebhaft vorstellen, daß sich Jonathon darauf einlassen würde, zu MCT zu wechseln, selbst wenn er Dougan nicht glaubte. Um sie und die anderen zu schützen.

Verdammter Drek!

Sie entließ Grids aus ihrer Kontrolle, der bewußtlos zu Boden sank. Die Gedankensonde hatte ein Brennen in ihrem Kopf hinterlassen, und sie mußte sich setzen, als sie die Erschöpfung übermannte. Sie brauchte eine Weile, um wieder zu Kräften zu kommen, bis ihr Atem wieder stetig und ruhig ging. Dann wurde ihr klar, was sie zu tun hatte. Sie hatte sich bereits aus dem Fenster gelehnt. Jetzt mußte sie zuschlagen.

Sie entnahm der Chipbuchse hinter Grids' Ohr den Chip. Dann legte sie ihn zu den anderen, die bei Grids' SimSinn-Ausrüstung und Cyberdeck an der Wand lagen.

»Iopos«, rief sie. Der Feuerelementar manifestierte sich, flammend und knisternd. »Zerstöre diese Ausrüstung«, sagte sie. »Verbrenn sie zu Asche.«

»Ja, meine Gebieterin«, kam die Antwort. Dann hüllte der Elementar das elektronische Gerät ein und badete es in rote und blaue Flammen. Nach wenigen Sekunden war alles schwarz und geschmolzen. Unwiderruflich zerstört.

Synthia entließ Iopos und sammelte ihre Astralenergie für einen letzten Zauber – eine starke Illusion, die den Raum so aussehen ließ, als sei nichts geschehen. Als habe es weder einen Streit noch ein Feuer gegeben. Sie nährte sich von der Kraft ihres Armband-Fokus und dehnte die Illusion aus, um auch den Gestank des Feuers zu beseitigen, dann verwob sie den Zauber mit dem Zimmer, um ihn dauerhaft zu machen.

Danach war sie noch erschöpfter, aber ihre Kräfte würden rechtzeitig zurückkehren, und ihre Flucht aus The Fixx war ausschlaggebend, wenn sie Jonathon noch einholen wollte. Sie nahm sich eine Minute, um ihre Sachen zu packen und zwei Telekomanrufe zu erledigen, dann mietete sie sich einen Saab Dynamit von einem der Runner am Ort und verließ das Chateau und den alten Flughafen in ihrem neuen Wagen.

Sie hoffte nur, daß sie Jonathon rechtzeitig fand, bevor er die Kopie der Magus-Akte an MCT weitergab. Sie konnte beinahe spüren, wie das Gift in ihrem Körper produziert wurde und nur darauf wartete, freigegeben zu werden. Ein Schauder überlief sie, und sie trat aufs Gas.

DRITTER AKT

Sein endgültiger Tod

41

Jonathon ging mit Venice Jones ins *Dockweiler Gardens,* um dort zu Mittag zu essen. Er wollte Venny mit zu MCT nehmen, war aber nicht sicher, was der Troll dazu sagen würde. So oder so hatte Venny grundsätzlich eine sehr praktische Sicht der Dinge, und genau die brauchte Jonathon jetzt.

Das *Gardens* war mit der üblichen Mittagskundschaft gefüllt – höherklassige Verbrechertypen, Lohnsklaven, die scharf auf ein wenig Risiko außerhalb ihrer Arcologie waren, und überbezahlte Vergnügungssüchtige aus der Unterhaltungsindustrie, die sich gerade von einer Nacht mit heißen Simchips und Pharmazeutika erholten.

Plötzlich machte Jonathon sich Sorgen, daß seine Verkleidung einer eingehenderen Betrachtung nicht standhalten würde. Er trug dieselbe verspiegelte Sonnenbrille und den langen Duster wie zuvor, obwohl der Mantel jetzt verschmutzt und blutbefleckt war, wie dies bei einem echten Shadowrunner der Fall sein mochte. Trotzdem, es war der Tag des großen Endspiels, und jeder schien darüber zu reden.

Alle Tische waren besetzt, also warteten sie in der Bar, einem düsteren Raum, dessen Wände mit Holobildern von Profisportlern, darunter auch Jonathon, behangen waren. Alle starrten auf das riesige Trideo, in dem Vorberichte über das bevorstehende Combatbikerspiel und insbesondere auch über die Rivalität zwischen Jonathon und Dougan liefen. Jonathon und Venny zwängten sich an einen Ecktisch, wo Jonathon sich die Magus-Akte ansah, die Grids in seinen Headware-Speicher kopiert hatte. Venny wartete gelassen ab. Er wußte, daß Jonathon etwas auf dem Herzen hatte, und schwieg.

Die Magus-Akte bestand aus drei Teilen. Im ersten wurde die AZ54 Bio-KI diskutiert, von der Grids ihm bereits erzählt hatte. Der zweite ließ sich eingehend über den Magusfaktor aus, die genetischen Elemente, die die Fähigkeit verliehen, Magie zu benutzen. Und der dritte erörterte Möglichkeiten, die Bio-KI mit Magie zu kombinieren. Sie nannten es das Projekt ›Künstlicher Magier‹.

Die technischen Daten überstiegen zum größten Teil Jonathons Verständnis. Aber er glaubte die Bedeutung der Akte zu verstehen. Eine Bio-KI würde wie jede künstliche Intelligenz fremdartig und unberechenbar sein. Sie mochte außergewöhnliche Fähigkeiten in der Matrix haben und das Gleichgewicht der Macht zwischen den Megakonzernen ins Wanken bringen.

Wenn andererseits alle Loci des Magusfaktors entdeckt waren, konnte auf gentechnischem Weg ein Supermagier geschaffen werden. Die Akte enthielt auch Einzelheiten und Hochrechnungen darüber, welche Fortschritte die verschiedenen Megakonzerne auf diesem Gebiet bisher gemacht hatten. Jonathon begriff die Feinheiten der Genetik nicht, aber er war der Ansicht, daß Schamanen und Magier bereits mächtig genug waren. Magie jagte ihm eine Heidenangst ein.

Der letzte Abschnitt enthielt technische Informationen darüber, wie man einen künstlichen Magier herstellen konnte. Die Akte wies darauf hin, daß Aztechnology an der Erschaffung einer biologischen KI mit einem potentiellen magischen Talent arbeite, die alles übersteige, was innerhalb der bekannten Grenzen einer menschlichen oder metamenschlichen Seele möglich sei. Magenics betrieb Forschung mit dem Ziel, Schwächen in so einem Wesen zu entdecken, und die Muttergesellschaft Saeder-Krupp hatte verdeckte Operationen organisiert, um sich über das Ausmaß der Bedrohung Gewißheit zu verschaffen.

Die Akte enthielt alle Einzelheiten darüber, was

Magenics über den künstlichen Magier wußte, dazu Einzelheiten über die verdeckten Operationen Saeder-Krupps und die daraus gewonnenen Informationen. Die wesentliche Aussage war die, daß die Azzies einen funktionierenden Prototyp besaßen, der unberechenbar war, jedoch über begrenzte magische Fähigkeiten verfügte. Die Gedankenprozesse waren fremdartig, und die magische Macht fluktuierte.

Jonathon lief ein kalter Schauer über den Rücken, als er das las. Was würde geschehen, wenn er die Daten an MCT weitergab? Es war die jahrhundertealte Frage: War es besser, heikle Informationen in den Händen weniger Auserwählter zu belassen oder sie den Massen zur Verfügung zu stellen?

Jeder wußte, daß die Atomenergie ursprünglich und primär zu Kriegszwecken eingesetzt worden war. Um Leute in die Luft zu jagen. Sie war für diesen Zweck entwickelt worden, und als die Prinzipien einmal entdeckt worden waren, hatte man das Wissen nicht geheimhalten können. Doch danach war sie für friedliche Zwecke genutzt worden. Um Energie zu erzeugen. Ihre Entdeckung hatte zu anderen geführt: Kernfusion, Elektronenmikroskope, magnetische Resonanz-Bilderzeuger und Quanteninterferenzvorrichtungen. Alles mächtige Werkzeuge, von denen einige benutzt wurden, um damit zu heilen.

Wenn MCT die Information ebenfalls bekommt, dachte Jonathon, *wird der Vorsprung von Aztechnology vielleicht nicht zu groß. Die Azzies haben irgendwas an sich, bei dem es mich kalt überläuft.*

Außerdem, für mich ist es etwas Persönliches.

Wenn er Grids', Synthias und Vennys Leben retten konnte, indem er die Daten verkaufte, war es das wert. Darauf lief es letzten Endes hinaus.

»Mr. Jones, Ihr Tisch ist jetzt bereit«, sagte die Kellnerin.

Venny nickte und stand auf. Jonathon folgte ihm zum

Tisch und bestellte einen Mycoproteinshake mit Schokogeschmack. Venny nahm geeiste Limonade.

»Ich erwäge, Dougans Angebot anzunehmen«, sagte Jonathon, als die Kellnerin gegangen war. »Mich im Austausch für den Schutz ihrer Muttergesellschaft MCT den Buzzsaws anzuschließen.«

Venny bedachte ihn mit einem langen, unergründlichen Blick. »Warum?« fragte er.

»Ich bin es leid wegzulaufen«, sagte Jonathon. »Als Synthia verschwunden war, ist mir klargeworden, daß das, was ich tue, Wahnsinn ist. Ich will immer noch Vergeltung. Das Knistern in meinem Kopf drängt mich, Tamaras Tod zu rächen. Drek, ich kann mich nicht mal mehr erinnern, wie sie sich in meinem Kopf angefühlt hat. Meine Erinnerungen an ihre Emotionen sind verschwommen. Alles, was noch von ihr übriggeblieben ist, ist dieses Zischen, diese tote Zone in meinem Kopf. Und dafür werde ich alle finden und töten, die für ihren Tod verantwortlich sind.« Jonathon holte tief Luft. »Aber um welchen Preis? Synthias Leben? Dein Leben? Grids' Leben? Ich kann das nicht mehr verantworten. Was Dougan anbietet, ist ein Ausweg. Alle werden beschützt. Dann kann ich ihn später töten für das, was er getan hat, in ein paar Monaten oder Jahren, wenn er in Vergessenheit geraten ist.«

Venny hörte ihm schweigend zu, während seine Blicke wie immer über die Menge huschten und nach einer möglichen Gefahr für Jonathons Leben Ausschau hielt.

»Ich will, daß du bei mir bleibst«, sagte Jonathon.

»Ich bleibe bei dir, solange du mich willst«, erwiderte Venny. »Wohin du auch gehst. Das steht außer Frage und wird immer außer Frage stehen.«

»Ich weiß.«

»Irgendwas an diesem Angebot von Dougan hört sich falsch an. Er könnte lügen.«

»Das weiß ich auch«, pflichtete Jonathon ihm bei. »Aber ich sehe keinen anderen Ausweg.«

»Sei nur darauf gefaßt.«

»Das habe ich vor.«

Die Kellnerin brachte die Getränke und nahm ihre Bestellung auf. Der Mycoproteinshake linderte Jonathons Hunger, versorgte ihn mit Energie und weckte in ihm die Lust auf das Bikerspiel. »Ich bin gleich zurück«, sagte er.

Jonathon stand auf und ging zum öffentlichen Telekom des Restaurants. Er legte eine Hand über die Videokamera und wählte die LTG-Nummer, die Dougan ihm gegeben hatte.

Das Gesicht des Elfs erschien auf dem Schirm.

»Hoi«, sagte Jonathon.

Die Erkenntnis spiegelte sich auf Dougans Gesicht wider. »Ah, du bist es, mein Freund. Freut mich, von dir zu hören.«

»Ich will einen Handel abschließen.«

»Natürlich. Hast du die Informationen?«

»Ja.«

»Wunderbar, dann können wir die Sache unter Dach und Fach bringen. Wir treffen uns ...«

»Zuerst will ich eine Garantie für die sichere Übernahme meiner Freunde.«

»Das hatte ich angenommen. Ich bin davon überzeugt, daß meine Geschäftspartner damit einverstanden sind.«

»Wo sollen wir uns treffen?«

Dougan lächelte. »Ich habe ein Haus in Laguna Beach.«

»Besser an einem neutralen Ort. Wie wär's mit Hollywood? Oder Venice Beach?«

»Ist Venice nicht Yakuza-Gebiet?«

»Mafia, aber es ist sicher genug.«

»In Ordnung«, sagte Dougan. »Wir treffen uns bei Grandma's Pharmacy and Survival. Weißt du, wo das ist?«

»Ja.«

»Im Keller ist ein Schießstand. In einer Stunde.« Die Leitung war tot.

Jonathon kehrte an seinen Tisch zurück und setzte sich. Er starrte ein paar Minuten lang auf den Ozean, wie verzaubert von der Brandung und dem tiefen, urzeitlichen Tosen. Dann sah er zu Venny auf. »Ich hoffe, ich habe das Richtige getan.«

Venny nickte. »Das hoffe ich auch, Chummer. Das hoffe ich auch.«

42

Luc Tashika nippte an seinem Tee und seufzte. Es war Freitagnachmittag, und er hatte sich durch einen Wust von Papierkram gearbeitet, bei dem es um einen neuen Aufnahmevertrag für irgendein mäßiges Talent ging. Als das Telekom klingelte, war er dankbar für die Ablenkung. Als er hörte, daß es Dougan war, stockte ihm der Atem. Für einen Freitag schien es sich heute um einen ausgesprochen drekkigen Tag zu handeln.

Tashika sah in das Telekom. »Sie haben hoffentlich gute Nachrichten.«

Dougan grinste. »Ich glaube, Ihnen wird gefallen, was ich zu sagen habe.«

»Ja?«

»Winger bringt mir die Daten«, fuhr Dougan fort.

»Wie …? Nein, sagen Sie es mir nicht.«

»Ich habe ihm einen Job bei den Buzzsaws versprochen. Und er glaubt, daß MCT seine Freunde schützen wird.«

»Wissen Sie, wieviel das kosten würde?«

»Keine Sorge, Tashika-*san*. Ich habe nicht die Absicht, mein Wort zu halten.« Dougan stieß ein heiseres Kichern aus. »Nein, ich kümmere mich um Winger. Ich wollte nur, daß Sie sich auf den Austausch vorbereiten.«

Eine Woge der Erregung überflutete Tashika. Dougans Plan war brillant, wenn Winger darauf hereinfiel. »Ich bin bereit«, sagte er. »Wann können wir uns treffen?«

»Ich rufe Sie an, wenn ich mit Winger fertig bin«, erwiderte Dougan. »Dann können wir eine Zeit und einen Ort festlegen.«

»Ausgezeichnet«, sagte Tashika, dann unterbrach er die Verbindung. *Dougan spielt das Konzernspiel gut,* dachte er. *Fast so gut wie ich.*

43

Hendrix saß in seinem frisierten GMC Bulldog und trat aufs Gas. Er überholte ein altes Pärchen in einem beigefarbenen Jackrabbit und ein Cabriolet voller ausgeflippter Teenager, um an Synthias Saab Dynamit dranzubleiben, der sich durch den Nachmittagsverkehr auf der CalTrans 405 fädelte und offenbar in Richtung der Santa Monica Mountains fuhr. Ihr Wagen war eine schnittige, sportliche Blase aus Makroglas und kirschrotem Stahl. Er war außergewöhnlich schnell, und da sein frisierter Americar nicht mehr einsatzbereit war, mußte er sie in dem Lieferwagen verfolgen.

Der GMC Bulldog war eine Mischung aus einem Lieferwagen und einem Laster. Das Handling war besser als bei einer Zugmaschine mit Hänger, und er hatte reichlich Laderaum für Waffen und all die sahnemäßige Ausrüstung, die Hendrix hineinpacken wollte. Der Lieferwagen war gepanzert und mit Sensoren ausgerüstet, so daß er per Riggerkontrolle gefahren werden konnte, aber Hendrix gab sich mit all dem Drek gar nicht erst ab. Die Schirme mit den Bildern der rückwärtigen Kameras und das taktische Heads-up-Display war alles an Tech, was er brauchte, um den Wagen zu fahren.

Hendrix bevorzugte das große Fahrzeug auf Runs, weil es besser für den Kampf ausgerüstet war, aber wenn er mit Layla allein unterwegs war, zog er den Americar vor. Er war schneller. Wenigstens früher einmal, bevor die Magie-Schnalle ihn in ein ausgebranntes Wrack verwandelt hatte.

Hendrix blieb hinter dem Saab, der drei Wagen voraus fuhr und offenbar auf eine Möglichkeit wartete, den kleinen roten Mitsubishi Runabout vor ihm zu überholen. *Diese Synthia hat es aber mächtig eilig, irgendwohin zu kommen*, dachte er.

Nachdem Cinnamon in der alten Wilmingtoner Ölraffinerie aufgetaucht war und von Michaelson erfahren hatte, daß dieser die Magus-Akte oder welche verdammte Information auch immer nicht mehr besaß, hatte sie eine beängstigende Gruppe von Geistern und Elementaren beschworen, um Juju Pete zu helfen, Michaelson zu beschützen. Dann hatte sie Hendrix und Layla gebeten, alles zu versuchen, um die Daten aufzustöbern, und ihnen eine geradezu lächerliche Summe dafür geboten. Die ganze Angelegenheit geriet offenbar ein wenig außer Kontrolle, aber Hendrix war noch nicht bereit auszusteigen. Außerdem kamen ihm die zusätzlichen Kreds gerade recht für die Reparatur des Americar.

Laylas Bein war von Juju Pete magisch geheilt worden, aber es war noch längst nicht wieder hundertprozentig. Sie war hinten und kümmerte sich um ihre Waffen, mürrisch wegen der Schmerzen in ihrem Bein. Sie hatte alle Schmerzmittel mit der Begründung abgelehnt, daß sie ihre Fähigkeiten beeinträchtigen würden.

Moles synthetisierte Stimme knisterte in Hendrix' Kopf. »Ich habe die Daten durchgesehen. Dir wird gefallen, was ich habe.«

»Gut«, sagte Hendrix in sein Kehlkopfmikro. »Ich lege es auf das Telekom des Bulldog.« Hendrix wandte sich an Layla. »Willst du hören, was Mole hat?« fragte er.

»Ja«, antwortete Layla. Sie zwängte sich an einem Haufen Maschinengewehre und einer Kiste mit Granaten vorbei, um auf den Beifahrersitz zu klettern. »Los«, forderte sie ihn auf.

»Das Lasermikrofon der Condor II hat das hier vor ein paar Minuten aufgeschnappt«, begann Mole. »Es knistert immer noch ziemlich, aber ich habe das Signal durch einen digitalen Signalverstärker gejagt, um es so deutlich wie möglich zu bekommen. Es ist ein Wunder, daß wir überhaupt was haben.«

Hendrix mußte lächeln. Er war derjenige gewesen, der die Veränderungen am Lasermikro vorgenommen hatte. Der Laserstrahl war genial polarisiert, so daß er die reflektierende Fläche der großen Hangarfenster von The Fixx durchdringen konnte und Mikrovibrationen auf der Oberfläche des Bleiglases der Chateaufenster aufnahm.

In der Aufzeichnung sagte Synthia: »Wie viele Kopien hast du bisher angelegt?«

»Nur diese beiden«, ertönte die Stimme von Grids Desmond. »Plus diejenige in Jonathons Headware.«

Das statische Rauschen wurde lauter, dann folgte eine längere Stille. Schließlich sagte Synthia: »Iopos, zerstöre diese Ausrüstung. Verbrenn sie zu Asche.« Geräusche wie von knisternden Flammen drangen aus den Lautsprechern des Bulldog.

Dann ertönte das Geräusch, wie jemand einen Anruf tätigte. »Hallo, LA Sabers«, meldete sich eine modulierte Stimme.

»Hoi, Terry. Hier spricht Syn.«

»Wie geht's, Chummer?«

»Erste Sahne, Terry.«

»Hey, Syn, weißt du, ob Jonathon heute spielt? 'n Haufen Leute haben angerufen, die das wissen wollen.«

»Ist er nicht da?«

»Nein«, antwortete Terry. »Tut mir leid.«

»Schon gut«, sagte Synthia. »Ich finde ihn.«

Synthia unterbrach die Verbindung und wählte eine andere LTG-Nummer. Hendrix hörte, wie sie die Tasten drückte, anstatt das Stimmeninterface zu benutzen. Der Grund dafür wurde klar, als die grollende Stimme durch das Zimmer hallte.

»Ja?« sagte die Stimme.

»Ich habe die Chips zerstört«, sagte Synthia. »Alle bis auf eine Kopie.«

»Gut. Warum nicht die letzte?«

»Sie befindet sich in Jonathon Wingers Headware-Memory, und er ist verschwunden.«

»Finden Sie ihn«, grollte die Stimme. »Benutzen Sie rituelle Magie, wenn Sie müssen, aber finden Sie ihn.«

»Das werde ich«, erwiderte Synthia.

»Finden Sie ihn und löschen Sie den Speicher. Sie haben ungefähr noch sechs Stunden.« Die Leitung war tot, und die Aufzeichnung endete mit dem Zuschlagen einer Tür.

»Das war's«, sagte Mole. »Winger hat die einzige noch verbliebene Kopie der Daten. Er ist nicht im Stadion, und die einzige Möglichkeit, ihn zu finden, besteht darin, die Magierin zu beschatten.«

»Echt Sahne«, stimmte Layla widerwillig zu.

»Mole«, sagte Hendrix, während er versuchte, den Lieferwagen zwischen zwei Lastzügen hindurchzuquetschen. »Stelle eine zerhackte und verschlüsselte Verbindung zu Cinnamon her. Sie sollte das hören.«

Eine Sekunde später kam Moles Antwort. »Okay, habe ich.«

»Hallo?« meldete sich eine mürrische Stimme. Kein Bild bei dieser Verbindung.

»Cinnamon, hier spricht Hendrix. Wir haben etwas, das Sie sich anhören sollten. Mole?« Hendrix hörte noch einmal mit, als die Aufzeichnung für die Schieberin abgespielt wurde.

»Sehr gute Arbeit«, kam Cinnamons Erwiderung. »Sie beeindrucken mich immer wieder, Hendrix.«

»Ich erledige nur meinen Job.«

»Natürlich. Also, wenn Synthia Sie zu Winger führt, müssen Sie ihn in Gewahrsam nehmen, weil er die letzte Kopie der Daten besitzt. Er darf nicht getötet werden, für den Fall, daß der Speicher bei seinem Tod gelöscht wird. Haben Sie verstanden?«

»Aber sicher«, antwortete Hendrix, während er Synthia auf den Santa Monica Boulevard folgte. »Wir schnappen ihn lebendig.«

»Gut«, sagte Cinnamon. »Halten Sie mich auf dem laufenden.« Die Leitung war tot.

Hendrix folgte Synthias Saab bergauf und dann auf den UCLA-Campus. Die grüne Landschaft und die alten Gebäude entlockten Layla ein aufgeregtes Lachen. »Also müssen wir den Elfen-Biker nicht umlegen?« sagte sie.

»Nein.«

»Gut. Ich würde gern sehen, ob er lange genug am Leben bleiben kann, um Dougan Roses Gesicht bei dem Spiel heute abend in den Beton zu stampfen.«

»Ja.« Hendrix stieß ein kurzes Lachen aus. »Ich hoffe, dein Wunsch geht in Erfüllung.«

44

Auf dem Weg zu seinem Treffen mit Dougan sah Jonathon nach, ob jemand auf dem Anrufbeantworter des Telekoms im Westwind eine Nachricht hinterlassen hatte. Er war überrascht, als er eine von Grids fand, und noch überraschter, als er sich anhörte, was Grids zu sagen hatte.

»Jonathon«, begann Grids. Sein Haar war zerzaust, sein Gesicht schmerzverzerrt. »Synthia hat sich verändert. Ich weiß nicht, wie und warum, aber sie arbeitet jetzt gegen uns.« Grids' blaue Augen weiteten sich. Seine Stimme hatte einen hysterischen Unterton, den Jonathon bei ihm bisher noch nicht gehört hatte.

»Sie hat etwas mit mir angestellt, Magie benutzt, um meine Gedanken zu lesen, glaube ich. Dann hat sie mir den SimSinn-Chip abgenommen und meine gesamte Ausrüstung zerstört.« Er weinte fast.

»Das verdammte Miststück hat alles verbrannt!« Grids wandte sich von der Kamera ab und wischte sich mit den Händen über das Gesicht. Als er wieder in die Kamera sah, machte er einen etwas gefaßteren Eindruck. »Ich hoffe, du hörst diese Nachricht, bevor sie dich findet«, sagte er. »Ich weiß nicht, wo du bist und was du vorhast, aber hüte dich vor Synthia. Sei auf der Hut, Chummer. Vertraue niemandem. Keiner Seele.«

Der Schirm wurde schwarz, und Jonathon starrte ihn eine Minute lang an, bevor er einen Gedanken fassen konnte. *Was, zum Teufel, geht hier vor?* Jonathon wurde plötzlich klar, daß er Grids nicht glauben wollte. Er vertraute ihm immer noch nicht richtig.

Aber konnte er Synthia trauen? Offenbar nicht. Andererseits gab es vielleicht eine Erklärung für ihr Verhalten. Es mußte eine geben.

Venny holte ihn in die Wirklichkeit zurück, indem er

ihn an die anstehende Aufgabe erinnerte: Das Treffen mit Dougan Rose. »Laß deine Kanone hier«, sagte Venny. »Die Posten an der Tür würden sie ohnehin beschlagnahmen, und wenn wir überstürzt verschwinden müssen, ist es einfacher, sie aus dem Wagen zu holen, als sie von den Wachen wiederzubekommen.«

Jonathon nickte und zog den Predator II aus der rechten Tasche seines Dusters, um ihn unter den Fahrersitz zu legen. Dann stellte er den Westwind auf Bereitschaftsmodus und stieg aus.

Grandma's Pharmacy and Survival nahm den ganzen Block ein. Das Erdgeschoß war mit dem populärsten Drek vollgestopft – Chips, Waffen und Arzneimittel sowie eine breite, quasilegale Palette chemischer Drogen und SimSinn. Es gab Schwerter und Bögen, Schußwaffen aller Art, Granatwerfer und sogar Lenkraketen.

Die Treppe hinauf standen Überlebensausrüstungen wie Zelte, Kleidung und Campingöfen plus Söldnerausrüstung wie BattleTac-Systeme und Gefechtsdrohnen. Im obersten Stock befand sich die Klinik, in der Cyberware und eine begrenzte Auswahl von Bioware installiert wurden.

Jonathon hatte hier schon Meganuyen ausgegeben, für Drohnen und andere coole Spielzeuge. Aber nicht heute. Der Wachmann an der Tür durchsuchte Venny und Jonathon nach Waffen, fand jedoch keine. Er winkte sie durch.

Venny bestand darauf, ins Kellergeschoß voranzugehen. Er hielt mit allen Sinnen nach möglichem Ärger Ausschau. Sie nahmen die Treppe anstelle des Aufzugs, weil sie dort mehr Bewegungsfreiheit hatten. »In Aufzügen werden mehr Leute gegeekt als sonstwo«, sagte Venny. »Man kann nirgendwohin ausweichen.«

Der Waffenlärm wurde lauter, als sie den kurzen Flur entlang und durch die Makroglastüren zum Schießstand gingen. Es gab fünfzig oder sechzig Bahnen, alle mindestens fünfzig Meter lang, die meisten besetzt. Eine Waffenkammer zur Linken stellte die Waffen bereit. Jede war mit einem Smartguide ausgestattet, der verhinderte, daß die Waffe abgefeuert wurde, wenn sie nicht auf die Zielscheibe gerichtet war. Auf diese Weise konnte scharfe Munition benutzt werden, ohne daß das Risiko bestand, daß jemand erschossen wurde, zufällig oder sonstwie.

Venny hielt sich vor Jonathon, als sie an der Makroplasttrennwand entlanggingen und in jeder Bahn nach Dougan Rose Ausschau hielten. Sie fanden ihn auf der letzten Bahn, wo er mit einem Colt Manhunter auf eine Zielscheibe schoß. Eine spanischstämmige oder amerindianische Frau in einem schwarzen, mit braunen und weißen Federn geschmückten Bodysuit stand neben ihm.

Eine Schamanin? fragte sich Jonathon.

Als Jonathons Blick auf ihr Gesicht fiel, sah er, daß sie mit ihrer olivfarbenen Haut und den glatten schwarzen Haaren, die ihr bis auf die schlanke Hüfte hingen, sehr gut aussah. Sie verzog das Gesicht, als Dougan ein paar Schüsse mit dem Manhunter abgab.

Dougan selbst trug eine locker sitzende Jeans und ein schwarzes Maria-Mercurial-T-Shirt, dazu beschlagene Kunstlederhandschuhe, ein Halstuch, das er sich auf Piratenart um den Kopf gebunden hatte, und eine verspiegelte Sonnenbrille, um nicht gleich erkannt zu werden.

Jonathon klopfte an die Glasscheibe, und die Frau öffnete ihnen die Tür. Dougan legte die Pistole ins Regal und wandte sich ihnen zu, um sie zu begrüßen. Er war exakt so groß wie Jonathon, aber etwas stämmiger. Im Laufe der Jahre hatte er an Gewicht zugelegt.

»Jonathon«, sagte Dougan. »Freut mich, daß du gekommen bist.«

Das Zischen in Jonathons Kopf wurde lauter, und er

unterdrückte das jähe Bedürfnis, den Elf vor sich zu erwürgen. »Dougan.«

»Und das muß Venice Jones sein«, sagte Dougan.

Venny neigte kaum merklich seinen gehörnten Kopf.

»Jetzt, Maria!« rief Dougan, dessen linke Hand hinter seinem Rücken hervorschoß. Er hielt irgendeine Trinkflasche aus Plastik in der Hand und zielte mit der Öffnung auf Venny.

Jonathon spürte die Gefahr und versuchte sich zu bewegen – ein Reflex, um Dougan die Flasche trotz ihres harmlosen Aussehens aus der Hand zu schlagen. Doch er blieb gegen seinen Willen regungslos stehen. Die Schamanin hatte irgendwie die Kontrolle über seinen Körper übernommen.

Plötzlich lief alles in Zeitlupe ab. Jonathon sah mit an, wie Dougans behandschuhte Finger auf die Plastikflasche drückten und Venny mit einer farblosen Flüssigkeit besprühten. Doch Venny bewegte sich bereits. Er wich seitlich aus und setzte einen Hieb gegen Dougans Hals an.

Das Spray verfehlte Venny.

Dougan wich Vennys Hieb beinahe aus, aber die Faust des Trolls streifte seine Schulter. Der Elf wurde gegen die Wand geschleudert.

Hinter Venny tauchte plötzlich ein großer Schwarzer auf. Kantiges Kinn, Cyberaugen, Smartlink-Induktionspolster an den Händen. Die kurzen krausen Haare des Mannes waren in regelmäßigen Abständen ausrasiert, so daß dünne Längsstreifen über seinen Kopf liefen. Er hielt eine Flasche in der Hand, die genauso aussah wie Dougans, und zielte damit auf Vennys Gesicht.

Drek, er muß von der Bahn nebenan kommen.

Venny wollte sich ducken, doch der Mann traf ihn mit dem Spray aus einer weiteren Plastikflasche seitlich am Kopf. Venny schrie auf, als ihm die Flüssigkeit über das Gesicht lief. Er kniff die Augen zu und preßte die Hände auf die Ohren, dann sank er auf die Knie.

Jonathon versuchte erneut, sich zu bewegen, die Kontrolle der Schamanin über seinen Körper zu durchbrechen. Plötzlich gehörten seine Muskeln wieder ihm, unterstanden wieder seinem Befehl. Seine Hand schoß vor und packte Dougans Handgelenk, dann zielte er mit der Öffnung auf den Schwarzen und drückte. Der Flüssigkeitsstrahl traf den Mann voll ins Gesicht, und ein paar Sekunden später lag er ebenfalls auf dem Boden.

Dougan riß seinen Arm zurück, um Jonathon die Flasche zu entwinden. Jonathon hielt fest, doch ein paar Tropfen der Flüssigkeit liefen aus und über Jonathons Fingerknöchel. Sekunden später roch er Knoblauch. *DMSO*, dachte er. *Drek …*

Dann wurde das Licht blendend und grell und bohrte sich wie weißglühende Speere in sein Hirn. Während das DMSO die Droge – Hyper – über die Haut in sein Blut transportierte, wurden die Schüsse draußen unerträglich laut. Jeder Knall spaltete ihm den Schädel mit seiner Lautstärke. Er versuchte sich dagegen zu sperren, sich in Stille und Dunkelheit zurückzuziehen, aber selbst das Kratzen seiner Kleidung auf der Haut brannte bereits. Quälte ihn.

Er sank zu Boden und krümmte sich wie ein Embryo zusammen.

Die Qual hielt scheinbar Stunden an, obwohl die Uhr in seiner Headware Jonathon verriet, daß nur fünfzig Minuten verstrichen waren, als die Wirkung schließlich so weit nachließ, daß er sich wieder auf seine Umgebung konzentrieren konnte. Er war mit Handschellen gefesselt und saß auf einem Stuhl im Laderaum eines Lieferwagens, der sich nicht bewegte. Er hielt die Augen einen Moment lang geschlossen, da er noch etwas Zeit zum Nachdenken haben wollte, bevor er seine Häscher wissen ließ, daß er wach war.

Die beiden Personen neben Jonathon stöhnten und ächzten. Zu seiner Linken erkannte er Venny. Bei der anderen Person handelte es sich wahrscheinlich um den Schwarzen Samurai, den Jonathon mit dem Spray getroffen hatte.

Eine Tür öffnete sich, und Dougan stieg auf den Fahrersitz. Jonathon hielt den Blick auf den Boden gerichtet, da er sich von Dougan beobachtet fühlte. Dann hörte er die Stimme des Elfs. »Okay, Maria, ich habe den Austausch mit Tashika arrangiert. Bist du bereit?«

»Bin ich«, kam die leise Antwort. »Wenn Maurice von dem Hyper runter ist, sind wir fertig. Ich kann es kaum erwarten, daß dieser ganze Drek vorbei ist, damit ich mein normales Leben weiterführen kann.«

Ganz meine Meinung, dachte Jonathon. Die Nachwirkungen der Droge verstärkten die Anspannung seiner Nerven.

»Das Treffen ist für vier Uhr angesetzt, und zwar in El Segundo«, sagte Dougan. »Danach kassieren wir, und dann kannst du nach Hause gehen.«

Venny schien sich zu beruhigen. Er hatte aufgehört zu schreien und ließ die Hände sinken. »Tut mir leid, Chummer«, flüsterte er Jonathon zu.

»Denk dir einfach was aus, wie wir hier rauskommen.«

»Wenn ich wieder denken kann, sage ich Bescheid.«

Jonathon hätte fast gelacht. Sein eigener Verstand kam gerade erst wieder in Schwung. Sein Kopf schmerzte, er starrte auf den Metallboden zwischen seinen Knien. Er ließ sich noch einmal durch den Kopf gehen, was geschehen war. Dougan hatte ihn betrogen. *Aber warum?* Er hatte keine Ahnung. *Und wie kommen wir hier raus?* Auch hierfür hatte er keine Antwort.

Dir kommt hoffentlich bald die eine oder andere Idee, dachte er, indem er sich fragte, wo genau sie sich eigentlich befanden. Es konnte nicht weit von Venice Beach entfernt sein. Aber der Lieferwagen hatte kein Rückfenster, so daß es keine Möglichkeit gab, nach draußen zu schauen und sich zu orientieren.

»Maria, würdest du nach draußen gehen und dort eine Minute Wache halten?« sagte Dougan.

»Wenn du darauf bestehst.«

»Das tue ich.«

Jonathon hörte, wie sich die Tür öffnete und schloß, dann verließ Dougan den Fahrersitz und kletterte nach hinten. Mit einer Ingram MP in der Hand zwängte er sich an dem stöhnenden Haufen vorbei, bei dem es sich um diesen Maurice handeln mußte, den sie erwähnt hatten, und baute sich vor Jonathon und Venny auf.

»Du hast dich gut erholt, Jonathon«, höhnte Dougan. »Was mir klar war. Ein beschleunigter Metabolismus hat seine Vorzüge, *neh?*«

Jonathon schwieg und funkelte den Elf lediglich an. Das Zischen dröhnte ihm im Kopf, zerrte an seinen Nerven und ließ ihn im Gesicht rot anlaufen. Er wollte Dougan anspucken, aber sein Mund war zu trocken.

»Ich wollte dir nur noch ein paar Dinge mitteilen, bevor ich dich töte«, sagte Dougan. »O ja, ich werde dich genauso töten, wie ich Tamara getötet habe.« Dougan setzte sich auf den Boden, wandte die Ingram dabei jedoch keinen Augenblick von ihnen ab.

»Ich habe nämlich gelogen«, fuhr Dougan fort. »Tut mir aufrichtig leid, Chummer. Ich habe einen Hang zum Lügen. Ist echt pathologisch. Ich kann nichts dafür. Ich habe Tamara mit voller Absicht gegeekt. Jemanden wie sie kann man nicht zufällig umbringen, weißt du. So etwas muß man planen. Adplaquin, weißt du, was das ist? Ein Gerinnungshemmer, der keine Spuren hinterläßt. Sehr wirkungsvoll, sehr tödlich.«

Jonathon hörte die Worte und registrierte auf irgendeiner Ebene tatsächlich, was sie bedeuteten, aber das Rauschen in seinem Verstand war ohrenbetäubend. »Warum?« fragte er.

»Was? Ach, das ist ganz einfach. Weil Tashika, mein Geschäftspartner – derjenige, der die Daten in deinem Kopf so dringend braucht – weil er wollte, daß ich sie verletze.« Ein Ausdruck schieren Hasses zuckte über Dougans Gesicht. »Ich habe sie umgebracht, weil er sie lebendig haben wollte, so einfach ist das«, sagte er. »Und ich werde dich töten, weil du die Informationen hast, die er braucht. Aber zuerst werde ich ...«

Draußen schrie Maria plötzlich auf. »Drek! Paß auf!« Dann stieß sie ein langgezogenes lautes Kreischen aus, bei dem Jonathon ein Gefühl hatte, als werde ihm die Wirbelsäule durchtrennt.

Etwas prallte gegen die Seite des Lieferwagens und explodierte, wodurch das Fahrzeug auf einer Seite angehoben wurde. Dougans Augen weiteten sich vor Überraschung, als er an die schräge Wand des Lieferwagens rutschte. Als der Lieferwagen wieder auf alle vier Räder fiel, trat Jonathon mit aller Kraft seiner verstärkten Muskeln nach der Ingram in Dougans Hand.

Dougans Augen verengten sich. Er drückte ab, aber Jonathons Fuß hatte Dougans Handgelenk bereits getroffen und die Ingram zur Seite gestoßen. Ein Kugelhagel prallte gegen die Innenwände des Lieferwagens.

Eine weitere Explosion erschütterte den Lieferwagen, und sengende Hitze traf Jonathon, als die seitlichen Doppeltüren aufflogen. Dougan versuchte aufzustehen, aber Jonathon war schneller und trat auf Dougans Hand, stampfte dessen zerbrechliche Knöchel förmlich in den Metallboden des Lieferwagens.

Dougans andere Hand stieß nach Jonathons Kniekehle. *Ein Messer? Eine Pistole?* Jonathon hörte das Klicken der ausfahrenden Cybersporne fast zu spät. Er drehte sich zur Seite und wich dem Hieb im letzten Augenblick aus, wobei er erneut versuchte, Dougan die Ingram aus der Hand zu treten.

Vergeblich.

Dougan riß die MP hoch, während er noch einmal mit den glänzenden Chromklingen zustieß, die aus seinem Unterarmknochen ragten. Doch mittlerweile war Venny hinter Dougan getreten. Der Troll traf Dougan mit einem Hieb, der Jonathon zusammenzucken ließ. In einer blitzschnellen Bewegung krachten Vennys mit Handschellen gefesselte Arme auf Dougans Kopf.

Die MP knatterte einen Augenblick lang, Kugeln pfiffen an Jonathon vorbei. Dann flog die Waffe aus Dougans Hand und schlitterte über den Boden.

Jonathon bemerkte einen großen, sich ausbreitenden roten Fleck unter Vennys Arm. Der Troll war getroffen worden. Doch die Wunde schien ihm nichts auszumachen. Venny landete einen Tritt in Dougans Magen, der den Elf gegen die Wand prallen ließ und ihn halb zur offenen Seitentür hinausbeförderte. Dougan keuchte, dann kroch er nach vorn, wo er nach der Flasche Hyper neben dem Fahrersitz griff.

Doch es war viel zu spät. Venny packte sein Handgelenk und riß ihn auf den Boden zurück. »Die Schlüssel für die Handschellen«, sagte er.

Dougan keuchte ein paarmal, bevor er antwortete. »In meiner Tasche. Laß mich …«

»Ich glaube nicht«, sagte Jonathon. Dann griff er Dougan in die Tasche und zog einen kleinen Magnetschlüssel heraus. Der Schlüssel paßte zu den Handschellen, und nach Jonathon entledigte sich auch Venny ihrer.

Ein sengendes Knistern bewirkte, daß sich die Haare auf Jonathons Armen aufrichteten. *Achtung!* Alle Türen flogen auf und verbogen sich in ihren Angeln wie Metallfolie, während die Hitze des Feuerstoßes Jonathons Augenbrauen versengte. *Noch so einer, und wir werden alle gegrillt.*

Venny duckte sich und stieß Dougan mit einer raschen Bewegung aus dem Wagen und auf den Asphalt. Dougan landete neben Maria, die vor einer mit Graffiti vollgeschmierten Wand zusammengesunken war.

»Geh nach vorne und fahr uns hier weg!« rief Venny.

Jonathon warf sich auf den Fahrersitz, während Venny den fast katatonischen Maurice durch die Seitentüren nach draußen beförderte. Gesplittertes Glas knirschte unter Jonathons Stiefeln, als er den Motor des Lieferwagens anließ und anfuhr.

»Jonathon!« rief eine vertraute Stimme kaum hörbar hinter ihnen. Synthias Stimme.

Als er sie im Rückspiegel erblickte, wie sie neben ihrem Saab Dynamit stand, fielen ihm Grids' Worte wieder ein. *Traue niemandem. Keiner Seele.* Synthia sah völlig erschöpft aus, und plötzlich wurde Jonathon klar, daß die Feuerstöße von ihr gekommen waren. Sie hätte sie bei dem Angriff beinahe alle umgebracht. *Warum?*

Hinter Synthia griffen die monströsen Rohre eines kalten Fusionsreaktors nach dem Ozean wie schwarze Tentakel. Und als er die fremdartig aussehenden Rundungen der Entsalzungsanlage erblickte, die wie ein mutierter Krake aus Beton und übergroßen Rohren dazuhocken schien, wußte Jonathon, wo sie sich befanden. Er ignorierte Synthia und gab Vollgas.

Tut mir leid, Syn, dachte er. Wenn das alles vorbei ist, können wir darüber reden und alles klären. Aber einstweilen bleiben Venny, ich und Tamaras Flüstern in meinem Kopf unter uns.

45

Hendrix riskierte einen raschen Blick auf Layla. »Volltreffer!« sagte er. »Sie hat uns direkt zu ihm geführt.« Er fädelte sich in den Verkehr ein und sorgte dafür, daß der Wagen mit Jonathon und Venice Jones klar zu sehen war. Er achtete darauf, nicht zu dicht aufzurücken, aber auch nicht zu weit zurückzufallen.

»Hattest du irgendwelche Zweifel?« ertönte Moles Stimme in seinem Ohr.

Hendrix antwortete nicht. Er hatte immer Zweifel. Skepsis und Vorsicht hatten ihn länger überleben lassen als die meisten seiner Art. Es war entweder ein Segen oder ein Fluch. Er war nicht sicher, was zutraf. Er war am Leben, aber so gut wie alle, mit denen er einen Run durchgezogen hatte, waren tot.

Mittlerweile war es so weit gekommen, daß es Routine war, einen Chummer zu verlieren. Normaler Schwund. Er rechnete förmlich damit.

Aber wenn es Layla erwischt, wird es weh tun. Das wird mir die Eingeweide rausreißen wie eine Bauchklinge.

Layla saß vorgebeugt auf dem Beifahrersitz wie eine sprungbereite Katze. Sie war seit dem langen Aufenthalt an der UCLA, wo Synthia angehalten hatte – wahrscheinlich, um Winger magisch aufzuspüren –, immer kribbliger geworden. Und jetzt wartete Layla darauf, endlich aktiv zu werden, besonders nachdem sie Synthia dabei beobachtet hatten, wie sie Winger mit ihrer raschen Abfolge von Feuerbällen beinahe getötet hatte. Geduld war noch nie eine von Laylas Stärken gewesen.

Hendrix starrte nur auf die Straße und schüttelte den Kopf. Fast hätte er den Befehl gegeben, die Magierin zu erledigen, aber dann war Winger mit dem Lieferwagen davongerast, und sie hatten Synthia sich selbst überlassen, um Winger nicht zu verlieren. Der Bulldog, den

Winger fuhr, ähnelte Hendrix' und Laylas Gefährt, wenn man von den aufgesprengten Seitentüren und den schwarzen Brandflecken auf dem weißen Lack absah. Und Hendrix hatte seinen ein wenig umgebaut, um bei einem Feuergefecht im Vorteil zu sein.

Hendrix folgte Wingers Lieferwagen auf die 405. *Er fährt zurück nach Venice Beach,* dachte Hendrix. Der Verkehr war nicht der Rede wert. *Wahrscheinlich, um seinen Wagen zu holen.* Das war nicht gut, weil der Westwind erheblich schneller war als Hendrix' Bulldog.

»Sie fahren nach Venice Beach zurück«, bemerkte Layla in diesem Augenblick. »Was hältst du davon, wenn wir sie uns jetzt vornehmen?«

»Gleich, mein Herz«, sagte Hendrix.

»Ach, komm schon. Am hellichten Tag mitten auf der Straße.« Sie stieß ein kurzes Lachen aus. »Warum nicht, zum Teufel?«

»Wenn sie die Schnellstraße verlassen, fahren sie einen Kilometer oder so durch Culver City. Das ist unkontrolliertes Gebiet. Keine Mafia, keine regulären Lone-Star-Patrouillen. Da schlagen wir zu.«

»So ka, Omae«, sagte Layla.

»Tolles Japanisch.«

»Gefällt's dir?« Layla verbeugte sich spöttisch.

Hendrix lachte nur.

Ein paar Minuten später nahm der rußgeschwärzte Lieferwagen die Ausfahrt zum Venice Boulevard. »Wie erwartet. Mole, bist du bereit?«

»Ich habe die Lone-Star-Nummer in eine Endlosschleife gehängt«, erwiderte Mole. »Sie werden aus dieser Gegend zehn, fünfzehn Minuten keine Anrufe bekommen.«

»Cool«, sagte Hendrix. »Layla?«

»Bereit.« Sie nahm den Raketenwerfer, der auf dem Boden zwischen den Sitzen lag, und klemmte die drehbar gelagerte Stütze unter dem Lauf an der Tür fest. »Fahr etwas näher ran.«

»Vergiß nicht, daß Winger überleben muß«, sagte Hendrix. »Du kannst ihn verletzen, aber du darfst ihn nicht töten.«

»Was ist mit dem Troll?«

»Entbehrlich.«

»Es gefällt mir, wenn du das sagst.« Layla rückte ihren Hut gerade und visierte das Ziel an.

Winger bog auf den Venice Boulevard ab, eine Straße, die angeblich in jeder Richtung vierspurig, jedoch seit Jahren ›im Bau‹ war. *›Im Abriß‹ trifft es eher*, dachte Hendrix. »Schieß, wenn du so weit bist.«

Die Rakete flog mit lautem Zischen und einem glühenden Flammenschweif los. Als sie Wingers Lieferwagen traf, dicht oberhalb der Hinterachse, wurde er durch die Explosion vorwärts und zur Seite geschleudert. Das Heck des Wagens riß auf, als er auf die Seite fiel und durch die Markierungshütchen schlitterte, bevor er gegen eine Betonsperre prallte.

Hendrix zog seine Ares Alpha und hielt an, während Layla mit ihrer Ingram in der Hand heraussprang. *Diesmal wird uns kein magischer Überraschungsangriff aufhalten*, dachte Hendrix. Dann sprang er ebenfalls auf die Straße ins grelle Sonnenlicht und in den Lärm des vorbeifahrenden Verkehrs.

Hendrix benutzte seine Tür als Deckung, als er die Alpha hochriß und auf die beiden einzigen Öffnungen in dem umgestürzten Lieferwagen zielte, die Beifahrertür und die offene Seitentür, die jetzt beide nach oben zeigten. Der glühende Riß im Heck war zu schmal, als daß sich jemand hindurchquetschen konnte.

»Layla«, rief Hendrix. »Räuchere sie mit einer Tränengasgranate aus.«

Layla nickte und zog mit geschmeidiger Bewegung eine Granate aus ihrem Gürtel. Sie warf sie die fünf, sechs Meter in den Lieferwagen.

Weißer Rauch quoll aus den Öffnungen des Lieferwagens, der vom Wind davongeweht wurde. Eine Minute später hechtete eine massige Gestalt aus den geöffneten Seitentüren auf den Asphalt und rollte sich ab, wobei sie Schüsse aus einer Schrotflinte abgab.

Die Tür vor Hendrix schlug gegen ihn, als sie von einer Schrotladung getroffen wurde. Er zielte auf den sich schnell bewegenden Venice Jones und riß den Asphalt mit der Munition der Ares auf. *Verdammt, ist der schnell.* Aber mehrere Schüsse trafen ihr Ziel. Und Layla beharkte ihn ebenfalls.

Dann ging Venice Jones auf Layla los, Haken schlagend, schnell, schwer zu treffen. Hendrix erwischte ihn noch zwei- oder dreimal, aber die riesige, blutüberströmte Gestalt wollte einfach nicht zu Boden gehen. Der Troll schlug einen letzten Haken und warf sich dann schnell wie der Blitz auf Layla.

Hendrix hörte sie schreien, »Verdammter Hauer!« Dann schlug die Tür des Lieferwagens zu, und Schüsse ertönten. Hendrix bewegte sich schnell, wobei er einen raschen Blick auf den umgestürzten Lieferwagen warf, um sich zu vergewissern, daß Jonathon Winger nicht gerade den Kopf herausstreckte und das Feuer erwiderte. Das Tränengas hätte ihn mittlerweile aufscheuchen müssen, also hatte er beim Aufprall vermutlich das Bewußtsein verloren.

Hoffentlich ist er nicht tot.

Hendrix schaltete seine Reflexbooster ein und raste um die Vorderseite seines Lieferwagens, die Ares Alpha nach vorn gerichtet und schußbereit. Er ließ den heißen Kühlergrill hinter sich und lugte um die Ecke, wo er Layla und Venice Jones erspähte, die einander wachsam umkreisten.

Layla, die dämliche Schnalle, hatte die Ingram fallen lassen. Oder vielleicht hatte Venice Jones sie ihr auch aus der Hand geschlagen. Die Schrotflinte des Trolls lag ebenfalls auf dem Asphalt, ein paar Schritte von ihnen entfernt. Die Kleidung des Trolls war durch den Beschuß zerfetzt worden, und darunter war ein Körperpanzer zu erkennen. Dennoch blutete er aus mehreren Wunden, und die Fetzen seiner Kleidung waren rötlich verfärbt.

Hendrix nahm rasch eine Position ein, aus der er sowohl das Wrack des Lieferwagens als auch den Kampf beobachten konnte. Da von Jonathon Winger immer noch nichts zu sehen war, legte er die Ares Alpha auf Venice Jones an.

»Nein, Hendrix, nicht schießen«, rief Layla. »Überlaß ihn mir, ich mach ihn fertig.«

In diesem Augenblick bewegte sich Venice Jones, fast zu schnell, um die Bewegung zu erkennen. Seine riesige Hand schlug nach Laylas Kehle.

Layla parierte den Schlag und wich leichtfüßig zur Seite aus. »Da mußt du dir schon was Besseres einfallen lassen, Hauer«, spottete sie.

Aber der Schlag war nur ein Ablenkungsmanöver für die Beinsichel des Trolls gewesen, zu der er jetzt ansetzte. Er mußte bemerkt haben, daß eines von Laylas Beinen vor kurzem verletzt worden war. Layla fiel rückwärts, und Venice Jones setzte seine Bewegung geschmeidig fort, drehte sich unglaublich schnell, um einen abwärts gerichteten Hieb anzusetzen, einen Faustschlag gegen die Kehle.

Zum Teufel damit! dachte Hendrix. Er zielte mit seiner Ares Alpha auf Venice Jones' Knie und drückte zweimal ab.

Der Troll schrie vor Schmerzen auf und krümmte sich, so daß sein Schlag das Ziel verfehlte. Venice Jones ging zu Boden. Kampfunfähig.

Hendrix lächelte. Es war eine wirkungsvolle Verletzung. Layla würde in ihrem Stolz verletzt sein, weil der Troll sie überrumpelt hatte. Als kleine Genugtuung würde sie ihn selbst töten wollen.

Layla sprang auf und trat dem Troll ins Gesicht. »Geh zum Teufel!«

Venice Jones schwieg. Er lag einfach nur da und konzentrierte sich darauf, am Leben zu bleiben.

Layla war stinksauer. Niemand verletzte ungestraft ihren Stolz. Sie hob ihre Ingram auf und zielte auf den Kopf des Trolls. »Du beichtest jetzt besser deine Sünden, Hauer«, sagte sie, »wenn du auch nur die kleinste Chance siehst, nicht zur Hölle zu fahren.«

Venice Jones gab keine Antwort.

Hendrix wandte sich ab und näherte sich dem umgestürzten Lieferwagen. In wenigen Sekunden würde der Troll tot sein und Jonathon Winger ihnen gehören.

46

Maria kehrte so schnell wie möglich wieder in ihren Körper zurück. Als sie die Augen öffnete, sah sie das breite, schokoladenbraune Gesicht von Maurice, der sie ansah. Seine dünnen Haarstreifen glänzten vor Schweiß, und seine Miene spiegelte Besorgnis wider. »Bist du okay, Schamanin?«

Gute Frage, dachte sie. Ihr astraler Kampf mit der Magierin hatte sie fast das Leben gekostet. Wenn es Nacht gewesen wäre, hätte Maria vielleicht eine Chance gehabt, dieses Miststück zu besiegen. *Vielleicht*.

Die Magierin hatte sie mit ihrer raschen Folge von Feuerbällen überrascht. Und als Maria einen astralen Schild errichtet und sie mit Stoney konfrontiert hatte, wirkte das Miststück einen merkwürdigen Zauber, wie Maria ihn noch nie erlebt hatte. Ein Mananebel hatte Maria plötzlich umgeben, der den Astralraum ringsumher in einen leuchtendweißen Schein hüllte. In einen Schein, der Marias astrales Sehvermögen, ihren astralen Orientierungssinn geblendet hatte. Sie hatte zu fliehen versucht, aber der leuchtende Nebel hatte an ihr geklebt. Sie war vollkommen blind gewesen und hatte nicht in ihren Körper zurückkehren können.

Sie hatte mehrere Minuten gebraucht, um den Zauber abzuschütteln und den Rückweg zu finden. Und bis dahin war Jonathon Winger bereits geflohen, und Maria hatte nur noch dafür sorgen können, daß Dougan und Maurice nicht in der Gasse zu Tode geröstet wurden. Die Magierin war zu ihrem kleinen Saab gerannt, als sie Maria hatte aufstehen sehen, zweifellos in der Absicht, ihr Vorhaben zu beenden, Jonathon Winger zu töten.

Maria befahl Stoney, den kleinen Saab zu pulverisieren, und sie sah mit hämischem Vergnügen, wie sich der Geist neben dem Wagen manifestierte und die winzige Maschine aus Glas und Metall zerquetschte. Die Magierin blieb schockiert ein paar Meter vor dem Wrack stehen und schüttelte beim Anblick des zerstörten Wagens den Kopf. Dann drehte sie sich um und sah Maria mit einem Ausdruck schierer Verzweiflung in den Augen noch einen Moment lang an, bevor sie aus der Gasse lief und um die Ecke auf die Straße bog.

Maria richtete sich auf und betrachtete sich von oben bis unten. Sie war unverletzt, wenn man von einigen oberflächlichen Verbrennungen an der linken Hand absah. Und sie war müde, zum Umfallen erschöpft. »Ich werd's überleben, glaube ich«, sagte sie.

»Das ist gut«, entgegnete Dougan, der gerade auf sie zukam. Er roch nach verbrannten Haaren und Ruß. Sein schwarzer Duster war an mehreren Stellen versengt, und sein Gesicht war rußverschmiert. »Wir brauchen dich noch für diese letzte Aktion.«

»Keine Aktionen mehr für mich«, widersprach Maria. »Heute nicht mehr. Ich bin völlig erledigt.«

»Nur noch eine«, sagte Dougan. »Ich habe neue Informationen. Ich glaube, du wirst sie hören wollen.«

»Was ist es nun?«

»Wie du weißt, habe ich diese Deckerin angeworben, um Nachforschungen über Tashika anzustellen und vielleicht irgendwelchen Drek über ihn auszugraben.«

»Davon hast du mir nichts erzählt.«

»Nun, ich habe es aber getan«, fuhr Dougan fort. »Und sie hat tatsächlich etwas herausgefunden. Wir können ihn damit zwar nicht erpressen, aber es ist nicht ganz uninteressant.«

»Spuck's schon aus, Müslifresser«, sagte Maurice.

»Ja, spuck's aus.« Maria wurde ungeduldig.

»Ich glaube, daß Tashika für den Militärangriff auf die Compton-Schule verantwortlich war«, sagte Dougan. »Er hat den Angriff befohlen, bei dem Jesse getötet wurde.«

»Was?« Maria spürte, wie der Boden unter ihr kippte. »Er hat den Angriff befohlen? Wie ist das möglich? Tashika ist ein Konzern-Pinkel. Er hatte mit der Gelöschten Wahl nichts zu tun.«

»Tashika gehört der Yakuza an«, widersprach Dougan. »Er hat ihr angehört und wird ihr sein Leben lang angehören. Die Yaks hatten Spitzel in Compton, und so hat Tashika erfahren, daß sich einige Runner, die bei dem Wahl-Job dabei waren, in El Infierno versteckten. Er hat diese Information schlicht und einfach als großzügige Geste an Lone Star und die Kalifornische Nationalgarde weitergegeben.« Dougan stieß ein scharfes Lachen aus. »Eine Schuld, die zweifellos irgendwann in der Zukunft eingefordert worden ist oder noch wird.«

Jesses gehetztes dunkles Gesicht nahm vor Marias Augen Gestalt an. Sie hatte flüchtige Erinnerungen an sich und ihn, wie sie als Kinder nackt in einem warmen, kristallblauen Meer schwammen. Bevor die Priester sie mitgenommen hatten. Bevor sie ihnen weggelaufen war.

Eine Hitzewelle brandete in Maria auf, und plötzlich fand sie sich auf dem schmutzigen Asphalt wieder. All das war so lange her, daß sie es vergessen wollte. Und sie hatte geglaubt, das hätte sie auch. Sie hatte für sich und Pedro und Angelina ein neues Leben angefangen, ein Leben in Sicherheit. Weit weg von Geistern und flüchtigen Erinnerungen.

Sie spürte eine Hand auf dem Arm, die ihr beim Aufstehen behilflich war. »Bist du in Ordnung, Maria?« Das war Dougans Stimme.

»Nein«, antwortete sie. »Ich bin verdammt noch mal überhaupt nicht in Ordnung!«

Dougan trat einen Schritt zurück. »Ich glaube, ich weiß eine Lösung.«

Marias Augen verengten sich zu Schlitzen, als sie Dougan musterte. »Du weißt immer eine verdammte Lösung, Dougan«, sagte sie. »Und die reitet uns immer tief in den Drek.«

Dougan hob die Hände, als wolle er die Spitze ihrer Worte abwehren, ihr den Wind aus den Segeln nehmen. »Tut mir leid, Maria. Das ist jetzt meine letzte Idee. Aber ich glaube, sie wird dir gefallen.«

Sie starrte den Elf nur eine Minute lang an. Er erwiderte den Blick, aber sein Blick war sanft. Flehte sie an, ihm zu vertrauen. »Okay«, sagte sie schließlich. Sie vertraute ihm nicht mehr als sie es je getan hatte. Er war einer der glattesten Lügner, die sie je kennengelernt hatte. Aber es hatte eine Zeit gegeben, als sie ihm etwas bedeutet hatte und er ihr. Außerdem hatte sie selbst keine Idee, nicht die geringste. »Dann nur zu. Spuck diesen Plan aus.«

»Er ist ganz einfach«, sagte Dougan. »Wir halten die Verabredung für den Austausch wie geplant ein.«

»Aber wir haben nicht die Informationen.«

Dougan hielt einen Chip hoch. »Haben wir doch«, sagte er. »Ich habe die Daten aus Wingers Headware geladen, bevor er fliehen konnte.«

»Ernsthaft?« Maria konnte sich nicht erinnern, daß Dougan sich irgendwie an Winger zu schaffen gemacht hatte.

»Nein, weil ich warten mußte, bis die Wirkung der Droge verflogen war. Hyper stört Datenübertragungen. Aber Tashika weiß das nicht. Wir können ihm alles mögliche erzählen.«

»Wozu soll das gut sein?« fragte Maurice. »Er findet sofort raus, daß der Chip nichts wert ist, wenn er ihn einlegt.«

»So weit lassen wir es nicht kommen«, erwiderte Dougan. »Wir geeken ihn vorher.«

»Was?« sagte Maurice.

Doch Maria war Dougans Gedankengang mühelos

gefolgt. Sie hatte gewußt, was er vorschlagen würde. Den Pinkel kaltzumachen, würde ihre Probleme lösen. Und es würde der perfekte Schlußstrich unter Jesses Tod sein. Rache nach so vielen Jahren.

»Laß es uns tun«, sagte sie. »Laß es uns verdammt noch mal tun, damit ich endlich nach Hause kann.«

47

In der fleischlichen Welt schmiegte Jonathon sich wie ein Embryo gegen das zerschmetterte Seitenfenster von Dougans Lieferwagen. Er kniff die Augen zusammen, um den beständigen Strom von Tränen aufzuhalten. Er spürte, wie das Zen seines Bikertrainings seinen Stoffwechsel verlangsamte. Sein Körper mochte schon eine Weile hier sein.

Aber sein Geist war nicht in der fleischlichen Welt. Jonathon war ein verstohlener schwarzer Käfer, der mit hoher Geschwindigkeit über der Stadt flog. Er befand sich in einer Rigger-Realität und steuerte seine CyberSpace Designs Stealth Sniper Drohne, die er vor dem Unfall aus dem Kofferraum des Westwind gestartet hatte. Er flog mit annähernd hundert Stundenkilometern so schnell, wie es die Turbine der Drohne gestattete. Zwischen den hoch aufragenden Wolkenkratzern hindurch und über Schnellstraßen und unter Brücken hinweg auf dem schnellsten Weg zur Unfallstelle.

Jetzt sah Jonathon den umgekippten Lieferwagen im Blickfeld seiner Holokamera und machte sein Scharfschützengewehr bereit. *Was ist mit Venny passiert?* fragte er sich. Dann sah er den Troll auf dem Asphalt liegen. Aus Wunden in beiden Knien sickerte Blut. Eine blonde Frau stand vor ihm und zielte mit einer automatischen Waffe auf seinen Kopf.

Ein schwarzhäutiger Mann mit kahlgeschorenem Schädel entfernte sich von ihnen in Richtung Dougans Lieferwagen. *Sind das dieselben Runner, die uns in der Limousine angegriffen haben?* Aber der Gedanke war nur ein flüchtiger. Er war unwichtig.

Jonathon zielte auf die Frau mit der Automatik und eröffnete das Feuer. Das Scharfschützengewehr hustete, ein kaum hörbarer Laut inmitten des Dröhnens und Kreischens des vorbeifahrenden Verkehrs.

Ein perfekter Schuß. Die Kugel traf sie in den Hinterkopf und trat vorn wieder aus. Ein blutiges Loch erschien plötzlich mitten in ihrem Gesicht, aus dem Knochen, Zähne und Gehirnmasse spritzte. Die Wucht des Aufpralls schleuderte sie zu Boden, warf sie wie eine Strohpuppe auf den Asphalt.

Der Schwarze drehte sich um, sehr schnell. Verdammt schnell.

Jonathon schoß seitlich in die Höhe, als der Straßensamurai ihm einen Kugelhagel entgegenjagte. Jonathon zielte mit seinem Gewehr und schoß. Die Kugel hätte den Kopf des Söldners ebenso treffen müssen wie den der Frau, aber der Mann war nicht mehr da. Er war nach links hinter eine Betonbarrikade gehechtet.

Jonathon riß die Drohne herum, drehte sie in Stellung und zielte erneut. Das Ziel, der kahle schwarze Kopf, tauchte im Fadenkreuz auf. Und Schuß. Kaum ein Rückschlag, ein geflüstertes Husten.

Der Söldner hatte nicht viel Platz, um auszuweichen, aber er versuchte es und warf sich zur Seite. Die Kugel traf seine Schulter und bohrte sich durch die Panzerung in das Fleisch. Er sprach hektisch in sein Kehlkopfmikro. Jonathon sah, wie sich seine Lippen bewegten. Der Söldner bewegte sich, um sich hinter der Barrikade vor der Drohne zu schützen, dann zielte er mit seiner Schrotflinte.

Jonathon wich dem Kugelhagel aus, indem er eine halbe Sekunde lang steil abwärts tauchte und dann ein Stück seitlich flog, um den Söldner wieder ins Visier zu bekommen. Die Kugeln verfehlten ihn, aber gerade als der schwarze Kopf wieder im Fadenkreuz auftauchte, wurden die Holokameras von einem blendenden weißen Blitz überladen.

Leuchtgranate.

Als die Filter im Holokamerasystem der Drohne das

grelle Leuchten endlich kompensiert hatten, war der Schwarze verschwunden. Jonathon suchte die gesamte nähere Umgebung ab, konnte ihn jedoch nicht finden. Dann heulte der Motor des Lieferwagens auf, der gleich darauf mit quietschenden Reifen davonjagte, so daß nur noch Venice Jones und die blonde Frau dort waren, die nebeneinander auf dem Asphalt lagen.

Jonathon kam in seinem Körper zu sich, und in der wirklichen Welt, der Welt aus Fleisch und Knochen, war er fast ein wenig außer Atem. Er versuchte seine Gelassenheit zu bewahren und sich zu konzentrieren, als er die Ingram MP nahm und rasch durch das Seitenfenster auf der Beifahrerseite nach draußen kletterte.

Seine Beine gaben unter ihm nach, als er keuchend landete. Er ging in die Hocke und blieb eine Weile so, machte einfach nur einen tiefen Atemzug nach dem anderen und wischte sich mit dem Ärmel seine tränenden Augen ab. Nach einer Minute hörte er das rhythmische Pulsieren eines sich nähernden Hubschraubers. Er schaute auf und sah einen weißen Hughes WK-2 Stallion mit dem DocWagon-Logo auf der Seite.

Wird auch Zeit.

Venny mußte das Notsignal an seinem Platinservice-Armband aktiviert haben, als es ihn erwischt hatte. Jonathon erhob sich vorsichtig und stellte fest, daß er laufen konnte. Etwas hüftsteif ging er zu Venny.

Jonathon sah zu seiner Erleichterung, daß sich die gewaltige Brust des Trolls hob und senkte. Er atmete, also war er noch am Leben. »Kannst du mich hören, Chummer?« fragte er.

Venny murmelte irgend etwas Unzusammenhängendes.

»Halt durch«, sagte Jonathon. »DocWagon ist gleich da.«

48

In der schmierigen Telekomzelle eines Hollywood Stuffer Shack saß Synthia auf klebrigem Vinyl und starrte auf den leeren Schirm. Sie war völlig erschöpft und ausgepumpt, wehrte sich aber gegen die Müdigkeit, die sie nach dem Kampf gegen die Eulenschamanin übermannte.

Das geisterhafte Bild von Hans Brackhaus glitzerte auf dem leeren Schirm und verfolgte sie. Beobachtete sie. Ständig. Vor wenigen Augenblicken hatte Brackhaus sie noch mit seinen kalten, fremdartigen Augen und wie in Stein gemeißelten Zügen angestarrt. Er hatte sich schlichtweg geweigert, über ihr Versagen oder sonst etwas am Telekom zu reden, sondern nur gesagt, er sei unterwegs, kalte Wut und einen bedrohlichen Unterton in der Stimme.

Jonathon, dachte Synthia, *warum hast du nicht auf mich gewartet?* Sie spürte die kalte Klinge der Verzweiflung in den Eingeweiden, die ihr das Innerste nach außen kehrte. *Hätte ich doch nur mit dir reden können, die Daten in deinem Speicher löschen können …*

Doch das war Vergangenheit. Sie konnte es sich nicht leisten, dort zu verweilen. Sie mußte sich den nächsten Schritt überlegen. Jonathon wiederfinden. Ihn dazu bringen, die Daten zu löschen. *Er wird in ein paar Stunden auf jeden Fall im Stadion auftauchen,* dachte sie. *Dann kann ich Kontakt mit ihm aufnehmen.*

Der große schwarze Rolls Royce Phaeton fuhr auf den Parkplatz des Stuffer Shack. Brackhaus' Wagen. Synthia holte tief Luft und trat hinaus in die schwüle Hitze des Spätnachmittags. Sie empfand ein schmerzhaftes Ziehen in den Knochen und Übelkeit in der Magengegend, als sie die paar Schritte zu der Limousine ging.

Eine Tür wurde geöffnet, und sie stieg in das plüschige klimatisierte Innere. Der bequeme Sitz hüllte sie ein wie ein Samthandschuh und brachte sie in Versuchung, einfach die Augen schließen. Zu vergessen und zu träumen.

»Ich bin enttäuscht über den Verlauf der Dinge«, sagte Brackhaus. »Tatsächlich sogar schmerzlich berührt.«

Synthia sah dem Mann in die Augen, die wie zwei blaue Eissplitter auf sie wirkten. »Ich habe getan, was ich konnte«, erwiderte sie. »Ich habe alle festen Kopien der Daten vernichtet. Es ist nur noch eine übrig, und die werde ich löschen. Ich bin sicher, daß Jonathon zum Meisterschaftsspiel ins Stadion kommt. Dort werde ich ihn treffen.«

»Ich kann es mir nicht leisten, noch länger zu warten, Miss Stone. Da Sie es nicht geschafft haben, die Verbreitung der Informationen zu verhindern, habe ich die Dinge selbst in die Hand genommen.«

»Was wollen Sie damit sagen?«

Brackhaus dachte einen Moment lang nach. »Nun, ich kann es Ihnen wohl sagen, wenn man bedenkt ...«

Synthia wartete nur und versuchte dabei, den stärker werdenden Schmerz im Magen zu ignorieren.

»Ich kann es nicht länger riskieren, Winger am Leben zu lassen. Ich habe ... Schritte unternommen, um seinen Tod in die Wege zu leiten. Mir wäre eine andere Lösung lieber gewesen, aber die Umstände fordern ein sofortiges Handeln.«

Ein Schüttelfrost ließ Synthia erbeben, und ihr wurde klar, daß sie jetzt auch den Rest ihrer Fassung verlor. »Sie haben einen Killer beauftragt?«

»Killer ist ein häßliches Wort«, entgegnete Brackhaus. »Aber es stimmt, und es ist sogar mehr als einer. Sie werden ihn im Stadion erwarten. Wenn Winger zum Spiel kommt, ist er erledigt.«

»Geben Sie mir noch eine Chance«, bat Synthia. »Ich

weiß, daß ich ihn dazu bringen kann, die Daten zu löschen. Ich muß nur mit ihm reden.«

»Ich fürchte, die Vereinbarungen sind bereits getroffen. Es tut mir leid.« Brackhaus öffnete die kleine Bar neben sich. »Es ist ein Jammer, daß sich die Dinge so für Sie entwickelt haben«, sagte er. »Darf ich Ihnen als kleine Entschädigung etwas zu trinken anbieten? Vielleicht ein Glas Wein?«

Synthia schüttelte den Kopf, während ihr kalter Schweiß den Rücken hinunterlief. »Heißt das, Sie lassen mich vom Haken? Sie geben mir die Antikörper?«

»Ich fürchte nein, Miss Stone. Sie haben versagt.«

Synthia rang ihren Drang nieder, diesen Mann zu grillen. Das hatte zuvor nicht hingehauen und würde es auch jetzt nicht. Sie biß die Zähne zusammen und holte tief Luft. »Ich habe alles getan, was in meiner Macht stand«, sagte sie. »Wollen Sie Ihre Entscheidung nicht noch einmal überdenken? Bitte!«

»Das Leben ist hart und ungerecht, Miss Stone. Manchmal ist alles, was man zu geben hat, einfach nicht genug.«

»Zum Teufel mit Ihnen, Brackhaus! Sparen Sie sich den philosophischen Drek.« Sie spürte ein Kribbeln im Hinterkopf, als sich ein Zauber in ihr aufbaute.

»Miss Stone, dieses Gespräch ist mittlerweile weder informativ noch amüsant.«

Sie wirkte den Manapfeil und dachte dabei, *Ich mache diesen Wichser fertig.* Und danach wirkte sie noch einen. Und noch einen. Sie wirkte weiter, bis sie alle Energie verbraucht und keine Kraft mehr hatte.

Und die ganze Zeit über funkelte Brackhaus sie mit eisblauen Augen an, ein enttäuschtes Stirnrunzeln im Gesicht. Die Energie ballte sich um ihn und floß wirkungslos ab.

Die Schwärze der Bewußtlosigkeit breitete sich über sie aus wie eine dunkle, tröstende Decke. Die Einleitung für ihr endgültiges Vergessen, und im Augenblick hieß sie sie willkommen. Sie würde den nagenden Schmerz und die Erschöpfung lindern. Sie warf sich willig in ihre Arme und sank nach vorn, kuschelte sich unter die dunkle Decke des Friedens und verlor das Bewußtsein.

49

Während Jonathon darauf wartete, daß Venny aus dem OP im UCLA Medical Center gebracht wurde, wo DocWagon Los Angeles seine Basis hatte, gingen ihm Erinnerungen an seinen Gefängnisaufenthalt durch den Kopf. Nach dem Zwischenfall an den Multnomahfällen waren Jonathon, Tamara und Theodore Rica in ein Bundesgefängnis mittlerer Sicherheitsstufe in Fairfax, Virginia, verlegt worden. Die meisten Insassen waren kleine Fische: Decker und Spione.

Das schwierigste daran war für Jonathon die Unterbrechung der geistigen Verbindung mit Tamara gewesen. Er hatte sich so daran gewöhnt, fünf-, sechsmal die Woche Gedanken und Gefühle mit ihr zu teilen, daß er im unvermittelten Zustand der Isolation schwerste Entzugserscheinungen hatte – Schüttelfrost, Schweißausbrüche, Erbrechen. Es hatte sie beide ziemlich hart getroffen.

Tamara war bereits seit einigen Tagen tot, und er rechnete jeden Augenblick damit, daß diese Symptome erneut einsetzten. Doch das taten sie nicht. Vielleicht verhinderte das geisterhafte Zischen in seinem Kopf, daß er Entzugserscheinungen bekam, vielleicht hatten sie aber auch noch nicht eingesetzt.

So oder so schien das statische Rauschen ständig zuzunehmen. Jetzt heulte es durch seinen Verstand wie ein Banshee, zischte und dröhnte in seinen Ohren, rief ein Kribbeln in seinen Finger- und Zehenspitzen hervor.

Jonathon erhob sich von dem Sofa im Wartezimmer und ging zu den Verkaufsautomaten an der Wand. Der Arzt war so nett gewesen, ihm den Zutritt zum privaten Wartebereich zu gestatten, da ihn jemand erkannt hatte und bereits die ersten Reporter aufgetaucht waren, um ihm ein Interview abzuringen. Jonathon war für die Abgeschiedenheit äußerst dankbar.

Er steckte seinen Kredstab in den Münzschlitz und gab den Code für einen Mycoproteinriegel mit Schokogeschmack ein. Wiederholte den Vorgang. Er war hungrig und brauchte etwas zu essen, um nachdenken zu können. Die Umrisse eines Plans bildeten sich in seinem Kopf, aber die Einzelheiten waren immer noch vage. Das Rauschen in seinem Kopf erschwerte ihm das Denken.

Jonathon würde mit Grids Kontakt aufnehmen müssen, um ihn über die Geschehnisse zu informieren. Grids konnte ihm immer noch helfen, das war klar. Tatsächlich war seine Hilfe von entscheidender Bedeutung. Und als Jonathon den letzten Bissen seiner Mycoproteinriegel aß, fügte sich ein Teil des Planes zu einem soliden Ganzen zusammen.

Er ging zu einem öffentlichen Telekom an der Wand und wählte die Nummer von Hemmingways Chateau. Er wußte, daß diese Leitung auf keinen Fall privat oder sicher war, aber er hatte weder die Zeit noch die Mittel, ein anderes Telekom zu suchen.

Nach einem kurzen Gespräch mit der Sicherheit an Hemmingways Ende der Leitung wurde er mit Grids verbunden, der mit Hemmingway ein spätes Mittagessen am Pool einnahm.

Es war Dexter, der den Anruf entgegennahm. Die mikroskopisch winzigen Fältchen auf seinem Gesicht verzogen sich zu einem Lächeln. »Hallo, Jonathon«, sagte er. »Grids hat mir gerade von dem ganzen Drek erzählt, den er mit diesem Simkram anstellt. Wie steht's bei Ihnen?«

»Nicht so toll, Dexter«, meinte Jonathon. »Venny ist verletzt worden, und ich muß mit Grids reden, bevor ich ins Stadion gehe.«

Dexter runzelte die Stirn. »Wenn ich irgendwas tun kann ...«

»Grids braucht vielleicht Material.«
»Mein Lager steht Ihnen zur Verfügung.«
»Vielen Dank.«
»Macht sie heute abend fertig, Jonathon«, sagte Dexter. »Macht sie fertig, dann bin ich zufrieden. Insbesondere Dougan Rose.«
»Genau das habe ich vor«, erwiderte Jonathon.
»Ich gebe Ihnen jetzt Grids«, sagte Dexter, dann schwankte das Bild einen Augenblick, und die Kamera schwenkte herum, bis sie den immer noch gehetzt wirkenden, aber gesünder aussehenden Grids Desmond zeigte.
»Wie geht's?« fragte Jonathon.
»Nicht besonders«, sagte Grids. »Ich bin immer noch ziemlich fertig wegen meiner Ausrüstung, aber ich bleibe bei dir. Bis zum Ende, Chummer. Das habe ich gesagt, als wir begonnen haben, und daran halte ich mich auch.«
»Ich weiß das mehr zu schätzen, als du vielleicht glaubst.«
»Tam hätte es so gewollt«, sagte Grids.
Jonathon nickte. »Du mußt ein paar Sachen besorgen.«
»Was?«
»Zunächst ein wenig Plastiksprengstoff, C-12, wenn möglich, und einen digitalen Zünder. Dexter müßte haben, was wir brauchen. Bring außerdem ein paar beglaubigte Kredstäbe mit, zehn K Nuyen pro Stab. Und stell einen Werkzeugsatz zusammen, mit dem du ein paar Änderungen an SimSinn-Hardware vornehmen kannst.«
»Was für Hardware?«
»Ich weiß es nicht genau, aber es ist ein Mehrfach-Input-System für Live-Übertragungen mit gleichzeitiger Bearbeitungsmöglichkeit für ein breites Publikum.«
Grids nickte und starrte ins Leere, da er im Geiste überschlug, was er benötigte.

»Dann packst du alles in den Nightsky und fährst hierher ins UCLA Medical Center, um mich abzuholen.«

»Null Streß«, sagte Grids. »Das kriege ich schon hin.«

Das zauberte fast ein Lächeln auf Jonathons Lippen. Fast. »Gut«, sagte er. »Ich erwarte dich hier in weniger als einer Stunde.«

Grids nickte und legte dann auf.

Jonathon trat von dem Telekom zurück und legte eine kurze Pause vor dem nächsten Anruf ein. Dem entscheidenden Punkt in seinem Plan.

Als er das Geräusch einer sich öffnenden Tür hinter sich hörte, drehte Jonathon sich um. »Mr. Winger?« sagte eine elfische Ärztin mittleren Alters. Sie war schwarzhäutig und in ihrer grünen OP-Montur und der Maske, die ihr um den Hals hing, ziemlich attraktiv. Jonathon starrte ihr auf der Suche nach einem Hinweis in die Augen. Und dort fand er ihn auch, noch bevor sie etwas sagte.

»Venice Jones wird es überleben«, begann die Ärztin. »Aber er muß noch mindestens vierundzwanzig Stunden auf der Intensivstation bleiben. Wir haben fünf Kugeln entfernt und fünf Liter Blut übertragen. Er hat Glück gehabt.«

Jonathon stieß einen erleichterten Seufzer aus. »Vielen Dank, Doktor. Mir fällt ein verdammter Stein vom Herzen.«

Sie lächelte. »Er ist erstaunlich widerstandsfähig. Ich habe schon weniger schwer verletzte Patienten verloren. Sie hatten einfach nicht seinen Überlebenswillen. Aber er hat durchgehalten.«

»Kann ich zu ihm?«

»Nein, ich fürchte, die Intensivstation ist ein Hochsicherheitsbereich, in dem Besucher nicht gestattet sind. Sie können per Bildschirm einen Blick auf ihn werfen, wenn Sie wollen, aber ...« Sie hielt für einen Augenblick inne. »Müssen Sie nicht in ein paar Stunden woanders sein?«

Jonathon lachte.

»Ich melde mich bei Ihnen, wenn er aus der Intensivstation entlassen wird«, sagte sie.

»Vielen Dank.«

Die Ärztin wandte sich ab und verschwand durch die Tür, durch die sie gekommen war. Sobald sie sich hinter ihr geschlossen hatte, wählte Jonathon Theo Ricas Privatnummer. Er wollte es hinter sich bringen.

Theo hob ab, und sein Zwergengesicht war ein angenehmer Anblick für Jonathons Augen. »Winger, du müslifressender Hund. Es ist schön, dein Gesicht so bald wiederzusehen, Chummer.«

Jonathon lächelte. »Ganz meinerseits, halbe Portion.«

Theos Miene wurde ernst. »Was gibt es?«

»Bei Tamaras Beerdigung sagtest du, wenn ich deine Hilfe brauchte, sollte ich dich einfach fragen.«

»Und das habe ich auch so gemeint.«

»Gut, dann frage ich dich jetzt«, sagte Jonathon. »Und es ist keine Kleinigkeit.«

»Augenblick«, unterbrach ihn Theo. »Ich hole einen Decker, der die Leitung überprüft.«

Jonathon wartete, während Theo mit jemand anderem telefonierte. Nach einer Minute war Theo wieder auf dem Schirm. »Alles klar, die Leitung ist sicher. Spuck's aus.«

Und das tat Jonathon. Er erläuterte Theo seinen Plan und achtete dabei genau auf die Reaktion des Zwergs. Er wußte, daß sein Plan ziemlich abwegig war, aber er sah keine andere Möglichkeit. Als er geendet hatte, dachte Theo einen Augenblick darüber nach. »Ich halte deinen Plan für Wahnsinn, Chummer«, sagte er schließlich, indem er das Gesicht zu einer Grimasse verzog. »Wahrscheinlich gehst du dabei drauf. Steckst du wirklich so tief im Drek?«

»Ja.«

»Dann treffe ich alle Vorbereitungen. Ich muß einige Gefallen einfordern, aber der Plan müßte funktionieren…« Theo hielt um der Wirkung willen kurz inne. »*Wenn* du das Spiel überlebst.«

Ja, dachte Jonathon. Das war wirklich ein verdammt großes ›wenn‹.

50

Maria saß im langen Schatten der Fusionskuppel der Entsalzungsanlage und genoß den Schutz vor der Sonne so sehr, wie es ihr möglich war. Sie hatte heute nicht geschlafen und war reichlich verärgert darüber, daß Dougan den Austausch nicht bis nach Sonnenuntergang verschoben hatte. Im Schutz der Nacht hätte sie über Eules volle Stärke verfügt.

Doch Dougan hatte dem einen Riegel vorgeschoben. Das Treffen mußte jetzt über die Bühne gehen, so daß er anschließend noch zu seinem Combatbikerspiel konnte. Er hatte gesagt, er müsse beweisen, daß er ein besserer Linebiker als Jonathon Winger sei. Alle Spekulationen zusammen mit Winger begraben.

Ursprünglich hatte Dougan das Treffen in El Infierno stattfinden lassen wollen, und Maria hatte die Vorstellung gefallen, Tashika in der alten ausgebrannten Ruine der Schule in Compton zu töten, wo Jesse gestorben war. Sie hätte diese Art von Ironie durchaus zu würdigen gewußt.

Doch Tashika hatte abgelehnt und Watts oder die Innenstadt vorgeschlagen, Gebiete also, die von den Konzernen kontrolliert wurden. Dougan hatte darüber nur gelacht. Schließlich hatten sie sich auf die Küste geeinigt, auf den freien Platz vor dem drei Meter hohen Zaun, der die Entsalzungsanlage in El Segundo umgab.

Der Platz war mit einer ölgetränkten Schicht Kies bedeckt und voller Glasscherben, es roch nach Möwendrek und verfaultem Fisch. Das Rauschen des Meeres war beruhigend und lullte Maria ein. Sie wollte es endlich hinter sich bringen, so daß sie zu ihren Kindern zurückkehren konnte. Sie schüttelte den Kopf und konzentrierte sich auf die astrale Erkundung, um Tashikas Ankunft nicht zu verpassen.

Sie wechselte in den Astralraum und ließ ihren Körper gegen die Metallwand des Lagerhauses sinken, das an den Platz angrenzte. Dann schritt sie durch die Wand und sah nach den fünf Steppenwölfen, die Dougan als Rückendeckung angeworben hatte.

Vier Menschen und ein Ork hockten hinter der metallenen Schiebetür. Sie waren bis an die Zähne vercybert und ungeduldig mit ihren Kanonen. Mit ihren Tätowierungen und dem offensichtlichen Chrom bereit, über die Pinkel herzufallen, wenn diese kamen. *Ich hoffe, es sind genug für den Job,* dachte Maria. Die Steppenwölfe ließen sich normalerweise nicht anwerben, aber Dougan hatte sich ihren Haß auf die Konzerne und ihre Liebe für Blutvergießen und Nuyen zunutze gemacht. Der Küstenbezirk war ihr Revier, und es hieß gerüchteweise, daß sie tödlich und rücksichtslos waren, insbesondere was Eindringlinge betraf.

Das entfernte Geräusch einer sich nähernden Limousine. Nein, es waren zwei – Toyota Elites –, die von weitem wie schnittige schwarze Küchenschaben aussahen. Maria kehrte in ihren Körper zurück, als die Limousinen nur ein paar Schritte von Maurice und Dougan entfernt anhielten. Der große Schwarze hielt eine große Automatik in der Ellenbeuge. Dougans behandschuhte Hände waren leer.

Nach einer Minute stiegen zwei massige Leibwächter aus der vorderen Limousine. Der Typ private Sicherheit. Wahrscheinlich für diesen Anlaß gemietet. Die Leibwächter waren beide Menschen und rein äußerlich unverkennbar japanisch. Dem Aussehen nach zu urteilen, wogen beide mindestens hundert Kilo. Eine gewisse Steifheit ihrer Anzüge deutete auf einen Körperpanzer darunter.

Die Männer nahmen rasch die Umgebung in Augenschein, dann bauten sie sich zu beiden Seiten eines weiteren Mannes mit asiatischen Zügen auf, der aus der hinteren Limousine stieg. Seine schwarzen Haare waren ein wenig gelockt und die Augen ein wenig rundlicher, als dies bei Asiaten für gewöhnlich der Fall war. *Mr. Tashika muß einen Schuß Euro-Blut in den Adern haben,* dachte Maria. Er ging zu Dougan Rose. »Ich nehme an, Sie haben den Chip?«

Dougan nickte. »Sie haben die Daten vernichtet, die Sie über mich haben?«

Tashika griff langsam in seine Jackentasche. »Es ist alles hier«, sagte er, indem er Dougan einen Chip hinhielt. »Der Rest ist gelöscht worden.«

Dougan zog seinen Chip aus der Tasche, denjenigen, der die falschen Daten enthielt. »Diese Daten waren nicht leicht zu beschaffen«, sagte er. »Ich habe deswegen einen Chummer verloren.«

Tashika nahm den Chip aus Dougans Hand und stieß ein heiseres Lachen aus. »Ist nicht mein Problem«, sagte er. »Sie haben Ihren Weg vor langer Zeit gewählt.«

Maurices Schultern spannten sich, und er hätte Tashika beinahe geschlagen, doch Dougan streckte den Arm aus und nahm Tashikas Chip an sich. »Damit sind unsere Geschäfte beendet«, sagte Dougan.

Das ist das Zeichen. Maria flüsterte: »Jetzt, Stoney. Jetzt!«

Der große Stadtgeist manifestierte sich hinter einem der Leibwächter, packte ihn und zerquetschte ihn in einer Masse aus lebendem Beton und Stahl. Dougan warf sich zur Seite, und Maurice richtete seine Automatik auf Tashika und zog durch.

In eben diesem Augenblick flog die Lagerhaustür zu Marias Rechten zur Seite, und die Steppenwölfe eröffneten das Feuer mit Automatikwaffen und Raketen. Mehrere Raketen trafen die beiden Limousinen und explodierten. Eine wurde in einer Flammenwolke in die Luft geschleudert, die andere erbebte und fing sofort Feuer.

Tashikas von Kugeln durchlöcherter Körper wurde zurückgeschleudert und landete nicht weit von Maria entfernt. Blutend und brennend und verdreht wie eine Strohpuppe, die falsch gelandet war.

Binnen weniger Sekunden war alles vorbei. Dem anderen Leibwächter gelang es, seine Waffe zu ziehen und ein Loch in Maurice zu blasen, bevor er zu Boden ging, aber dann lag auch er blutend und verdreht da, während die brennenden Wracks der Limousinen ein flammendes Hintergrundinferno für den jähen Gewaltausbruch bildeten.

Bei der zweiten Explosion verlor Maria Stoney, als sich der Geist in der Hitze und den Flammen auflöste. Die Steppenwölfe rückten vor, Blutdurst in den Augen, und machten sich daran, die Leichen, darunter auch Maurice, aufzuschlitzen. Dougan versuchte nicht einmal, sie daran zu hindern, und Maria war zu müde, um sich auf eine Auseinandersetzung einzulassen.

So viel Tod.

Sie ging zu Tashika und bückte sich. Seine Aura klebte noch immer an seinem verstümmelten, blutenden Leib. *Er lebt noch.* Sie bückte sich noch tiefer, bis ihr Mund dicht an seinem Ohr war. »Das ist die Rache für meinen Bruder«, sagte sie. »Und für all die Familien, die Sie in Compton getötet haben, als Sie Lone Star unser Versteck verrieten.«

Tashika versuchte den Kopf zu drehen, und sein Kieferknochen glänzte silbrig bleich durch das rote Blut auf der Wange. Sein Atem ging keuchend und stoßweise. »Nicht ich«, sagte er. »Nicht ... ich ... *allein*.«

»Was?« Sie brachte ihr Ohr näher an das, was noch von seinem Gesicht übrig war.

»Dougan«, spie er förmlich aus, »hat mir eure ... Stellung verraten.« Er zog die Knie an, bis er wie ein Embryo dalag.

Kalte Schauer liefen wie Spinnenfinger ihren Rücken hinunter, und sie zitterte trotz der Hitze, die von den brennenden Limousinen ausging.

»Im Tausch für ...« Tashika hustete blutige Fleischfetzen hoch.

»Was?« flüsterte Maria so leise, daß sie ihre eigene Stimme kaum hören konnte. »Im Austausch wofür?«

»Buzzsaws«, keuchte Tashika. »Ruhm.«

Kann das stimmen? Doch noch während ihr Verstand die Frage formulierte, kannte sie die Antwort. Die unzähligen kleinen Widersprüche in Dougans Geschichte, bei seinen Entschuldigungen und Erklärungen, all das fügte sich vor ihrem geistigen Auge zu einem schlüssigen Bild zusammen. Er hatte sie in all den Jahren angelogen. Und jetzt hatte sie deswegen noch mehr Leute umgebracht. Unschuldige Leute für ihn ermordet.

Er hat mein Leben zum letztenmal durcheinandergebracht.

Sie wollte sich erheben, doch Tashikas Hand hielt sie mit unerwarteter Kraft am Kragen fest. Er zog ihren Kopf wieder zu sich herunter, und bei dem Gestank nach verbranntem Fleisch drehte sich ihr der Magen um.

»Töte mich«, sagte er. »Bitte, bevor sie ... meine Leiche.«

Maria wandte den Kopf und sah die Steppenwölfe in den ausgeweideten Überresten der Toten baden. Die beiden japanischen Leibwächter und Maurice waren mit Cyberspornen in Fetzen gerissen worden, und die Gangmitglieder hatten sich mit blutigen Fleischstreifen behangen. Die Wölfe tanzten in einem pseudo-rituellen Kreis und feierten ihre Morde.

Dougan, der von den Explosionen zu Boden geschleudert worden war, sah lediglich zu. Ein Stirnrunzeln des Abscheus zeigte sich auf seiner Miene.

Maria wandte sich ab. Sie konnte es nicht mehr mit ansehen.

»Laß ... mich ... gehen«, kam der Hauch eines Flüsterns von Tashika.

Doch als Maria sich erhob und Anstalten traf, einen Manapfeil auf ihn loszulassen, der ihn endgültig töten würde, sah sie mit ihrer Astralsicht, daß er es bereits überstanden hatte. Die letzten Fetzen seiner Aura flatterten davon.

Sie formte den Zauber trotzdem, aber keinen Manapfeil, sondern eine kalte blaue Flamme. Sie wirkte den Zauber, der seinen Leib in blaues Feuer hüllte. Und sie hielt den Zauber so lange aufrecht, bis er nur noch Asche war. Dann traf sie Vorbereitungen, um mit den Leichen der anderen dasselbe zu tun. Dabei war ihr völlig egal, was die Steppenwölfe ihr antun mochten, weil sie ihnen die Toten verwehrte.

Dougan hielt sie auf, als sie sich ihnen näherte. »Was, zum Teufel, tust du da?« fragte er. »Sie werden dich töten.«

Sie blieb stehen und sah in das Gesicht des Mannes, mit dem sie einst das Bett geteilt hatte. Damals hatte sie ihn geliebt, aber er hatte sie die ganze Zeit nur benutzt. »Du hast mich betrogen«, sagte sie mit leiser Stimme. Doch als sie fortfuhr, steigerte sich ihr Flüstern zu einem einzigen Aufschrei. »Tashika hat mir alles erzählt. Jesse ist gestorben, weil du uns verkauft hast!« Sie wehrte sich gegen seinen Griff und sammelte ihre Kräfte. *Ich werde ihn vernichten*, dachte sie.

Plötzlich wirbelte Dougan sie herum und hielt sie fest. Eine Kanone erschien wie aus dem Nichts in seiner Hand, und er drückte ihr das kalte Metall gegen die Schläfe. »Laß es, Maria. Versuch's jetzt nicht mit Magie. Mein Finger ist ziemlich nervös an diesem Abzug, und es wäre mir wirklich nicht recht, wenn es hier draußen einen Unfall gäbe.« Dann griff er mit der freien Hand in seine Tasche und zog etwas heraus. Er preßte es gegen ihren Hals, genau über ihrer Muerte-Tätowierung.

Sekunden später verschwamm ihr Blickfeld. Ein Tranqpflaster.

»Ich werde dich sterben sehen, Dougan«, sagte Maria, dann gaben ihre Knie nach, und sie fiel in seine harten Arme und in die schwarze Umarmung des Vergessens.

51

Jonathon fuhr mit seinem demolierten Mitsubishi Nightsky vor dem Sicherheitstor des Sabers-Parkhauses vor. Ein großer Ork in einer goldenen und marineblauen Uniform, die an ihm etwa zwei Nummern zu klein aussah, kam zum Seitenfenster auf der Fahrerseite.

»Hoi, Nick«, begrüßte ihn Jonathon, indem er ihm seinen Mannschaftsausweis zeigte. »Wie stehen die Aktien?«

Der Ork-Wachmann zuckte die Achseln und schickte die Karte vorschriftsmäßig durch den Scanner. »Wer ist Ihr Beifahrer?«

»Ein neuer SimSinn-Tech. Terry bildet ihn heute aus.«

»Passen Sie auf, daß sie ihm nicht genauso den Kopf abreißt wie dem letzten«, sagte Nick.

»Dieser macht keine Fehler.«

Darüber mußte Nick lächeln. »In Ordnung, Sie können weiterfahren. Alle meine Chummer und ich haben Wetten auf Sie am Laufen, Winger. Lassen Sie uns nicht hängen.«

»Nie im Leben«, sagte Jonathon.

Der Ork legte einen Schalter um, und die Absperrung im Zaun rollte zur Seite. Jonathon fuhr hindurch. Die Abfahrt in das unterirdische Parkhaus unter dem wiederaufgebauten LA Coliseum begrüßte ihn mit vertrauten Gerüchen und Geräuschen. Dies war einer der Orte, an denen er sich zu Hause fühlte. Einfach wohl.

Jonathon realisierte plötzlich, daß Grids schon seit geraumer Zeit auf ihn einredete. Und daß er kein Wort mitbekommen hatte. Das stürmische Rauschen in seinem Kopf übertönte die Worte.

»Dann hat sie alles verbrannt, was ich besitze«, sagte

Grids gerade. »Meinen Synthi, mein Cyberdeck. Alles. Ich besitze jetzt nichts mehr. Gar nichts.«

Jonathon hieß die Abgeschiedenheit des unterirdischen Parkhauses willkommen. Die Wagen der meisten Mannschaftskameraden parkten bereits dort. Die Uhr in seiner Headware zeigte 17:20:34 Uhr. Noch etwas mehr als zwei Stunden bis zum Spiel. Noch reichlich Zeit, sein Motorrad zu frisieren und das Labyrinth abzufahren.

»Was, glaubst du, ist mit ihr passiert?« fragte Grids.

»Mit wem?«

»Mit Synthia, um Himmels willen. Hast du nicht zugehört?«

Jonathon parkte den Wagen. »Entschuldige, Chummer. Ich kann jetzt nicht über Syn nachdenken. Es gibt eine Erklärung für das, was sie getan hat, dessen bin ich mir sicher. Aber das ist jetzt Vergangenheit. Wenn das alles vorbei ist, will ich, daß du sie suchst und alles klärst.«

»Ich weiß nicht.«

»Versprich es mir, Grids.« Jonathon sah ihn an. »Versprich mir, daß du Synthia suchst, was heute nacht auch geschieht.«

Grids stieß einen Seufzer aus. »Okay, ich verspreche es.«

»Sag ihr, daß ich sie immer noch liebe.«

»Das kannst du ihr selbst sagen.«

»Sag es ihr einfach.« Jonathon stieg aus und atmete ein paarmal tief die kühle unterirdische Luft des Parkhauses ein. »Komm mit, ich zeige dir die SimSinn-Ausrüstung.«

Grids zog einen Overall von Angelic Entertainment über sein Micky-Maus-T-Shirt und die Jeans und nahm seine Tasche mit Werkzeugen und Chips und dem anderen Drek, den er mitgebracht hatte. Er folgte Jonathon durch die Metalltür in die Mannschaftsgarage, wo die Motorräder standen. Sie gingen daran vorbei zu dem Aufgang, der in den Umkleidebereich führte.

Die meisten Spieler waren dort und hoben Gewichte, machten Dehnübungen oder wärmten sich auf dem kleinen Kurs auf. Jonathon sah den Mechaniker Vic, dazu Boges und Mason, Ion und Chibba.

»Hoi, Winger«, ertönte Smittys Stimme. »Du bist gekommen, Chummer.«

»Stimmt genau«, erwiderte Jonathon dem muskulösen Zwerg, der mit ein paar Dehnübungen beschäftigt war.

»Du hast *Cojones*«, sagte Smitty. »Das muß man dir lassen. *Cojones* so groß wie Melonen.«

Jonathon lachte und ließ sich von der Stimmung im Übungsraum anstecken. Sich auf das Spiel einstimmen. Für ein Meisterschaftsspiel war er nicht in allerbester Form, wenn man die vergangenen Tage berücksichtigte, aber es würde nicht lange dauern, seinen Plan auszuführen.

Jonathon zeigte Grids die SimSinn-Decks und die Ruhesessel an der Wand. Grids warf einen Blick auf die Ausrüstung und schüttelte den Kopf. »Sackgasse, Chummer. Hier kann ich die Veränderungen nicht vornehmen. Von diesem Drek kann nichts senden.«

»Das habe ich auch nicht angenommen.«

»Welche Daten werden eigentlich von den Motorrädern empfangen, wenn sie im Labyrinth sind?« fragte Grids.

»Soweit ich weiß, nur die Positionen der anderen Fahrer. Sie werden als Heads-up-Display auf die Netzhaut projiziert.«

»Sonst noch was?«

»Die Spielzeit und die verbale Kommunikation, aber das ist dann auch schon alles.«

Grids spitzte die Lippen. »Hmm«, sagte er. »Was ist in Notfällen?«

»In jedem Motorrad gibt es Transponder, die den

Schiedsrichtern ermöglichen, den Motor abzustellen, um unangemessene und übertriebene Aggression zu unterbinden. Im wesentlichen um die Spieler daran zu hindern, mehrfach über einen am Boden liegenden Gegner zu fahren oder sie mit den Motorrädern zu rammen.«

»Nett«, meinte Grids.

»Es ist kein Spiel für Schwächlinge und Schöngeister.«

Grids grinste. »Vermutlich nicht. Wo sind die Transmitter, die den Motorrädern die Daten senden?«

Jonathon drehte sich um und führte Grids in das Kommunikationsareal, das sich neben dem Büro des Coachs befand. »Die Einrichtung ist für beide Seiten identisch«, sagte er, als sie sich den Reihen mit Bildschirmen, Holoprojektoren und anderem elektronischen Drek näherten. Terry saß dort vor einer komplex aussehenden Konsole. Sie war eine riesige Orkfrau mit mehr Fett am Leib als ein Nilpferd und einer dazu passenden Hautfarbe.

Jonathon blieb stehen und flüsterte Grids zu. »Wir bekommen alle Signale, aber wir können nur die Positionen unserer Maschinen senden.«

»Das glaubst du«, sagte Grids.

»Hast du den Kredstab, den du mitbringen solltest?« fragte Jonathon.

Grids nickte.

Jonathon lächelte, dann trat er durch die Tür der Kommunikationszentrale. »Hoi, Terry.«

Terry wandte sich von ihren Bildschirmen ab und lächelte, als sie Jonathon erblickte. »Winger, schön, deinen sexy Body wiederzusehen, Chummer.« Sie bedachte ihn mit einem breiten Grinsen.

»Gleichfalls, Terry«, antwortete Jonathon. »Hör mal, ich hab da draußen einen Tech von Angelic Entertainment, der ein paar Einstellungen vornehmen muß, um meine Simlink-Übertragung direkt mit Dexter Hemmingways Loge zu verbinden. Kannst du ihn ein paar Minuten hier werken lassen?«

Die Orkfrau dachte nach. »Bist du sicher, daß das legal ist?«

»Sicher ist es das«, sagte Jonathon. »Legaler geht's nicht. Hemmingway läßt sich diese Direktverbindung eine Menge Nuyen kosten. Ich bin sicher, dieser junge Mann wird gerne einen Teil seines neugewonnenen Reichtums an dich abtreten.«

Grids trat vor. »Wie wär's mit zehn K?«

»Zehn K, damit ich mir ein paar Minuten die Füße vertrete?«

Grids nickte und hielt ihr einen beglaubigten Kredstab hin.

Terry gähnte und zeigte dabei ihre dunkle, mit Speichel gefüllte Mundhöhle, ein wirklich abstoßender Anblick. »Ich glaube, ich brauche eine kleine Erfrischung«, sagte sie. »Bevor das Spiel anfängt.« Sie stand auf, nahm den Kredstab von Grids und schob ihn in die Tasche, bevor sie hinausging.

»Danke«, sagte Jonathon und bedeutete Grids, sich an die Arbeit zu machen. »Ich muß jetzt an meinem Motorrad arbeiten«, sagte er. »Geh zum Wagen zurück, wenn du fertig bist.«

Grids nickte und nahm ein kleines schwarzes Gerät aus seiner Tasche. Dann entfernte er die Deckplatte von einer der Konsolen.

Jonathon wandte sich ab und ging wieder in die Mannschaftsgarage, direkt zu seinen sieben Suzuki Auroras, alle in makellosem Zustand. Er holte sich ein Datenkabel aus einem Spind und stöpselte sich in eine der Suzukis ein. Dann startete er den Motor und lauschte seinem Schnurren. Überprüfte alle Einzelteile und Systeme. *Ja*, dachte er, *die Maschine ist okay.*

Er stellte den Motor ab. Dann verließ er die Garage und ging zu seinem Wagen, um eine braune Tasche zu holen, in der sich ein kleiner Klumpen C-12 Plastiksprengstoff und ein digitaler Zünder befanden. Er schwang sich die Tasche über die Schulter und ging zu seinem Motorrad zurück.

Tamaras Geist flüsterte wirr in Jonathons Kopf, als er die hautengen OP-Handschuhe überstreifte, die Dexter großzügig mit eingepackt hatte. Der Sprengstoff war weiß. Er paßte nicht zum blauen und silbernen Lack der Suzuki, aber er brauchte nicht viel davon. Jonathon klebte ein daumengroßes Stück unter seinen Sitz neben die Elektronik des Motorrads.

Der Zünder hatte ein kybernetisches Interface, und über das Spatzenhirn der Maschine hatte Jonathon Zugang zur Zeituhr. Die Zeit legte sich digital in kleinen weißen Zahlen auf seine Netzhaut. Jonathon stellte den Zünder auf fünf Sekunden ein, dann vergrub er ihn sorgfältig in dem weichen Sprengstoff, wobei er den mikrofeinen Draht in sein Motorrad eingestöpselt ließ, so daß er den Countdown jederzeit aktivieren konnte.

Der Sitz paßte immer noch perfekt, und Jonathon startete die Suzuki einmal, um sich davon zu überzeugen, daß die Suzuki noch hundertprozentig funktionierte. Ja, perfekt. Jetzt würde er das Labyrinth abfahren. Und danach würde er bereit sein.

52

In dem tropfenden, stinkenden Lagerhaus auf dem Gelände der alten Ölraffinerie nagte der Hunger an Cinnamon, die vor Juju Petes hermetischem Kreis auf und ab ging. Michaelson befand sich in dem Kreis und sah gelangweilt aus, wie er dasaß und Cinnamon anstarrte. Juju Pete hatte sich nach Beendigung des Rituals zurückgezogen, um sich auszuruhen. Der Ork schlief in einem anderen Raum.

Weniger als eine Stunde war verstrichen, seit Hendrix mit der Nachricht von Laylas Tod zurückgekehrt war. Er war abweisend gewesen, kalt und distanziert. Ihr Tod hatte ihn hart getroffen, und er war nicht bereit, den Run fortzusetzen.

Cinnamon verstand ihn nicht. Der Tod der *Ki*-Adeptin war gewiß ein Verlust, aber sie konnte leicht durch eine andere ersetzt werden. Hendrix war normalerweise das Geschäft in Person. Reue und Bedauern waren Fremdwörter für ihn. Er ließ sich von Gefühlen nicht die Sinne vernebeln. Und er konzentrierte sich hundertprozentig auf jeden Run, den er akzeptierte, und zog ihn unter allen Umständen bis zum Ende durch.

Cinnamon bekam langsam ihre Zweifel, was Hendrix betraf. Sie hatte diese Symptome auch schon bei anderen Runnern gesehen, bei weniger erfahrenen Söldnern, die jemanden verloren hatten, der ihnen nahestand. Sie wußten alle, daß ihr Job riskant war und sie bei einem Run sterben konnten. Berufsrisiko. Und jeder trug nur die Verantwortung für seine eigene Haut.

Aber ganz tief drinnen glaubten sie, der Tod würde um alle, an denen ihnen etwas lag, einen großen Bogen machen. Und wenn sich dieser Glaube als Irrtum erwies, konnte sie das hart treffen. Den Wunsch in ihnen wecken, sich aus diesem riskanten Geschäft zurückzuziehen – und dann verloren sie den Biß. *Ein Jammer, daß ausgerechnet Hendrix das passiert*, dachte sie.

Aus diesem Grund hatte sie ihn gebeten, ins LA Coliseum zum Combatbikerspiel zu gehen. Dies war nicht nur der Ort, an dem Winger mit größter Wahrscheinlichkeit auftauchen würde, sondern es würde Hendrix auch davon abhalten, über seine Arbeit nachzudenken. Über das Geschäft.

Auf lange Sicht war dies das Beste, was er für sich tun konnte. Die Geschichte und seine imaginäre Verbundenheit mit Layla hinter sich zu lassen.

Hendrix hätte sich fast geweigert. Cinnamon spürte seinen Widerwillen wie einen Geruch in der Luft. Doch dann hatte er die Zähne zusammengebissen und war pflichtbewußt gegangen, wie es sich auch gehörte. Das Geschäftliche hatte den Sieg über seine Gefühle davongetragen.

Cinnamon war froh darüber. Sie hatte andere Probleme, über die sie nachdenken mußte. Tashika hatte ihre beiden letzten Anrufe nicht beantwortet. Erwog er einen Rückzieher? Hatte er sich die Daten auf anderem Weg beschafft und war er vielleicht zu dem Schluß gekommen, daß er Michaelson nicht mehr brauchte? *Drek*, dachte sie, *ich muß irgendwas schlachten, bevor ich einen von diesen netten Leuten esse.*

Der Zwergendecker Mole kam aus seinem Zimmer, wo er in die Matrix eingestöpselt gewesen war. »Ich habe die Daten«, sagte er. »Aber sie werden Ihnen nicht gefallen.«

Cinnamon knirschte mit den Zähnen, aber rein äußerlich zeigte ihre Illusion nur ein lächelndes Gesicht. »Fahren Sie trotzdem fort, bitte.«

»Zunächst einmal … Tashika ist tot.«

»Was?«

»Lone Star ist zu siebzig Prozent sicher, daß Luc Tashika, ehemals bei Mitsuhama Computer Technologies beschäftigt, beim Angriff einer Steppenwolf-Gang in der Nähe der Entsalzungsanlage von El Segundo ums Leben gekommen ist«, fuhr Mole fort. »Ich habe es frisch von einem der Kommunikationsrelais des Stars.«

»Siebzig Prozent ist weit entfernt von unstrittig«, sagte Cinnamon.

»Der einzige Grund dafür, daß sie keine hundertprozentige Wahrscheinlichkeit angeben, ist der, daß die Leichen verstümmelt und bis zur Unkenntlichkeit verbrannt sind, aber DNS-Proben aus den Wagen am Tatort sind bereits positiv identifiziert worden. Zwei der anderen Leichen passen zu den Identitäten seiner Leibwächter. Wenn er nicht tot ist, ist es eine ziemlich gute Inszenierung.«

Verdammter Drek!

»Und bevor Sie sich davon erholen, warten Sie ab, es kommt noch mehr von diesem Kaliber.« Mole versuchte sich gelassen zu geben, aber sie konnte seine Angst riechen. »Die Daten, die Sie mir zur Überprüfung gegeben haben …«

»Was ist damit?«

»Ich konnte nicht alles durchsehen, es ist zu gut … gesichert. Aber was ich mir ansehen konnte …«

»Ja?«

»Ist Drek, Cinnamon, schlicht und ergreifend«, sagte Mole. »Keine einzige Information stimmt. Es ist alles dicht daran, aber einige wichtige Einzelheiten sind falsch, unlogisch oder fehlen ganz, dem Drek nach zu urteilen, den ich mir aus der Matrix beschaffen konnte.«

»Michaelson!« schrie Cinnamon beinahe hysterisch. Sie drehte sich zu einem aufgeschreckten Michaelson um, der sie mit verblüfftem Gesichtsausdruck anstarrte.

Mole sah sie an. »Ist dies kein guter Zeitpunkt, über mein Honorar zu reden?«

»Halten Sie den Mund und gehen Sie wieder auf Ihr Zimmer! Mit Ihnen unterhalte ich mich später.« Der Zwergen-Decker zog sich eiligst zurück. In Cinnamon tobte der Hunger und drohte, ihre Illusion zu durchbrechen, aber das war ihr verdammt noch mal egal. Dieser dämliche Pinkel hatte ihr falsche Daten gebracht.

»Was ist los?« fragte Michaelson, der aufgestanden war und am inneren Rand des hermetischen Kreises stand.

»Die angeblich geheimen Daten in Ihren Akten sind erfunden und falsch.«

»Was?«

»Ihre Daten sind wertlos. Jemand muß den Verdacht gehabt haben, daß Sie sich absetzen wollen, und Sie mit gefälschten Daten gefüttert haben.«

Michaelson war offensichtlich völlig perplex, aber die Rädchen seines Verstandes drehten sich weiter. Anscheinend dachte er über die Stichhaltigkeit dessen nach, was sie gesagt hatte.

»Ist Ihnen das nie in den Sinn gekommen?«

»Nein«, erwiderte Michaelson, dessen Gesicht jetzt einen besorgten Ausdruck angenommen hatte. Er wußte, was es bedeutete, daß all seine kostbaren Daten nur einen Drek wert waren.

»Schließt das die Magus-Akte mit ein, Mr. Michaelson?« fragte Cinnamon. »Diese verdammten Daten, die mich Meganuyen und das Leben eines meiner Shadowrunner gekostet haben?«

Michaelson schüttelte den Kopf. »Nein, die habe ich seit Jahren bei mir. Das andere Zeug ist jüngeren Datums, aber trotzdem …«

»Ja? Ich kann es kaum erwarten zu hören, wie Sie sich aus dieser Geschichte herausreden wollen.«

»Entweder sind meine Informationen falsch, wie Sie gesagt haben. Oder die Daten, die Ihr Decker überprüft hat, sind falsch. Vielleicht hat Brackhaus die Datenbänke geändert, nachdem er erfahren hat, daß ich mich absetzen will. Um es so aussehen zu lassen, als seien meine Informationen ungenau.«

»Sie meinen, Brackhaus hat seine eigenen Daten geändert, um Ihre weniger glaubwürdig erscheinen zu lassen?«

»Genau.«

Cinnamon dachte eine Sekunde darüber nach. »Es spielt so oder so keine Rolle mehr«, sagte sie. »Niemand wird den Informationen trauen, die Sie mitgebracht haben.«

Michaelson runzelte die Stirn.

»Ach ja, es gibt noch eine weitere Neuigkeit«, fuhr Cinnamon fort. »Der MCT-Exec, der Ihre Überstellung finanziert hat, ist tot.«

Michaelson schnappte nach Luft.

»Was bedeutet, daß Sie ohne die Magus-Akte wertlos sind. Die Echtheit Ihrer anderen Daten ist suspekt, was nichts anderes heißt, als daß sie ebenfalls wertlos sind. Sie hier zu verstecken, kostet mich Nuyen, die ich vielleicht nie wiedersehe.«

»Können Sie keinen anderen Konzern finden, der mich aufnimmt? Ein leitender S-K-Exec hat doch gewiß einen Wert. Kommen Sie, Cinnamon, irgend jemand wird für mein Fachwissen zahlen.«

»Nein, ich fürchte nicht«, sagte Cinnamon, die spürte, wie ihr Hunger den Schleier der Illusion durchbrach. Ihre Maskierung als kleine Blondine wich einem großen, schlangenartigen, geschuppten Leib. Ihrer tierischen Gestalt. Ihre Stimme donnerte und zischte, als sie weitersprach. »Brackhaus könnte Sie schon sehr lange mit falschen Informationen gefüttert haben. Kein Konzern wird das Risiko eingehen, Sie aufzunehmen.«

Michaelson taumelte zurück und fiel auf die Knie. Er war offenbar sprachlos.

Hunger überfiel sie, und sie sprang durch den Schleier von Juju Petes hermetischem Kreis. Sie mußte sich anstrengen und beträchtliche Gewalt anwenden, um ihn zu durchbrechen, aber als sie einmal hindurch war, überfiel sie nur ein kurzer Schmerz, und der Zauber erlosch.

Mit ihren schuppigen Flügeln schlagend, ging sie auf den ausgestreckt daliegenden Michaelson zu. Er kroch förmlich in den Boden, als sie sich über ihn beugte. »Mir fällt nur noch ein einziger Nutzen für Sie ein«, sagte sie, indem sie mit ihrer gegabelten Zunge über Reihen dolchartiger Zähne fuhr. »Meinen Appetit zu stillen.«

»Nein, ich ...«

»Es sei denn, Sie wären bereit, sich von einem Teil Ihrer Lebenskraft zu trennen, um mich zu bezahlen.«

»Lebenskraft?«

»Ihre Energie. Ihre Erfahrung. Ihre ...«

»Ja, alles, was Sie wollen. Nur töten Sie mich nicht.«

»Öffnen Sie mir Ihre Seele«, befahl Cinnamon. »Und ich werde daraus trinken.« Dann berührte sie Michaelsons Aura mit ihrer und trank große Schlucke von seiner Lebenskraft. Weißglühende Blitze seiner Erinnerungen durchpulsten sie, erfüllten sie. Die Übertragung dauerte nur Sekunden.

Und als sie beendet war, kehrte Cinnamon zu ihrer manifesten Gestalt zurück und sah, daß der Körper des Menschen unter ihr lag. Er war verblüfft und leer, verwirrt.

Er schrie auf, als sie plötzlich zuschlug. Ihre Kiefer öffneten sich und umschlossen seinen Kopf und Hals, um dann zuzubeißen und Knochen und Sehnen mit ihren Zähnen zu durchtrennen. Rein physisch war sie nicht mehr hungrig. Es war ihre Wut über seine Unfähigkeit, die sie dazu trieb, ihn zu töten.

Michaelsons Aufschrei wurde verschluckt, als die salzige Wärme seines Blutes ihre Zunge umspülte. Sie hob ihn hoch und warf den Kopf hin und her, um seinen Kopf abzureißen. Er war ein großer Junge. Sie brauchte sechs oder sieben Bissen, um ihn ganz aufzuessen.

53

Synthia zeigte dem Wachmann am Stadioneingang ihre Dauerkarte und lief an ihm vorbei ins Coliseum. Das Spiel würde in einer halben Stunde beginnen, und sie mußte Jonathon vor Brackhaus warnen. Vor den Mördern, die er geschickt hatte.

Wenn ich Jonathon überreden kann, die Daten in seinem Kopf zu löschen, dachte Synthia, *besteht vielleicht noch die Möglichkeit, daß Brackhaus mich am Leben läßt.* Sie weigerte sich aufzugeben. Wenn sie versagte, würde sie sterben. Jede Minute konnte das Gift freigesetzt werden.

Die Sicherheit war unnachgiebig und verwehrte Synthia den Zutritt zu den Umkleideräumen, aber das hielt sie nicht auf. Sie ging zu ihrem üblichen Platz in der VIP-Loge und wechselte auf die Astralebene, so daß ihr Körper auf dem bequemen Sitz zusammensackte. Das Spiel hatte noch nicht angefangen, und die Beobachter-Geister würden sie ohne weiteres passieren lassen.

Obwohl Synthia das im Grunde egal war. Wenn sie versuchen sollten, sie aufzuhalten, würde sie sie vernichten, ohne auch nur einen Augenblick darüber nachzudenken. Sie durchstieß die Makroglasbarriere und sank auf den Stadionboden.

Jonathon stand neben seinem Spind und zog gerade seinen schmierigen Duster und die fleckige Jeans aus.

Synthia glitt näher und hielt dann ein paar Schritte hinter ihm inne, als ihre Gestalt in der physikalischen Welt sichtbar wurde. »Jonathon«, sagte sie. »Können wir reden?«

Er drehte sich langsam um, bedächtig, und als sie ihn sah, überlief sie ein Schauer der Angst. Seine Aura wirkte kalt und resigniert. Er nickte ihr zu. »Ja.«

»Du mußt die Magus-Akte aus deiner Headware löschen«, sagte sie. »Sonst werden sie mich umbringen.«

»Sie?«

»Saeder-Krupp. Es sind ihre Daten.«

Jonathon nickte zögernd. »In ein paar Minuten wird alles in Ordnung sein.«

»Was meinst du damit?«

»Die Daten werden vernichtet sein...« Jonathons Stimme verlor sich. »Dann gibt es keinen Grund mehr, dich umzubringen.«

»Vernichtet? Aber wie?«

Jonathon antwortete nicht, aber seine Aura flammte einen Moment lang rot auf.

»Wie, Jonathon?«

»Es ist am besten, wenn du das nicht weißt.«

»Du hast nicht vor, das Spiel zu überleben, oder?«

Keine Antwort.

»Jonathon?«

»Wenn ich weiterlebe«, sagte er, »müssen zu viele andere sterben. Du, Grids, Venny ...«

»Du brauchst nicht zu sterben«, sagte Synthia. »Lösch einfach deinen Headware-Speicher.«

»Und sie würden mir das so ohne weiteres glauben? Unwahrscheinlich, Syn. Sie müßten sich vergewissern, und die Mühe werden sie sich nicht machen. Jetzt nicht mehr. Dafür sind die Dinge bereits viel zu weit fortgeschritten. Außerdem habe ich die Akte gelesen. Nein, es ist leichter für sie, mich umzubringen. Billiger.«

Synthia mußte daran denken, was Brackhaus über seine Attentäter gesagt hatte. »Und was folgt daraus? Daß du ihnen die Mühe ersparst und dir das Leben nimmst? Verdammt guter Plan.«

Jonathon antwortete nicht, aber Synthia sah, daß er entschlossen war. Nicht mehr umzustimmen. »Ich habe noch eine Sache zu erledigen«, flüsterte Jonathon. »Aber ich wollte mich von dir verabschieden.«

Synthia empfand ein jähes Schwindelgefühl. Trauer,

die sich in ihrer körperlichen Gestalt als Tränen manifestierten. *Ich kann ihn nicht mal in die Arme nehmen,* dachte sie. *Kann ihn zum Abschied nicht mal küssen.* Sie winkte ihm zu, als ihre körperliche Manifestation verblaßte und sie vollständig in den Astralraum zurückkehrte.

Seine letzten Worte hingen in der Luft, als sie verschwand. »Ich liebe dich, Syn. Vergiß das nie.«

54

Schweiß lief Jonathon übers Gesicht, als er durch die Kurven und Bahnen des Labyrinths rannte. Seines Heimatlabyrinths. Er kannte jedes Loch im Beton, jede Kurve, die Steilheit jeder Seitenwand. Er durchquerte die Endzone und lief weiter zur Auffahrt der Himmelsrampe.

Er hatte damit gerechnet, das Labyrinth mehrfach durchqueren zu müssen, bevor er den Grad der Konzentration erreichte, den er für das Spiel brauchte. Er hatte damit gerechnet, daß ihn sein Gespräch mit Synthia und die schrecklichen Ereignisse der vergangenen Tage ablenken würden.

Aber er hatte sich geirrt. Die Konzentration stellte sich praktisch sofort ein. Der Wirbelsturm des Rauschens in seinem Kopf half ihm dabei, sich auf die bevorstehende Aufgabe zu konzentrieren. Es war so, als sei Tamara bei ihm, als flattere ihr Geist auf den Schwingen des Windes hinter ihm her.

Alles war geregelt, alle Vorbereitungen waren getroffen. Es waren keine Sorgen mehr geblieben, nur noch die Ausführung seines Plans.

Als er in den Umkleideraum zurückkehrte, um mit dem langwierigen Vorgang des Anlegens seines Körperpanzers zu beginnen, erwartete ihn Grids. »Ich bin ein Genie«, sagte er.

»Du hast es hinbekommen?«

»Hast du je daran gezweifelt?«

»Nein.« Jonathon öffnete den Spind und zog seinen Bodysuit an. »Und jetzt will ich, daß du gehst.«

»SimSinn-Daten sind komplex«, sagte Grids, »also mußte ich mehr tun, als nur Dougans Frequenz anzuzapfen. Ich mußte den eigentlichen Datenstrom verändern, damit er wie ein normales Datenpaket aussieht.

Aber die Wirkung müßte dieselbe wie bei SimSinn sein. Natürlich ist keine Zeit mehr für einen Testlauf.«

Jonathon zog seine Kevlar-3-Jacke an. »Hast du gehört, was ich gesagt habe?«

»Was?«

»Ich will, daß du jetzt gehst. Nimm den Nightsky und fahr zum Flughafen. Flieg zu den Bahamas oder den Fidschiinseln oder irgendwohin, wo du schon immer mal Urlaub machen wolltest. Im Wagen warten eine halbe Million Nuyen in beglaubigten Kredstäben auf dich. Komm in den nächsten sechs Monaten auf keinen Fall zurück.«

Grids runzelte die Stirn und wich einen Schritt zurück. »Ich war bis jetzt ganz gut darin, dich nicht zu fragen, was du eigentlich vorhast, aber ...«

»Laß es. Es ist besser, wenn du es nicht weißt.«

»Aber ...«

»Halt einfach nur die Klappe und hau ab, bevor ich dich von der Sicherheit rauswerfen lasse.«

Grids nahm seine Tasche und ging. Jonathon ignorierte ein wehmütiges Ziehen in der Magengegend und konzentrierte sich darauf, seine neuen Polykarbonrippen in die Rüstung einzupassen. Nach kurzer Zeit wich die Anspannung dem zunehmenden Sturm von Tamaras Flüstern.

Trideogeräusche aus dem anderen Raum, wo Ion und Smitty sich die Vorberichte ansahen, drangen an seine Ohren. Jonathon hörte vereinzelt Satzfetzen des Moderators, während er sich mit akribischer Sorgfalt ankleidete.

Millionen sahen weltweit zu, und die Sehbeteiligung stieg ständig, seitdem durchgesickert war, daß sowohl Jonathon als auch Dougan im Stadion waren. Alles wartete mit Spannung auf die bevorstehende Konfrontation zwischen den beiden besten Linebikern der Welt.

Jonathon ließ das Geschwätz von sich abtropfen. Blieb völlig unberührt. Vor langer Zeit war er auf der

Jagd nach Ruhm gewesen, hatte sich danach gesehnt, das zu werden, was er jetzt war. Jetzt wollte er nur noch rausfahren.

Szenen von Tamaras Tod liefen im Trideo, und Smitty schaltete es ab. Dann drehte sich der Zwerg um und ging zu Jonathon. »Wir sind alle froh, daß du heute spielst. Wir hätten auch ohne dich gewonnen, aber mit dir wird es leichter.«

Jonathon hatte alle Rippen in die Kevlarhose eingefügt und setzte sich, um sich zu strecken. Er lauschte der Menge draußen, die immer lauter wurde, bis es an der Zeit war, seinen Helm aufzusetzen, auf sein Motorrad zu steigen und hinaus ins Labyrinth zu fahren.

Die Menge kreischte auf, als sie ihn erblickte. Er fuhr eine volle Runde durch das Labyrinth aus Betonmauern. Nahm vorübergehend die Rolle des Superhelden an, weil bald alles vorbei sein würde. Während er durch die Kurven und Windungen fuhr, überprüfte er seine Netzhautanzeige. Er registrierte den geisterhaften Schatten des Fünf-Sekunden-Countdowns für den Zünder unter seinem Sitz. Und er sah das winzige graue splitterförmige Icon in der linken unteren Ecke seines Blickfelds. Grids' kleine Zugabe für den besonderen Anlaß. Jonathon würde sie aktivieren, wenn die Zeit gekommen war.

Plötzlich fing die Menge an zu zischen, und ein Sturm von Pfiffen und Buhrufen erhob sich im Stadion. Jonathon sah einen kleinen gelben Punkt auf seiner Anzeige, der ihm verriet, daß Dougan Rose in das Labyrinth eingefahren war.

Danke, Grids.

»Dougan, hier spricht Jonathon, kannst du mich hören?«

»Ich empfange dich, Jonathon. Was ist los? Wieso können wir uns eigentlich miteinander unterhalten?«

Jonathon fuhr zur Auffahrt der Himmelsrampe auf seiner Seite des Labyrinths. »Nur ein kleines Arrangement von einem Chummer von mir, das unsere unvermeidliche Konfrontation ein wenig beschleunigen soll.«

Dougan lachte. »Ich verstehe. Was schwebt dir vor?«

»Mann gegen Mann auf der Himmelsrampe, Chummer«, antwortete Jonathon. »Nur du und ich.«

»Vor Spielbeginn? Das gefällt mir, das gefällt mir echt.«

Jonathon wußte, daß die Schiedsrichter und Komtechs ihre Unterhaltung wahrscheinlich mithörten und versuchten, die Verbindung zu unterbrechen. »Dann los«, sagte er zu Dougan. »Ich bin bereit.«

»Welche Waffen, Chummer?«

»Keine Beschränkungen«, sagte Jonathon. »Alles, was du hast.«

»Bis zum Tod?«

»Deswegen sind die Fans schließlich gekommen, *neh?*«

»Zum Teufel mit den Fans«, meinte Dougan. »Was willst *du*?«

»Bis zum Tod.«

»Es ist dein Begräbnis.« Dougan lachte leise. »Okay, ich bin bereit und in Position.«

Jonathon holte tief Luft.

Hörte das anfeuernde Knistern von Tamara, das ihm die Haare zu Berge stehen ließ.

Noch ein tiefer Atemzug.

Dann …

»Los!« schrie Jonathon, um dann mit Höchstbeschleunigung loszurasen. Die Reifen quietschten unter ihm, als er Dougan über die schmale Auffahrt zur Himmelsrampe entgegenflog. Die Menge schrie und tobte, als ahne sie die bevorstehende Konfrontation.

Er sah Dougans Yamaha die gewundene Auffahrt zur Himmelsrampe hinaufschießen. Dougan war vollständig bewaffnet, den Roomsweeper in einer Hand, die Peitsche in der anderen.

Jonathon reckte seine leeren Fäuste in den Himmel,

als sich das statische Rauschen in seinem Kopf zu einem ohrenbetäubenden Schrei steigerte. Er brauchte keine Waffen. Er nahm die Menge ringsumher nur noch verschwommen wahr, während die Räder seiner Suzuki den Beton unter ihm fraßen.

Er konzentrierte sich auf die sich rasch verringernde Entfernung, wobei er im Geiste die noch verbleibende Zeit bis zum Zusammenstoß kalkulierte. Wer würde ausweichen? Wer würde im letzten Augenblick einen Rückzieher machen?

Jonathon hielt seinen Kurs, hielt direkt auf das Unvermeidliche zu. Er jagte wie ein Racheengel die Auffahrt hinauf. Der Augenblick der Endgültigkeit raste auf ihn zu wie Dämonen der Hölle, die aus der Tiefe nach ihm griffen, um ihn zu holen. Zu holen, auf daß er Tamara wiedersehen würde.

Tamaras Gesicht flatterte in den winddurchtosten Kammern seines Verstandes. *Es ist soweit,* dachte er, dann startete er mit einem geistigen Befehl Grids' SimSinn-Impuls. Das splitterförmige Icon auf seiner Netzhaut wechselte von Grau auf Rot, als die Daten an Dougan Rose weitergeleitet wurden.

Zeit, die Schulden zu begleichen.

Dougans Motorrad schwankte ein wenig, als er die SimSinn-Sendung empfing. Er erlebte jetzt Tamaras Tod aus *ihrer* Sicht, so wie Jonathon ihn auf dem Ruhesessel miterlebt hatte. Während sein Motorrad Jonathon entgegenjagte, sah Dougan sich selbst durch Tamaras Augen. In diesem Moment spürte er, wie seine Cybersporne ihren Hals durchschnitten. Nahm den eisenhaltigen Geruch ihres Blutes wahr, das ihren Helm füllte.

Jonathon startete den Fünf-Sekunden-Countdown, während er gleichzeitig kybernetisch die Verankerung zwischen seinen Beinen und der Maschine löste. Dies war sein einziger Versuch, seine einzige Chance.

Dougan stöpselte sich aus seinem Motorrad aus, um

die SimSinn-Sendung zu unterbrechen. »Das war unfair…«

Jonathon stellte sich auf den Sitz seiner Suzuki und sprang im letzten Augenblick, flog mit fast hundert Stundenkilometern durch die Luft. Er flog hoch über die Motorräder hinweg, die in einem scharfen Krachen von Metall und Plastik zusammenstießen.

Die Explosion erfaßte ihn als Flutwelle sengender Hitze und als Hagel von Splittern, die seinen Körperpanzer durchschlugen wie Reispapier. Die Druckwelle beschleunigte ihn zusätzlich, während er wild rudernd und sich überschlagend durch die Luft flog.

Im Flug sah er den gewaltigen Feuerball, der von der Unfallstelle aufstieg, und er erinnerte sich an sein Haus in Redding. Er sah die Standuhr und die Korbwiege in den flackernden Flammen. Er hörte das Schluchzen seiner Mutter und das Jammern seiner Schwester.

Und einen Moment lang bildete er sich ein, das Rauschen sei aus seinem Kopf verschwunden. Funkstille.

Die Schmerzen kamen, als er aufschlug. Schmerzen, wie er sie noch nie zuvor erlebt hatte, hüllten ihn ein, und es kam ihm so vor, als sei seine Haut vom Körper geschmolzen. Er prallte auf den Beton und überschlug sich, hörte seine Knochen knacken, bevor er für einen Sekundenbruchteil die Schmerzen spürte.

Als er schließlich vor einer Mauer zur Ruhe kam, wußte er, daß er tot war. Er wünschte, der Tod möge rasch kommen und den Schmerzen ein Ende bereiten. Ihn endgültig mitnehmen auf die andere Seite.

Und als ihm das schwarze Loch entgegenraste, griff er danach. Warf sich förmlich in den Abgrund. Und stürzte in die absolute Stille.

Um wieder bei Tamara zu sein.

55

Ein donnernder Knall ertönte ringsumher und ließ die Welt erbeben.

Maria wurde sich allmählich ihrer Umgebung bewußt. Sie befand sich im Fond eines gemieteten Toyota Elite. Schwarze Kunstledersitze, Trideo, eine kleine Bar.

Sie schaute hinaus in die Dunkelheit. Ah, die Nacht war endlich angebrochen. Doch irgend etwas stimmte nicht, und ihr von Drogen benebelter Verstand brauchte ein paar Sekunden, um zu erkennen, daß sie sich unter der Erde befand. In einem Parkhaus.

Unter dem Stadion, wenn sie das Geschrei der Menge richtig deutete. *Aber was war das für ein lauter Knall?* Maria schaltete das Trideo ein und sah einen androgynen Sprecher mit Plastikgesicht und künstlichblonden Haaren, der über eine Explosion bei dem Combatbikerspiel redete.

»Eine Bombe, die an einem der beiden Motorräder angebracht war, ist explodiert«, sagte der Mann. Hinter ihm konnte Maria eine Wiederholung des Unfalls sehen. Die beiden Motorräder, die mit phänomenaler Geschwindigkeit zusammenstießen, danach die Zeitlupe, die eine Nahaufnahme von Dougan zeigte, der im letzten Augenblick auszuweichen versuchte. Dann Winger, der absprang und davongeschleudert wurde, als die Explosion, die in der Superzeitlupe deutlich erkennbar ihren Ursprung in seinem Motorrad hatte, Dougan einhüllte und zerfetzte.

»Erste Anzeichen deuten darauf hin, daß Jonathon Winger sein Motorrad mit einem Sprengsatz präpariert hat. Es ist zu vermuten, daß Wingers Motiv Rache für den Tod von Tamara Ny beim Spiel letzte Woche in New Orleans war.

Die beiden Spieler werden derzeit von einem

DocWagon-Hubschrauber ins UCLA Medical Center geflogen. Ihre Überlebensaussichten müssen jedoch als gering beurteilt werden.«

Maria ließ sich in die behaglichen Polster der Limousine sinken und öffnete eine Flasche mit gekühltem Quellwasser. *Du hast bekommen, was du verdienst, Dougan,* dachte sie. Die kühle Flüssigkeit tat ihrer trockenen Kehle gut und klärte ein wenig ihren Kopf.

Sie beschloß, noch ein paar Minuten im Wagen zu bleiben, bis die Wirkung der Droge endgültig verflogen war. Sie wollte sich vergewissern, daß Dougan tot war. Denn falls er es nicht war, würde sie ihn im Krankenhaus finden und mit eigenen Händen töten. Und danach würde sie in ihr Haus in San Bernardino und zu ihren Kindern zurückkehren. Drek, sie konnte es kaum erwarten, wieder nach Hause zu kommen.

56

Hendrix stand auf der Tribüne des LA Coliseum und betrachtete seine Hände. Dunkelbraune Haut mit vercyberten Muskeln darunter. Er drehte sie, um sich die weißen, schwieligen Handflächen anzusehen. Wie viele Leute hatte er mit diesen Händen schon getötet? Viel zu viele. Er war sein ganzes verdammtes Leben lang im Todesgeschäft tätig gewesen.

Zeit auszusteigen. Das war seine innere Stimme. Dieselbe innere Stimme, die ihm während der Invasion von El Infierno dringend geraten hatte, die Söldnereinheit zu verlassen. Damals hatte sie ihn davor bewahrt, bei lebendigem Leib gehäutet und an einen Laternenpfahl aufgehängt zu werden.

Er vermißte Layla, und es machte ihn nicht traurig mit anzusehen, wie Jonathon Winger von der Explosion in Stücke gerissen wurde. Aber er war froh, daß er Winger nicht selbst hatte töten müssen. Er hatte das Töten satt.

Gerade war die Durchsage über Lautsprecher gekommen, daß Winger bei seiner Einlieferung ins UCLA Medical Center bereits tot gewesen sei. Dougan Rose hatte irgendwie überlebt, aber sein Zustand war kritisch.

Hendrix betrachtete durch die Makroglasscheibe die Frau, die er in den letzten Minuten beobachtet hatte. Synthia Stone, Jonathon Wingers Geliebte. Die Frau, die Hendrix ursprünglich hatte töten wollen, um Laylas Tod zu rächen.

Ihre kurzgeschnittenen roten Haare fingen das Licht ein wie schimmerndes Feuer. Ihre fein geschnittenen Züge verrieten nichts von ihrer verborgenen Macht. Hendrix hatte einen Teil dieser Macht erlebt, aber das würde ihn nicht davon abhalten, sie zu erschießen, wenn er es wollte. Aber er zögerte. Er wollte nicht mehr töten. Und nun, da Jonathon Winger tot war, hatte ihr Tod ohnehin keine Bedeutung mehr für ihn.

Synthia Stone hatte sich in offensichtlichem Schock, den sie bei der Explosion erlitten hatte, vorgebeugt. Tränen liefen über ihre zarten Wangen, während sie ins Leere starrte. Sie blinzelte zeitlupenhaft und wandte den Kopf. Ihr Blick fiel auf Hendrix.

Ihre Augen hatten die Farbe eines ausgewaschenen Himmels. Ihre Züge ähnelten Laylas, klein und zierlich – eine trügerische Maske für ihren harten Kern. Ein Sekundenbruchteil verstrich, bevor Hendrix den Funken des Wiedererkennens in ihren Augen sah. Sie erinnerte sich an ihn.

Er bewegte sich schnell, getrieben von seinen alten Instinkten. Jedes Zögern mochte ihr die Möglichkeit geben, ihn augenblicklich zu rösten. Wie der Blitz huschte er durch den Eingang zu ihrer Privatloge und riß seinen schallgedämpften Predator II hoch. Es war eine diskrete Waffe, ideal für die Arbeit in großen Menschenmengen, aber sehr zuverlässig tötete.

Sie sah die Waffe und saß eine Sekunde lang einfach nur da, während Hendrix die Entfernung zwischen ihnen überbrückte. Dann, als sich die Pistole auf sie richtete, brach sie in Gelächter aus. Und ihr Gelächter wurde zu einem hysterischen Schluchzen. Hendrix zögerte, und für einen winzigen Moment erinnerte sie ihn wieder an Layla.

»Ich bin schon tot«, keuchte sie, dann krümmte sie sich vor Lachen. Sekunden später fing ihr Körper unkontrolliert an zu zucken. Ihre Arme und Beine zitterten, als sie aufzustehen versuchte und einen zaghaften Schritt in seine Richtung machte. »Schon tot«, sagte sie, um dann auf die Betonstufen zu fallen.

»Was ist los?« fragte Hendrix, der seine Kanone immer noch für den Fall bereithielt, daß es sich um ein ausgeklügeltes Täuschungsmanöver handelte.

Synthia erbebte heftig. »Ein Gift in meinem Blut. Irgendwelche Mikroorganismen, Sie würden das doch nicht verstehen.«

Doch er verstand. Er verstand nur allzu gut. Und als Synthia sich zusammenkrümmte, kam Hendrix zu dem Schluß, daß seine innere Stimme wieder einmal recht behielt. *Vertrau ihr,* dachte er. Dann warf er sich Synthia über die Schulter und fing an zu rennen.

Er lief durch die benommene und verwirrte Menge. Das Combatbikerspiel begann endlich. Hendrix rief Mole mit seinem Kehlkopfmikro und befahl dem Decker, sich mit Sergio in Verbindung zu setzen, dem Straßendoc, der vor vielen Jahren die Mikroorganismen aus Hendrix' Blut entfernt hatte.

Hendrix trug Synthia aus dem Stadion und rannte, als stünde seine Seele auf dem Spiel. Er wollte einmal, nur einmal, ein Leben retten, anstatt eines auszulöschen. Sergio war der Beste. Er würde keine Probleme mit Synthias Mikroorganismen haben. Überhaupt keine Probleme.

57

Er hörte Geräusche im Schlaf. Stimmen. Flüstern.

Er lag auf dem Rücken wie schon seit unzähligen Tagen. Bewegungslos und von Neuroblockern benebelt. Das Gefühl in seiner Haut war nicht so, wie es sein sollte. Statt dessen empfand er einen dumpfen Druck. Ein sanftes Gewicht, das auf ihm lag.

Wieviel Zeit war vergangen? Er wußte es nicht. Es konnten Wochen oder sogar Monate sein.

Das Geräusch einer sich öffnenden Tür ließ ihn die Augen aufschlagen, und er sah einen Raum, der in trübes gelbliches Licht gehüllt war. Ein Gesicht tauchte in seinem Blickfeld auf, ein alter Freund, der ihn ansah. Ein Zwerg mit schwarzen Locken und einem Bart. Ein sehr alter Freund aus seiner Zeit in Fort Lewis. Aus dem Gefängnis. Theodore Rica.

»Jonathon«, sagte Theo. »Das bist du da darin, nicht wahr? Wie fühlst du dich?«

Jonathon öffnete den Mund, um zu antworten, aber seine Kehle war ausgedörrt, und er brachte nur ein schwaches Krächzen heraus. »Theo«, sagte er. »Ich lebe noch?«

Theo hielt ihm ein Glas Wasser an die Lippen und ließ ihn trinken. »Ja, mein Freund. Willkommen bei Mitsuhama Computer Technologies. Du bist nicht mehr du, aber du lebst. Ich weiß, das hier ist nicht das luxuriöseste Zimmer, aber es ist ein langer Weg aus der Hölle nach oben.«

Jonathon schloß die Augen. *Dann muß der Plan funktioniert haben*, dachte er. *Das bedeutet …*

»Wir hätten dich fast verloren«, fuhr Theo fort. »Aber letzten Endes mußt du dich dazu durchgerungen haben, doch weiterleben zu wollen. Nach der Operation bist du in irgendein Koma gefallen. Eine

Art Traumzustand, den die Ärzte nicht erklären konnten.«

»Für wie lange?«

»Zehn Tage. Seit sie dich aus dem Coliseum hergebracht haben. Und nach allem, was die Ärzte sagen, hast du nur Depressionen und Schmerzen verpaßt. Sie haben erst gestern die Verbände um dein Gesicht entfernt.« Theo zückte einen kleinen Spiegel und hielt ihn so, daß Jonathon sein Gesicht sehen konnte.

Doch es war nicht sein Gesicht, das ihn im Spiegel anstarrte. Die Wangenknochen waren etwas zu hoch, die Augen zu grün und zu mandelförmig. Er holte tief Luft und starrte in das Gesicht seines Feindes. Der Plan hatte auf die beängstigende Weise funktioniert.

Jonathon hatte seine Seele verkauft. Er war Dougan Rose geworden.

»Die Ärzte sagen, daß es ein paar Monate dauern wird, bis du wieder spielen kannst, aber MCT vertraut darauf, daß du Roses Position ausfüllen kannst. Die Buzzsaws müssen sich schließlich die Meisterschaft zurückholen, nachdem sie das Spiel verloren haben.« Theo lächelte. »Nur sehr wenige Leute wissen, was wir getan haben«, sagte er. »Die meisten DocWagon-Techs waren unsere Leute, also war es leicht, deine und Dougans Leiche auszutauschen. Du hast ihn voll erwischt, Chummer. Er ist in Stücke gerissen worden und bis zur Unkenntlichkeit verbrannt. Von ihm sind lediglich ein paar Klumpen leblosen Fleisches übriggeblieben.

Wir mußten ein paar von unseren Deckern einsetzen, um die genetischen Datenbänke zu manipulieren. Alles in allem hat das ganze Unternehmen nicht so viel gekostet, und nur ganz wenige Leute wissen davon. Und die meisten davon werden nach deiner Entlassung einen plötzlichen Gedächtnisverlust erfahren.

MCT war extrem dankbar für die Daten, die du mitgebracht hast. Damit hast du meine Stellung hier noch gefestigt.«

Theo schwieg einen Moment lang, und als Jonathon nicht antwortete, zog er den Spiegel weg. »Ich weiß, es muß hart für dich sein, Chummer«, sagte er. »Aber du wirst es durchziehen. Wenigstens bist du noch am Leben.«

Jonathon gab noch immer keine Antwort. Er starrte nur auf die weiße Decke und dachte an den Tod. Tamara war ein für allemal weg. Dougans Tod hatte nichts daran geändert. Tatsächlich hatte er Dougan überhaupt nicht getötet. Er war Dougan geworden. Dougan lebte weiter, während Jonathon Winger in einem Feuerball ums Leben gekommen war.

Jonathon hatte nie damit gerechnet, daß sein Plan funktionieren würde. Er hatte ihn nur ersonnen, weil er sich davor gefürchtet hatte, den ganzen Weg zu gehen. Auf die andere Seite zu wechseln und sich wieder mit Tamara zu vereinigen. Und jetzt war er von seinen engsten Freunden getrennt. Von Synthia, Venny, Grids, von allen.

Ich bin allein.

»Hör mal, Chummer«, sagte Theo. »Ich lasse dich jetzt mit deinen Gedanken allein. Ich habe viel zu tun, aber wenn du irgendwas brauchst, drück einfach auf den Knopf an deinem Bett, dann komme ich.« Theos Kopf verschwand aus Jonathons Blickfeld, dann hörte er das Geräusch einer Tür, die geöffnet und wieder geschlossen wurde.

Die Stille in dem Raum machte Jonathon zu schaffen. Die Abwesenheit von Geräuschen schuf eine Lautlosigkeit, die ihn wie der Tod umhüllte. Wie das eiskalte Nichts des Weltraums.

Ich bin wirklich allein, dachte er. Beim Tod seiner Mutter war Tamara bei ihm gewesen, um seine Hand zu halten. Doch jetzt ...

»Sie sind nicht Dougan Rose.« Die Frau hatte eine heisere Stimme, und sie stellte eine Tatsache fest, keine Frage. Jonathon sah sie an. Sie hatte sich über ihn gebeugt. Lange, glatte schwarze Haare und dunkle Augen. Olivfarbene Haut und derselbe schwarze, mit Federn geschmückte Bodysuit, den sie auf dem Schießstand in Grandma's Pharmacy and Survival getragen hatte. Nur daß die Federn jetzt größer waren, als stammten sie von einem riesigen Vogel, und in das Gewebe ihrer Arme und Beine eingearbeitet waren. Sie bedeckten Kopf und Ohren und ließen sie wie eine Eule aussehen. Ihr Name, erinnerte er sich, war Maria.

Sie muß sich hierher projiziert haben, dachte Jonathon. *Wie Syn im Umkleideraum.*

»Ihre Aura ist falsch«, sagte Maria. Dann, nachdem sie Jonathon eindringlich gemustert hatte, fuhr sie fort: »Dann ist Dougan Rose also tot?«

Jonathon nickte.

»Sie sind Winger?«

Jonathon antwortete nicht, aber sie wußte es auch ohne seine Bestätigung.

»Ich habe darauf gewartet, daß Sie aufwachen«, sagte sie, und in ihren Augen war eine Weichheit, die Jonathon unwiderstehlich anzog. »Ich wollte Ihnen danken. Was Sie getan haben – Dougan Rose zu töten –, war eine gute Sache. Er hatte den Tod schon seit langem verdient.« Tränen traten ihr in die Augen, als sie sich über ihn beugte. »Er war für den Tod meines Bruders verantwortlich. Für den Tod vieler Leute.«

Jonathon hob seinen bandagierten Arm, um ihre Tränen wegzuwischen. Um dieses wunderschöne Gesicht zu streicheln, das jetzt so traurig aussah. Doch seine Hand fuhr durch ihre dunkelhäutige Wange, als existiere sie nur in seiner Einbildung. Und berührte nur Luft.

Maria wich einen Schritt zurück und schenkte ihm ein melancholisches Lächeln. »Vielen Dank, Jonathon Winger. Ich hoffe, wir begegnen uns eines Tages in Fleisch und Blut. Bis dahin ist Ihr Geheimnis bei mir sicher aufgehoben.« Dann verschwand sie.

Und ließ ihn wieder mit der weißen Decke allein.

Minuten verstrichen in absoluter Stille, bis …

Es begann in den entferntesten Winkeln seines Verstandes, geisterhaft. Ein Rieseln von Sand, kaum hörbar. Ein statisches Rauschen, verschwindend leise. Als existiere es vielleicht nur in seiner Einbildung.

Tamara, bist du das?

Tamara?

Epilog

Das Rauschen in deinem Kopf wird lauter, und Jonathon Wingers Empfindungen in deinem Körper verblassen. Es erfüllt deine Ohren, während ein körniges Holobild als Hintergrund für den Abspann dient.

Du stöpselst dich aus der Konsole in der Armlehne des Ruhesessels aus, auf dem dein Körper während des Sims gelegen hat. Und die Ereignisse der Geschichte beschäftigen dich noch eine Minute lang, während deine Sinne ins Hier und Jetzt zurückkehren.

Doch diese Empfindungen verblassen langsam, als du das Kino verläßt und nach draußen in die Hitze und die Abgase zurückkehrst. Alles, was noch von dem Sim zurückbleibt, ist das Rauschen in deinem Kopf. Du nimmst es kaum wahr, aber das Rauschen hört nicht auf. Es weist auf subtile Art darauf hin, daß eine Wirklichkeit niemals völlig virtuell ist. Daß sogar ein Sim einen bleibenden Eindruck hinterlassen kann.

Das Rauschen knistert in den unterbewußten Regionen deines Verstandes. Und später, wenn du in der Stille einer dunklen Nacht allein bist, hörst du das jammernde Flüstern. Und du spürst das Knistern am Rande deines Bewußtseins, wenn sie dir ihre Geheimnisse zuflüstern.